GUDRUN GRÄGEL

Limoncellolügen

MÖRDERISCHE SCHARADE In der Hotelküche des »Magdalena« in Limone herrscht Chaos, seit Chefkoch Valdo mit gebrochenem Arm ausgefallen ist. Greta Rinaldi bittet ihre Freundin Doro, die Saison im Familienhotel zu retten. Doro Ritter ist leidenschaftliche Köchin und den Gourmettempel ihres Vaters in München für ein paar Wochen gegen Dolce Vita am Gardasee einzutauschen, klingt traumhaft. Aber neben Limoncello und Pasta bekommt Doro einen Toten im Pool serviert, verdächtige Gestalten schleichen ums Hotel und auch in der Familie gibt es Geheimnisse. Jeder kocht hier sein eigenes Süppchen. Die traumhafte Kulisse hat Risse und Doro will wissen, wer lügt und wer etwas zu verbergen hat. Was hat das geplante Hotelprojekt mit dem Verschwinden des Kochs zu tun? Als ihr Freund Vinc in Limone eintrifft, schaut Doro längst hinter die Fassaden. Dabei lässt sie sich weder von Carabiniere Mario Forti noch von Vinc bremsen. Sie mischt sich ein – das findet jemand gar nicht witzig und für Doro wird's brenzlig.

Gudrun Grägel, 1964 in Augsburg geboren, ist Bayerisch-Schwaben treu geblieben und lebt heute mit ihrer Familie nur einen südlichen Schritt weiter, in Königsbrunn. Neben ihrer Arbeit in der Apotheke schreibt die Autorin Kriminalromane, wobei ihr das pharmazeutische Wissen und auch eine Ausbildung auf dem Gebiet der Pädagogik/Psychologie oft interessante Ideen liefern. Krimispannung, gewürzt mit südlicher Sonne und einem Schuss Romantik – da wird der Schreibtisch zum Urlaub und Urlaub zur Recherche, sagt die Autorin. In »Limoncellolügen« ermittelt die junge Köchin Doro Ritter in ihrem zweiten Fall. Gewohnt spontan und ein wenig leichtsinnig macht sie sich auf die Suche nach der Wahrheit, diesmal in Limone am Gardasee – ein Ort, an den es die Autorin immer wieder zieht.

GUDRUN GRÄGEL

Limoncellolügen

Gardasee-Krimi

GMEINER

Personen und Handlung sind frei erfunden.
Ähnlichkeiten mit lebenden oder toten Personen
sind rein zufällig und nicht beabsichtigt.

Immer informiert

Spannung pur – mit unserem Newsletter informieren wir Sie regelmäßig über Wissenswertes aus unserer Bücherwelt.

Gefällt mir!

Facebook: @Gmeiner.Verlag
Instagram: @gmeinerverlag
Twitter: @GmeinerVerlag

MIX
Papier aus verantwortungsvollen Quellen
FSC® C083411
www.fsc.org

Besuchen Sie uns im Internet:
www.gmeiner-verlag.de

Im Ehnried 5, 88605 Meßkirch
Telefon 07575/2095-0
info@gmeiner-verlag.de

1. Auflage 2021

Lektorat: Susanne Tachlinski
Herstellung/Kartengestaltung: Julia Franze
Umschlaggestaltung: U.O.R.G. Lutz Eberle, Stuttgart
unter Verwendung eines Fotos von: © Thomas Hecker / shutterstock.com
Druck: CPI books GmbH, Leck
Printed in Germany
ISBN 978-3-8392-2840-1

Für
Martin und Flo
Meine Eltern und meine Familie

»Wie sehr wünschte ich meine Freunde einen Augenblick neben mich, dass sie sich der Aussicht erfreuen könnten, die vor mir liegt. Heute Abend hätte ich in Verona können sein, aber es lag mir noch eine herrliche Naturwirkung an der Seite, ein köstliches Schauspiel, der Gardasee, den wollte ich nicht versäumen, und bin herrlich für meinen Umweg belohnt.«

(Goethe. Italien-Reise Sept. 1786)

PERSONEN

Doro Ritter, 26 Jahre, Tochter von Sterne- und Fernsehkoch Sascha Ritter, kocht leidenschaftlich gerne und steckt ihre Nase nicht nur in Kochtöpfe
Vincent Wolkenberg, genannt Vinc, Doros Freund
Sascha Ritter, Doro Ritters Vater, bekannter Fernseh- und Sternekoch
Vittorio und Francesca Rinaldi, Besitzer des Hotels Magdalena
Mia Rinaldi, Tochter
Adriano Rinaldi, Sohn von Francesca und Vittorio Rinaldi, verheiratet mit Greta
Laura und Davide, Adrianos Kinder aus erster Ehe
Greta Rinaldi, geb. Schönauer, Ehefrau von Adriano Rinaldo und alte Schulfreundin von Doro Ritter
Isabella Rinaldi, Exfrau von Adriano Rinaldi

Valdo Carlotti, Chefkoch im »Magdalena«
Niveo Marino, Hilfskoch im »Magdalena«
Irmela, Zimmermädchen im »Magdalena«

Corrado Scalieri, Hotelier aus Limone
Hugo Scalieri, sein Sohn

Mario Forti, Carabiniere

Jacopo Olmo, Hausmeister und stolzer Besitzer von Fini
Maria Olmo, seine Schwester
Fini, eine alte Eseldame
Julian Weigel, Hotelgast
Und weitere Gäste

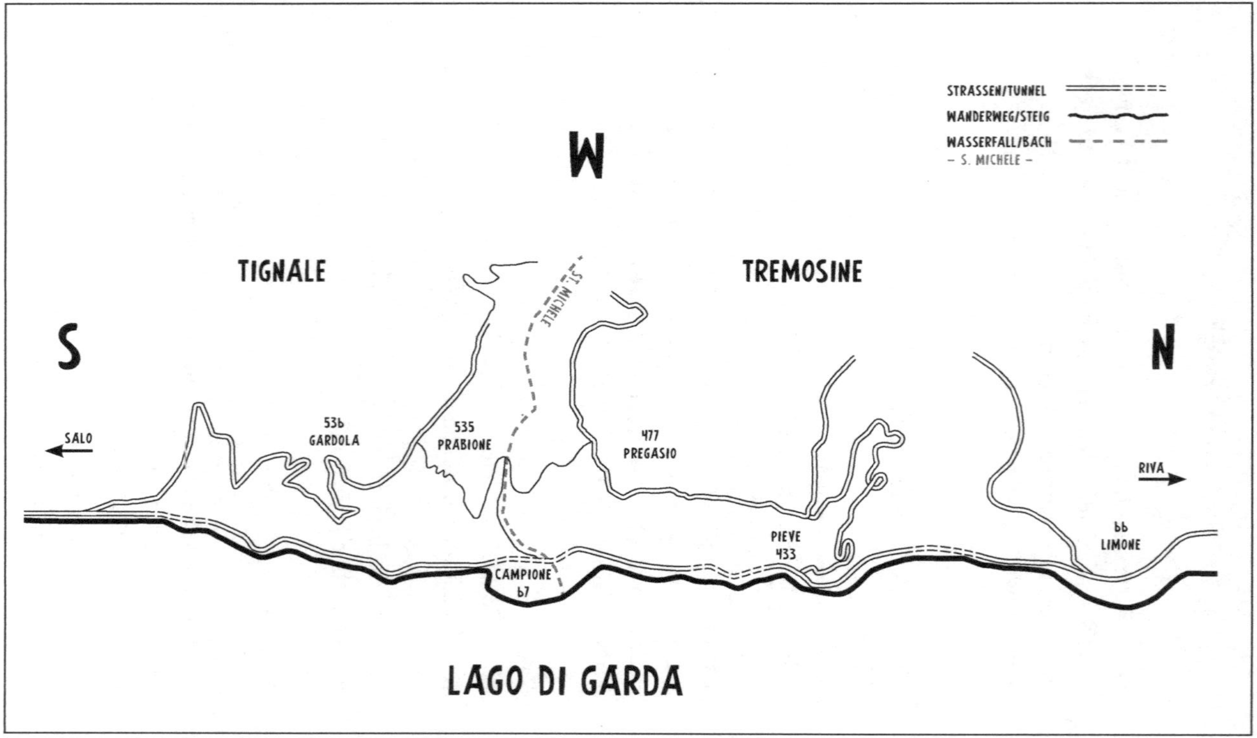
STRASSEN/TUNNEL
WANDERWEG/STEIG
WASSERFALL/BACH
– S. MICHELE –
W
S
N
TIGNALE
TREMOSINE
ST. MICHELE
SALO
536
GARDOLA
535
PRABIONE
477
PREGASIO
PIEVE
433
CAMPIONE
67
66
LIMONE
RIVA
LAGO DI GARDA

PROLOG

München

Eine Sternschnuppe zieht ihre Bahn am frühen Nachthimmel, der hier über der Stadt milchig hell beleuchtet wird. Wer sie gesehen hat, hat einen Wunsch frei.

Die Glocken vom Alten Peter schweigen, das Glockenspiel am Rathaus hat sein Tagwerk eingestellt, der Schäfflertanz ruht bis morgen, die Jungvermählten, Renate von Lothringen und Herzog Wilhelm V., haben sich bereits zur Hochzeitsnacht zurückgezogen. Irgendwo aus der Ferne weht der Klang einer späten Glocke, die sich die Stimme nicht verbieten lässt.

KAPITEL 1

LA DOLCE VITA – ZWIEBEL, MOZZARELLA UND EIN GLAS PROSECCO

Sabato (Samstag) – 25. August
Abends, 21 Uhr

Hmmh. Ich mach die Augen zu und stelle meine Riechzellen auf Empfang. Auf jeden Fall überbacken ... Käse ... kein Gratin ... Zwiebel und Mozzarella. Mediterrane Kräutermischung. Ha! Schon gewonnen. Mit siegesgewissem Lächeln im Gesicht sperr ich die Wohnungstür auf. Aufräumarbeiten in der Küche hat heute Vinc an der Backe, so viel ist sicher. Wieder mal.

Mein Schatz steht im Flur, Arme verschränkt, breitbeinig, coole Miene.

»Tomaten-Mozzarella-Brötchen, Schinken, Schalottenringe, Kräutermischung mediterran«, erwähn ich betont beiläufig und stell meine Umhängetasche seitlich an der Schuhablage ab – die sich mittlerweile auf fünf Stockwerke hochgearbeitet hat. »Ach ja, und ein paar Körnchen grober Pfeffer«, setz ich imaginär gelangweilt hinzu und drück ihm ein gönnerhaftes Küsschen auf die Wange.

Vinc verdreht gespielt verzweifelt seine Augen. »Mann, Doro, kannst du nicht wenigstens mal aus Versehen danebenliegen? Ich storniere die Wette! Allmählich wachsen mir Schwimmhäute zwischen den Fingern vom vielen Spülen.«

Mitleidslos schüttel ich den Kopf. »War deine Idee. Vier Wochen.« Ich verziehe mich auf unseren Balkon.

Sieben Kilo Lebendgewicht streichen schnurrend um meine Waden.

»Na, mein Kleiner, heute hier?«, frag ich unseren Kater, der sich nach dieser persönlichen Anrede sofort auf den Weg Richtung Küche macht. Folgsam trotte ich hinterher. Geschirrklappern und Gläserklirren weckt die Vorfreude auf einen gemütlichen Abend. Im »Macis« war's heute stressig, Presse für Paps, mittags volles Haus, dafür war's am Abend dann ruhig, halb neun Feierabend war locker drin, da hab ich gleich Vinc angerufen …

»Irgendein Leckerli übrig für Rambo?«, frag ich, an den Türrahmen gelehnt.

»Nix vom Tisch!«, bestimmt Vinc resolut.

Ich bin da wesentlich weicher.

»Doro, das ist so ungesund«, versucht Vinc, mich zu Konsequenz zu erziehen.

Ich grinse in mich hinein. Das hat Paps schon nicht geschafft …

Vinc schaut kurz über die Schulter, zieht eine Augenbraue hoch. Er weiß wieder mal genau, was ich denke.

»Okay«, geb ich mich geschlagen und schütte lediglich ein bisschen Trockenfutter in Rambos Schälchen. Der verzieht sich beleidigt.

»Soll ich was mit rausnehmen?«, frag ich, die Nase an Vinc' Schulter reibend.

»Schleich dich«, sagt er drohend, was heißen soll: Bin gleich fertig, mach's dir gemütlich.

Gerne. Der Tag in Papas Gourmettempel »Macis« war strapaziös genug. Pressebesuch für Paps, seines Zeichens Sterne- und Fernsehkoch, ziemlich gefragt, und das seit Jahren, hat sich wie immer mit Genuss in seinem Ruhm gebadet – leider kann er es nicht lassen, mich mit ins Rampenlicht zu ziehen. Find ich ja nett, dass er stolz ist auf seine Tochter, aber Hintergrund ist mir lieber.

Rambo schleicht an mir vorbei, springt mit ein paar eleganten Sätzen von Balkon zu Balkon nach unten, bis zu der schmalen Katzenleiter für die rote Lilly aus dem ersten Stock. Okay, das heißt Gourmetmeile über den Viktualienmarkt, wo der eine oder andere Katzenfreund an ausgehungerte Streuner denkt. Rambo sieht das anders und nimmt es als Huldigung seiner stattlichen Erscheinung gnädig entgegen. Das ist ihm dann, wenn's sein muss, sogar einen kleinen Machtkampf wert, den er aber mangels echten Hungers in der Regel verliert. Kratzt ihn vermutlich nicht wirklich, weil im »Macis« wird der Liebling des Chefs sowieso verwöhnt … Was in der Folge bedeutet, Rambo übernachtet bei Paps am Sebastiansplatz, und für Vinc und mich ist genügend Platz in der Hollywoodschaukel.

Ich gieß Wasser in die ausgetrocknete Erde im Pflanzgefäß. Das Geißblatt steht in voller Blüte, ist Blickschutz und Schattenspender zugleich, hat er prima gemacht, der Vormieter. Als Vinc mit vollbeladenem Tablett rauskommt, schieb ich schnell den kleinen, weiß lackierten Metalltisch zurecht. Sieht lecker aus, was mein Schatz kreiert hat. Nach dem ganzen Schnickschnack in Paps' Küche freu ich mich am Abend auf was Schlichtes, als Nachtisch kuscheln mit Vinc.

Der Nachtisch hält den Erwartungen stand, dazu ein Gläschen Vino bianco frizzante – schön gekühlt, haben wir noch aus Italien, letztes Jahr von Maria.

Das Telefon klingelt.

»Nö, nicht jetzt«, nörgle ich, hangele mich aber ein Stück vor und greif mein Handy.

»Du musst mir helfen, Doro!«, kann ich grad so zwischen Schluchzern und Hicksern heraushören. Ich halt die Hand über den Lautsprecher.

»Keine Ahnung, wer dran ist«, sag ich zu Vinc und setze mich auf. Zehn-Uhr-Läuten vom Alten Peter. Über den Dächern von München.

Aus dem Handy Geheule.

»Hallo, bist du es, Lollo?« Meine Vermutung. Vinc nippt am Wein, wartet ab.

Ich leg die Hand über den Lautsprecher. »Wahrscheinlich hat sie ein graues Haar entdeckt. Und das mit 42«, spotte ich böse über die aktuelle Lebensabschnittsgefährtin meines Vaters.

»I… ich bin's. Greta.«

»Greta?« Greta Rinaldi, geborene Schönauer, meine alte Schulfreundin. Ruft mich an und heult?

Ich mein, das irritiert mich schon. Schließlich sind wir zwar Freundinnen. Seit dem Gymi. Aber nicht beste Freundinnen.

Vinc schaut interessiert hoch, ich zucke mit den Schultern und lausche dem Gestammel am anderen Ende der Leitung. Der letzte Glockenton des Stundenschlags verklingt.

»Stopp!«, unterbreche ich Greta. »Jetzt beruhig dich mal. Kurz zusammengefasst, ihr braucht einen Ersatzkoch und du hast an mich gedacht. So weit richtig?«

Vinc runzelt die Stirn.

Ein tiefer Seufzer von Greta. »Valdo, unser Koch, hat sich den Arm gebrochen, und wo sollen wir Ende August einen neuen auftreiben? Wir haben alles versucht…«, erklärt Greta, jetzt wesentlich verständlicher.

»Ist doch kein Grund, so rumzuheulen«, bring ich die Lage auf den Punkt.

»Tut mir leid, Doro, wollt ich gar nicht … ist grad alles zu viel … und jetzt das noch. Das Hotel ist ausgebucht und fast alle Gäste wollen Halbpension. Das schafft Niveo nicht. Der ist nur Aushilfskoch.«

»Und wenn euer Valdo sich auf einen Stuhl setzt und dirigiert?« Praktiziert Paps auch, wenn er mit Abendgarderobe in seiner Küche vorbeischaut – und das selten ohne einen Verbesserungsvorschlag.

»Valdo muss ein paar Tage liegen, er hat nämlich auch eine leichte Gehirnerschütterung …«

Okay. Ich reib mir die Nase und schau zu Vinc. Sein Blick spricht Bände. Allein das, was er mitgekriegt hat, lässt anscheinend böse Ahnungen in ihm aufsteigen.

Irgendwo schlägt ne verspätete Glocke. Der alte Peter nebenan schweigt.

»Tja, Greta, wie stellst du dir das vor? Ich mein, ich arbeite bei Paps und kann nicht einfach losfahren.«

Vinc grinst unverschämt, was ihm einen Hieb auf die Schulter einbringt. War anscheinend zu schwach, er grinst frech weiter. Okay, okay, bin ihm nicht böse, er hat ja recht. Bei Bedarf kommt's durchaus vor, dass ich schnell disponiere.

Äh … Moment, ich hab mich noch nicht entschieden …

»Und dein Mann traut mir das zu? Einer Frau, und erst 26 Jahre alt? Kein italienischer Macho?«

»Doro, ich habe mit meinen Schwiegereltern gesprochen, die haben das Sagen im Hotel, und als die gehört haben, wessen Tochter du bist, haben sie noch was aufs Gehalt draufgelegt«, schmeichelt Greta jetzt.

Hat sie allerdings den falschen Knopf erwischt. Mit Tochterbonus vom berühmten Sascha Ritter aufzutreten, hasse ich wie die Pest. Ich liebe Paps, aber *ich* bin *ich*, da leg ich extremen Wert drauf. Okay, Doro, schluck's runter, befehl ich mir, kann Greta ja nicht wissen.

»Machen wir's kurz«, entscheide ich. »Ich ruf dich morgen an, okay?«

»Doro, du bist ein Schatz!«, schreit mir Greta euphorisch ins Ohr.

»Mal langsam«, brems ich sie, »ich hab noch nicht Ja gesagt. Morgen, okay?«

»Ja, morgen. Ist gut.« Sagt's und klingt so befreit, als hätte ich keine Wahl.

»Was war das jetzt?«, fragt Vinc, als ich das Handy in den Schoß sinken lasse und mich zurücklehne. Er legt den Arm um meine Schulter.

»Ich soll bei Greta in der Küche aushelfen. Am besten seit gestern.«

»Und was heißt das jetzt?«

»Na ja, die scheinen echt nen Notstand zu haben, Greta ist total verzweifelt, und Paps käme auch ohne mich aus.«

»Heißt zusammengefasst: Du fährst«, resümiert Vinc trocken.

Ich zuck die Schultern. Weiß ja selber nicht ... »Na ja, wahrscheinlich ... Aber Australien ...«, sag ich.

»Hmm.«

»Könnten wir auch verschieben«, schlag ich vor.

»Könnten wir.«

Ich schau Vinc in die Augen. Wie meint er das jetzt? Ernst? Oder ist er beleidigt? Sauer?

Er blinzelt ein paarmal. »Ich fänd's gar nicht so schlecht«, sagt er dann. »Der Umzug war sauteuer, die Miete und so ... Eigentlich passt Italien und Kohle verdienen besser als Australien und tauchen am Great Barrier Reef. Zum Glück haben wir noch keine Flugtickets.«

Wie bitte? »Du wolltest doch auch ...?«, frag ich leicht verunsichert.

Hab ich ihn überrollt mit meiner Begeisterung? Quatsch!

Vinc sagt schon, was er will. Er ist halt meistens ein bisschen vernünftiger als ich. Und es stimmt ja. Ebbe in unserer Kasse.

»Und, kommst du mit? Ich mein, nach Italien.«

»Was hast du denn gedacht? Du machst Urlaub am Gardasee und ich hüte die Wohnung und nuckel an den Weinflaschen vom letzten Jahr?« Vinc schlingt die Arme um mich, sein Kuss schmeckt nach Wein und Oliven. »Allerdings kann ich erst in zwei Tagen. Fahr du mit dem Auto voraus, ich komm mit Fredis Motorrad nach.«

»Hast du dich mit Greta abgesprochen?«

»Mit Greta? Was meinst du?«

»Tja, so schnell, wie du alles regelst …« Ich zieh die Augenbrauen hoch.

»Glaubst du, nur du kannst spontan sein?«, fragt Vinc herausfordernd. »Aber im Ernst. Fredi hat ne Knieoperation hinter sich, Fußballunfall, und hat mich letzte Woche gefragt, ob ich seine Suzuki ausleihen will. Ab Montag kann ich sie haben, und ich hab mich eh schon gefragt, wann wir damit losziehen. Ich würde sagen, das ist *die* Gelegenheit. Also nimm deine Motorradklamotten mit.«

»Perfetto«, übe ich mich schon mal im Italienischen und wähle Paps' Handynummer.

Vinc verzieht sich in die Küche. »Trinkst du noch ein Glas?«, ruft er von dort.

»Rat mal«, ruf ich zurück.

»Danke, das war mein Ohr«, beschwert sich Paps am anderen Ende der Leitung.

»Tschuldigung, war nicht für dich bestimmt«, sag ich zu ihm.

»Hast du was vergessen oder suchst du Rambo?«

»Weder noch. Ich kann eine Weile nicht bei dir kochen …«, komm ich ohne Umschweife zum Punkt.

»Was ist es diesmal?«, fragt Paps spöttisch.

Er ist nicht sauer. Anscheinend tut ihm Lollo wirklich gut.

»Witzig find ich das eigentlich nicht«, schiebt er trocken hinterher.

»Hallo? Kannst du meine Mimik hören?«

»Nicht nötig. Ich kenn dich seit 26 Jahren.«

»Dein Punkt«, geb ich mich geschlagen und erklär ihm die Lage.

»Ja, dann rette das Hotel deiner Freundin oder ihr Leben oder was auch immer … Aber du weißt ja: Rezepte, Gewürze, Ideen.«

»Ich weiß. Und ein paar Fläschchen Vino. Beste Qualität. Ich schau mich um. Und danke, Paps.« Ich schick einen dicken Schmatzer durch den Äther.

»Danke, das war wieder mein Ohr. Und … ich dich auch«, lacht Paps.

Eine verfrühte Sternschnuppe zieht ihre Bahn und verglüht am milchigen Nachthimmel.

»Hast du gesehen?«

Vinc tippt gerade an seinem Handy rum. »Was?«, fragt er, ohne hochzuschauen.

»Die Sternschnuppe. Ich darf mir was wünschen.«

»Also, ich wünsch mir, dass du jetzt endlich herkommst und Ruhe gibst«, brummt Vinc und legt sein Handy zur Seite. »Außerdem ist es viel zu früh für ne Sternschnuppe, war vermutlich nur ein Flugzeug.«

»Bist ja nur neidisch. Tja, blöd, dass du die Sternschnuppe nicht gesehen hast, gell. Aber manche Wünsche gehen trotzdem in Erfüllung«, tröste ich ihn und kuschel mich zu ihm auf die Hollywoodschaukel.

KAPITEL 2

LAGO DI GARDA – WO BENACUS UND PHILLIS SICH TREFFEN

Domenica (Sonntag) – 26. August
Nachts, 22 Uhr

Nicht viel los auf der Autobahn. Langsam werd ich echt müde. Na immerhin, Bozen liegt schon hinter mir. Im Radio dudelt ein italienischer Sender, auf dem Beifahrersitz kein Vinc, nur Jacke, Handtasche und eine halb leere Wasserflasche. Ich gähne hinaus in die Dunkelheit. Eindeutig, die Tage werden kürzer. Noch ne knappe Stunde. Mann, ich krieg bald ne Kiefersperre vor lauter Gähnerei. Vielleicht mach ich doch ne kurze Pause. Vor Rovereto gibt's eine Raststätte ... Toilette und Espresso ... hört sich gut an, beschließe ich und gähne weiter. Ohne schlechtes Gewissen, denn zum Glück kann sich die Jacke nicht beschweren, von wegen Gähnen ist ansteckend ... So wie Vinc das macht, wenn er fährt und ich auf dem Beifahrersitz diverse Geräusche von mir gebe.

Nach zehn Minuten im gemächlichen 120-km/h-Schleichgang – für meinen Rennschlitten fast maximale Obergrenze – seh ich das Hinweisschild. Ich setze den Blinker, eine Menge LKWs, wenig PKWs. Direkt vor dem Eingang der Raststätte gibt's genügend freie Parkplätze. Drinnen ist es ruhig. Ich gönn mir einen Coffee to go, also richtigen Kaffee, keinen Espresso, was hier üblicherweise unter Caffè läuft, und trolle mich mit dem Pappbecher nach draußen. Hab die Wahl zwischen Tankstelle und LKW-Stellplatz. Echt ne öde Angelegenheit, nachts alleine hier, mit nem Kaffee im Pappbecher … Hätt doch nur einen schnellen Espresso nehmen sollen. Egal. Der restliche Kaffee landet samt Becher im Mülleimer, ich setz mich ins Auto und aktiviere das Navi. Neu. Haben wir uns gegönnt, nachdem das alte jedes Mal gestreikt hat, wenn wir es gebraucht hätten. Eigentlich unnötig für die Strecke, gleich nach Riva schalt ich's wieder aus.

Die Illusion, Kaffee weckt die Lebensgeister, widerlege ich mit Gähnerei Teil zwei. Egal. Bin ohnehin gleich da. Kurze WhatsApp an Greta, sie stellt schon mal die Weingläser bereit, schreibt sie … links von mir glitzert der Benaco, die Lichter des gegenüberliegenden Ufers funkeln um die Wette. Ich liebe das. Urlaubsgefühle trotz Arbeitseinsatz. Seitlich strahlen Scheinwerfer eine Art Hängebrücke an. Ist mir noch nie aufgefallen. Neu? Muss ich mir bei Gelegenheit mal genauer anschauen. Die letzten Tunnel vor Limone. Limone, der Sage nach Sohn von Gott Benacus und der Nymphe Phillis, wurde nach einem tödlichen Jagdunfall vom göttlichen Papa wiederbelebt und lebte von da ab … ja, eben am westlichen Ufer des Lacus Benacus, wie der alte Lateiner sagt. Vater und Sohn gaben See und Ort seine Namen und Stoff für eine schöne Legende – und Stoff für eine lateinische Übersetzung dieser Sage. Ich muss grinsen, wenn ich daran denke, wie der Wiesmüller – Lateinlehrer und armer Tropf, den das Los der 10c getroffen hatte – die Legende von Benacus übersetzt hat. Extra für uns, einem Haufen hoffnungsloser Lateinfälle, weil er dachte, uns damit zu begeistern. Haha. Ich glaub, so ne Geschichte hätt's nicht gegeben …

Damals war Greta in meiner Klasse … Greta, Miriam, Anna, Lisi, Felli und ich. Mädelsclique, Greta und ich vielleicht einen Tick enger, aber beide nicht der »Bestefreundinnentyp«. Nach dem Abi haben wir uns aus den Augen verloren. Greta. Hat mich letztes Jahr eingeladen, ins Hotel Magdalena, und mir stolz ihre Familie präsentiert. Haben alte Zeiten bequatscht. Das kommt davon. Jetzt soll ich die Küche übernehmen. Vorübergehend. Okay, kein Problem. Die haben, glaub ich, 20 Doppelzimmer und zwei Familienzimmer, das pack ich locker. Mit dem Hilfskoch, wenn der nicht querarbeitet … Ah, da geht's hoch zum Hotel. Vorsichtig umfahre ich einige Nachteulen, manche sichtlich weinschwer. War ich gerade noch müde? Voll fit, würd ich sagen! Ich freu mich. Auf Greta, auf die Arbeit, auf Italien. Motorradtouren mit Vinc.

Die schmale Straße zum Hotel gabelt sich, wird enger, Via E. de Nicola, das ist es. Rechts Silhouetten von Olivenbäumen in der spärlichen Straßenbeleuchtung, die laue Luft durchs offene Autofenster, vorne links das Hotel. Ich stelle Vinc' mintmetallicfarbenen Luxusschlitten, seines Zeichens Opel Corsa B, Baujahr '98, Sonderedition, hinters Hotel, wo die Privatwagen der Familie stehen. Irgendwas hat sich verändert seit dem letzten Jahr. Muss kurz überlegen, was. Genau, der Anbau ist jetzt einen Stock höher, was heißt, ein paar Gäste mehr. Kein Problem. Ich streck mich und geh ums Haus.

»Hallo, Doro«, schreit mir Greta entgegen und winkt, dass das Tablett voller Gläser bedrohlich in Schieflage gerät. Noch gut was los auf der Terrasse. Egal, muss mich erst ab morgen kümmern. Einige Gäste schauen neugierig. Interessiert sie wahrscheinlich brennend, wer die junge Frau ist, die hier mitten in der Nacht ankommt und von der Juniorchefin so herzlich begrüßt wird.

»Okay, du kannst mich loslassen, ich bleib schon da«, sag ich lachend und winde mich aus Gretas Umarmung – will ja nicht übertreiben mit der Sentimentalität.

»Tut mir leid, Doro, aber ich freu mich so!«

In Gretas Augen glitzert es verdächtig. Nee, bitte nicht schon wieder!

»Ich freu mich auch, und jetzt her mit dem Vino. Darauf stoßen wir an.«

Greta schnieft kurz, lacht und schiebt mich zu dem Tisch in der Nische zwischen gemauertem Kräuterhochbeet, Olivenbaum und Eingang zur Küche. Kenn ich vom letzten Jahr, ist immer für die Familie reserviert. Bisschen abseits der anderen Tische, Küchendüfte gratis, Treffpunkt der Familie, wenn grade ein paar Minuten nichts zu tun ist.

»Das ist Niveo«, stellt Greta mir einen jungen Italiener vor, ungefähr unser Alter, schätz ich. »Doro. Meine Freundin. Hab dir ja von ihr erzählt«, sagt sie an Niveo gewandt.

»Ciao, Doro«, sagt Niveo freundlich und stellt Wasser und Wein auf den Tisch.

Perfetto. Den mag ich.

»Ciao, Niveo. Ab morgen hast du Hilfe in der Küche«, sag ich und proste ihm zu.

»Ich helfe *dir*!« Sagt's, zwinkert und geht.

Er hat's erfasst. Ohne Worte. Muss ich Vinc erzählen.

Gretas Lachfältchen vertiefen sich. »Ich glaub, der ist genauso froh wie ich, dass du da bist. Der Gute ist in der Küche eindeutig überfordert. Er ist uns Anfang der Saison sozusagen zugeflogen. Hat eine Stelle gesucht, zum Glück haben wir uns entschieden, dass unserem Valdo ein bisschen Unterstützung nicht schaden würde, er ist ja nicht mehr der Jüngste. Und jetzt sind wir total froh, dass wir Niveo haben. Als Assistent ist er okay, aber der ist niemals Koch! War schon ein leichtes Chaos die letzten Tage. Mein Mann und Niveo rocken die Küche. Wenn's nicht so ein Stress gewesen wäre, eigentlich zum Totlachen.«

»Entspann dich, Greta. Kein Problem für mich. Hab ich gelernt, und du weißt ja, ich bin bei Paps aufgewachsen …«

Was das heißt, kann sie immerhin ahnen, auch wenn wir privat nie übermäßig ins Detail gegangen sind.

»Italiener?«, frag ich Greta und mein den einzelnen Mann, dunkelhaarig, so um die 30, der am Handy surft und ein Fasspils trinkt.

»Nein, Deutscher. Aus Stuttgart. Sportler. Düst hier mit dem Rennrad die Pässe rauf und runter«, klärt Greta mich auf. »Der ist nett, will aber seine Ruhe, hat keine Anschlussambitionen.«

Das versteh ich gut. Geht mir abends auch oft so. Den ganzen Tag Hektik, Gäste, Presse … und Paps, da brauch ich außer Vinc nichts mehr.

Niveo bedient, Greta und ich arbeiten die Zeit von der Schule bis jetzt auf, vom Rest ihrer Familie nichts zu sehen. Hab ich nen roten Teppich erwartet? Nicht wirklich … Aber so gar keiner? Außer Greta und Niveo natürlich … Na ja. Ich rutsch tiefer in den Stuhl und streck die Beine unterm Tisch aus. Die letzten Gäste, ein Paar mittleren Alters, verabschieden sich von Niveo und winken zu uns rüber.

»Buona notte«, ruft Greta und winkt zurück.

»Warum lachst du?«, fragt sie mich.

»Die sind bestimmt fünf Jahre jünger als Paps, und ich hab sie gerade mittelalt eingestuft … Paps würde mir den Kopf abreißen. Das Wort »alt« akzeptiert er nur im Zusammenhang mit Käse oder Wein!«

»Sieht aber gut aus, dein Vater. Ich hab ihn schon ein paarmal im Fernsehen gesehen.«

»Ja, klar. Wer nicht? Aber für nen roten Teppich hat's nicht gereicht.«

»Was für'n roter Teppich?«

Ich wink ab. »Egal … Mann, ich bin platt. Zeigst du mir mein Zimmer?«

Greta nickt. »Hol du dein Gepäck, ich stell noch die restlichen Gläser rein und mach dir dann hinten auf.«

Ich geh außen herum zum Auto. Vor der Zufahrt steht eine dunkle Limousine. Na, wenn die da parkt, kommt keiner mehr durch, denk ich, erledigt sich dann aber von selbst, der Wagen wendet und fährt Richtung Hauptstraße davon.

Halb zwei. Jetzt brauch ich ein Bett. Greta geht's genauso. Schlüsselübergabe, Küsschen und buona notte, bis morgen früh, 6 Uhr, in der Küche.

Mein Zimmer liegt im ersten Stock des Altbaus, Familientrakt des Hauses. Kurzer Blick vom Balkon: Garten, Pool und unten der See. Ist echt ein kleines Paradies, das Hotel. Hätte Greta schlechter treffen können, denk ich. Bin aber nicht neidisch. Meine Optionen in München sind durchaus reizvoll und mit Vinc hab ich sowieso den Jackpot geknackt. Freu mich, dass er nachkommt.

Ich geh ins Zimmer, die Balkontür lass ich offen, kann keiner rein hier und selbst wenn – viel gibt's nicht zu holen. Milde Nachtluft folgt mir. Tja, das ist der Unterschied, die Nächte bei uns sind schon kühl, bald herbstlich. Hier wird's zwar früh dunkel, aber die Nächte sind lau. Okay, auspacken kann ich morgen. Gute-Nacht-Küsschen-WhatsApp für Vinc, obwohl der bestimmt längst schläft, wecken um halb sechs, dann hab ich noch Zeit für nen Espresso. Ich schlüpf ins Bett. Slip und Top sind warm genug, ich steck nur die Füße unter die Decke.

KAPITEL 3

SCOPPIO SOGNI – GEPLATZTE TRÄUME

(Lunedi) Montag – 27. August

Irgendwo im Traum hämmert ein Irrer gegen ein Fenster und schreit. Dauert keine Minute und ich weiß, der Irre ist Greta, real, und sie hämmert nicht ans Fenster, sondern an die Tür. Und schreien tut sie auch. Nach mir. Oh Mann, hab ich verschlafen? Bin noch halb tot. Muss sie so einen Lärm machen?

»Doro! Wach auf!«

»Ja, ist ja gut, schrei nicht so«, grummel ich und schlurfe zur Tür. Hab meine gute Laune noch nicht wirklich gefunden.

»Doro, du musst mit runterkommen.« Greta schluckt und schaut mich mit großen Augen an. Käsweiß. Nicht gut.

»Was ist los?«, frag ich. »Es ist erst fünf.« Kann einen gewissen Vorwurf in der Stimme nicht verhindern.

»Niveo hat den Stuttgarter im Pool gefunden.«

»Den Stuttgarter? Im Pool?«, frag ich blöd, ich merk's selber. Meine Gehirnzellen funktionieren noch nicht voll, vielleicht hab ich mich verhört. Macht ja keinen Sinn.

»Unseren Gast aus Stuttgart. Tot«, flüstert Greta.

»Was macht der um fünf im Pool?«

Greta zuckt mit den Schultern. »Er wollte früh los, hat sich gestern ein Lunchpaket für heute herrichten lassen.« Sie schlingt die Arme um ihren Körper. »Vielleicht wollte er vorher noch eine Runde schwimmen. Jedenfalls hat er nur Badeshorts an.«

Klingt logisch. Ich bin auch ziemlich verschwitzt. Eine Runde Pool wär angenehm … aber der ist gerade besetzt. Vinc würde den Kopf schütteln über so viel Unsensibilität. Aber das stimmt so nicht, ich bin nicht unsensibel, bin nur mit harten Tatsachen aus dem Schlaf gerissen worden. Während ich in meine Jeans schlüpfe, schweifen meine Gedanken zu Niveo.

»Was wollte eigentlich Niveo um diese Zeit am Pool?«

»Er holt in der Früh den Poolreiniger aus dem Wasser und stellt ihn in den Geräteraum, da unten neben dem Becken. Gehört zu seinem Job. Und heute war er früh dran, weil er um halb sechs in der Küche sein wollte.«

Na, dann wär ich nicht allein gewesen mit meinem Kaffee.

»Okay, los«, sag ich und schieb Greta aus dem Zimmer.

»Habt ihr den Arzt gerufen?«, frag ich, während wir ums Hotel herumeilen.

Greta nickt. »Und die Polizei.«

Dann wird's gleich laut, denk ich und mir graust es vor den Gästen, die mit Sicherheit nicht fernzuhalten sind.

»Adriano hat sie gebeten, ohne Sirene anzufahren.«

»Gut mitgedacht, hoffentlich halten die sich auch dran«, unke ich skeptisch.

Wir stürmen zum Pool, hinten im Garten. Von der Terrasse durch ein Rasenstück, Olivenbäume und eine Art Hecke aus Zitronenbäumchen abgeteilt. Gedämpfte Stimmen, kurze Blicke zu mir, aber im Grunde nimmt mich keiner richtig wahr. Vittorio und Francesca Rinaldi, Gretas Schwiegereltern, stehen mit verschränkten Armen hinter dem Grüppchen, das am Boden kniet. Gretas Mann Adriano, seine Schwester Mia und Niveo beugen sich über den Körper des jungen Mannes. Gestern Abend saß er noch auf der Terrasse. Ich hocke mich neben Adriano, schlucke, als ich in das blasse, leblose Gesicht schaue.

»Buon giorno, Doro, kein schöner Anfang bei uns.«

»Nee, echt nicht.« Ich leg kurz meine Hand auf seinen Arm und nicke Mia zu, dann wird mein Blick wieder magisch vom Gesicht des Toten angezogen.

»Greta hat mich geholt«, sag ich leise, ohne meine Augen von der wächsernen Bleiche und den geschlossenen Lidern des jungen Mannes lösen zu können. Will damit sagen, dass ich nicht aus Sensationslust hier aufgetaucht bin.

»Ja«, Adriano schielt zu seiner Frau, »Greta hat gemeint, du kennst dich mit so was aus.«

Überrascht schau ich hoch.

»Äh …?« Na toll! Mir fehlen die Worte. Nur weil ich letztes Jahr in diese merkwürdige Geschichte reingestolpert bin. Hätte ich ihr besser nicht erzählt.

»Das Einzige, was ich weiß, ist, dass wir nicht zu viel hier rumtrampeln sollten. Vielleicht gibt's Spuren.«

»Was für Spuren sollen das sein?«, fragt Mia irritiert.

»Keine Ahnung. Blut oder was weiß ich.«

Alle schauen auf mich. Ich sag nichts mehr, checke die Leiche. Natürlich nur optisch. Sieht ziemlich lädiert aus.

»Habt ihr getestet, ob er noch lebt?«, frag ich und bin schockiert bei dem Gedanken, dass wir hier blöd rumreden und der Mann vielleicht …

»Ja, natürlich«, beruhigt mich Adriano. »Ich habe eine gute Erste-Hilfe-Ausbildung. Ist wichtig im Hotel. Ich habe versucht, ihn wiederzubeleben. Herzdruckmassage, beatmet … Aber es war zu spät. Die Augen … man hat gesehen, dass er tot ist. Ich habe sie geschlossen.«

Er sagt das fast schuldbewusst. Ich drück kurz seine Hand, was soll ich auch sagen? Alles gut? Nix ist gut.

»Und du hast ihn gefunden?«, wende ich mich an Niveo.

Der nickt.

»Und wo? Wie war das genau?«

Niveo runzelt die Stirn. So, als würde mich das nichts angehen, entschließt sich aber doch zu einer Antwort.

»Er trieb im Wasser, mit dem Gesicht nach unten. Ich hab ihn mit dem Blättersieb hergezogen und aus dem Wasser gehievt. War nicht leicht. Aber er war schon tot, ganz sicher.«

»Du hast also nicht versucht, ihn wiederzubeleben?«

Niveo läuft dunkelrot an. »Ich …«

»Das ist kein Vorwurf«, schieb ich schnell nach. »Ich will nur wissen, was genau passiert ist.«

Ich knie neben Adriano und versuche, mir ein Bild von dem Desaster zu machen. Ich mein, ein Toter im Pool, das ist schon eine Nummer.

»Ich habe Adriano mit dem Handy gerufen. Da war kein Puls mehr, die Augen … da war nichts mehr.« Er schluckt.

Extrem! Ist doch völlig normal, dass man fertig ist, wenn man nichts ahnend in aller Früh statt dem Poolreiniger eine Leiche im Schwimmbecken findet.

»Okay, aber …«

Der alte Rinaldi schiebt sich vor. »Basta, signorina!«, bellt er. »Was soll die Fragerei? Der Arzt kommt und die Polizei, die übernehmen das hier. Und Sie geht das nichts an!«

Mann, was war das denn? Ich schau ihn entgeistert an. Kann ich doch nichts dafür, dass es hier einen Toten gibt!

Greta baut sich vor ihrem Schwiegervater auf. Sie holt tief Luft und explodiert dann förmlich, auf jeden Fall wird sie ziemlich laut.

»Wir müssen wissen, was passiert ist. Die Polizei wird sowieso nachforschen. Also warum soll Doro nichts fragen? Und außerdem hab ich auch eine Frage.« Jetzt nimmt sie Niveo ins Visier. »Du hast gestern Nachmittag mit diesem Mann gestritten. Um was ging es da?«

»Wir haben nicht gestritten! Wir haben uns über den rücksichtslosen Autofahrer aufgeregt, der diesen Mann da«, Niveo zeigt auf den Toten, »von der Straße gedrängt hat. Hat ganz schön was abbekommen bei dem Sturz«, sagt Niveo und deutet auf die Schürfwunden am linken Arm und am linken Oberschenkel. Ich habe ihm abgeraten, Anzeige zu erstatten. Er hat keine Autonummer, und was soll das bringen?«

Ach so, deshalb sieht der so lädiert aus, denk ich und seh das Bild vor mir jetzt mit anderen Augen.

»Der Typ wollte heute …«

»Der Typ heißt Julian Weigel, verdammt, er hat einen Namen!«, ruft Greta, und Hysterie schwingt in ihrer Stimme mit.

»Genug jetzt! Haltet den Mund! Alle beide«, brüllt Gretas Schwiegervater.

»Du«, er erdolcht Greta fast mit dem Zeigefinger, und seine Augen schießen böse Blitze, »du hast meinen Sohn geheiratet, du gehörst zur Familie, ob du oder wir das wollen oder nicht. Also halt den Mund. Wir alle leben vom Hotel und können keinen Ärger gebrauchen. Wir haben Gäste und die zahlen für erholsame Tage, verstanden?«

Greta wird abwechselnd rot und blass und verstummt. Das war eine verbale Watschn in Reinform – die allerdings Gretas Hysterie im Keim erstickt. Ich steh auf und leg ihr solidarisch die Hand auf den Arm.

Wir schweigen und warten. Aus der Ferne nähern sich Sirenen. Also doch. Wir tauschen einen resignierten Blick. Dann verstummt das Geheul und zwei Minuten später fährt ein Krankenwagen vors Hotel, gefolgt von den Carabinieri.

»Sehr vernünftig, hätte ich eindeutig dagegen gewettet«, flüstere ich Greta ins Ohr.

»Hier lebt jeder vom Tourismus«, sagt sie, als würde das

alles erklären. Tut's ja eigentlich auch, wie Rinaldi eben eindrucksvoll demonstriert hat.

Die beiden Carabinieri lassen dem Arzt und den Sanitätern den Vortritt. Sie stellen sich zwei Meter abseits, unterhalten sich leise, zeigen hierhin und dorthin. Der Arzt steht auf und wendet sich an die Polizisten. Sie schauen zu dem Toten, reden. Einer der Beamten kommt zu uns rüber, spricht mit Gretas Schwiegereltern. Und mit Niveo. Der hat den Toten schließlich gefunden.

Sie sprechen schnell, aber ich versteh das meiste. Jedenfalls erzählt Niveo von dem Unfall am Vortag, welcher die meisten der Schürfwunden am Körper erklärt.

Der Carabiniere nickt. »Der Arzt stellt den Totenschein aus. Unfall. Vermutlich wollte der Mann ins Wasser springen, ist ausgerutscht und hat sich dabei den Kopf am Beckenrand gestoßen.« Er zeigt auf die Wunde am Hinterkopf des Toten.

»Vielleicht wurde er bewusstlos und ist deshalb ertrunken.« Der Beamte zuckt mit den Schultern.

»Trotzdem müssen wir die Unfallstelle untersuchen. Die Kollegen von der Spurensicherung werden gleich da sein.« Der Carabiniere schaut auf die Uhr.

»Tut mir leid, ist ärgerlich für euch, aber wir beeilen uns. Wenn die Kollegen nichts Besonderes entdecken, kannst du deine Gäste nach dem Frühstück wieder an den Pool lassen«, sagt er zu Vittorio Rinaldi, Gretas Schwiegervater.

»Danke, Mario.« Ein Handschlag unter Männern.

Aha, man kennt sich.

Mario Forti, seines Zeichens Capitano der Carabienieri, nickt den Sanitätern zu.

Die holen die Trage, legen den Toten darauf, verhüllen ihn mit einer Rettungsdecke und ziehen mit ihm ab. Ohne Leichenwagen … Wohl ebenfalls wegen der Touristen.

»Wir brauchen noch die Personalien des Toten. Die Angehörigen müssen verständigt werden. Darum kümmern wir uns.«

Vittorio nickt. Erleichtert. Dann im Militärton zu Greta: »Druck die Unterlagen für Mario aus.«

Kurzer Blickwechsel mit mir, dann huscht sie Richtung Rezeption davon.

Fünf Minuten später hält Mario Forti die Daten des Toten in den Händen, zwei Leute von der Spurensicherung fotografieren den Unfallort, untersuchen den Boden, eine Aktion von maximal zehn Minuten. Ist ja nur eine Formsache.

»Gehört das dem Mann?«, fragt Forti und zeigt auf ein Kleiderbündel auf einem der Liegestühle an der Stirnseite des Pools.

Vittorio schaut kurz rüber. »Ich denke schon«, sagt er.

»Dann packt das ein«, weist Mario Forti seine Männer an.

»Si, capitano«, meldet der Kollege.

»Du musst bei Gelegenheit noch das Protokoll unterschreiben und dein Koch auch, ich gebe dir Bescheid«, wendet sich der Capitano an Vittorio und hebt abschließend die Hände. »Dann werde ich mich auf den Weg machen. Wir melden uns.«

»Grazie, Mario.«

Nochmals ein fester Händedruck. Mario nickt Francesca zu, wir anderen sind unwichtig.

»Wie spät ist es?«, flüstere ich Greta ins Ohr. Laut zu reden, scheint irgendwie unpassend.

»Halb Sieben.«

Okay. The show must go on.

»Niveo, höchste Zeit fürs Frühstück«, reiß ich meinen Assistenten in Normallautstärke aus der surrealen Stimmung.

Aufbruchsignal für alle.

»Adriano, du machst hier alles sauber«, bestimmt Vittorio Rinaldi und verschwindet mit seiner Frau Richtung Rezeption.

Keine Frage, wer hier der Chef ist. Ist mir letztes Jahr gar nicht so aufgefallen.

Adriano bleibt hier, wir anderen eilen zum Haus.

Die Tische im Speisesaal sind schon am Vorabend eingedeckt worden, Greta und Mia servieren, Niveo und ich übernehmen den Bereich Küche, die Alten walten im Büro und an der angrenzenden Rezeption, an der die Gäste ein- und auschecken.

Hmm … irgendwie … »Äh … Greta, wart mal.«

Sie dreht sich um. »Was ist?«

»Kannst du Niveo kurz in der Küche helfen? Ich muss was nachschauen.«

»Ja gut, aber was …«

»Nichts Wichtiges«, wink ich ab. »Bin gleich wieder da.«

Okay, schnell zum Pool, bevor Adriano sauber gemacht hat. Der rückt schon mit Schlauch und Bürste an.

»Halt!«, schrei ich, und er schaut mich erschrocken an.

»Ist nichts«, entwarne ich, »ich will nur die Stelle genauer überprüfen.«

»Wenn du meinst.«

Guckt ein bisschen irritiert, der Gute, enthält sich aber eines Kommentars. Gut, wüsste auch nicht, was ich antworten sollte. Ist nur so ein Bauchgefühl. Bei diesem Wort würden bei Vinc sämtliche Alarmglocken schrillen. Normalerweise find ich das witzig, aber grad nicht, dazu steckt mir der Anblick des Toten noch zu sehr in den Knochen. Hätt ich ihn bloß nicht gesehen am Abend vorher … das macht's irgendwie realer. Quatsch, ich weiß, ist aber so.

Während ich mit den Händen über den Boden streiche,

starrt mich der Mann an. Obwohl er nicht da ist. Julian Weigel heißt er. Hat er geheißen. Für ein paar Leute wird er immer so heißen.

Die Fliesen am Beckenrand sind rau. Das muss saublöd gelaufen sein … An der Kante zum Wasser klebt Blut. Und ein paar dunkle Haare. In der Fugenritze steckt etwas. Ein kleiner, fliederfarbener Knopf. Ein Hemd in dieser Farbe hat er am Abend getragen, ich seh's vor mir. Ist er wahrscheinlich schnell reingeschlüpft, bevor er zum Pool runterging. Ein kleiner Knopf. Alles, was von ihm geblieben ist. Hier. Ich pule ihn aus der Fuge, wickle ihn in ein Papiertaschentuch und stecke ihn in die Hosentasche. Erscheint mir unwürdig, ihn einfach von Adriano in den Gulli spülen zu lassen. Und gleich planschen wieder alle im Wasser. Ich schlucke. Soll Forti checken, ob der Knopf am Hemd des Toten fehlt. Und wenn nicht, wer weiß, den kann schließlich jeder hier verloren haben.

Adriano droht mit dem Schlauch. Wahrscheinlich wird er nur das Blut in den Gulli spülen, gechlort hat er am Abend, das muss reichen. Sonst könnten die Gäste nicht ins Wasser und er wäre in Erklärungsnot.

»Kann ich jetzt weitermachen?«, fragt Adriano leicht gestresst.

»Ja, klar. Hab alles gesehen … Muss eh an die Arbeit«, murmle ich eher zu mir selber und spurte los, Richtung Küche.

»Glaub ich auch«, motzt Adriano leise.

»Hab ich gehört«, ruf ich über die Schulter und renn weiter.

»Avanti«, schreit er hinterher. Lachend, wie mir der Tonfall verrät.

Während ich zur Küche haste, kreisen Gedanken planlos in meinem Kopf herum.

Limone, eine Touristenhochburg, fast alle verdienen am Tourismus, das Bestreben, einen Unfall möglichst unauffällig und schnell zu bearbeiten, ist im Interesse aller. Da wird nicht lang gefackelt. Dumm gestürzt, Kopfverletzung, fällt in den Pool, tot. So einfach ist das. Den Einzelgänger wird keiner vermissen. Und wenn es doch einen Streit gegeben hat? Ein Gerangel? Schaut Forti da genau genug hin, wenn es um den guten Ruf des Hotels geht, um die weiße Weste von Limone?

Ich komm nicht weiter zum Nachdenken, werd ich mir später in Ruhe überlegen, weil komisch ist das schon …

Um halb acht trudeln die ersten Gäste in den Speisesaal. Die haben nicht viel mitbekommen von der ganzen Aufregung. Und letztendlich ist das Frühstücksbüfett wichtiger als ein paar Polizisten im Hotel.

Ich mach mich so gut wie möglich nützlich, heute Abend werd ich die Regie übernehmen. Ein paar Verbesserungsvorschläge bezüglich des Frühstücks hab ich schon gespeichert.

Mia schaut herein. »Adriano hilft Greta im Frühstücksraum. Mir ist total schlecht, ich leg mich kurz hin. Doro, bei dir so weit alles klar?«

»Passt. Wir schaffen das, mach dir keine Sorgen. Die Gäste werden nichts mitbekommen …«

»Kann ich dir was bringen, Mia?« Niveo zieht besorgt die Stirn in Falten, während er zwei Portionen Rührei mit Speck fabriziert. Ich verkneif mir den Hinweis, dass der Speck kein schlapper, fettiger Lappen sein sollte. Daran werden wir arbeiten müssen.

»Alles in Ordnung, ich brauche nur eine halbe Stunde Ruhe«, sagt Mia.

So schaust du auch aus, denk ich und scheuch sie mit dem Hinweis auf die hungrige Meute draußen im Speisesaal aus der Küche. Niveo schaufelt derweil das Rührei aus der Pfanne und legt den Speck dazu. Immerhin hat er das Fett mit Küchenpapier abgetupft.

Greta holt einige Kännchen Kaffee, Adriano bringt das leere Kuchentablett, reißt die Zellophanverpackung von einem neuen Hefezopf – selber machen, notier ich – schnapp mir die Teller mit den Rühreiern und bring sie raus. Ambiente schnuppern, mich sehen lassen. Mich ablenken.

»Buon giorno«, grüß ich im Vorbeigehen, stell mit einem freundlichen »Prego« die Rühreier an den Tisch, den Greta mir zugeflüstert hat. Bin verdammt gut aufgelegt – bis mich Julian Weigel vorwurfsvoll anstarrt ... Ich checke das Büfett. Noch ne Stunde, da sollte ich die Wurst auf jeden Fall nachlegen. Ist höchstens die Hälfte der Gäste fertig. Nur ein Tisch, an dem unangenehm viel auf den Tellern liegen bleibt ... Muss ich beobachten, find ich zum Kotzen ... Na gut, erst mal Käse neu anrichten, ein paar frische Früchte dazu, hab ich in der Küche liegen sehen, aber nicht am Büfett. Kommt auf die Liste. Und die Tomaten sind viel zu kalt. Okay, das war's erst mal.

Der Speisesaal ist leer, alles abgeräumt und verstaut. Niveo übernimmt die Theke, was heißt, Getränke und Eis für die Hotelgäste. Mittags Selbstversorgung. Abends Menü. Donnerstag ist Ruhetag, da gibt's nur Frühstück, Getränke und Eis, kein Abendessen. Ich mach mir nen Cappuccino, stelle eine Flasche Wasser mit aufs Tablett und trage alles nach draußen, zum Privattisch. Liegt durch den großen Olivenbaum schön im Schatten, genauso wie mein Balkon.

»Und?«, frag ich Greta, die auf mich wartet, »hat jemand was mitbekommen?«

»Kaum zu glauben, aber zum Glück nicht. Obwohl wir durchaus ein paar Frühaufsteher haben. Aber letzte Woche war fast jeden Abend was los im Ort, dazu tagsüber Märkte, Ausflüge – da ist heut wohl Pause angesagt. Weißt du, der große Wechsel ist immer noch am Wochenende, und letzten Samstag sind fast alle abgereist. Das ist immer ein Riesenstress. Alle wollen zeitig frühstücken, die Rechnungen müssen fertig gemacht werden, ein paar persönliche Worte dürfen nicht fehlen, schließlich will man die Stammgäste halten, und neue Gäste sollen wiederkommen. Die Zimmer müssen möglichst schnell für die Neuankömmlinge hergerichtet werden, und die starten dann gnadenlos in den Urlaub.« Greta lacht leise.

»Kann ich mir vorstellen, nix Ruhe und Erholung, sondern das volle Programm. Am besten die Koffer ins Zimmer werfen, ein kurzer Blick vom Balkon auf den See, aber dann zack, zack auf den ersten Mercato«, spotte ich.

»Genau.« Greta stockt. »Julian Weigel ist erst am Mittwoch angekommen …«

»Ja. Echt traurig«, stimme ich Gretas plötzlicher Düsternis zu.

»Apropos, hast du was zum Schreiben?«, wechsel ich das Thema.

»Ich hol dir einen Block.«

»Lieb von dir, danke. Ich hab ein paar Ideen fürs Frühstück, Abendmenü habt ihr für die Woche eh schon festgelegt«, stell ich fest. Hab den Ordner mit den ausgedruckten Menüzetteln gesehen. Bekommt jeder Gast in der Früh an den Tisch gelegt und kann dann zwischen zwei Varianten wählen.

»Essen musst du mit Adriano besprechen. Küche ist sein Kompetenzbereich. Obwohl, eigentlich macht Valdo das selbstständig. Aber der fällt ja aus«, resümiert Greta und geht Papier und Stift holen.

Selbstständig. Ein Wort, das ich liebe. Adriano wird schon sagen, wenn ihm was nicht passt.

Okay. Brotauswahl – könnte besser sein, aber da gibt's Verträge, lass ich lieber so, wie's ist. Die Marmeladen in den kleinen Portionsplastikbehältern gehen gar nicht, die Fertigprodukte in dem seltsamen Spender sind auch nicht der Hit. Mal schauen – ein paar Früchte, und die sind ratzfatz selber gemacht. Könnte eine Aufgabe für Gretas Schwiegermama sein, und wenn sie persönlich keine Lust hat, kennt sie bestimmt Frauen, die sich ein paar Euro dazuverdienen wollen. Marmelade aus der Region, so was kommt an bei den Gästen. Genauso regionaler Honig. Muss ich eruieren. Kuchen übernehm ich selber, auf jeden Fall nicht mehr die matschige Pampe von heute Morgen. Säfte find ich auch grenzwertig, dünne Brühe, aber gut, ich weiß, das ist ne Preisfrage … Und für den Brand vom Vorabend gibt's Acqua minerale, frizzante und naturale. Was mir fehlt, Preis hin oder her, ist Prosecco, gratis natürlich … Hebt eindeutig die Stimmung der Gäste, ist im Einkauf erschwinglich und bringt einen Hauch von Luxus. Auf die paar Gäste, die randvolle Gläser nach draußen tragen, kommt's nicht an … Werd ich Adriano fragen, muss ja nicht der Teuerste sein.

Apropos Prosecco. Greta bringt Papier und Stift und findet die Idee mit Prosecco auch gut – und zwar für uns, nicht für's Büfett! Ich schreib mir ein paar Stichpunkte auf, Greta holt die Gläser, ich meine Zigaretten. Greta raucht nicht, ich schon, gelegentlich, so wie jetzt …

Ich lehn mich zurück und verschränke die Arme hinterm Kopf. »Du hast es echt schön hier«, sag ich zu Greta. »See, Pool, Sonne … eigentlich Dauerurlaub.«

»Hast du ne Ahnung«, seufzt Greta, »von wegen Urlaub und Hauptgewinn.«

Dann verstummt sie. Und meine Tiefenentspannung verschwindet im Nirwana.

Ich setz mich auf. »Was ist los? Raus mir der Sprache!

Hast du Probleme? Hast du deshalb geheult, letztes Mal am Telefon?«

»Ach, Doro«, jammert Greta. »Es läuft gerade alles schief in meinem Leben. Ich hätte nicht nach Italien ziehen sollen. Hier will mich keiner. Schon gar nicht Adrianos Familie.« Greta schaut mich an, als würde ein Widerspruch meinerseits alles ins rechte Licht rücken.

»Wie kommst du darauf?«, tu ich ihr den Gefallen und frag nach. Ein bisschen konkreter muss sie schon werden.

Sie schnieft. »Du hast es doch mitbekommen, heute früh am Pool. Als wäre ich schuld an dem ganzen Desaster.«

»Ach komm, dein Schwiegervater war gestresst. Und das versteh ich sogar. Ich mein, der Tote und die Folgen, die daraus entstehen könnten. Die Angst, dass die Gäste was mitbekommen, dass ihm womöglich irgendeine Fahrlässigkeit angehängt wird ...«

»Das ist es nicht. Adrianos Eltern waren entsetzt, als ihr Sohn eine Deutsche geheiratet hat. Ich kann mich anstrengen, wie ich will, sie sind nie zufrieden. Immer heißt es: Isabella hat das so gemacht, Isabella wollte das nicht so haben ... Isabella, Isabella ... bla, bla, bla«, stößt Greta bitter hervor.

Ist mir lieber, wenn sie wütend ist, als wenn sie heult.

»Isabella ist Adrianos Exfrau?«, kombiniere ich messerscharf.

Greta nickt und starrt auf ihre Hände. »Und sie sieht auch noch megagut aus«, seufzt sie und lacht unglücklich.

»Gibt's Grund zur Eifersucht?«, frag ich, weil's ja nicht das erste Mal wäre, dass alte Liebe wieder aufflammt.

Greta schüttelt den Kopf. »Nein, das nicht, aber sie schneit alle paar Wochen hier rein und bringt alles durcheinander. Da kann man nichts machen, sie ist die Mutter von Laura und Davide.«

»Wieso sind die Kinder eigentlich nicht bei ihr?«

»Die wären ihr nur im Weg. Als Model ist sie viel unterwegs. Und Adriano würde das niemals zulassen.«

Model – wie die Freundinnen von Paps. Muss ein Virus sein. Ich schüttle den bösen Gedanken ab.

»Aber er lässt zu, dass du unglücklich bist«, stelle ich schonungslos fest.

»Er sitzt halt zwischen den Stühlen«, sucht Greta nach einer Entschuldigung.

Aber das lasse ich nicht gelten.

»Hallo! Dein Mann soll sich gefälligst auf deinen Stuhl setzen!«

Meine Empörung muntert Greta auf. Sie nimmt ihr Glas und prostet mir zu. »Salute, Doro. Schön, dass du da bist.«

»Salute. Ja, ich freu mich auch«, sag ich und mein es auch so.

»Tut einfach gut, mit einer Freundin zu reden. Doppelt schön, weil wir uns nach der Schule ewig nicht gesehen haben … erst wieder im letzten Jahr … Und du bist trotzdem gekommen.«

Tja, Greta spricht aus, was ich mir auch schon gedacht habe.

»Wir waren nie die typischen Mädels, mit Händchenhalten, Tagebuch und Kicherpartys.«

»Stimmt«, lacht Greta, »wir haben uns lieber mit Kopfhörern im Zimmer verbarrikadiert und gelesen. Oder mit der Gitarre in den Englischen Garten verdrückt.«

»Ich hab oft Paps in der Küche geholfen. Hat mir Spaß gemacht.«

»Ja, und alle haben für den tollen Sascha Ritter geschwärmt und wollten dich als Freundin. Da war ich immer ein bisschen eifersüchtig.«

»Auf wen? Auf Paps oder auf mich?«

Wir lachen beide. Ich vor allem, weil ich Paps vor mir sehe, wie er geschmeichelt Autogramme verteilt.

»Felli war total in deinen Vater verknallt.« Greta kichert.

»Ich glaub, das ist sie heute noch.« Ich kichere auch – eben doch Mädelsgequatsche, denk ich – und lästere fröhlich weiter. »Sie taucht immer mal wieder im ›Macis‹ auf, und so, wie sie ihm hinterherschmachtet … Ohne Worte!«

»Wieso eigentlich ›Macis‹? War's früher nicht ›Saschas‹? Seid ihr umgezogen oder so?«

»Nee …« Jetzt bin ich in der Zwickmühle. Klar, früher hieß Papas Gourmettempel »Saschas«. Und der Grund, warum das nicht mehr so ist … Paps würde mir den Kopf abreißen. Andererseits find ich es blöd, Greta die offizielle Version von Modernisierung bla, bla, bla zu servieren. Ich geb mir nen Ruck. Was soll's, Greta lebt hier in Italien.

»Macis, die Muskatblüte. Paps ist ein absoluter Muskatfan, die Idee hat ihm schon lange gefallen, aber eine bewährte Marke umzubenennen, macht man nicht einfach so, und …«, ich zögere kurz, »okay, es war so: Paps hat eine Bemerkung von nem Gast aufgeschnappt. Der hat beim Rausgehen übersehen, dass der Chef und seine Tochter an der Speisekarte am Eingang zugange waren, und hat böse über den Namen abgelästert. Sachen wie: ›Saschas‹ klinge nach Bordell auf der Reeperbahn oder der Besitzer sei schlicht und einfach ein selbstverliebter Egomane. Er solle sein Lokal besser ›Narziss‹ nennen …«

»Na, immerhin kennt der sich in der griechischen Mythologie aus«, spottet Greta. »Aber dass dein Vater deswegen gleich sein Restaurant umbenennt?« Sie legt ungläubig die Stirn in Falten. »Da müsste er doch drüberstehen!«

»Tut er normalerweise auch. Aber fatalerweise hab ich ne Woche vorher die Originalität des Namens infrage gestellt …«

»Oh, oh!« Greta nickt verstehend.

»Genau! Und das hat an ihm genagt. Weil – mein lieber

Paps ist ein bisschen eitel, und vor allem sieht er sich als Künstler. Mangelnde Originalität, Langeweile oder Spießer – das sind No-Go-Begriffe im Zusammenhang mit Sascha Ritter!« Ich lache leise, als ich an Paps' auffallend dunkle Gesichtsfarbe während unserer Diskussion denke.

»Wir hatten einen internen Wettbewerb ausgetragen. Vater gegen Tochter. Schlachtfeld Küche. Auf dem er mein Werk als fantasielos abgewertet hat – was es auch war, wie ich im Nachhinein zugeben muss. War einfach nicht gelungen und ich war beleidigt – und hab zum Gegenschlag ausgeholt. Er hat dann wortlos das Feld geräumt. Nach zwei Tagen haben wir uns versöhnt, aber ich hab gesehen, wie er skeptisch auf die Leuchtschrift über dem Eingang gestarrt hat.«

»Und dann kommt einer und nennt ihn einen selbstverliebten Egomanen.«

»Genau. Und ich war auch noch Zeugin! ›Idiot‹, hat Paps geknurrt, ›ein Egomane *ist* selbstverliebt!‹ ›Macis‹ hat uns dann beiden gut gefallen. Ich will nicht angeben, aber die Idee ist von mir – weil Paps liebt Muskat, egal ob als Nuss oder Blüte beziehungsweise Samenmantel. Und ein bisschen Intellekt darf ja sein – nach dem Narziss!« Wir kichern.

»Und der Typ hat Lokalverbot bekommen?«

»Nee, das nicht, aber ehrlich gesagt sind wir eigentlich immer ausgebucht, wenn er anruft …«

»Tja«, Greta schaut unschuldig, »geht uns manchmal auch so …«

»Five.«

»Five.«

Wir klatschen ab.

Mia taucht wieder auf. Schwebt zart, nein, ätherisch trifft's besser, auf die Bühne. Ich hab echt keine Figurprobleme, aber solche Frauen machen mich gefühlsmäßig zehn Kilo schwerer.

»Na, du Arme, geht's wieder besser?«, ruft Greta ihr mitfühlend entgegen.

»Ich hab gerade von einer Kugel Erdbeereis geträumt.« Mia lacht und macht sich an der Eisbar zu schaffen.

Greta beugt sich zu mir. »Mia ist ein Schatz. Sie hält immer zu mir«, flüstert sie. Ihre Miene verdüstert sich. »Mehr als Adriano.«

»Ach komm, Greta, Kopf hoch, das rocken wir«, sag ich cool, »denk an den alten Wiesmüller, den haben wir uns auch zurechtgebogen.«

Greta muss lachen. »Vielen herzlichen Dank auch. Meinen Mann mit Wiesmüller zu vergleichen!«

»Der Gedanke hat was«, finde ich und smile, »aber im Ernst, du weißt, was ich meine, oder? Musketiere … alle für einen und so.«

»Mein armer Adriano tut mir jetzt schon leid …«

»Was gibt es zu lachen?«, fragt Mia neugierig. Sie lässt sich mit einer Megakugel Erdbeereis in der Waffel auf einen Stuhl fallen.

»Lass das bloß die Kinder hier nicht sehen, die wollen nie wieder eine normale Kugel«, zieh ich sie auf.

»Oje!« Mia schaut erschrocken auf ihren Erdbeereisberg.

»Entspann dich, Mia, alle Monster sind am Pool«, geb ich Entwarnung.

»Monster! Doro, wenn das die lieben Eltern hören.«

Wir lachen. Tut gut nach dem ganzen Stress. Der Tod von Julian Weigel steckt uns allen in den Knochen.

»Tja, Mädels, ich verzieh mich. Sachen auspacken, Nickerchen und so … Soll ich gleich die Gläser mitnehmen?«, frag ich und steh auf.

»Nee, lass mal«, winkt Greta ab.

»Ich helfe Greta«, sagt Mia.

Na, dann … Ich überlege kurz. Soll ich außenrum gehen,

über den Parkplatz zum Hintereingang – da könnte ich gleich noch meine Sonnenbrille aus dem Auto holen. Ich entschließe mich dann aber für den Weg durchs alte Haupthaus. Ist kühler als draußen.

Im Minibüro hinter der Rezeption herrscht gähnende Leere. Francesca und Vittorio pflegen ihre Siesta bis zum späten Nachmittag. Hat sich nicht verändert seit dem letzten Jahr. Die Jungen halten abwechselnd die Stellung, ist nicht viel los um die Zeit. Die meisten Gäste sind am See oder gehen ne Kleinigkeit essen oder schlafen am Pool. Manche in der prallen Sonne … Okay, wer's braucht. Später vielleicht Eiskaffee, ein kühles Pils vom Fass oder einen prickelnden Spritz. Sofort perlen verlockende Bilder an meinem geistigen Auge vorbei. Gibt's für mich aber erst nach der Abendschicht. Auch wenn das »Magdalena« überschaubar ist, 50 oder 60 Essen punktgenau zu servieren, ist zwar nicht wirklich eine Herausforderung, ich will mich aber auch nicht blamieren.

Ich streife die Flipflops ab und streck mich auf dem Bett aus. Die Fahrt steckt mir noch in den Knochen. Ist zwar echt keine Weltreise von München an den Gardasee, aber dann noch die Aufregung vom Morgen … Ein alter Hausschlappen ist ein fitter Turnschuh gegen mich! Ich fummel mein Handy aus der Hosentasche, dabei spür ich den Knubbel in der kleinen Seitentasche. Ach, Mensch, den Knopf hab ich ganz vergessen, den bring ich später noch zu Forti.

Ich drücke Vinc' Nummer, aber er geht nicht ran. Die Hände im Nacken verschränkt, döse ich vor mich hin. Muss kurz eingeschlafen sein, jedenfalls höre ich jetzt jemanden sprechen. Männlich. Italiener. Spricht schnell und mit Dialekt. Klingt irgendwie … interessant. »Was interessiert dich eigentlich nicht?«, würde Vinc dazu mit an Sicherheit grenzender Wahrscheinlichkeit sticheln. Vinc … Ich drücke die

Wahlwiederholung. Wieder nix. Schade. Na ja, probier ich's später noch mal. Muss langsam in die Küche, Abendessen vorbereiten, ist schließlich kein Urlaub hier. Mein Akku ist wieder aufgeladen, trotzdem, zwei Minuten gönn ich mir noch. Ich mach die Augen zu und freu mich auf Vinc. Träume von unseren Motorradtouren … Die Stimme von drüben wird lauter. Der Typ ist jetzt anscheinend auf dem Balkon. Aha. Muss ich mir merken. Wichtige Dinge nicht draußen besprechen. Ich grins vor mich hin, steh auf und stell mich an die Balkontüre. Ich hab keinerlei Skrupel zu lauschen, außerdem versteh ich eh nur ein paar Brocken, mein Rudimentäritalienisch ist absolut überfordert. Was ich raushöre, sind lediglich ein paar Worte. »Mama« und »Unfall«, er könne nichts für den Tod … und dass er in Sicherheit sei. Bin mir nicht sicher, der Stimme nach könnte es Niveo sein. Greta fragen, wer das Zimmer neben mir hat, notier ich für mich. Okay, er telefoniert also mit seiner Mutter, er kann nichts für den Tod und – er hat Angst. Letzteres kann ich an seiner Stimme hören. Wovor, frag ich mich. Da kann ich nur Vermutungen anstellen, aber darin bin ich ja Meisterin – würde Vinc zumindest behaupten. Hmm, ein Toter, ein seltsames Telefongespräch, meine Antennen sind auf Empfang! Was hat Niveo mit dem Tod von Julian Weigel zu tun? Und wovor hat er Angst? Kein Mensch hat irgendeinen Verdacht gegen ihn geäußert. Ich hab ihn gefragt, ob er versucht hat, den Mann wiederzubeleben … Das war kein Vorwurf, ich wollte nur den Ablauf ein wenig strukturieren. Und der Streit, auf den ihn Mia angesprochen hat … Ich mein, selbst wenn er mit dem Mann eine Auseinandersetzung gehabt hätte, hätte das noch lange nichts mit dem Tod von Julian Weigel zu tun. Außerdem hat er das ja mit dem Fahrradunfall erklärt. Ja gut, erzählen kann er viel! Hat er ein schlechtes Gewissen, weil er nicht sofort Erste

Hilfe geleistet hat? Oder hat er vielleicht das Reinigungsmittel am Pool liegen lassen? War die Stelle glitschig? Mir ist nichts aufgefallen, als ich den Beckenrand in der Früh überprüft habe. Außerdem war Julian Weigel heute Morgen ja vor Niveo am Pool. Muss ich mir noch mal anschauen. Ein Blick auf mein Handy … 14.45 Uhr auf dem Display. 15 Uhr, hat Niveo gesagt. Eine Viertelstunde … okay, das passt. Noch schnell ins Bad, wo mir ein Blick in den Spiegel zeigt, dass sich meine hellbraune Naturkrause in einen Wischmopp verwandelt hat. Ich wähle das Zehnfingerprogramm und stürme aus dem Zimmer, Treppen runter, durch den Garten Richtung Pool. Einige Liegen auf der Wiese sind belegt, Schirme spenden Schatten, selige Ruhe. Genauso im Poolbereich. Gut, dann werd ich nicht angequatscht. Weil – blöde Fragen stellen darf nämlich nur ich!

An der Unfallstelle geh ich in die Hocke und rastere das Umfeld ab. Hmm, nichts. Absolut nichts, über das man stolpern könnte, nichts ist schmierig.

»Hast du was verloren?«

Ich bin mit den Gedanken bei Julian Weigel und nehme das Kind mit der piepsigen Stimme eher unbewusst wahr.

»Äh …«, ist alles, was mir einfällt. Was die Kleine aber nicht stört, sie hockt sich neben mich und lässt die Füße ins Wasser baumeln. Die Mutter blinzelt träge rüber, ein Auge auf ihr Engelchen, das sicher noch nicht schwimmen kann.

»Wie heißt du?«, fragt das Engelchen und wackelt mit den Zehen im Wasser.

»Doro. Und du?«

»Ich bin Frida. Da drüben ist meine Mama.« Sie zeigt mit dem ausgestreckten Finger und bestätigt damit meine Vermutung.

»Papa holt ein Bier«, informiert sie mich dann noch.

Ich unterdrücke mühsam ein Grinsen.

»Ich hab Schwimmflügel. Gehst du mit mir ins Wasser?«, beendet Frida die Vorstellungsrunde.

»Nee du, ich muss in die Küche, damit du heute Abend etwas in dein Bäuchlein kriegst«, sag ich und klopf ihr lachend auf dasselbige.

Interessiert schaut sie mich an. »Kann ich mitkommen?«

Oje, hab, glaub ich, nen Fan gewonnen. Paps sammelt die mondänen Damen der High Society und ich kleine Knirpse am Pool!

»Nee, Schätzchen, in der Küche ist's viel zu gefährlich, weißt du. Die heißen Töpfe, Messer und lauter solche Dinge. Du gehst planschen, ich geh kochen, okay? Aber pass auf, dass du nicht ausrutschst. Wenn der Boden nass ist, wird's glatt.« Womit ich wieder beim Thema bin.

»Ich laufe immer hier am Rand, der ist nicht glatt«, ruft Frau Naseweis, steht auf und hüpft davon.

Eben. Sag ich doch. Und der Tote war ein sportlicher junger Mann, nur auf der Durchreise für ein paar Tage, unterwegs mit dem Rennrad und unbestimmtem Ziel. Im Hinterkopf schwimmt – nicht greifbar – eine Erinnerung … irgendetwas. Ich seufze. Zeit, in die Küche zu gehen.

Niveo ist noch nicht da. Egal. Ich fang schon mal an. Soßen vorbereiten, köcheln lassen. Salat putzen. Tomaten aus dem Kühlschrank nehmen. Weißbrot checken. Zunächst die Soßen für den ersten Gang. Tomatensoße und Ragout Bolognese. Mit Spaghetti. Nicht sehr einfallsreich, aber die Speisepläne stehen, da werd ich nichts machen können. Wär vielleicht auch übertrieben. Aber am Salatbüfett lässt sich definitiv was ändern. Niveo hat mir heute früh eine kleine Einführung gegeben. Zutaten fürs Salatbüfett kommen direkt aus dem Kühlraum, das geht gar nicht. Tomaten müssen auf jeden Fall vorher raus. Und die Auswahl ist mir zu knapp. Mais, Bohnen, Rote Bete notier ich für mich. Alternativ zu den Pastagerichten noch Nudelsuppe mit Gemüsestreifen. Okay, das geht schnell. Bin fast fertig mit den Soßen, als Niveo hektisch in die Küche stürmt und sich überschwänglich entschuldigt. Rache ist süß, denk ich, und verdonnere ihn zum Kartoffelschälen und Gemüseschneiden. Beilagen für den zweiten Gang. Salzkartoffel und gegartes Gemüse. Zu Saltimbocca alla Romana oder Lachsfilet gegrillt. Pilze putzen fürs vegetarische Omelett. Wir sind schnell fertig.

»Müssen wir für die Nachspeise noch was vorbereiten?«, überleg ich laut.

Niveo schüttelt den Kopf. »Alles fertig«, sagt er und zeigt zum Kühlschrank. »Tiramisu hab ich gestern gemacht, ohne Ei.«

»Und zum Eis?« Eis gibt's immer, hab ich mir sagen lassen.

»Sahne, wer will.« Niveo schaut mich fragend an.

»Wir legen ein paar Früchte dazu«, schlag ich vor und mach mich auf die Suche. Na bitte! Wunderbar reife Pfirsiche. Ich stell die Schüssel vor Niveo hin.

»Muss das sein?«, motzt der prompt.

»Ja«, sag ich gnadenlos und frohlocke innerlich, weil Niveo mit finsterer Miene zu schälen und schnippeln anfängt, meine Rolle als Chefin aber akzeptiert. Und das als italienischer Macho, schieb ich ihn ohne Skrupel in meine Vorurteilsschublade für südländische Männer. Ich rühre eine leichte Soße aus karamellisiertem Puderzucker, Orangensaft, Stärke, Vanillemark, einer Zimtstange, einer Prise Muskatblüte, Ingwer und einem kräftigen Schuss Limoncello an. Davon halte ich Niveo ein Löffelchen voll zum Probieren vor die Nase. Er schnuppert, lässt sich dann die Kostprobe in den Mund schieben. Er testet ausgiebig, ohne eine Miene zu verziehen.

»Gut«, sagt er und schnippelt weiter.

Die Soße schmeckt mehr als gut, das weiß ich. Braucht halt noch ein bisschen, mein kleiner Italiener.

»Das Ganze dann in den Kühlraum, okay? Und vergiss nicht, etwas Zitronensaft über die Schnitze zu träufeln, damit sie nicht braun werden«, geb ich freundlich noch ne Anweisung.

Niveo nickt grantig.

Halb sechs. »Ich verzieh mich ein halbes Stündchen auf's Zimmer«, verkünde ich und hänge die weiße Schürze an den Haken an der Tür. Vielleicht erreiche ich Vinc, hoffe ich, und reiß schwungvoll die Tür auf.

»Attenzione!«, bellt es mir scharf entgegen.

Ups! Fast hätte ich den Gipsarm des Alten gerammt.

»Valdo!« Niveos Miene hellt sich sichtbar auf.

»Salve, Niveo.« Der Alte nickt zu Niveo rüber, ohne mich aus den Augen zu lassen.

Okay, Ruhepause gestrichen. Valdo Carlotti, der capo della cucina, inspiziert sein Revier. Jetzt mein Revier. Zwei italienische Machos, fass ich zusammen, und stell mich der Herausforderung.

»Hallo, Signor Carlotti«, begrüße ich den Alten und strecke ihm die Hand entgegen. »Ich bin Doro Ritter, Ihre Vertretung.« Jetzt ist er am Zug.

»Salve, signorina Doro. *Ritter.* Der berühmte papà, habe ich schon gehört«, kommt es stimmgewaltig auf Deutsch mit charmantem italienischem Akzent. So wie's die Deutschen lieben. Italien, aber bitte auf Deutsch.

Was war das? Ein schelmisches Blitzen in den Augen? Bin mir nicht sicher. Valdo zieht sich einen Stuhl aus der Ecke und lässt sich nieder. Was wird das? Will der hier einziehen?

»Äh …«, mehr fällt mir nicht ein. Nicht mein Tag heute. Hmm …

»Wollen Sie uns helfen?«, frag ich scheinheilig.

Der Alte hebt leicht seinen linken Arm mit dem Gips in die Höhe und schüttelt den Kopf. »Darf nix machen, sagt der Dottore.«

»Leisten Sie uns ein bisschen Gesellschaft?« Carlotti ist zäh, lässt sich jedes Wort einzeln aus der Nase ziehen.

Valdos Stirn umwölkt sich.

Niveo steht mit verschränkten Armen da, beobachtet uns, unverschämt zufrieden, möcht ich mal sagen. Ich muss lachen. Ich mein, was soll's. Dem Alten ist wahrscheinlich langweilig oder seine Frau hat ihn rausgeschmissen, weil er daheim nervt, und diese Küche hier ist seine Welt. Seit Jahrzehnten. Seit das Hotel besteht eigentlich. Hat Greta erzählt.

»Na dann, willkommen zurück«, sag ich fröhlich, »ab und zu einen guten Ratschlag kann schließlich jeder brauchen. Sogar eine Signorina Doro. *Ritter.*«

Die Miene des lädierten Küchenchefs glättet sich. Wir verstehen uns.

»Bin kurz draußen«, melde ich mich bei Niveo und Valdo ab. Vielleicht ist Vinc jetzt erreichbar. Das Handy am Ohr, spring ich Richtung Eingangslobby, auf der Suche nach Greta. Vinc geht immer noch nicht ran. Im Büro sitzt Vittorio Rinaldi mit Forti. Das passt mir gut, ich renn auf mein Zimmer, schnapp mir den Knopf, das spart mir den Weg zur Carabinieri-Station.

Forti nickt, als ich ins Büro stürme, Rinaldi verzieht säuerlich das Gesicht.

»Den Knopf hab ich am Pool gefunden. Direkt an der Unfallstelle. Ich dachte, das könnte Sie interessieren.«

Forti nimmt den Knopf, begutachtet ihn gründlich, hält ihn sich vor die Augen, als ging's um Karat und nicht um Plastik. Nickt wieder. »Ich prüfe das«, sagt er, dann bin ich Luft für die beiden.

Aha. Bitte schön, gern geschehen! Oder verarscht der mich grade?

Mir jetzt egal, ich such Greta.

In der Küche läuft dann alles wie am Schnürchen, Valdo bleibt brav auf seinem Platz und schafft es tatsächlich, sich rauszuhalten – zumindest meistens.

Einmal hat er kurz gezuckt, als ich frisches Weißbrot zum Salatbüfett gestellt hab statt der alten Frühstückssemmeln ... und eine Schüssel Mais und eine mit grünen Bohnen zusätzlich. Hat aber nichts gesagt.

Um halb zehn ist der Speisesaal leer, die Gäste sind runter in den Ort flaniert oder sitzen draußen auf der Terrasse mit Vino, Smartphone, Tablet oder bei einem Spiel mit den Kindern. Karten, Würfel, Brettspiele. Zum Teil aus dem Hotelfundus. Grüppchen haben sich gebildet, andere bleiben lieber separat. Adriano bedient heute Abend draußen, ich hab nen Eins-A-Beobachtungsposten vom Familientisch aus, gönn mir eine Zigarette und nippe nebenbei an einem Glas Prosecco. Mein Favorit im Sommer. Eindeutig. Und liegt durchaus im Trend, neben Spritz, Vino und Bier natürlich. Ein letzter Schluck, dann letzter Kücheneinsatz für heute. Hab mir einen schlichten Rührkuchen fürs Frühstücksbüfett vorgenommen, das schaffe ich locker, bis Niveo und Mia die Spülmaschine bestückt und die Küche gesäubert haben. Greta deckt fürs Frühstück und bereitet das Büfett vor. Danach gibt's Essen für uns. Vom Ragout ist noch genügend da, Niveo schmeißt die Pasta ins Wasser.

»Was machen deine Eltern so den ganzen Tag?«, frag ich Mia.

»Meinst du im Hotel?«

»Ja. Sind die immer da und passen auf?«

Mia schüttelt den Kopf. »Nein, die wohnen oben in Tremosine. Da ist es kühler und sie haben ihre Ruhe. Aber in der Hauptsaison sind sie oft hier. Sie haben eine kleine Wohnung in unserem Privattrakt, gleich neben meinem Appartement. Hauptsächlich hüten sie die Rezeption und pflegen den Garten. Und papà macht den Limoncello.«

»Ach, der ist selbst gemacht?« So was interessiert mich immer.

»Ja, und sogar aus unseren eigenen Zitronen. Nach dem Essen musst du ein Glas probieren, Doro.«

Tja, Familienstolz. Geht mir mit Paps genauso.

»Gerne«, stimm ich begeistert zu und streiche die Teigmasse aufs Blech. Okay, das reicht. Die gekaufte Pampe muss schließlich auch noch weg. Ich nehm die Küchenuhr und verzieh mich nach draußen.

»Bin grade fertig«, ruft Greta durch die offene Terrassentür. »Ein Glas Weißwein zum Essen?«

»Ja, gerne«, ruf ich zurück.

»Ich bring's gleich mit.« Sagt's und verschwindet Richtung Rezeption und Theke.

Hoffentlich wird sie nicht von Gästen gekrallt, die immer schnell was brauchen, wenn jemand von der Familie vorbeikommt, denn die Lobby ist allgemeiner Knotenpunkt für Urlauber und Personal. Hier liegt das kleine Büro, gleich davor die Rezeption zum Ein- und Auschecken und ganz wichtig natürlich das Herzstück, die Bar, an der die kulinarische Flüssigversorgung stattfindet.

Mein Handy vibriert.

»Hallo, Vinc! Hab's vorhin schon bei dir probiert …«

»Küsschen, Schatz. Ich war bis jetzt unterwegs und hab blöderweise mein Handy daheim liegen lassen. Zuerst war ich bei Fredi, Einweisung Motorrad, morgen hol ich es dann ab. Danach bin ich weiter zur Uni und hab mit meinem Chef geredet, wegen Urlaub und so … Geht klar, hat er gemeint. Er hilft mir morgen bei ein paar Änderungen an der Anlage, das war's dann eh, bis das Semester wieder losgeht.«

»Super!« War ein Glücksfall, dass Vinc den Job an der Uni bekommen hat, obwohl er BWLer ist und kein Informatiker. Das externe Unternehmen ist zuständig für die digitale Versorgung der Uni und sucht immer Studenten für bestimmte Bereiche. Vinc' Aufgabe ist die Kommunikation zwischen den Technikern und den Laien. Und das kann mein Schatz. Er ist geduldig, kommunikativ, diplomatisch und innovativ. Ich grinse. Alles Eigenschaften, die auch bei mir oft zum Einsatz kommen. Sozusagen Voraussetzung beim Management von Doro Ritter.

»Wann kannst du da sein?«, frag ich.

»Tja, ich will in der Früh losfahren, aber nicht Autobahn. Eher Reschenpass, mal sehen, wenn ich schon ein Motorrad habe …«

»Logisch, mach das. Ich freu mich auf unsere Touren hier. Und auf dich.«

»Und ich mich auf dich, meine Süße. Wirst du denn überhaupt Zeit haben? Immerhin bist du ja nicht zum Vergnügen bei den Rinaldis.«

»Stimmt. Aber das organisier ich, kein Problem. Du, Schatz, kann ich dich später zurückrufen? Ich muss dir einiges erzählen. Ah, Greta kommt mit einem Glas Weißwein. Und ich muss noch was für morgen notieren und dann gibt's Pasta fürs Team …«

»Danke für die Info! Ich sitz hier einsam draußen, mit einer dicken Wolldecke, wenn ich das erwähnen darf! Vielleicht mach ich mir noch eine Tasse heißen Tee.« Vinc lacht leise.

»Übertreib mal nicht, du Spinner! Es gibt Internet und das sagt mir, dass es bei euch in München durchaus warm ist für die Jahreszeit. Aber trotzdem, eine Runde Mitleid! Und ab übermorgen südliche Sonne, Vino und natürlich das Sahnehäubchen …«

»Das da wäre?«

»Deine liebste Doro, was sonst?«

»Na, dann bis später, du Sahnehäubchen.«

»Bussi«, sag ich und schick ein Küsschen ins herbstliche München.

Niveo kommt, die Teller beladen mit dampfenden Tagliatelle und Ragout Bolognese, Adriano erscheint mit Eltern und Mia im Schlepptau.

»Buon appetito«, wünscht Vittorio Rinaldi als Familienoberhaupt.

»In Deutschland hat sich Bolognese praktisch untrennbar mit Spaghetti verbunden. Und ist zu tomatenlastig«, überlege ich laut.

»Wir haben heute extra für dich beim Menü Spaghetti verwendet, damit du kein Heimweh bekommst«, bemerkt Niveo.

»Also ich …«

Alle lachen. Sogar der alte Rinaldi. Ich hab zu spät gemerkt, dass Niveo mich auf den Arm nimmt. Die Rache fürs Pfirsichschnippeln. Natürlich ist allen klar, dass ich das italienische Originalrezept kenne und weiß, dass man unterschiedliche Nudeln für diese Soße verwendet, aber niemals Spaghetti.

»Ja, ja, alla tedesci, ich weiß«, mein ich augenzwinkernd. »Wisst ihr, mein Paps würde sich eher die Hand abhacken, bevor er dazu Spaghetti servieren würde. Einmal hat ein Gast gewagt, sich beim italienischen Büfett über die dazu gereichten Rigatoni zu beschweren. Ihr hättet sehen sollen, wie Paps' Miene zum Eisblock mutierte. Seine Zornader an der Stirn hat pulsiert und ich kenn ihn. Das war Mount

Ritter kurz vor dem Ausbruch.« Bei der Erinnerung daran muss ich so lachen, dass ich alle damit anstecke. Die Gäste schauen schon neugierig rüber.

»Apropos«, sag ich, wieder auf dem Boden der Tatsachen, »wieso bieten wir nicht mal nen original italienischen Abend? Ich denke, die meisten Gäste würden das lieben!« Die Begeisterung geht mit mir durch.

»Mal langsam, Mädchen«, stoppt Vittorio meinen Enthusiasmus. »Wir haben genug Arbeit, das wirst du schon noch merken. Da brauchen wir keine Extratouren. Außerdem sind wir original genug.«

Hab ich's mir wieder versaut? Nee, glaub nicht, Vittorio lächelt mich milde an, wie ein Kind halt, das man in die Schranken weisen muss. Tja, das Los meines Alters, dazu eine Prise Genderproblematik eines italienischen Machos. Werd mich wohl ziemlich ins Zeug legen müssen, um den Alten von meinen Qualitäten zu überzeugen. Haha, packt mich da gerade der Ehrgeiz?

Die Küchenuhr rasselt.

»Scusa, ich muss den Kuchen aus dem Backrohr holen«, entschuldige ich mich, schieb die letzte Gabel Tagliatelle in den Mund und spring in die Küche.

Niveo folgt mir mit den leer gegessenen Tellern, begleitet von Mia.

»Pfirsiche an Soße Doro«, serviert er zwei Minuten später. »Müsst ihr probieren, schmeckt klasse.« Er schaut todernst.

Aha. Ich grinse. Er auch.

Meine Dessertsoße ruft allgemeine Begeisterung hervor.

»Wie wär's jetzt mit einem Gläschen Ihres berühmten Limoncellos?«, frag ich Vittorio.

Ein geschmeicheltes Lächeln entkommt ihm.

»Mia, hol die Flasche und Gläser, per favore!«, schickt er seine Tochter los.

»Salute«. Ich schnuppere am Glas. Superzitronig. Der Limoncello fließt kalt, süß und sehr fruchtig die Kehle runter.

»Hmmh, echt lecker! Schmeckt viel besser als der, den ich in der Küche gefunden habe«, lobe ich begeistert und mein das auch so.

»Familienrezept.« Vittorio ist sichtlich stolz.

Na also, geht doch, denk ich zufrieden.

Ein schöner Abend, aber langsam werde ich müde und will meine Ruhe.

»Buona notte«, wünsch ich in die Runde und steh auf.

Adriano geht rüber zu den Gästen, die anderen bleiben noch sitzen.

Okay, war ein langer Tag. Hab mir eine Flasche Mineralwasser mit hochgenommen, die klemm ich mir unter den Arm und geh raus auf den Balkon. Aschenbecher steht auf dem kleinen weißen Plastiktisch, der Stuhl aus demselben Material war auch schon mal weißer, wie mir heute Nachmittag aufgefallen ist. Aber das schluckt jetzt die Nacht. Ich drück Vinc' Kontakt. Da alle andern noch unten sind, gehe ich davon aus, ungestört telefonieren zu können. Kontrollblick zu den angrenzenden Zimmern, ist alles dunkel. Trotzdem rede ich sehr leise, als ich Vinc von den Ereignissen des Tages erzähle. Hauptthema ist der Unfall. Logisch. Beschäftigt mich sehr.

»Weißt du, die haben den Mann abtransportiert, Hauptsache, keiner kriegt was mit«, sag ich traurig.

»Doro, Schatz, klar ist das tragisch, aber so was passiert eben. Und dass die Polizei Rücksicht auf den Hotelbetrieb nimmt, finde ich nicht verkehrt.«

Ich seufze. »Das weiß ich ja, aber trotzdem, ich war vorhin noch kurz unten am Pool … Iieh, was ist das?«, ruf ich erschrocken und wedle abwehrend mit den Händen. Beinahe wär mir das Handy runtergefallen.

»Was ist los?«, fragt Vinc, klingt aber nicht sonderlich besorgt.

»Hallo! Ich werde hier von einer Armada Schwalben oder so angegriffen und du lachst?«, schimpf ich empört.

»Bestimmt ein paar Fledermäuslein«, spottet Vinc. »Die waren letztes Jahr doch auch da, mein kleiner Schisser, erinnerst du dich?«

»Echt? Fledermäuse? Meinst du?« Stimmt, ich erinnere mich … Weiß auch nicht, weswegen ich Gänsehaut kriege. Alte Gruselgeschichten aus der Kindheit wahrscheinlich. Wie sich Fledermäuse wie Kaugummi in den Haaren verfangen …

»Und wegen des Unfalls«, Vinc' Stimme schiebt sich wieder in den Vordergrund, »Doro, du hörst das Gras wachsen. Lass es gut sein und wirbel keinen Staub auf, wo keiner ist.«

»Wird Zeit, dass du kommst, mein Held und Beschützer«, witzle ich liebevoll. »Ich freu mich auf dich. Bussi.«

»Bussi, bleib brav, bis übermorgen.« Ich hör sein leises Lachen, bevor er auflegt. Ein angenehmes Kribbeln breitet sich in mir aus.

KAPITEL 4

SEGRETI – GEHEIMNISSE

Martedi (Dienstag) – 28. August

In aller Früh tauchen die Eltern von Julian Weigel auf. Rote, verquollene Augen, traurig, fassungslos. Julians Freundin steht stumm dabei. Sie wollen ihren Sohn, ihren Verlobten nach Hause holen. Abschied nehmen, an dem Ort, an dem er gestorben ist. Die drei werden von einem Sergente begleitet. Einige Gäste sitzen bereits beim Frühstück und schauen neugierig zu dem traurigen Grüppchen, das gerade durch den Garten Richtung Pool zieht, dahin, wo das Unglück geschehen ist.

Bis auf ein paar bunte Handtücher auf einigen Liegen ist der Poolbereich verlassen.

Ein kleines Mädchen steht auf der Terrasse und schaut zu der Gruppe rüber.

Unter uns gedrückte Stimmung, keine Scherze in der Küche, das gebietet der Respekt vor dem Toten. Auch wenn wir ihn kaum gekannt haben. Die tiefe Trauer der Eltern und der jungen Frau schlägt uns aufs Gemüt. Adriano und Greta gehen rüber zum Pool, Niveo, Mia und ich übernehmen den Frühstücksbetrieb. Die eine oder andere Frage an Mia, die bedient. Ein bedauerlicher Trauerfall, sagt sie freundlich, aber in einem abschließenden Tonfall, der jegliche Nachfrage verbietet. Außerdem überlagert das Bedürfnis nach ungetrübtem Urlaub die Sensationslust, und so plätschert das Gemurmel im Speisesaal bald in gewohnten Bahnen. Die erweiterte Brotauswahl, der selbst gebackene

Kuchen und vor allem der Gratisprosecco rufen allgemeine Begeisterung hervor. *Hab ich's nicht gewusst?* Ich zwinkere Niveo zu, als eine ältere Dame ein gut gefülltes Glas Prosecco in der einen Hand, in der anderen Kaffeetasse samt Unterteller Richtung Terrasse jongliert, wo sie dann eine Zigarette aus dem hundertwasserbunten Etui zieht und auf ihrem Smartphone surft, während ihr Mann mit Kaffee und Bildzeitung folgt. Urlaubsidylle.

Neben Spiegelei-, Rührei- und Schinkenbruzzeln, werf ich einen Blick auf das Abendmenü. Valdo Carlotti hat angeboten, sich um die Bevorratung und Einkaufsliste zu kümmern, was mir sehr gut passt, auch mit Blick auf Vinc, der morgen kommt, da schadet Unterstützung in der Küche nicht.

»Oh Mann!« Greta kommt mit gerötetem Gesicht in die Küche. »Mir hat's grade schier das Herz zerrissen. So was wünsch ich meinem schlimmsten Feind nicht.«

Sie hat Tränen in den Augen. Ich nehm sie in die Arme.

»Als Jugendlicher war er im Schwimmverein und hat jeden Wettbewerb gewonnen, hat seine Mutter gesagt«, schnieft Greta.

»Das ist Schicksal«, versuch ich sie zu trösten und weiß, dass es für die Familie von Julian Weigel keinen Trost gibt.

»Die Polizei hat den Leichnam freigegeben. Sie können ihn jetzt mit nach Hause nehmen.«

Wir nicken stumm, dann lenkt uns der laufende Betrieb ab. So ist das, denk ich, und es erschüttert mich, wie schnell der Alltag einen verschlingt, während sich im selben Moment für jemand anderen das Leben für immer verändert.

»Wann kommen eigentlich eure Kinder zurück?«, frag ich Greta.

»Isabella hat sie übers Wochenende mit nach Verona zu ihrer Familie genommen und bringt sie heute Abend oder morgen wieder. Pflicht für die nächsten Wochen erfüllt«, sagt sie böse. »Bis dahin können wir zusehen, dass sie wieder normal ticken.«

»Na, komm, so schlimm wird's schon nicht werden«, will ich sie beruhigen, merk aber selber, wie blöd das klingt. Schließlich kenn ich Laura und Davide überhaupt nicht, und schon gar nicht ihren Zustand nach einem Aufenthalt bei ihrer Mutter.

Gretas Blick spricht Bände.

»Tut mir leid!«, entschuldige ich mich und umarme sie fest. »Aber ich unterstütz dich, versprochen!«

Ein Lächeln huscht über ihr Gesicht.

Schön. Tja, Köchin, Kindermädchen – und was kommt noch? Kein Ding, bin zuversichtlich, dass ich das rocke. Ich mein, ich kann ganz gut mit Kindern. Solang es nicht meine eigenen sind und ich sie wieder abgeben kann … Ist einfach noch kein Thema für mich und zum Glück schreit Paps auch nicht nach Enkeln. Und Vinc? Wir haben uns noch nicht in das Thema vertieft. Ich muss lachen. *Hallo!* Wie komm ich denn auf so tiefschürfende Gedanken?

Greta lauscht abgelenkt, dann eilt sie aus der Küche. Keine zwei Minuten später ist sie wieder zurück.

»War nur Hugo. Der wollte zu Mia. Die ist gerade auf ihr Zimmer gegangen.«

»Hugo? Ist das Mias Verlobter?«, frag ich neugierig. Den hab ich noch nicht kennengelernt.

Greta nickt.

»Hugo Scalieri. Ist mit Mia verlobt, ja. Macht sich zurzeit ein bisschen rar, aber Hochsaison ist bei uns Ausnahmezeit, unser Privatleben startet dann im Oktober … und die Scalieris haben ja selber ein Hotel. Das größte hier in Limone.«

Valdo Carlotti schlurft in die Küche, damit ist das Thema Scalieri erst mal beendet.

»Buon giorno!«, ruf ich zu ihm rüber.

»Buon giorno«, nuschelt er in seinen nicht vorhandenen Bart.

Okay, kein Frühaufsteher, resümier ich. Aber was will er dann schon hier? Hat ihn schließlich keiner gezwungen. Will er vielleicht meinen Untergang nicht verpassen? Obwohl, das glaube ich gar nicht. Eher, dass er sich verantwortlich fühlt und ein schlechtes Gewissen hat, dass er so viel Chaos verursacht. Wahrscheinlich hat er bis jetzt noch keinen Tag gefehlt …

»Signor Carlotti, Sie kümmern sich um die Organisation der Einkäufe, richtig?«, vergewissere ich mich.

»Si, certo.« Valdo nickt. »Adriano sagt, du brauchst selbst gemachte Marmeladen fürs Frühstück? Meine Frau kann welche machen. Und ein paar Nachbarinnen auch. Die verlangen nicht viel.«

»Das ist ja megaklasse!« Ich bin begeistert. »Das geht auf jeden Fall in Ordnung, sagen Sie den Damen, sie können gleich loslegen!«

Der Alte nickt. »Sag einfach Valdo zu mir. Wir sind schließlich Kollegen.« Er verzieht keine Miene bei diesen Worten.

»Doro«, sag ich und drücke ihm spontan ein Küsschen auf die Wange. Was ihm ein breites Schmunzeln entlockt.

Okay, ich checke die Speisenauswahl. Was haben denn die lieben Gäste für den Abend gewählt? »Am besten nimmst du die Liste«, sag ich zu Valdo. »Du kannst sie Niveo und mir dann später in die Küche legen.«

To-do-Liste für heute Abend. Auf jeden Fall ausreichend Pannacotta fürs Dessert, das muss kühlen bis zum Abend. Von der Dessertsoße ist genug übrig, dazu pürier ich frische Pfirsiche, verfeinere sie mit braunem Zucker und Limoncello, schneide ein paar von den Pfirsichen in kleine Stücke, mische sie unter, und ab damit in den Kühlschrank.

»Du machst das viel schneller als ich«, lobt Niveo überschwänglich, als er mich Pfirsiche schneiden sieht.

»Was heißt, du musst viel üben«, kommentiere ich ungerührt.

»Durchschaut«, Niveo schenkt mir ein ertapptes »Jungslächeln«. Ha! Das klappt vielleicht bei seiner Mutter, aber gut, den krieg ich schon noch.

»Was hältst du von Apfelkuchen morgen früh? Und eine Rosinenfocaccia?«, frag ich ihn.

»Focaccia kann ich übernehmen. Rezept von meiner nonna«, bietet Niveo geschäftig an. »Ich mach das später, hab noch etwas zu erledigen, d'accordo?«

»Perfetto! Teil's dir ein, wie du willst. Ich mach hier erst fertig und hab dann später ein paar Stündchen frei.«

Greta und Adriano ziehen sich ebenfalls zurück.

Mia und ich räumen einvernehmlich das restliche Frühstück ab. Mia deckt für den Abend. Sie hat gerötete Augen. Hat sie geweint?

»Was Schlimmes?«, frag ich vorsichtig.

Mia schüttelt den Kopf. Ich seh, wie ihr Tränen in die Augen steigen.

»Wenn du reden willst, ich bin da … Manchmal fällt es außerhalb der Familie leichter«, biete ich mein Ohr an.

»Tutto bene«, flüstert sie heiser, ohne mich anzuschauen.

Ich streiche ihr leicht über den Arm. »Ich mach dann mal Pause, bis der Apfelkuchen fertig gebacken ist.«

Mia nickt.

Mit nem Cappuccino auf dem Tablett verzieh ich mich nach draußen und leiste Valdo Gesellschaft, der im Schatten des Sonnenschirms sitzt.

»Willst du auch einen Cappuccino? Ich hol dir einen«, biete ich an, aber er winkt ab.

»Stört es dich?«, frag ich, bevor ich mir eine Zigarette anzünde.

»Absolut nicht. Ich rieche es immer noch gerne, obwohl ich seit fünf Jahren keine mehr geraucht habe«, beruhigt er mich.

»Echt? Respekt!«

»Na ja, mein Arzt hat gemeint, mit meinen Gefäßen steht es nicht zum Besten, und wenn ich nicht aufhöre zu rauchen … Du hättest meine Frau hören sollen. Da hättest du auch aufgehört! Wäre übrigens nicht das Schlechteste, gerade junge Frauen …«

»Danke, das weiß ich selber, aber es hält sich in Grenzen bei mir. Was sind das eigentlich für komische Vögel?«, lenk ich Valdos Aufmerksamkeit auf zwei Männer, schätze mal Anfang 30, die auf der Hotelterrasse einen Kaffee trinken. Hausexterne Gäste fallen auf, noch dazu um diese Uhrzeit. Wir beobachten sie eine Weile.

»Möchte wissen, was die hier wollen«, grummelt Valdo stirnrunzelnd.

Würde mich auch interessieren. Ein bisschen seltsam, die beiden. Quatschen jeden an, der vorbeigeht.

Ich steh auf. »Ich peil mal die Lage«, sag ich und geh zur Gästeterrasse rüber. Greta ist inzwischen aufgetaucht und hat den Service übernommen.

»Buon giorno, signori. Tutto bene?«, frag ich scheinheilig.

»Grazie mille, signorina. Und selbst?«, kommt es mit charmantem Lächeln retour.

Das können sie, die Italiener. Fühlt man sich immer gleich viel schöner!

»An so einem herrlichen Tag muss es einem ja gut gehen«, schmalz ich mit einer ausladenden Handbewegung auf gleicher Ebene mit.

Wir plänkeln ein bisschen hin und her.

»Il conto, per favore«, ruft der eine Greta zu.

Aha, das Gespräch scheint beendet, die beiden waren bei den anderen Gästen wesentlich redefreudiger, denk ich und setz mich wieder zu Valdo.

»Keine Ahnung, was die hier wollen, die labern bloß belanglos herum«, informiere ich ihn. »Die reden so ähnlich wie Niveo, find ich.«

Valdo schaut mich alarmiert an. »Vom Süden?«

»Keine Ahnung, da darfst du mich nicht fragen. Bei dem Dialekt versteh ich wesentlich weniger als normal. Niveo strengt sich immer an, wenn er mit mir redet und er kann ja auch recht gut Deutsch.«

»Hmm …« Valdo reibt sich nachdenklich das Kinn.

Ich beug mich vor. »Meinst du … Mafia?«, flüstere ich ungläubig. Sensationslüstern, würde Vinc sagen. Ich grinse heimlich und mein Herz schlägt ein, zwei Takte schneller. Ausnahmsweise nicht wegen Vinc, eher wegen der Gedanken an die Mafia …

»Wer weiß. Fangen die jetzt hier auch schon an, verdammt!«, presst Valdo zwischen den Zähnen hervor, anstatt mich zu beruhigen. Er springt auf.

Ich habe Angst, dass er Ärger macht, aber er dreht ab und verschwindet in der Küche.

Die beiden Mafiosi, wie ich sie für mich nenne, verlassen die Bühne. Aus der Küche hör ich Valdo. Ich geh hinein.

»Die belästigen die Gäste«, schimpft er. »Sind aus dem Süden, wie du«, schmeißt er grade Niveo provozierend an den Kopf.

»Aha! Und alle Süditaliener sind von der Mafia, oder was? Und Sizilianer sowieso. Mach dich nicht lächerlich«, weist Niveo den Vorwurf scharf zurück. Er ist auf einmal total bleich, schielt durch den Vorhang, aber die Typen sind längst weg.

Fast witzig, denk ich, wenn die beiden nicht so … ernst dreinschauen würden. Bayern – Norddeutsche, Nord- und Süditaliener … überall das Gleiche. Wie soll Greta als Deutsche hier Fuß fassen? Megaschwer.

»Fino a presto.« Niveo verschwindet ohne ein weiteres Wort zu dem Thema.

»Ja, bis später«, ruf ich ihm hinterher.

»Bisschen empfindlich, der Gute.«Ich zwinkere Valdo zu, um die Stimmung aufzulockern.

»Werd jetzt mit meiner Frau reden, wegen der Marmeladen«, murmelt der und geht.

Okay, Mimose Nummer zwei, denke ich und finde die italienische Männerwelt noch kurioser als die deutsche. Zumindest Vinc ist ein unkompliziertes Exemplar, den bringt nicht so leicht etwas aus der Ruhe. Außer ich vielleicht manchmal …

Eigentlich wollte ich Vorbereitungen für den Abend treffen, aber die Aufregungen am Morgen sind mir auf den Magen geschlagen. Mach ich lieber jetzt meine Pause. Dann kann ich Niveo später ein bisschen auf den Zahn fühlen. Na ja, oder auch nicht …

Auf dem Zimmer ist es angenehm kühl, die Krone des großen Olivenbaums wächst bereits bis über den zweiten Stock hinaus und ist Gold wert. Natürlicher Schatten und Blickschutz. Einziger Nachteil des Zimmers ist das Bad, genauer das Badfenster. Kann man zwar kippen, aber nicht ganz öffnen, was sich im Zuge der Anbauänderungen so ergeben hat. Zwischen Alt- und Neubau ist ein blinder Gang entstanden, der vom neuen Flur mit einer Tür abgetrennt wurde und jetzt als Besenkammer dient. Und auf diesen blinden Gang geht mein Badfenster raus. Ornamentglas, aber kein Rollo oder Vorhang. Egal, Fenster gekippt, die

Badtür offen, da brauch ich kein Licht – der Gang wird zwar nur selten genutzt und ich bin nicht besonders verklemmt, aber das Gefühl, im Gegenlicht quasi unbemerkt beobachtet werden zu können, ist nicht sehr prickelnd. Noch dazu, wenn ich auf der Toilette sitze – so wie jetzt. Und Fall X eintritt, so wie jetzt!

Ich hör Stimmen. Die nähern sich mehr oder weniger direkt meinem Fenster. Na super, Liveprogramm auf dem Klo! Aber ich habe keine Wahl. Wenn ich jetzt aufstehe, dann sieht man das von außen. Unangenehme Situation. Was soll's, bleib ich halt sitzen, wahrscheinlich nur ne heimliche Raucherpause der Zimmermädchen. Mal hören, was sie so tuscheln … Ein paar Insiderinfos schaden nie, und so viel ist sicher: Außer Vinc wird das nie jemand erfahren!

Oh, oh, ein Pärchen. Meine Antennen sind voll auf Empfang. Die beiden reden leise, aber nicht leise genug für meine interessierten Ohren. Sind das nicht … Mia und Niveo. Bin mir ziemlich sicher. Niveos Dialekt schützt zumindest seine Daten vor meinem Lauschangriff. Bedauerlicherweise. Weil – Mias Hälfte macht mich neugierig. Sie redet schnell, ich kann sie kaum verstehen. Niveo versucht sie zu beruhigen, flüstert nicht mehr. Klar, selbst wenn er weiß, dass das mein Zimmer ist, vor dem er steht, denkt er ja, dass ich noch in der Küche beschäftigt bin.

»Das ist nicht mehr so einfach«, jammert Mia. »Ich bin schwanger.«

Stille. Verhaltenes Weinen von Mia. Ich trau mich kaum zu atmen. Ist ja ein Ding! Schwanger? Von Hugo? Logisch. Klar, von wem sonst. Sie ist ja mit ihm verlobt. Aber … warum ist sie dann mit Niveo hier? Ist er ein so guter Freund, dass sie sich an ihn wendet, weil sie Angst vor ihrer Familie hat? Okay, hab ja selber gesagt, dass es manchmal leichter fällt außerhalb der Familie … Hab dabei allerdings an mich als verständnisvolle Zuhörerin gedacht, nicht an diesen smarten Süditaliener.

Egal, was die Lösung ist, Niveo sagt nicht viel dazu, nur, dass er ihr auch etwas Wichtiges erzählen muss. So versteh ich es zumindest.

Jemand sperrt die Tür auf.

»Versteck dich«, zischt Mia hektisch.

Wo? Im Wäscheschrank? Ich spür ganz deutlich, wie ein Lachanfall in mir hochkriecht. Ich glaub's echt nicht! *Doro's private sitcom.*

»Was brauchst du, Paola?«, ruft Mia dem Zimmermädchen zu. »Ich kann's dir mit rausbringen, bin eh hier fertig.«

»Grazie, ich wollte nur die beiden Gießkannen holen. Ich lasse die Tür offen, in Ordnung?«

»Grazie, Paola.«

»Du kannst rauskommen«, gibt Mia nach einer kleinen Weile grünes Licht.

»Mia, cara, ich muss mit dir reden. Dringend!«

Cara? Liebste?

»Heute Abend. Jetzt müssen wir zurück. Greta braucht mich.«

»Mia! Ich brauche dich auch. Und ich muss dir etwas sagen.«

Niveo betont jedes Wort, um die Wichtigkeit seines Anliegens zu unterstreichen, und tut mir damit einen Gefallen, weil ich ihn so besser verstehen kann.

»Niveo, heute Abend, okay? Paola kommt sicher gleich zurück und ich will nicht hier erwischt werden wie ein unreifer Teenager.«

»Okay, aber dann müssen wir reden.«

»Versprochen.«

Alles ist ruhig. Vermute mal, sie küssen sich.

Hmm, Mia und Niveo. Ist mir echt nicht aufgefallen.

Aber gut, ich bin erst zwei Tage hier und es war ja einiges los. Und selbst ich kann meine Antennen nicht nach allen Richtungen justieren, bin schließlich kein Satellit. Endlich! Die beiden traben ab und ich kann mich aus meiner unwürdigen Position befreien. Ich leg mich aufs Bett und verschränke die Hände im Nacken. Was wollte Niveo Mia so Dringendes sagen? Was ist so wichtig, dass die Nachricht über die Schwangerschaft fast untergeht? Überhaupt, Schwangerschaft … Heißt das jetzt, dass Niveo …? Mir fällt das Telefonat von gestern ein. Hat er doch etwas mit dem Tod von Julian Weigel zu tun? Wovor hat er Angst? Ich mein, heute mit den zwei Typen, da hat er ja auch komisch reagiert. Wird Zeit, dass Vinc morgen kommt, ich brauche jemanden, mit dem ich meine Beobachtungen besprechen kann. Greta will ich nicht damit behelligen, die hat genug am Hals.

Ich spring wieder aus dem Bett. Bin viel zu unruhig zum Entspannen. Ich schlüpf in meine Espadrilles und spaziere durch die Olivenhaine nach oben, Richtung Tremosine. Das laute Geschrei der Zikaden beruhigt mich, bin gerade lieber hier oben als unten zwischen fröhlich lauten Touris am Strand. Ich bleib stehen und lausche. Das Geräusch verstummt. Aber nur für ein paar Sekunden. Dann geht's wieder los, gefühlte Lautstärke eines Hubschraubers. Na ja, fast. Nach einer Weile kann ich das Tier orten. Unscheinbar graubraun und kleiner als erwartet zirpt es sich, getarnt am Baumstamm, die Seele aus dem Leib. Ich leg mich ins Gras und mach die Augen zu. Die Luft ist unbeschreiblich … warm, würzig, weich, ich kann's nicht besser benennen. Egal, auf jeden Fall mega. Als ich wieder aufwache, knallt mir die Sonne ins Gesicht. Okay, noch ein paar Minuten, bevor die Küche ruft. Ich rutsche in den Schatten und verfolge die vereinzelten Wölkchen, die am Himmel vorbeiziehen. Schönwetterwolken – sag ich mal, bin aber kein Experte auf dem Gebiet.

Die Pause war wie ne Regenerationsdusche. Der Apfelkuchen fürs Frühstück morgen ist fertig, grünen Spargel und Frühlingszwiebeln für den Rotbarsch im Gemüsesudpäckchen vorbereiten, Alufolie für die Schiffchen ist ausreichend da. Okay. Curry-Huhn-Ananas-Soße für die Farfalle köchelt vor sich hin, ich nehm ne Kostprobe – passt. Fast. Vielleicht noch ne Prise Muskat, ich schnuppere am Glas. Na ja, das Aroma schwächelt ... Egal, nehm ich halt ne Prise mehr, was Paps nicht weiß ... Hmm, perfekt. Ich stell den Topf bis zum Abend in den Kühlraum. Wo ist die Tomatensoße? Steht eine ausreichende Menge im Kühlschrank. Ja dann, um den Rest soll sich Niveo kümmern.

Ist zwar kein Fünf-Sterne-Menü, aber ich bin zufrieden. Die Gäste offensichtlich auch, die Auswahl der drei Menü-Alternativen wird relativ ausgeglichen angenommen. Beim Hauptgang schielen ein paar Fleischfetischisten neugierig, wenn nicht sogar neidisch von ihrem Kalbsschnitzel in Weißweinsoße auf die Teller mit den Alupäckchen samt Rotbarbe und Spargel. Ohne falsche Bescheidenheit – es schmeckt so gut, wie es aussieht. Hat Niveo bestätigt, Carlo hat's gnädig abgenickt und die Gäste loben den Koch in den höchsten Tönen. Ich bewahr mir natürlich absolutes Pokerface. Wenn die wüssten, dass seit gestern eine 26-jährige Deutsche den Chefkochposten übernommen hat! Na ja, das Geheimnis wird sich früh genug rumsprechen, einige von den Stammgästen wissen es eh schon.

Endlich. Der Speisesaal ist verlassen, die Tische bereits eingedeckt fürs Frühstück, die meisten Gäste sind unten im Ort, ein Elvis-Presley-Imitator macht die Promenade unsicher und sorgt für leere Hotelterrassen. Verschnaufpause fürs Personal, wozu ich mich seit zwei Tagen auch zählen darf. Ich bereu's nicht, wäre aber nix für immer. Die Hände im Nacken verschränkt, lehn ich mich im Stuhl zurück und strecke die Beine unterm Tisch aus. Tut gut, war ein ereignisreicher Tag. Ich gähne ausgiebig. Von den anderen lässt sich keiner blicken, nur Greta wirft ab und zu einen Blick raus zu den Gästen, zwei Pärchen, Mitte 50, die einträchtig unter der Markise sitzen und am Wein nippen. Sie macht aber keine Anstalten, sich zu mir zu gesellen. Was treiben die lieben Kollegen alle? Ich steh auf. Müdigkeit kontra Neugier. Vinc würde bös ablästern, so viel ist klar. Aber er ist nicht da, also kann er mich auch nicht aufhalten. Noch ein Brüller für Vinc. Die Idee, dass er mich aufhalten könnte, würde seinen Spott über meine Neugier noch toppen. Vinc' Quasi-Anwesenheit belebt mich. Gut gelaunt mach ich mich auf die Suche nach den Rinaldis. Keiner da im gesamten Rezeptionsbereich. Auch Greta ist wieder verschwunden. Okay, dann sind sie sicher oben, in den privaten Räumen der Familie. Ein Appartement für Mia, eine Wohnung für Greta und Adriano, plus Laura und Davide. Und einen Bereich für die Eltern. Nach der Saison ziehen die Alten in ihr Haus in Tremosine, Mia will nach Mailand, hat Greta mir erzählt … Beim jetzigen Stand der Dinge hab ich da allerdings Zweifel. Aha, die Tür zum Privatbereich steht offen, aus dem hinteren Teil dringen Stimmen. Unschlüssig bleib ich vor der angelehnten Tür stehen. Sie sind in Gretas Wohnung, was mir irgendwie die Legitimation zum Eintreten erteilt, wie ich finde. Die Tür wird von innen aufgerissen, ich spring erschrocken zur Seite. Greta stürmt an mir vorbei. »Dicke Luft«, raunt sie mir zu und eilt nach unten. Ich geh rein und bleib erst mal im Flur stehen. Die Versammlung findet in der Wohnküche statt.

»Was willst du uns so dringend sagen, Mia?«, fragt Adriano.

Den gestressten Ton kenne ich von heute früh, am Pool. Klar, unten warten die Gäste.

»Beruhige dich!«, ruft Mia aufgebracht. »Ich habe gesagt, dass ich auf Niveo warte.«

»Niveo, Niveo, draußen sitzen Gäste, die wollen bedient werden. Wir leben schließlich alle von ihnen.«

»Jaja, die Leier kenn ich!« Mia scheint jetzt wirklich wütend zu sein. »Einmal! Einmal bitte ich euch um etwas! Und das ist schon zu viel!«

»Entschuldige, Schwesterchen«, beschwichtigt Adriano, »aber du weißt ja, wie das ist. Uns gibt es halt nicht während der Saison.«

Greta erscheint wieder auf der Bildfläche, im Schlepptau Niveo. Na endlich, denk ich, und quetsch mich unauffällig hinter ihnen in die Küche.

»Doro, gut, dass du da bist«, platzt Adriano heraus, als er mich sieht – *so viel zum Thema unauffällig!* –, »kannst du unten übernehmen?«

»Nicht nötig«, wehrt Greta ab, »ich habe die Klingel auf die Theke gestellt und den Gästen Bescheid gesagt. Die sind erst mal versorgt. Wenn es läutet, kannst du ja gehen, okay?«

Die Frage gilt mir, ich nicke, will die Aufmerksamkeit nicht weiter auf mich lenken, sonst kommt noch einer auf die Idee, dass ich nicht zur Familie gehöre – wo ich das Ganze doch nur ungern verpassen würde. Ist ja irgendwie auch ne Personalversammlung …

Niveo lehnt neben Mia an der Küchenzeile, Adriano und Greta sitzen mit den Eltern am Tisch und schauen die beiden gespannt an. An den Türrahmen gelehnt, harre ich der

Dinge. Wenn die wüssten, was ich weiß, dann wären sie nicht so ruhig.

Mia fasst nach Niveos Hand. Mir entgeht das minimale Zucken von Vittorios Augenbrauen nicht.

Mia räuspert sich. »Papà, mamma, ich wollte es allen zusammen sagen, um den ewigen Heimlichkeiten ein Ende zu machen. Niveo und ich, wir lieben uns und wir wollen heiraten.«

Stille. Jetzt zucken nicht nur die Augenbrauen vom alten Rinaldi, sein ganzes Gesicht ist in Aufruhr. Aber er sagt keinen Ton. Kein gutes Zeichen, befürchte ich. Mia schluckt, wirft einen kurzen Blick zu Niveo. Der drückt ihre Hand, überlässt aber ihr das Reden. Ist wahrscheinlich auch gesünder für ihn, wenn ich das aufziehende Gewitter in Vittorios Miene richtig interpretiere. Die Ruhe vor dem Sturm.

Mia räuspert sich. »Tut mir leid, wenn es für euch überraschend kommt, aber es ist beschlossene Sache. Fürs Erste wollen wir bei Niveos Familie leben. Vielleicht eine Pizzeria eröffnen oder ein kleines Hotel. Wir werden uns irgendwie durchschlagen. Schließlich können wir nicht alle im und vom ›Magdalena‹ leben.« Mia holt tief Luft. Ich seh ihr an, wie froh sie ist, endlich alles gesagt zu haben. Na ja, fast alles.

Die Luft im Raum vibriert förmlich, ich trau mich kaum noch zu atmen. Francesca scheint das auch zu spüren, sie legt ihre Hand beschwichtigend auf die ihres Mannes. Aber das Gewitter lässt sich nicht mehr aufhalten, es entlädt sich mit voller Wucht.

»Du willst diesen Habenichts heiraten? Diesen dahergelaufenen Mitgiftjäger?« Vittorios Stimme ist gefährlich leise. »Sind denn alle meine Kinder verrückt?« Ein Seitenblick trifft Adriano, wandert weiter zu Greta.

Also, das ist echt hart! Gretas Mund ist nur noch ein dünner Strich. Am liebsten würde ich diesem italienischen

Obermacho an die Gurgel springen, aber damit würde ich Greta keinen Gefallen tun. Außerdem sollte das Adrianos Part sein. »Du bist unfair! Ich liebe Niveo und er will nicht mein Geld! Was habe ich denn auch? Einen Anteil am Hotel, den ich niemals verwenden kann!«

Vittorio springt auf, die geballten Hände auf den Tisch gestützt. »Du bist mit Hugo Scalieri verlobt, vergiss das nicht!«, brüllt er, dass ich befürchte, seine Halsschlagader platzt.

»Das war *euer* Arrangement! Hugos Vater und du, ihr wollt das! Wir waren damit nie einverstanden. Wir suchen uns unsere Partner selber! Verdammt, papà, wir leben im 21. Jahrhundert!«, schreit Mia zurück.

Hätte gar nicht gedacht, dass in dem zarten Persönchen so eine Energie steckt. Und so eine Wut. Ich freu mich über diese Gegenwehr, ist ganz schön mutig. Und längst überfällig.

»Nicht einverstanden! Lächerlich! Du hast dich von diesem Gockel um den Finger wickeln lassen! So sieht's aus. Liebe …« Vittorio schnaubt verächtlich. »Wir haben Traditionen. Und dazu gehört, dass man zu seinem Wort steht! Du ziehst unsere Familienehre in den Dreck!«

»Da musst du gerade reden!«, ruft Mia.

»Jetzt ist es genug. So redet meine Tochter nicht mit mir! Geh auf dein Zimmer! Und du«, er stößt seinen Zeigefinger in Richtung Niveo, »pack deine Sachen und verschwinde aus meinem Hotel! Und lass die Finger von meiner Tochter, sonst …«

Niveo kann sich nicht mehr beherrschen. Er tritt einen Schritt vor. »Sonst?«, flüstert er drohend.

Mia, sag doch endlich, dass du schwanger bist, denk ich angespannt, der Babybonus zieht immer bei den Großeltern. Aber Mia denkt anscheinend nicht daran, diesen Punkt ins Spiel zu bringen.

»Komm, Niveo, wir gehen«, sagt sie leise, mit gesenktem Blick.

Niveo folgt ihr, hochrot im Gesicht.

Warum wehrt er sich nicht? Lässt sich einfach so beleidigen? Ist es wegen Julian Weigel? Hat er etwas mit dem Tod des Gastes zu tun? Vielleicht hat er ihn gekannt und sie hatten Streit?, rasen mir die unterschiedlichsten Gedanken durch den Kopf. Jedenfalls kann ich mir keinen Reim darauf machen, warum Mia nichts von der Schwangerschaft gesagt hat.

Unten schlägt die Klingel an. Das Zeichen für meinen Aufbruch. Muss später Greta ausquetschen …

Mittlerweile sind ein paar Gäste zurück, wahrscheinlich geflohen vor den Menschenmassen oder vielleicht vor »Elvis«? Will ja keinem was unterstellen, aber solche Eventkünstler sind manchmal mit mehr Selbstbewusstsein als Talent gesegnet.

Es ist erst elf, als Adriano mich ablöst, und ich bin so platt, dass ich nur noch ins Bett will. Okay, vorher noch Vinc anrufen … Ich nehm mir eine Flasche Orangenlimo mit hoch – und ein Fläschchen Campari Soda, samt Glas und Eiswürfel. Gerade, als ich mich gemütlich auf dem Balkon einrichte, geht drüben bei Niveo das Licht an. Er ist nicht alleine. Ich höre seine Stimme und die von Mia, kann aber nichts verstehen, obwohl ich mich sehr bemühe. Das ist jetzt blöd! Hier draußen fühl ich mich nicht mehr abhörsicher, immerhin will ich Vinc einige pikante Details erzählen. Nützt nichts, ich pack mein Zigarettenpäckchen, nippe am Campariglas und mach mich auf den Weg nach unten. Hinterm Hotel, bei den Parkplätzen, bin ich ungestört. Ich geh noch ein Stück weiter, hoch zu dem Weg, der zu den Olivenhainen führt. Von dort hab ich das Hotel im Blick –

und im Notfall hört man mich schreien. Tja, bin zwar neugierig, aber nicht sehr mutig, vor allem, wenn's dunkel ist.

Ich läute Vinc aus dem Schlaf. »Schatz, ich will morgen früh los und war schon im Bett«, brummt er ins Telefon.

»Tut mir leid, Vinc, aber ich muss dir so viel erzählen.«

»Oh Gott, das auch noch! Doro, du schaffst mich.« Belustigt? Resigniert? Wahrscheinlich beides, wie ich ihn kenne.

Gnadenlos weih ich ihn in die Familieninterna ein, inklusive Schwangerschaft und angeblicher Verlobung oder Entlobung.

»Äh …«

Es dauert ein wenig, bis diese hochbrisanten Informationen Vinc' kognitive Schaltzentrale erreicht haben.

»Ja …«

Ich seh ihn förmlich vor mir, wie er sich durch seine nackenlangen Haare fährt und wahrscheinlich gerade sehr bereut, nicht auf dem Australientrip bestanden zu haben.

»Wär viel zu teuer gewesen.«

»Hä? Was?«

»Australien. Komm, Schatz, ich weiß doch, was du gerade gedacht hast«, flöte ich durchs Telefon.

Vinc lacht los. Ich halte das Handy ein Stück vom Ohr weg und warte, bis er sich beruhigt hat.

»Geht's wieder?«, frag ich dann sanft.

»Ja, ich denke schon.« Er japst noch einmal, dann hat er sich wieder unter Kontrolle.

»Mann, Doro, kannst du dich nicht mal nur um *deine* Angelegenheiten kümmern?« Das ist jetzt ganz sicher Resignation.

»Was kann ich denn dafür? Gar nichts. Außer, dass ich hier gerade anwesend bin …«

»Ja, eben, das ist ja das Problem«, schallt es trocken aus München.

»Morgen wirst du dir selber ein Bild machen können, und ich frag Greta, was ich sonst noch nicht weiß.«

»Das wird sie dir nicht auf die Nase binden, schließlich ist das eine Familienangelegenheit«, gibt Vinc mit skeptischem Unterton zu bedenken.

»Ja schon, aber Greta hat Redebedarf, sie ist hier allein unter Wölfen … oder besser unter der Fuchtel dieses italienischen Obergurus.«

»Doro, ich versteh dich ja, aber lehn dich nicht zu weit aus dem Fenster. Ich befürchte, dieser Vittorio hat nicht viel Verständnis für solche Übergriffe.«

»Er wird mich kaum auffressen, oder?«, widerspreche ich eigensinnig, weiß aber selber, dass ich mir den Zorn vom alten Rinaldi lieber nicht zuziehen will.

»Auffressen nicht, aber rausschmeißen sicher.«

Wo Vinc recht hat, hat er recht.

»Ja und, dann machen wir halt Urlaub. Außerdem braucht er mich, nachdem er Niveo vor die Tür gesetzt hat.«

»Jeder ist ersetzbar. Das sagst du doch selber immer.«

»Eins zu null für dich«, geb ich zu und wechsle das Thema. »Ich stell schon mal ein Fläschchen Prosecco kalt und … Schatz, ich freu mich soooo auf dich«, säusle ich und seufze theatralisch, aber ehrlich, ich mein's auch so.

Vinc lacht. »Du tust grad so, als wärst du schon ein Jahr im Ausland!«

»He!« Ich stell mich beleidigt. »Vermisst du mich gar nicht?«

»Natürlich vermiss ich dich, mein Spatz, das weißt du ganz genau! Deshalb muss ich jetzt endlich schlafen, in fünf Stunden will ich los.«

»Super. Dann wirst du so um neun oder zehn eintreffen. Oder nimmst du die Motorradstrecke? Wenn du schon so ne tolle Maschine hast …«

»Mal sehen. Das entscheide ich spontan.«

»Egal. Genieß die Fahrt. Übrigens hab ich ein bisschen recherchiert, hier gibt's einige interessante Touren für uns. Äh, wart mal …«

»Was ist los?«, gähnt Vinc mir ins Ohr, ich hab aber grad kein solches für Vinc'sche Zwischentöne.

»Mia und Niveo sind eben rausgekommen und gehen zum Auto«, flüstere ich, obwohl die mich weder sehen noch hören können.

»Ja und? Vielleicht wollen sie noch in die Disco«, scherzt Vinc.

»Sehr witzig. Die fahren weg! Mitten in der Nacht. Eine Tasche haben sie auch dabei, und die haben's eilig … Das muss ich Greta sagen. Jetzt gleich. Wir sehen uns morgen, okay?«

»Zisch ab, Doro! Und Küsschen.«

»Bussi, Schatz, hab dich lieb … muss jetzt aber los!«

Vinc' Lachen weht mir ans Ohr, bevor er auflegt. Ich gönn mir zwei Sekunden verliebtes Kribbeln im Bauch – das möcht ich nicht mehr missen. Mann, der Kerl hat mich echt am Haken!

Okay. Entschlossen vertage ich die Gedanken an Vinc. Mias kleiner roter Fiat biegt vom Parkplatz auf die Straße. Ich renn das kurze Stück zum Hotel und wäre beinahe in ein Auto gerannt, das wie aus dem Nichts aus der Einfahrt des Nachbargrundstücks schießt.

»Idiot«, ruf ich ihm erschrocken hinterher. »Schalt gefälligst dein Licht ein!«

Wieder so ein Bonzenschlitten, genau wie gestern. Definitiv kein Tourist. Gibt anscheinend genügend Italiener mit nem Haufen Kohle, aber ohne Manieren. Hmm … ich schau dem Wagen hinterher. Eine Limousine wie gestern? Zufall? Oder ist es das Auto von gestern? Keine Ahnung, hab weder Kennzeichen noch Fahrer gesehen, ich weiß nicht mal, ob es dieselbe Marke ist. Egal, hat sicher eh nichts zu bedeuten, wahrscheinlich seh ich Gespenster. Ich geh ums Hotel – keine Greta an unserem Tisch.

»Weißt du, wo Greta ist?«, ruf ich Adriano zu, der ein Tablett voller Spritz und kühlen Pils in beschlagenen Gläsern auf die Terrasse balanciert.

»Greta macht die Theke«, ruft Adriano zurück und serviert die Getränke, charmant lächelnd, als wäre nichts gewesen. The Show must go on, every day, every time … Ist ja in Daddys Restaurant nicht anders.

Ich finde Greta gebückt hinter der Theke. Sie kehrt ein paar Scherben zusammen.

»Ist mir aus der Hand gerutscht«, seufzt sie müde, als sie mich bemerkt.

»Ach komm, Greta, ist doch nur ein Glas, kein Weltuntergang«, tröste ich sie. Gemeinsam beseitigen wir die Spuren, dann nehm ich mir ein Glas Prosecco, setz mich auf einen Barhocker und schau ihr zu, wie sie den Espressoautomaten sauber macht und den Vorratsbehälter der Mühle mit Bohnen bestückt.

»Mia und Niveo sind grade weggefahren«, platzt es aus mir raus.

Greta schaut überrascht auf. »Weggefahren? Jetzt, mitten in der Nacht?«

»Mit Mias Wagen und einer Tasche. Reisetasche, wie's ausgesehen hat.«

Greta legt nachdenklich den Putzlappen weg. »Meinst du …?«

»Was? Dass sie abhauen? Keine Ahnung. Ich kenn die beiden kaum und …« Mias Schwangerschaft liegt mir auf der Zunge. Aber ich verkneif es mir, sie zu erwähnen. Das ist definitiv nicht meine Angelegenheit. Ich bin neugierig, aber keine Klatschtante.

»Das muss ich Adriano sagen.«

Der bringt gerade das leere Tablett. »Zwei Pils und zweimal Campari Orange, per favore, mia cara.«

Süß! Geht doch!, freu ich mich für Greta.

Der huscht ein kleines Lächeln übers Gesicht, was schnell wieder verschwindet, als sie Adriano von meinen Beobachtungen erzählt.

»Mia ist erwachsen. Was hast du erwartet? So, wie meine Eltern sie heute behandelt haben.«

»Na ja, du warst auch nicht gerade eine Unterstützung«, werf ich ihm vor.

Greta hebt verwundert die Augenbrauen, sagt aber nichts.

Adriano seufzt traurig. »Ja, ich weiß. Ich hätte zu ihr stehen müssen, aber ich war viel zu überrascht.«

»Du willst also allen Ernstes behaupten, dass du nichts von Mias und Niveos Verhältnis mitbekommen hast? Dann wundert mich allerdings gar nichts mehr«, sag ich und schau zu Greta. Die hat verstanden, was ich damit *auch* sagen wollte, bei Adriano bin ich mir allerdings sicher, dass der null kapiert. Weder die Gefühle von Mia und Niveo noch die seiner eigenen Frau!

Du bist ne harte Nuss, denk ich mir, aber dich knack ich noch. Raue Schale, weicher Kern. Sonst hätte Greta dich nicht genommen!

KAPITEL 5

GLI OPPOSTI SI ATTRAGGONO – GEGENSÄTZE ZIEHEN SICH AN

Mercoledi (Mittwoch) – 29. August

Um fünf klingelt der Wecker. Ich drück den Schalter. Noch zehn Minuten … Ein paar Runden im Pool wären erfrischender, aber den Gedanken schieb ich erst mal weg. Vielleicht in ein paar Tagen oder mit Vinc … Momentan schwimmt Julian Weigel mit, und das ist definitiv kein guter Start in den Tag. Ich verschränke die Hände im Nacken. An der weißen Zimmerdecke krabbelt eine Spinne. Eine kleine Spinne. Grade noch auszuhalten.

Der Kaffeeautomat heizt langsam hoch. In der Zwischenzeit entferne ich das weiße Leinentuch, das immer am Abend als Staubschutz übers Büfett gelegt wird, falte es ordentlich zusammen und leg es in die alte Holztruhe, die im Durchgang zwischen Speisesaal und Rezeption steht. Zu den Tischdecken und Stoffservietten. Die Schale mit den Cocktailtomaten kann aus der Kühlung, genauso wie der Obstkorb mit Äpfeln, Aprikosen und Pfirsichen. Ich schnipple Ananas, Kiwi, Wassermelone und Honigmelone und richte eine Vorlegeplatte kunstvoll an – was fürs Auge, die Gäste lieben das, ich übrigens auch, und bei Paps ist das sowieso Pflichtprogramm. Okay, bei Paps fällt mir ein, dass ich ihn anrufen wollte. Aber zuerst das Obst in den Kühlraum, den Apfelkuchen und Niveos Rosinenfocaccia in handliche Stücke geteilt, Kunststoffhaube drüber, die Gebäckzange daneben und ab aufs Büfett. Draußen knattert ein Lieferwagen vorbei, hält an. Wahrscheinlich der Bäcker, mit Brötchen, Weißbrot und Minicroissants. Wie ich schon mitgekriegt habe, schmeißen sie die Leinensäcke einfach vorne an die Rezeption. Klar, schließlich warten alle Hotels auf die frische Frühstücksware, da ist Eile geboten.

Während ich das Gebäck verteile, kommt Valdo in die Küche, im Schlepptau einen ausgesprochen hübschen Jungen mit dunkelbraunen, seidigglänzenden Locken, vielleicht 12 oder 13 Jahre alt.

»Das ist Roberto, mein jüngster Enkel«, stellt Valdo ihn mit stolzem Opalächeln vor. »Er hilft mir bei den Marmeladen. Und das ist Doro«, stellt er mich ebenfalls vor.

Ah, ich seh schon. Roberto zieht einen flachen Anhänger hinter sich her, darin klappern große Marmeladengläser aneinander.

»Hallo, Roberto«, grüß ich freundlich, »ist echt nett von dir, dass du deinem Opa hilfst.«

Roberto guckt zu seinem Großvater.

Okay, es sprechen also nicht alle Bewohner Norditaliens Deutsch.

Valdo übersetzt, Robertos Mundwinkel verziehen sich fast bis zu den Ohren, meine auch.

»Roberto lässt den Anhänger draußen stehen, er hilft mir später noch bei den Einkäufen«, teilt Valdo mir mit, als sein Enkel geht.

»Ciao, Roberto, fino a presto!«, ruf ich ihm nach.

Er dreht sich um und lacht. »Ciao, Doro«, sagt er und winkt, »fino a presto.«

»Da springt sicherlich ein kleiner Lohn für ihn raus«, verteile ich großzügig das Geld der Rinaldis. Schließlich sparen wir Zeit, und Zeit ist Geld, rechtfertige ich mein Angebot zumindest für mich.

Ich sichte die Gläser. Wow. Orange, Pflaume, Kiwi und eine Beerenmixmarmelade. Wenn mal Zeit ist, mach ich meine Feigenkumquatmarmelade, ist aber eigentlich überflüssig, wenn ich mir die Schätze hier anschaue. Valdo hat sogar an den Honig gedacht. Ein Fünf-Kilo-Blechkanister mit regionalem Waldhonig. Muss ich unbedingt probieren … Vielleicht taugt er fürs »Macis«.

»Grazie mille, Valdo!« Ich drück ihm ein Küsschen auf die Wange.

»Da hat deine Frau ganz schön geschuftet. Sag ihr bitte ganz lieben Dank und auch allen anderen Damen, die ihr geholfen haben. Ich red nachher mit Adriano wegen der Bezahlung. Da kann ich dann gleich das mit Robertos Taschengeld ansprechen.«

Valdo winkt ab. »Das eilt überhaupt nicht. Und meine Frau lässt ausrichten, du sollst ihr rechtzeitig Bescheid geben, wenn du Nachschub brauchst.«

»Mach ich. Sobald ich Zeit hab, überschlag ich grob, was wir für den Rest der Saison brauchen, okay?«

»Ist schon recht, Mädchen«, murmelt Valdo. Er wühlt gerade einhändig in dem Stapel Papier, der seitlich gleich neben der Tür liegt und auf dem normalerweise die Speisepläne für den Abend zu finden sind.

»Suchst du den hier?«, frag ich und wedel mit dem Menüplan vor seiner Nase herum.

Valdo ist echt ein Lieber. Er kümmert sich um die Einkaufsliste. Ist halt so ein typisches Urgestein, den das schlechte Gewissen plagt, weil er sich den Arm gebrochen hat.

»Für die Panna cotta hab ich alles. Die bereite ich gleich nach dem Frühstück vor. Dazu nehmen wir die Pfirsichsoße von gestern. Den Nudelteig und die Steinpilzfüllung für die Ravioli mach ich auch gleich. Den Rest dann abends, da kann Irmela mir helfen.«

»Die Hähnchen werden im Laufe des Vormittags geliefert«, informiert mich Valdo.

Mein Handy vibriert in der Hosentasche. Vinc, verrät mir ein schneller Blick aufs Display. Fährt wahrscheinlich gerade los.

»Na, du Schlafmütze, geht's schon los? Ich dachte, du wärst längst am Brenner!«

»Wär ich auch, hab aber ne Panne«, wehrt Vinc meine Lästerei ab.

»Scusa per favore, mio Vincento«, sag ich reumütig. »Was für ne Panne?«

»Ach, keine Ahnung. Irgendein Filter ist verstopft. Obwohl ich noch alles gecheckt hab. Egal, Branco hat mich aufgegabelt. Kurz nach Garmisch. Er hat eine kleine Werkstatt, ist kein Problem, hat er gemeint.«

»Branco? Was ist das denn für ein Landsmann? Russe? Pole? Klingt so … mafiös.«

»Mafiös? Erst zwei Tage in Italien und schon total verquere Gedanken!« Vinc lacht. »Branco ist Schweizer und weder mafiös noch sonst wie geheimnisvoll.«

»Und wie schnell ist er?«, frage ich – und hoffe, dass Branco sein Ohr nicht am Hörer hat.

»Doro! Alte Lästertante. Ich bin entsetzt. Zu deiner Information, nicht alle Schweizer sind langsam, und Branco schon gar nicht. In zwei Stunden ist er fertig, dann düse ich weiter. Zufrieden?«

»Si, mio Vincenzo«, sag ich, »fino a presto.«

»Fino a presto, mia bella signorina.«

»Okay, es reicht«, beende ich lachend das Intermezzo, schick noch ein Küsschen durchs Netz und leg auf.

»Buon giorno, Irmela.« 7 Uhr hat sie versprochen und ist pünktlich. Sie kümmert sich gleich um den Filterkaffee, der von den meisten Gästen in der Früh bevorzugt wird.

»Irmela, kannst du den Granatapfelsirup fertig machen, wenn Valdo mit den Einkäufen zurück ist?«, frag ich das Mädchen. Sie ist eine Nette. Hübsch und engagiert. Ihre Eltern haben einen kleinen Lebensmittelladen im Ort, die Töchter helfen mit, bessern aber ihr Gehalt mit Nebenjobs auf. »Einfach den Saft mit Zucker und Thymian aufkochen, ziehen lassen, abseihen, abfüllen und in den Kühlschrank stellen.«

»Si, certo. Wofür brauchen wir den?«, fragt sie neugierig.

Seit sie weiß, wer mein Paps ist, stehe ich auf einem Gourmetgottsockel.

»Aperitif heute Abend. Granatapfelprosecco«, informiere ich sie, »warte, ich schreib's dir auf, solange noch keine Gäste da sind.«

Bevor ich das ausgesprochen hab, trudeln die ersten Frühaufsteher ein.

Greta streckt den Kopf rein. »Buon giorno«, grüßt sie fröhlich, »die Meiers. Brauchen sofort Kaffee, dann ist die Welt erst mal in Ordnung.«

»Frag mal, ob sie zufällig mit mir verwandt sind«, ruf ich hinterher.

Irmela lacht.

Oje, denk ich, hoffentlich meint sie nicht, dass sie über jeden Scheiß von mir lachen muss. Paps, dann dreh ich dir den Kragen um, schwör ich innerlich. Was muss er auch so ein Frauentyp sein!

Geschafft. Um halb elf sitzen wir alle draußen an unserem Tisch. Valdo ist mit Roberto unterwegs, einkaufen. Pannacotta steht fertig im Kühlschrank. 70 kleine Dessertgläser.

Tische fürs Menü am Abend sind eingedeckt, ein bisschen Extradeko in Form von schön gefalteten Stoffservietten, Wasser-, Weißwein- und Rotweingläser, je eine kleine Vase, zitronengelb, mit einer gelben Rose.

»Wann kommen eigentlich die Kinder?«, fragt Francesca ihren Sohn.

Alle vermeiden krampfhaft das Thema des Vorabends. Die Stimmung ist alles andere als locker. Wundert mich nicht. Ein Toter und ein Familieneklat – das Konto ist voll, würde ich sagen.

»Ich habe Isabella vorhin angerufen und sie gebeten, die Kinder noch übers Wochenende dazubehalten, und überraschenderweise ist sie sogar darauf eingegangen … Aber nur, weil ihre Eltern ihre beiden Enkel gerne ein paar Tage übernehmen möchten.«

Wie er das sagt, verrät mir einiges über seine Exfrau.

Greta strahlt.

Adriano fährt sich durch die Haare. »Sie will sie dann am Sonntag bringen.«

Greta schluckt, das Strahlen ist verschwunden. Konkurrenz der Ex. Ich drück unterm Tisch ihre Hand. To-do-Liste ganz oben: Gretas Stellung hier stärken. Freundinnenpower – die haben schon so gut wie verloren! Ich verkneif mir ein schadenfrohes Zwinkern zu Greta, zu viel Fröhlichkeit könnte falsch verstanden werden.

»Dieser mistige Sizilianer! Der hat Mia Flausen in den Kopf gesetzt, das liegt doch auf der Hand! Will nur an unser Hotel ran!« Der alte Rinaldi tobt. Aber jetzt ist es wenigstens auf dem Tisch. Mia und Niveo. »Alles Mafia, da unten!« Er schnaubt. Kampfbereit.

Und *mir* wirft Vinc verquere Gedankengänge vor. Ha! Werd ich ihm heute Abend alles brühwarm erzählen.

»Beruhige dich, papà, Mia mag eben Niveo und nicht

Hugo. Und sie hat recht. Wir leben im 21. Jahrhundert, da suchen sich die Mädchen ihre Männer selber aus.«

Endlich! Endlich macht Adriano mal den Mund auf.

»Ein Habenichts, Erbschleicher. Erst die Tochter, dann das Hotel. Der will sich mit seiner ganzen Familie hier einnisten.«

»Papà! Das weißt du doch gar nicht. Gib Niveo erst mal eine Chance. Außerdem kommt er vom Festland, nicht aus Sizilien.«

»Sagt er«, weist Vittorio scharf die Verteidigungsversuche seines Sohnes zurück.

»Und ich glaube ihm«, erwidert Adriano bestimmt.

»Die sind auch nicht besser.« Vittorio verschränkt herausfordernd die Arme vor der Brust.

Mamma mia! Ab heute hat Sturheit für mich einen neuen Namen: Vittorio.

Das Telefon an der Rezeption läutet. Als Greta aufstehen will, hält Adriano sie zurück.

»Lass mal, Schatz, ich geh schon.« Ein provozierender Blick zu seinem Vater … Greta als Kampfmittel – so hab ich mir das nicht gedacht!

Ich räuspere mich. »Vinc kommt am späten Nachmittag, er hat eine Motorradpanne«, informiere ich die Familie, »aber er hilft am Abend beim Servieren und notfalls auch in der Küche. Hat er gelernt«, füg ich noch an. Bin ich da grade ein bisschen stolz auf meinen vielseitigen Schatz? Bevor ich jedoch in Gedanken an seine diversen Talente versinken kann, kommt Adriano zurück.

»Das war die Polizei. Aus Campione. Sie haben Mias Wagen gefunden … in Campione.«

Hinter der Information hängt ein riesiges Fragezeichen.

»Und was heißt das?«, spreche ich laut aus, was wohl jeder gerade denkt.

»Keine Ahnung. Sie haben nur gesagt, dass sie Mias Auto auf dem Gelände der alten Fabrik gefunden haben. Ein ehemaliger Fabrikarbeiter hat gestern Nacht beobachtet, wie das Auto abgestellt wurde und zwei Leute weggegangen sind.«

»Und warum ruft er die Polizei an, nur weil ein Auto da abgestellt wurde?«, frag ich, weil mir das nicht klar ist.

»Es steht nicht auf dem Parkplatz, sondern weiter hinten auf dem Gelände. Zwischen den Booten. Das ist Privatbesitz.«

»Trotzdem …«

Weiter komm ich nicht, weil Vittorio dazwischen bellt wie eine wütende Dogge.

»Was will der Kerl in Campione? Will er uns erpressen? Ha, soll er ruhig versuchen. Ich habe Freunde hier, einflussreiche Freunde. Und wehe, er krümmt Mia nur ein Haar!« Er schlägt mit der flachen Hand auf den Tisch. »Ich geh ins Büro. Wenn er anruft, kann er was erleben. Komm, Francesca.« Er rauscht ab. Auf einmal dreht er sich um. »Francesca!«, faucht er herrisch.

Oh, oh! Er war anscheinend sicher, seine Frau im Schlepptau zu haben, die macht aber keine Anstalten aufzustehen.

»Ich komme nach«, verkündet sie unbeeindruckt von seinem Tonfall. Na ja, jahrzehntelanges Eheleben geht seine eigenen Wege, denk ich, und hab fast Verständnis für Paps, der immer rechtzeitig die Flucht ergriffen hat …

Adriano nimmt tröstend die Hand seiner Mutter. »Mamma, ich glaub, ich weiß, wo die beiden sind.«

Seine Mutter nickt.

Greta und ich schauen uns an. Wir haben keine Ahnung.

»Geh und hol deine Schwester zurück«, bestimmt Francesca. »Und Niveo sollte hier lieber nicht mehr auftauchen.«

»Mamma, du glaubst doch selber nicht, dass Mia einfach

mit mir zurückkommt! Sie ist freiwillig mit Niveo weggegangen, da bin ich mir sicher.«

Ich nicke und ergreife für Adriano Partei. »Es hat wirklich nicht nach einer Entführung ausgesehen.«

Francesca runzelt die Stirn.

Bevor sie fragen kann, erklär ich meine Einmischung. »Ich habe die beiden gestern Nacht wegfahren sehen.«

Mias Mutter schaut mich an, als wäre ich schuld an dem ganzen Dilemma. Dann verändert sich ihre Miene. »Trotzdem, Adriano, hol Mia zurück, sonst kann ich nicht für deinen Vater garantieren. Du kennst ihn!«

»Eben deshalb ist Mia weg«, bestätigt jetzt auch Greta.

Francesca beachtet ihre Schwiegertochter gar nicht. Die ist genauso schlimm wie ihr Mann, denk ich. Allmählich werde ich echt wütend!

Greta schaut zu mir und zuckt mit den Schultern. Siehst du, was ich meine?, soll das wohl heißen – und ich versteh sie.

»Greta, kommst du mit? Besser, ich bin nicht allein, wenn die beiden sich querstellen«, fragt Adriano.

»Wohin?«, fragt Greta.

»Das geht nicht«, interveniert zeitgleich Francesca. »Wir brauchen Greta am Nachmittag für die Theke. Doro, geh du mit, du kennst dich hier im Hotel noch nicht gut genug aus. Und mir ist das zu viel.«

»Ich muss noch die Ravioli füllen. Das kann ich nicht Irmela aufs Auge drücken«, werf ich ein.

»Hmm … das ist mir auch zu filigran. Die Füllung frieren wir ein«, überlegt Francesca. »Ich könnte stattdessen Lasagne machen. Der Nudelteig ist ja fertig.«

Adriano nickt eifrig. »Das wäre klasse. Deine Lasagne ist legendär!«

Ich schau skeptisch, aber Greta stimmt zu. »Adriano hat recht, Francescas Lasagne ist die beste.«

Francesca lächelt geschmeichelt. Dieses Lob hätte ich mir an Gretas Stelle hundertpro verkniffen.

»Na gut, ich ruf Vinc an, der kann auf jeden Fall den Aperitif übernehmen, das ist seine Spezialität. Und beim Service eingreifen«, ist mein Beitrag – den allerdings Vinc ausführen muss.

»Ich schreibe die Speisekarten um«, verkündet Greta.

Valdo kommt zurück und verspricht, mit Irmela und Paola die Küche vorzubereiten.

»Aber um fünf müsst ihr zurück sein, sonst wird es eng«, mahnt er an.

Adriano beruhigt ihn. »Versprochen. Und, Doro, du brauchst feste Schuhe.«

Feste Schuhe? Wo will er hin?

Eine halbe Stunde später lenkt Adriano sein Auto mit quietschenden Reifen vom Hof und fährt Richtung Gardesana. Na ja, rast Richtung Hauptstraße. Bin eigentlich nicht empfindlich, aber vorsichtshalber krall ich mich am Sitz fest.

»Also, sag schon, wohin fahren wir?«

Adriano schaut verbissen nach vorne, wird aber nicht langsamer.

»Wirst du bald sehen. Ist auch nur eine Vermutung von mir. Aber wenn das Auto in Campione steht …« Adrianos Gesprächsbedarf ist erschöpft, den Blick angespannt geradeaus gerichtet, flucht er nicht einmal, als ein wenig souveräner Autofahrer aus Bremen kurzfristig die Straße blockiert, weil er die Hoteleinfahrt nur in mehreren Rangieranläufen meistert.

»Tja, man sollte so einen Schlitten halt nicht nur kaufen, sondern auch fahren können«, kann ich mir nicht verkneifen.

Adriano sagt nichts dazu.

Ups! Die Abfahrt im Tunnel kommt recht plötzlich. Nach einer endlosen Rechtskurve verlassen wir die dunkle Röhre und sind mitten in Campione. Ich war noch nie hier – der Ort beeindruckt mich. Wirkt abweisend. Wegen Mia? Nee, die schroffen Felswände, die abgesperrten Bereiche aufgrund von Steinschlaggefahr, die Trümmer der zerstörten Tiefgarage, die enge Zufahrt zum Ort – faszinierend ja, aber eher auf die beklemmende Art. Adriano steuert einen weitläufigen Parkplatz an und stellt den Wagen im Schatten eines kümmerlichen Laubbaums ab. Ich schnapp mir meine Wasserflasche und steig aus.

»Eine alte Baumwollweberei.« Er deutet auf das nebenstehende, teilweise verfallene Gebäude.

»Hätte eher auf ne Werft getippt«, sag ich und zeig auf die aufgebockten Boote vor der Ruine.

Adriano antwortet nicht, er steuert auf die Hallen zu. »Da vorne müsste Mias Wagen stehen.«

Tatsächlich, da ist er. Mias kleiner roter Fiat.

»Wieso stellt sie ihn in die Halle? Der Parkplatz ist viel unauffälliger, oder nicht?«, überlege ich laut.

Adriano wirft mir einen kurzen Blick zu. »Normalerweise wäre das ein Superversteck. Nachts ist hier kein Mensch. Normalerweise. Aber der Alte war auf dem Heimweg und musste pinkeln, da war ihm der verlassene Parkplatz gerade recht. Und dabei hat er beobachtet, wie ein Wagen mit ausgeschalteten Scheinwerfern reinfuhr. Kurz darauf folgte ein zweiter Wagen, der hat auf dem Parkplatz gehalten, war aber in der Früh weg, als der Mann noch mal nachgeschaut und dann die Polizei gerufen hat. Die haben gesagt, dass er früher in der Fabrik gearbeitet hat, und diese Leute fühlen sich immer noch mitverantwortlich für den Besitz der Familie Olcese«, sucht Adriano nach einer Erklärung.

»Aber die Fabrik muss doch schon ewig geschlossen sein, so runtergekommen, wie hier alles aussieht.«

»Seit Anfang der 80er-Jahre. Aber die Familie Olcese war Arbeitgeber für ganz viele Menschen aus Tremosine und Tignale, Männer und Frauen. Kaum eine Familie, die nicht jemanden in der Fabrik hatte, das vergessen die Leute nicht.«

»Die Kennedys von Tremosine«, fällt mir dazu ein und entlocke damit Adriano ein kurzes Lächeln.

»Wenn du so willst … Aber die Zeiten sind längst vorbei, und seitdem haben sich die verschiedensten Investoren an der Idee, ein Dorf zu kaufen und ein eigenes Imperium hier zu schaffen, die Zähne ausgebissen. Du siehst ja, alles nur Fassade und Ruinen.« Adriano macht eine ausholende Rundumbewegung und ich hab ne Ahnung davon, was er meint.

»Und warum Campione? Ich mein, was will Mia hier?«

»Da oben gibt's ein Landhaus, das unserer Familie gehört. Wir haben es immer ›alte Villa‹ genannt.«

Er zeigt nach oben, direkt auf die schroffen Felsen. Da will er doch nicht etwa mit mir rauf? Ich schau skeptisch hinauf, dann nach unten, zu meinen Schuhen. Bergstiefel sind das keine!

»Ist nicht so heftig, wie's aussieht«, beruhigt mich Adriano, der meine Befürchtungen, wie's scheint, von meinem Gesicht abgelesen hat.

»Avanti«, meint er und haut mir kumpelhaft auf die Schulter. »Bist doch sonst recht aktiv.«

Will er mich verarschen? Oder habe ich gerade ne besonders feine Ironie nicht mitgekriegt? Egal, ich sag mal einfach nichts und laufe hinter ihm her.

»Und du meinst, Mia versteckt sich da oben mit Niveo? Und wie lange soll das gehen? Sie brauchen was zum Essen und überhaupt …« Mir gehen die Fragen aus. Mia ist schließlich erwachsen und muss sich nicht wie ein Teenager vor ihren Eltern verstecken.

»Sie wird sich ein paar Tage Auszeit nehmen und hoffen, dass papà sich bis dahin beruhigt hat.«

Adriano läuft schnell. Ich bin nicht untrainiert, aber die Hitze und das Tempo bringen mich echt ins Schwitzen. Der Weg führt erst hinter den Ruinen der Fabrik vorbei, in einem der übrig gebliebenen, halb verfallenen Gebäude, hinter staubverkrusteten Fenstern rödelt ein einsamer Generator. Zum Glück ist's hier schattig, zumindest bis zu den Stufen mit dem Wegweiser. Der zeigt nach oben. War ja klar.

Adriano dreht sich kurz um. »Wir müssen nach Prabione.«

»Da rauf … Kein Problem!«

»Hört sich aber anders an.« Findet er offenbar echt erheiternd.

»Haha, lass mich schnaufen, ich komm schon mit, keine Sorge«, wink ich lässig ab. Abgesehen davon, selbst wenn es mir zu anstrengend wäre, würde ich es natürlich nicht zugeben. Aber mir macht's echt nichts aus, ich komm manchmal ganz gern an meine Grenzen.

Teilweise führen Steinstufen nach oben und Schotterwege. Mit Flipflops wäre ich hier falsch. Definitiv. Ich komm mir vor wie in einer anderen Welt. Riesige Wasserrohre, Wasserreservoirs, verlassene Stollen, Tümpel, überall Zeichen von gewaltigen Erdrutschen, notdürftig repariert, unten die Ruine der alten Fabrik, der glitzernde See … Mensch und Natur – nicht immer im Einklang. Adriano trabt einsilbig vor mir her. Die Sorge um seine Schwester treibt ihn voran. Ich falle ein bisschen zurück. In einer Nische steht ein Marienbild. Mit Blumen und einer Kerze. Ist da jemand gestorben? So eine Art bayerisches Marterl? Adriano ist zu weit voraus, um ihn zu fragen. Er ist bereits in dem mannshohen Tunnel verschwunden, der dunkel, feucht und nur spärlich beleuchtet nicht besonders einladend wirkt. Vorsichtshalber geh ich leicht gebückt. Ab und zu streift etwas meine Haare – will lieber nicht wissen, was das ist, und werd etwas schneller. Licht am Ende des Tunnels. Bin froh, als ich wieder draußen bin, obwohl es drinnen angenehm kühl war. Adriano wartet auf mich.

»Schau mal!« Er zeigt in die steil aufragende Felswand.

»Wahnsinn! Was ist denn da passiert?«

»Steinschlag. Den Weg konnte man lange nicht gehen.«

»Wow. Und die Platten sollen halten?«, frag ich skeptisch und schau auf die Stahlseile und Klammern, die eine abgespaltene Felsplatte vom Absturz bewahren sollen.

»Davon geh ich aus«, meint Adriano lakonisch – was mich zugegebenermaßen nicht sonderlich beruhigt.

Adriano ist schon wieder ein Stück weiter, und ich beeile mich hinterherzukommen. Die Aussicht, auch nur den Bruchteil dieses eindrucksvollen Schauspiels auf den Kopf zu bekommen, lässt mich ein paar Takte zulegen.

Nach einer Weile liegen das Bewässerungssystem und die Reste der alten Fabrikanlage hinter uns beziehungsweise unter uns, der Weg mäandert durch den Wald und ist einigermaßen schattig. Da vorne ist ne Kreuzung, rechts geht's ab nach Pregasio und Pieve, Ortsteile von Tremosine, wie Adriano erklärt, wir halten uns links, Richtung Prabione im Gebiet Tignale.

»Was ist das? Pferdemist?« Ich bleib schnaufend im Schatten stehen und zeig zu den runden, braunen Teilen mitten auf dem Weg. Eindeutig tierischen Ursprungs. Puh, ist das ne Hitze! Ich leere fast die ganze Wasserflasche.

Adriano kommt ein paar Schritte zurück.

»Sterco di un asino. Eselskot«, sagt er, »war früher Usus, dass die Arbeiter mit ihren Eseln von den Orten runter zur

Fabrik kamen. Jeden Tag. Heute gibt's kaum noch Leute, die mit ihren Eseln hier unterwegs sind. Viel zu mühsam.«

»Also, ich bin froh, dass ich nicht in der guten alten Zeit geboren bin! Wandern ist toll, und Sport mag ich auch, aber jeden Tag eine Bergtour zur Arbeit? Nee danke. Sind wir eigentlich bald da?«, frag ich und muss lachen, weil das grade rauskam, wie das Gequengel von einem Kleinkind, wenn die Autofahrt zu lange dauert.

»Da oben ist es. Vielleicht noch zehn Minuten.«

Schweigend gehen wir weiter. Wie wird Mia reagieren? Ich komme mir ein bisschen fehl am Platz vor und überhaupt … Sie hätte sich ja gemeldet, wenn sie jemanden von der Familie hätte sehen wollen. Was offensichtlich nicht der Fall ist, sonst hätte sie kaum ihr Auto versteckt. Hätte, hätte, Weltgerette …

Unser angespanntes Schweigen hängt in der Luft. Kein Grund zur Panik, befehle ich mir und mache ein paar tiefe Atemzüge. Bei uns daheim riecht es schon herbstlich, hier ist die Luft noch schwer und sommerwarm. Da vorne endet die Bewaldung. Wir treten aus der dämmrigen Kühle ins helle Sonnenlicht, ich zwinkere und bin erst mal vom Ausblick überwältigt. Eine weite Ebene, Wiesen, Olivenbäume und dort, wo die Fläche nach unten abfällt wie die Erde, wenn sie eine Scheibe wäre, glitzert der See. Wahnsinn, wie hoch wir schon sind!

Adriano drängt weiter. »Da vorne.« Er deutet auf ein graues Gebäude mitten auf der Wiese. Der Zaun ist eher unauffällig, im Gegensatz zum mächtigen Eingangsportal.

»Das gehört euch?«, frag ich beeindruckt.

»Hat mein nonno dem damaligen Bürgermeister abgeluchst.« Adriano ist sichtlich stolz auf seinen Großvater. »Und der war ein noch größeres … wie sagt man … Furbacchione, äh, Schlitzohr, als mein nonno. Hat genau gewusst, dass das kein Baugrund ist und auch niemals einer wird. Das Haus stand schon, war ein Schwarzbau, das Grundstück als Spekulationsobjekt jedenfalls wertlos.«

Muss ich Paps erzählen. Solche Geschichten liebt er. Fast so sehr wie ein neues Rezept.

Adriano ist kurz von der Sorge um Mia abgelenkt. Mit einer ausschweifenden Handbewegung umkreist er das eingezäunte Grundstück samt diesem gigantischen Ausblick.

»Am Ende hat nonno doch noch gewonnen, er hat es nur nicht mehr erlebt. Papà sagt, dass der Gemeinderat einige Grundstücke vom Bauverbot befreien will … und dieses hier wahrscheinlich auch. Dann fließt die Kohle.«

»Und dein Vater sieht jetzt schon lauter Erbschleicher um sich herum, bevor noch irgendetwas entschieden ist? Ich glaub's nicht!«, reg ich mich auf. Scheißgeld! Na ja, nicht immer so richtig scheiße …

Adriano hebt vage die Hände. »Ach, keine Ahnung. Aber …«

»Was, aber?«, frag ich.

»Niente.«

»Nee, nee, mein Lieber, so leicht lass ich mich nicht abwimmeln. Sag's lieber gleich, ich krieg's sowieso raus.«

Adriano runzelt die Stirn. »Greta hat mich gewarnt.«

»So, hat sie das?« Ich heb leicht eine Augenbraue.

Er grinst. Ich auch.

»Okay«, kapituliert er und überlegt einen Moment.

Jetzt grins ich zufrieden.

»Ich mein, es ist schon ein seltsamer Zufall, dass Niveo ausgerechnet zu der Zeit auftaucht, als es um riesige Summen für meine Familie geht. Vielleicht hat jemand nicht dichtgehalten … ein Spitzel im Büro, was weiß ich? Mia wäre eine richtig gute Partie.«

»Also, das glaub ich jetzt nicht! So schnell änderst du deine Meinung? Vorhin hast du Niveo noch verteidigt.«

»Ich sag ja nur, es wäre immerhin möglich.« Er fährt sich durch die Haare.

»Egal, suchen wir die beiden.«

»Würde ich auch vorschlagen. Bevor wir uns über Erbschleicher um ein Erbe aufregen, das es noch gar nicht gibt.«

Adriano drückt das Tor auf.

»Es ist offen«, bemerke ich wenig geistreich.

»Es ist nie abgesperrt«, erwidert Adriano.

»Mia«, ruft er, »ich bin's, Adriano!«

Wir gehen zum Haus. Gut, dass die Fensterläden geschlossen sind, so sind wir wenigstens nicht ohne Deckung. – *So ein Quatsch! Wir sind nicht in geheimer Mission hier.* Außerdem hat sich Adriano lautstark bemerkbar gemacht. Trotzdem sind meine Muskeln angespannt wie die Stahlseile der Golden Gate Bridge. Ich gehöre nicht zur Familie. Bin nur die Freundin von Greta. Und die hat ihre eigenen Probleme. Aber genau deswegen bin ich ja hier, rechtfertige ich mich innerlich. »Zuerst in sämtliche Fettnäpfchen springen und dann auf schüchtern tun«, würde Vinc mich jetzt mit an Sicherheit grenzender Wahrscheinlichkeit veräppeln. Aber dieses Mal kann ich nix dafür, nehm ich mich selber in Schutz und halt mich dicht hinter Adriano.

Drinnen ist es düster und kühl. Das Zirpen der Zikaden verstummt mit dem Einschnappen des Türschlosses. Kein Laut. Die Atmosphäre hier gefällt mir nicht, ich klebe Adriano fast am Rücken.

»Du hast gesagt, hier wohnt ein Hausmeister«, flüstere ich.

»Na ja, Hausmeister trifft es nicht so ganz. Der alte Jacopo Olmo wohnt hier sporadisch. Mit seinem Esel. Im hinteren Anbau. Er hätte im Herrenhaus nichts zu suchen, sagt er.« Adriano hält es anscheinend nicht für notwendig, zu flüstern – was mich etwas entspannt.

»Herrenhaus?«, frag ich und lass meine Blicke skeptisch über die kahlen Böden und Wände gleiten. »Na, da muss man echt nicht absperren.«

»Jacopo ist eigentlich Olivenbauer, was aber zu wenig zum Leben abwirft. Er hat hier schon immer nebenbei mit Hand angelegt, und so ist es geblieben. Unausgesprochene Abmachung. Win-Win-Situation. Außerdem kann er sich jederzeit hierher zurückziehen, wenn's ihm zu eng wird im gemeinsamen Haus mit seiner Schwester – oder wenn sie ihn mal wieder rausschmeißt. Er hat Platz für seinen Esel, und wir brauchen uns nicht um das Haus zu kümmern«, erklärt Adriano und zieht mich weiter.

»Ein bisschen kümmern tät aber nicht schaden, würde ich sagen.«

»Na ja, früher hat es hier anders ausgesehen, aber wir haben einfach keine Zeit dafür ... Mia?«, ruft er dann, »Mia! Bist du da?«

Wir lauschen. Seine Stimme verklingt, und wieder hängt diese leere Stille in der Luft.

»Da ist keiner«, unke ich.

Adriano achtet nicht auf mich. Er schaut in alle Zimmer, bis wir in der Küche stehen. Der riesige vernarbte Holztisch füllt die Raummitte, einige Töpfe zeugen vom früheren Zweck des Raumes. Irgendwas hat sich verändert ... Adriano merkt es offensichtlich auch, was ich an den Muskeln seines Armes spür, an den ich mich immer noch kralle.

Ich seh ihn zuerst ... hinter der Tür, die sich leise knarrend wieder schließt ... den Schuh ... am Fuß einer Person, die am Boden liegt ... reglos. *Nein! Nicht Mia!* Ich schlucke und zerr an Adrianos Arm.

»Adriano«, krächz ich.

Er dreht sich langsam um. Wie jemand, der nicht sehen will, was unvermeidlich auf ihn zurollt.

»Mia!«, schreit er und stürzt zu seiner Schwester.

Vorsichtig nimmt er ihr Gesicht in seine Hände.

»Mia, wach auf«, beschwört er sie.

»Lass mich mal«, sag ich und schieb ihn zur Seite.

Ich taste nach ihrem Puls. »Ihr Herz schlägt«, geb ich Entwarnung, als ich das leichte Klopfen an meinen Fingern spüre.

Adriano atmet auf. »Aber was ist mit ihr?«

»Keine Ahnung«, sag ich ratlos, als Mia plötzlich die Augen aufschlägt.

»Mia«, rufen wir gleichzeitig, Adrianos Stimme bricht vor Erleichterung weg. Und das Felsmassiv, das mir von der Seele fällt, würde nicht nur die Parkgarage von Campione unter sich begraben.

Mias Augen füllen sich mit Tränen. »Wo ist Niveo?«, fragt sie leise.

Wie bitte? Ich hör wohl nicht recht! »Wo Niveo ist? Na, du bist gut, das wollen wir von *dir* wissen, Mia ...«, rutscht es mir ziemlich laut heraus.

Adriano schaut mich strafend an. War ich wohl ein bisschen zu heftig.

»Mia«, sagt er dann sanft zu seiner Schwester, »was ist passiert? Warum liegst du hier? Du warst bewusstlos! Wo ist Niveo? Oder bist du alleine hier hochgegangen?«

Mia schluckt, schaut kurz zu mir, dann zurück zu Adriano. Feine Schweißperlen stehen ihr auf der Stirn – obwohl's hier drinnen relativ kühl ist. Ihre Gesichtsfarbe glänzt ungesund fahl.

»Nein, wir waren zusammen«, flüstert sie und schlägt die Hände vors Gesicht.

Da stimmt was nicht. Definitiv. Ich geh neben Adriano

in die Hocke und nehm Mias Hände. Sie sind eiskalt. Passt nicht zur Stirn.

»Mia, was ist los? Tut dir was weh? Oder ist dir schlecht?« Letzteres fällt mir ein, weil ich weiß, was ihr Bruder nicht weiß, nämlich, dass er Onkel wird.

Mia wird knallrot. Natürlich oute ich sie nicht, damit würde ich ja selber als Spannerin dastehen. Wäre peinlich und außerdem wenig vertrauensfördernd für die Zukunft, es sollen schließlich nicht alle verstummen, wenn ich in die Nähe komme. Aber abgesehen von meinen kleinen Befindlichkeiten geht es um Mia, und sie muss entscheiden, wann sie wem was sagt.

Mia setzt sich auf. »Madonna!« Sie atmet scharf aus. »Mein Fuß … fa male«, stöhnt sie gequält. Und so, wie ihr rechter Knöchel aussieht, wundert mich das nicht. Er ist doppelt so dick wie der linke.

»Verstaucht. Ich bin auf dem Weg umgeknickt.«

Kann ich mir vorstellen. Der Weg ist ziemlich steinig. Und es war dunkel … und Eselsscheiße … Okay, das ist wohl nicht der Grund und schon gar nicht der passende Zeitpunkt für blöde Witze, nicht mal in Gedanken.

»Niveo hat mich den Rest des Weges mehr oder weniger hochgetragen.« Ihre Augen schimmern feucht. »Und Jacopo war da. Er hat mir eine Salbe zum Einreiben gegeben und ist dann zu seiner Schwester, hoch nach Prabione. Wollte uns nicht stören. Kennst ihn ja.«

Adriano nickt. »Typisch für ihn.«

»Er wollte am Morgen wiederkommen und uns etwas zu essen bringen.«

»Und wo ist Niveo?«, dräng ich ungeduldig.

»Ich weiß es nicht«, jammert Mia. »Er ist heute früh rausgegangen, es war noch dunkel, er hat gesagt, er hätte Jacopo gehört …«

»Und? War es Jacopo?« *Mann, geht das zäh!* Aber ich seh ihr an, dass sie fix und fertig ist. Also reiß ich mich zusammen und tätschel ihr beruhigend die Hand. Adriano ist auch nicht gerade ne Stütze. Der sagt einfach nix. Super.

Mia schüttelt langsam den Kopf. »Keine Ahnung ... Niveo ist raus, dann habe ich Stimmen gehört, Niveo hat geschrien ... Ich bin vor die Tür gehumpelt und hab ihn gerufen und da habe ich ihn liegen sehen ... ein Stück entfernt, im Gras. Er hat sich nicht gerührt. Ich ... ich wollte zu ihm ... aber da bin ich wohl gestürzt und hab mir so dumm den Kopf angeschlagen, dass ich ohnmächtig geworden bin. Ich ... Keine Ahnung.« Sie fährt geistesabwesend mit der Hand über den Steinboden.

»Kommt das vom Sturz?«, frag ich und berühre leicht einen provisorischen Verband an ihrem Scheitel.

»Ich weiß nicht ...« Sie berührt die Stelle mit der Hand.

Ich weiß nicht, ich weiß nicht ... Das nervt allmählich! Mann, ihr Freund verschwindet und sie sitzt hier und dreht Däumchen? Ich mein, gut, sie war ohnmächtig, und ihr Fuß ... aber ich schwör, wenn Vinc verschwinden würde, würde ich einbeinig losrennen! Ich würde ... Wie sie dasitzt – ein Häufchen Elend, da hab ich gleich wieder Mitleid. Okay. So schnell geb ich nicht auf. Irgendwas muss sie gesehen oder gehört haben. Vinc ... Bin froh, wenn er endlich da ist, ich brauch dringend jemanden zum Reden. Jemanden, den ich einschätzen kann. Meine bekannte Größe im persönlichen Dorochaos. Innerlich und äußerlich.

»Entschuldige, was hast du gesagt?«, frag ich. Hab grade vor lauter Vinc nicht zugehört.

»Jacopo hat mich gefunden. Es war schon hell ... und Niveo war weg. Jacopo hat gesagt, dass es nicht er war, den Niveo gehört hat. Er wäre gerade eben erst gekommen, hätte mich gefunden und habe von Niveo nichts gesehen und gehört.« Mia starrt in die Luft, als würde ein Film vor ihr ablaufen, dann schaut sie mich an. »Aber ... ich weiß nicht ... da ist nichts mehr ...« Sie seufzt und lehnt sich an Adrianos Schulter. »Und jetzt tut der Fuß noch mehr weh ... und mir ist übel.«

»Hmm ...«, ich überlege. »Als Niveo rausgegangen ist, was hast du da gehört? Was hat Niveo gerufen? Du hast gesagt, er hat geschrien, ich mein, Niveo ist raus, weil er dachte, dass der alte Olmo zurückgekommen ist. Der kam aber erst später. Dann muss es jemand anders gewesen sein. Hast du jemanden gesehen?«

Adriano und ich schauen Mia erwartungsvoll an, aber die schüttelt den Kopf.

»Scusa«, sagt sie leise. »Ich hätte sofort mit rausgehen sollen, aber ... Wieso ist er weg? Ich versteh das nicht. Und warum ist er da gelegen?«

Adriano reibt sich nachdenklich am stoppeligen Kinn.

»Jetzt müssen wir dich erst mal runter zum Auto bringen. Aber mit dem Fuß ...«, er zieht skeptisch die Stirn in Falten.

»Jacopo kommt mit seinem Esel«, sagt Mia.

»Wie ... Ich dachte ...«, Adriano schaut seine Schwester irritiert an.

»Ja, Jacopo war heute Morgen da. Mit dem Essen. Wie er versprochen hat. Ich lag draußen und war noch nicht ganz bei mir. Er hat mich ins Haus gebracht und meine Wunde am Kopf versorgt. Dann wollte er mich zum Arzt bringen, aber ich habe ihn überredet, zuerst nach Niveo zu suchen. Ich war ja in Sicherheit und vorerst versorgt, aber Niveo ... Ich habe zu Jacopo gesagt, dass ich erst hier weggehe, wenn er Niveo gefunden hat.«

»Es war also nicht der alte Olmo, den Niveo gehört hat«, überlege ich laut. »Wer war es dann? Und der Alte kommt wieder? Mit dem Esel?«, frag ich, weil das natürlich super wäre, dann hätte sich das Transportproblem gelöst. Allerdings haben wir noch ein Zeitproblem. Um fünf müssen wir zurück sein, und jetzt ist es schon halb drei.

Mia nickt. »Hat er gesagt. Er müsste bald da sein …«

Ich schau auf die Uhr. Das wird auf jeden Fall knapp.

»Hmm … Am besten, ich spring runter zum Auto und fahr gleich zum Hotel. Ihr könnt hier auf den Esel warten und kommt dann nach. Ihr nehmt Adrianos Auto, ich deines, Mia, okay? Kannst du mir den Schlüssel geben?«

»Keine schlechte Idee, Doro«, mischt sich jetzt Adriano ein, »aber ich glaube, es ist besser, wenn ich runtergehe. Ich bin schneller und kann den Wagen hierherholen. Das mit dem Esel ist sowieso eine Schnapsidee. Allein schon durch den Tunnel … Der ist viel zu niedrig.«

»Ach so, man kann hier mit dem Auto rauf. Und warum sind wir dann gelaufen?« *Ich mein – also ehrlich, hetzt mich hier rauf, Wanderschuhe und so …*

»Erstens steht Mias Wagen unten in Campione, das heißt, sie sind raufgelaufen. Hätte ja sein können, dass wir unterwegs auf was stoßen.«

»Sind wir ja auch. Auf nen Haufen Eselsbollen und eine abgesprengte Felsplatte, die mal schnell mit ein paar Ketten angenäht worden ist und die uns beinahe erschlagen hätte«, murmle ich zynisch.

Adriano ignoriert meinen unsachlichen Einwurf. »Und zweitens ist man mit dem Wagen nicht viel schneller. Du musst ein paar Kilometer an der Straße Richtung Süden, dann hoch nach Tignale, dann nach Prabione, durch den Ort und von da führt ein holpriger Wanderweg zur Villa, und mein Wagen ist dafür viel zu groß und völlig ungeeignet. Mit Mias Fiat ist das was anderes, das geht. Haben wir früher oft gemacht.«

»Wieso seid ihr dann nicht mit dem Auto hoch?«, frag ich Mia.

»Weil ich meine Wut rauslaufen musste! Und weil es zu dunkel war. Ich glaube, ich hätte gar nicht hergefunden. Mit den Eltern früher sind wir hochgefahren, ich bin später aber meistens gelaufen. Und bis ich die Straße außenrum genommen habe, bin ich zu Fuß fast schon oben. Außerdem wäre das Auto hier auch mehr aufgefallen.«

Hallo! Die tun grad so, als wär's ein kleiner Spaziergang hier hoch. Also, ich lauf echt gern, aber in so nem Fall … Find ich jetzt leicht bescheuert.

»Du tust ja so, als wäre das eine Riesenwanderung! Die Arbeiter früher sind den Weg jeden Tag runter zur Fabrik und am Abend wieder zurück«, spöttelt Adriano.

Okay, er findet meine Einwände lächerlich – das nennt man wohl unterschiedliche Sicht der Dinge.

»Ist ja auch egal«, lenk ich ein, »machen wir es so, wie du vorgeschlagen hast.«

Adriano ist schon an der Tür. Mias Autoschlüssel hat er eingesteckt. »Ich beeil mich«, verspricht er und ist raus.

»Wieso warst du eigentlich ohnmächtig, als wir gekommen sind? Ich dachte, Jacopo hat dich versorgt?«, frag ich, als wir allein sind. Immerhin ungewöhnlich.

»Ich weiß nicht, ich habe was gehört. Adriano … Ich war so froh, seine Stimme zu hören. Ich bin aufgesprungen und wollte rausrennen … Ich glaube, es waren die Schmerzen.«

Hmm, möglich. Wäre jetzt *die* Gelegenheit, Mia auf die Schwangerschaft anzusprechen, andererseits will ich nicht erklären, unter welchen Umständen ich Zeugin dieses Gesprächs geworden bin. Egal, ist nicht so wichtig.

»Willst du dich nicht auf den Stuhl setzen? Oder hier, leg dich auf die Bank«, schlag ich Mia vor, die noch immer auf dem Boden hockt.

Sie schüttelt den Kopf. »Ich bewege mich lieber nicht, der Fuß tut wirklich höllisch weh.«

Okay, ist ein Argument. Zum Schluss kippt sie mir wieder um, das brauch ich jetzt nicht. Über der Lehne eines der Holzstühle hängt eine alte Decke. »Hier, nimm die«, sag ich und breite die Wolldecke neben ihr aus, »der Boden ist kalt.«

»Grazie« Sie hievt sich mit meiner Hilfe auf die Unterlage.

Wir warten schweigend. Vielleicht taucht ja Niveo auf, denk ich so vor mich hin. Mia hockt zusammengesunken da.

Das Geräusch, das dann von draußen hereindringt, ist allerdings eindeutig nicht Niveo. Das rostige »Iah« … Der alte Olmo mit seinem Esel?

»Bleib sitzen, ich schau nach«, sag ich zu Mia.

Vor dem Haus bindet ein kleiner, ausgemergelter Mann einen Esel an dem Feigenbusch fest, der sich hier im Fünfmeterradius ausgebreitet hat. Neugierig mustert er mich. Und ich ihn. Das ist also Jacopo Olmo. Hab mir nen kräftigen, gedungenen, kernigen Kerl vorgestellt. So wie Valdo, unseren Koch.

»Mia ist drinnen.« Ich zeig Richtung Haus.

Er nickt. Nicht sehr gesprächig, der Gute.

»Ich bin Doro, eine Freundin von Mia«, stell ich mich vor.

Nicken.

»Und Sie sind Signor Olmo?«

Nicken. Mit einem minimalen Anflug von Lächeln.

Na also, geht doch!

Ich geh voraus. »Es ist Signor Olmo«, schrei ich ins Haus. »Er hat den Esel dabei.«

Olmo bleibt im Türrahmen stehen.

»Come stai, mia piccola principessa?«, fragt er besorgt.

»Tut weh, aber geht schon. Jacopo, hast du Niveo gefunden?«

Der Alte schüttelt den Kopf. Mia schaut ihn verzweifelt an.

»Adriano ist gekommen, mit Doro. Er holt das Auto hierher. Aber ich kann doch nicht weg, solange ich nicht weiß, was mit Niveo geschehen ist … Er würde mich nicht einfach alleine lassen.«

Jetzt laufen ihr Tränen über die Wangen. »Ihm ist etwas passiert!«

Ich kann es kaum ertragen, wie trostlos sie klingt. Und Jacopo natürlich auch nicht. »Mia piccola principessa« hat er sie genannt, da ist eine Familienbindung da. Eindeutig. Aber das hat Adriano ja schon erwähnt. Apropos Adriano … Wo bleibt der nur? Ich schau auf die Uhr. Wird allmählich Zeit.

»Und wenn der Weg durch nen Steinschlag blockiert ist?«, fällt mir ein. Wäre ja immerhin möglich, da hätten die beiden eigentlich selber dran denken können. Der Alte müsste das wissen. Ich schau ihn fragend an. Ah, er hat mich wahrscheinlich gar nicht verstanden, vermute ich und will's grade auf Italienisch wiederholen, als er den Kopf schüttelt.

»Der Weg ist offen«, beruhigt er uns knapp.

Versteht Deutsch, spricht Italienisch. Auch gut, mach ich es umgekehrt.

Ich zieh mein Handy aus der Tasche. »Ich ruf Adriano an, wo er ist«, verkünde ich. *Ha! Von wegen! Immer noch kein Netz. So ein Mist!*

»Wenn du ganz da hinter gehst, auf die Wiese, bis zum Abhang, da geht's manchmal …«, gibt mir der Alte nen Tipp.

Aha, ist ja up to date, der Gute, denk ich und schüttle gleichzeitig über mich selber den Kopf. Als ob mittlerweile nicht jeder ein Handy besitzt.

»Wieso habt ihr dann keine Hilfe geholt?«, frag ich Mia. Ich kapier's nicht, das hätte doch nahegelegen, in der Situation, Streit hin oder her!

»Der Akku ist leer«, seufzt Mia. »Und außerdem …

Niveo hätte niemals meine Familie angerufen. Du hast ja gehört, was mein Vater zu ihm gesagt hat.«

Okay, hätte ich an seiner Stelle wohl auch nicht, gesteh ich mir ein.

»Egal … noch fünf Minuten, dann ruf ich Adriano an, wann er endlich kommt. Notfalls soll er das Auto stehen lassen und Signor Olmo bringt dich doch mit dem Esel zurück. Den Weg hat er ja schon markiert.« Ich zwinkere dem Alten zu. Der grinst breit. »*Signor* Olmo« hört er wahrscheinlich höchstselten! Scheint ihm aber zu gefallen.

»Ah, Signore, eine Frage …«

»Si?«

»Heute ganz in der Früh, bevor Sie gekommen sind, hat Niveo etwas gehört. Haben Sie jemanden gesehen? Oder ist Ihnen irgendwas aufgefallen?«

Der Alte schüttelt den Kopf.

»Das habe ich ihn auch schon gefragt«, wirft Mia ein.

»Ja, klar«, sag ich, »aber manchmal fallen einem Details erst im Nachhinein ein. Vielleicht unter ›nicht relevant‹ im Gehirn gespeichert und wenn dann eine bestimmte Saite angezupft wird, klingelt es plötzlich.«

Mia lächelt. »Greta hat schon gesagt, dass du ein bisschen *anders* bist.«

Sie betont das ›anders‹ so merkwürdig.

»Du meinst, ein bisschen verrückt?«, bohr ich nach.

»No, no, no!«, wehrt sie vehement ab – ihre veränderte Gesichtsfarbe spricht allerdings eine andere Sprache.

Ich winke ab. »Keine Panik, das höre ich öfter mal.« Ich lache und denke an Paps. Und an Vinc.

Von draußen nähert sich Motorengebrumm.

Puh, Gott sei Dank, wir sitzen im Auto! Die ersten Meter sind holperig – gelinde ausgedrückt, aber wenigstens kein

Abgrund neben uns. Ich zieh das Handy aus der Hosentasche. Ja! Wieder Empfang. Vinc hat schon einige WhatsApp-Nachrichten geschickt. »Bin da und warte auf dich«, schreibt er. Normale Welt, du hast mich wieder. Wobei – normal? Das »Magdalena«? Wo tote Gäste im Pool schwimmen? Nee, normal wäre meine Dachterrasse in München, meine Arbeit im »Macis«, Diskussionen mit Paps über Gott und die Welt, ein verfressener Kater, der um meine Beine streicht … *Okay, Doro, träum weiter.*

«Wir sind in einer Viertelstunde da«, tipp ich ne Nachricht für Vinc und lehn mich zurück. Mia sitzt starr auf dem Rücksitz, direkt neben mir, für alle Fälle. Ich drück ihre Hand.

Es ist dann halb sechs, als wir endlich am Hotel sind.

Großes Empfangskomitee.

»Vinc!« Ich fall ihm um den Hals.

»Hallo, Schatz«, murmelt er mir ins Ohr, drückt mich fest, dann wird er praktisch. »Wir müssen …«, drängt er und zieht mich Richtung Küche.

»Wow! Ihr habt ja super vorgearbeitet«, ruf ich begeistert.

Die Gläser für den Aperitif stehen bereit, mit nem Fingerbreit Granatapfelsirup drin, hat Irmela heute nach meinem Rezept zubereitet. Ich probier ein Schlückchen … heb den Daumen. Perfekt.

Irmela strahlt mich an. »Die Granatapfelkerne sind im Kühlschrank.«

»Super«, lobe ich sie, »wir brauchen dann noch ein paar Thymianzweige.«

»Aspetta, hol ich sofort«, sagt Irmela und rennt in den Garten.

Vinc' Mundwinkel zucken kaum merklich.

Ich lache. »Sie weiß, wer Paps ist.«

Okay, weiter im Text. Die Lasagne. Steht in zwei riesigen Formen im Warmhaltefach. Ich nehme eine Gabel voll. Hmmh ... Francescas Lasagne alla nonna schmeckt fast nen Tick besser als die von Paps, finde ich. Ich koste ein weiteres Mal. Der Speck? Mal sehen, ob Francesca mir ihr Geheimnis verrät.

»Schatz, probier mal«, ruf ich zu Vinc, der gerade das Weißbrot aufschneidet. Ich geh rüber zu ihm und halt ihm die Gabel unter die Nase.

»Doro! Dafür haben wir keine Zeit! Um sieben kommen die Gäste.«

»Entspann dich, mein Süßer. Schaffen wir locker. Und Adriano kommt auch gleich. Jetzt probier ...«

Vinc gibt sich geschlagen und schiebt die Lasagneprobe in den Mund. Ich schau ihm erwartungsvoll zu. Den Genießerblick kenn ich. Dann sind seine Sinne auf Geschmack und Geruch fokussiert. Besonders seit unserer Dauerwette – die er trotzdem meistens verliert.

»Schmeckt irgendwie ursprünglicher ... etwas feiner. Ich kann's nicht genau definieren, ich glaube, die Specknote kommt besser zur Geltung. Nicht aufdringlich, aber ...«

»Jetzt ist mal gut!«, brems ich ihn lachend. »Du hast recht, ich seh's genauso, und avanti, schenk den Prosecco ein, ich glaub, die ersten Gäste sammeln sich auf der Terrasse.«

Angeregte Unterhaltung dringt bis zu uns herein, das Überraschungsmenü ist immer besonders spannend. Hat Greta erzählt. Und die Rinaldis geben sich echt Mühe. Schön dekorierte Tische, Stoffservietten, Kerzen. Festliches Ambiente. Gefällt mir. Und ein bisschen Stress würzt die Arbeit auf angenehme Weise. Mit Vinc an meiner Seite und ohne Paps ... Hat was, da kann ich mich mal wieder beweisen.

»Was schaust du so selbstzufrieden?«

Natürlich! Vinc hat mich beobachtet. Und durchschaut mich viel zu gut.

»Zum Glück hab ich kein Verhältnis«, bemerk ich lapidar, während ich das Thermometer im Huhn kontrolliere.

»Wieso?« Vinc grinst. Er weiß genau, was ich meine.

Ich bau mich vor ihm auf. »Eins ist klar: Ich muss entschieden an meiner weiblichen Raffinesse arbeiten.«

»Bloß nicht, Schatz. Ich finde es so süß, wenn du versuchst, undurchschaubar zu sein – und meilenweit davon entfernt bist!«

»Haha, sehr witzig«, tu ich empört. »Außerdem sagst du immer, dass ich unberechenbar bin …«

»Stimmt. Allerdings nur, wenn es um deine Neugier geht – und dein Talent, dich in unangenehme Situationen zu bringen.«

»Okay. Die Lachsfilets sind im Kühlraum. Hast du das Schwertfischcarpaccio schon geschnitten?«, lenk ich ab, der Boden wird mir zu heiß. Zumal ich Vinc noch ein paar Sachen erzählen muss. Ach ja, und Mia wollte ich auch noch was fragen.

Vinc zieht die Augenbrauen hoch. »Ist das mein Job?«

»Schatz! Soll es Valdo mit dem Gipsarm flach klopfen?«

Irmela kommt mit dem Thymian herein und kichert.

Vinc schüttelt den Kopf. »Wäre mal was anderes. Aber im Ernst. Wo ist Adriano?«

»Stimmt, der sollte langsam hier auftauchen. Und das Carpaccio …«

»Hab ich längst vorbereitet. Vielleicht schaust du noch über die Tellerdeko, ich denke, es passt.«

»Mein Allroundgenie«, lob ich ihn und drück ihm ein Küsschen auf die glatt rasierte Wange. »Vielleicht sollten wir doch ein eigenes Restaurant aufmachen, wir wären ein Superteam.«

Dazu sagt Vinc jetzt nichts. Er schenkt den Prosecco in die Gläser, garniert mit Granatapfelkernen und Thymian.

»Irmela, du kannst den Speisesaal öffnen. Und schau doch mal, wo Adriano bleibt. Ihr zwei kümmert euch dann bitte um die Getränke und helft Greta beim Servieren. Und wer Zeit hat, bitte abräumen helfen. Vinc, dich brauch ich heute in der Küche, ab morgen probier ich's mit Irmela. Wenn Mia wieder fit ist, sehen wir weiter. Und Valdo haben wir ja auch noch.«

Die alten Rinaldis hüten die Rezeption und die Hotelbar. Ich reibe zufrieden die Hände. Läuft doch alles. Trotz Totalausfällen. Apropos …

»Wie geht's eigentlich Mia?«, frag ich Greta, die mittlerweile mein Team hier vervollständigt.

»Na ja, sie hat sich hingelegt. Und macht sich Sorgen wegen Niveo. Jacopo hat sich noch nicht gemeldet.«

»Okay, können wir?« Ich klatsche in die Hände, Start für den Aperitif, bevor sich die Perlage vom Prosecco verabschiedet.

Ich schau auf die Uhr. Punkt sieben. Na bitte!

Zum Glück fast alles unproblematische Gäste, keine Allergiker, keine Veganer. Zwei Vegetarier, für die gibt's statt Lasagne Nudeln mit Tomaten-Kapernsoße, statt Focaccia mit Pancetta normales Weißbrot – PP würde ich sagen, persönliches Pech. Sonst alles paletti.

Granatapfelprosecco, geräuchertes Schwertfischcarpaccio, Nudelsüppchen mit Gemüsestreifen, Lasagne alla nonna, alle sind sehr zufrieden. Der Service klappt auch ohne Niveo und Mia. Die Hühner sind fertig und warten im Rohr, das Lachsfilet liegt im Warmhalteschrank, die Teller sind vorgewärmt. »Avanti, die Hauptspeise«, ruf ich Irmela gut gelaunt zu und kneif Vinc im Vorbeigehen in den Hintern.

Was sofort mit einem lüsternen »He!« quittiert wird. »Wir sind nicht alleine hier«, flüstert er mir leise ins Ohr. »Schade eigentlich.«

Kein Kommentar!

Irmela hat nichts mitgekriegt, zumindest tut sie so. Sie füllt hausgemachten Limoncello in kleine Likörgläschen, nach Käse und Dessert ein Abschluss aus der Küche.

Wir helfen zusammen, Adriano kümmert sich um den Betrieb auf der Terrasse, dann versammeln wir uns an unserem Tisch. Schwertfischcarpaccio, Lasagne und das Huhn mit Gemüse und Oliven, Pannacotta mit meiner Pfirsichsoße gibt's auch noch genug. Kommt genauso gut an wie bei den Gästen. Ich lehne mich zufrieden zurück. War ein langer Tag.

»Wer mag?« Greta schwingt die Limoncelloflasche einladend in der Hand.

»Den macht ihr selber?«, fragt Vinc.

»Mein Schwiegervater. Ungespritzte Zitronen aus eigenem Anbau. Ist er ziemlich stolz drauf.«

Was man an der kurzfristig freundlicheren Miene des ansonsten heute grantigen Signor Vittorio Rinaldi ablesen kann.

»Schmeckt auch lecker«, bestätigt Vinc die allgemeine Meinung. »Wir könnten doch …«

»Scusate!« Adriano springt schon wieder auf. Spritz, Prosecco, Vino, Bier – der Betrieb auf der Terrasse nimmt Fahrt auf.

»Schaut mal«, ruf ich und zeig zu Adriano, der mit einem voll beladenen Tablett rauskommt. Alle drehen unisono den Kopf in die angedeutete Richtung. »Da sind tatsächlich ein paar Flaschen Wasser dabei!«

»Dorohumor«, kommentiert Vinc lakonisch.

»Weil wir grade beim Thema sind …« Ich steh auf. »Ich hol mir nen Prosecco … Soll ich gleich ein Fläschchen bringen? Oder will jemand etwas anderes?«

»Passt«, sagt Greta und alle nicken.

»Teilt ruhig schon aus, ich schau kurz nach Mia«, sagt Greta, als ich mit dem Tablett zurückkomme.

»Kann ich dich begleiten?«, will ich wissen. »Ich muss Mia noch was fragen.«

KAPITEL 6

TENERE IL PIEDE IN DUE STAFFE – AUF ZWEI HOCHZEITEN TANZEN

Mercoledi (Mittwoch) – 29. August

Greta hebt gerade die Hand, um anzuklopfen, als die Tür von innen aufgerissen wird und ein Mann grußlos an uns vorbeistürmt.

»Was war das jetzt?« Ich schau sie irritiert an.

»Frag lieber, wer … Das war Hugo Scalieri.«

»Mias Exverlobter?«

Greta nickt und geht rein.

Mia liegt auf dem Sofa, ein Kissen unter dem lädierten Fuß, die Augen geschlossen. Sie sieht blass aus.

Greta setzt sich zu ihr auf die Sofakante. »Hallo, Mia«, flüstert sie sanft und streicht ihr über den Handrücken.

»Hallo, Greta. Doro.« Mia schaut uns an. Müde. Traurig.

Ich geh neben ihr in die Hocke. »Hey, Mia, ich hoffe, es ist okay, dass ich mitgekommen bin. Ich … äh … müsste dich was fragen.«

»Ist schon okay. Ist eh total lieb von dir, dass du uns so hilfst.«

Hat sie nicht Unrecht … bei aller Bescheidenheit. Ich amüsiere mich heimlich. Bescheidenheit zählt Vinc, glaub ich, nicht zu meinen Tugenden.

»Was ist mit deinem Fuß?«, erkundige ich mich erst pflichtschuldigst, immerhin ist sie verletzt.

Mia winkt ab. »Dottore Lorini sagt, es ist wahrscheinlich ein Bänderanriss, nicht so schlimm, aber langwierig, er bringt noch eine Schiene vorbei, damit kann ich besser laufen. Und ich habe eine Gehirnerschütterung. Ich soll zwei, drei Tage liegen, meint er. Greta«, sie schaut beschwörend zu ihrer Schwägerin, »habt ihr etwas von Niveo gehört? Hat Jacopo sich gemeldet?«

Greta schüttelt den Kopf. »Jacopo wird Niveo finden. Ganz bestimmt. Du bist doch seine kleine Prinzessin.« Sie streichelt tröstend Mias Hand.

»Weißt du, Doro, Mia ist die Einzige, die sich in den letzten Jahren um den Alten gekümmert hat«, erklärt Greta dann in meine Richtung. »Er vergöttert sie, sagt Adriano, und würde alles für sie tun. Also …« Sie klopft aufmunternd auf das Sofa und steht auf. »Gehen wir?«

»Äh … Ja, sofort.« Was soll's, nützt ja nix, das ganze Herumgerede, denk ich mir, und fall mit der Tür ins Haus. »Mia, kannst du dich an gestern Nacht erinnern, als ihr losgefahren seid? Ist dir ein Auto aufgefallen, das euch gefolgt ist? Ein großer dunkler Wagen?«

»Nein. Wie kommst du darauf?« Mia schaut mich ratlos an.

»Ich habe eins und eins zusammengezählt. Ihr brecht auf, kurz darauf startet ein dunkles Auto und fährt euch hinterher …«

Mia zieht die Augenbraue hoch. »Wo soll es denn sonst hinfahren? Geht mehr oder weniger nur in die eine Richtung.«

»Grazie tante für den Hinweis, halt mich ruhig für überspannt, aber ich glaube nicht, dass es Zufall war. Der Fahrer hatte es ziemlich eilig, er hätte mich fast über den Haufen gefahren, der Idiot! Und der Alte in Campione hat auch so ein Auto gesehen. Mit ausgeschalteten Scheinwerfern.«

Mia starrt mich mit gefurchter Stirn an.

Sie hält mich für überspannt. Definitiv.

Aber dann ändert sich ihre Miene.

»Hmm, jetzt, wo du es sagst … Wir hatten beim Aufstieg ein komisches Gefühl. Als ob da jemand wäre … Aber jedes Mal, wenn wir stehen geblieben sind und gelauscht haben, war da nichts.« Mia starrt auf ihre Hände. »Die Situation war so … verfahren, dass wir halt gedacht haben, unsere Nerven würden uns einen Streich spielen. Madonna! Wer war das?« Sie ballt ihre Hände zu Fäusten. Angst hat sich in ihre Stimme eingeschlichen. »Wo ist Niveo?«, jammert sie hysterisch.

Klar, der Streit mit der Familie, die Flucht in der Nacht, ein unbekannter Verfolger, ein verschwundener Liebhaber … Kein Wunder, dass ihre Nerven blank liegen.

Und der Tod von Julian Weigel. Mich schaudert's. Ist immerhin erst zwei Tage her und nicht alltäglich. Und ebenfalls merkwürdig – aber das behalte ich für mich, denn solche Theorien muss ich erst mit Vinc besprechen und sind eh eine andere Baustelle. Muss ich echt nicht jetzt damit anfangen. Mia hat genug am Hals.

Greta umarmt Mia. »Mach dir nicht zu viele Sorgen, du wirst sehen, Niveo ist bald zurück. Können wir dich alleine lassen? Unten warten sie auf uns.«

»Ich komme schon zurecht.« Mia schaut trübselig aus der Wäsche.

»Also dann.« Greta wendet sich zur Tür.

Sie ist schon auf der Treppe, ich will gerade die Tür hinter mir zuziehen, als mir noch was einfällt.

»Ach, Greta, ich komm gleich nach«, ruf ich ihr hinterher und verschwinde schnell wieder in Mias Apartment. Kommt mir sowieso entgegen, wenn ich allein mit Mia reden kann.

»Hast du was vergessen?«, fragt Mia abwesend. Sie ist gedanklich bestimmt wieder bei Niveo.

»Kann man so sagen. Ist etwas indiskret, aber vorhin, als wir gekommen sind, ist Hugo Scalieri an uns vorbeigestürmt. Scusa, ich weiß, das geht mich nix an, aber …«

Mia ist jetzt wieder ganz bei mir. »Doro, du kannst offen mit mir reden. Und mach dir keine Sorgen, dass ich deswegen beleidigt sein könnte. Weißt du, ich habe im Moment ganz andere Sorgen und vielleicht findest du Niveo mit deiner Methode.«

»Ja, vielleicht«, sag ich.

»Allora, wenn du wissen willst, was Hugo hier gemacht hat, er hat sich erkundigt, wie es mir geht. Er hat von meinem Unfall gehört und einen Krankenbesuch gemacht.«

»Da haben die Buschtrommeln schnell funktioniert«, wundere ich mich. »Und was sagt Hugo zu Niveo und dir? Hat er es gewusst?«, frage ich direkt. Ich merke schon, Mia versucht, mit gesteuerter Ehrlichkeit vom Kern des Problems abzulenken, aber darauf fall ich nicht rein.

Sie schaut mich unergründlich an.

»Wir sind uns einig über die Trennung«, sagt sie nur vage, und mir ist klar, dass heute nicht mehr zum Thema Hugo und Niveo aus ihr herauszubekommen ist.

Die Gespräche am Tisch umschiffen kunstvoll das Thema des Abends. Erst als sich die Alten zurückziehen, gehen die Spekulationen um Mia und Niveo los.

»Ich versteh meine Schwester nicht. Klar verliebt man sich nicht immer in die ideale Frau … äh …«

Oh, oh! Fauxpas! Vor allem weil Adriano sich dann so verhaspelt und sogar rot wird. Gretas Stellung hier ist zumindest umstritten. Und seine Reaktion zeigt deutlich, dass er das weiß, aber nicht, dass er eindeutig auf Gretas

Seite steht. Ist er so ein Muttersöhnchen? Oder Vatersöhnchen? Weichei! Ich nenn's ohne Schnörkel beim Namen. Verdammt, das hat Greta nicht verdient.

»… Cara, du weißt, was ich meine, und bei uns ist es natürlich ganz anders.«

Natürlich!

»Ich bin geschieden. Aber Mia ist verlobt. Zumindest so gut wie. Die Verbindung ist perfekt. Für die Familie, fürs Hotel, eben alles …«

Greta zieht ihre Hand weg, schaut verkniffen.

»Und für Mia?«, frag ich. Ich will jetzt echt nicht provozieren, aber Hallo! Wo sind wir denn! Im 18. Jahrhundert?

»Es war seit Langem beschlossene Sache und Mia hat nie was dagegen gesagt. Und dann kommt dieser Niveo daher und bringt alles durcheinander!« Adriano regt sich richtig auf.

»Sag mal, worum geht's hier? Um Mia oder um eine günstige Verbindung?« Jetzt provoziere ich doch.

Vinc drückt unterm Tisch meine Hand. Will wohl sagen, ich soll mich nicht einmischen. Aber ich brauch meine Hand, um auf den Tisch zu hauen. So viel männliche Ignoranz macht mich wütend.

Adriano fängt zu lachen an. Er *lacht*! Also das toppt doch alles!

»Doro, du bist echt gut. Und du hast recht. Ich kann mir vorstellen, wie sich das alles für dich anhört, aber glaub mir, ich liebe meine Schwester und will nur das Beste für sie. Und ob das Beste Niveo ist, bezweifle ich eben. Weil Liebe macht blind, da ist ihr Urteilsvermögen getrübt.« Ein kurzer Seitenblick zu Greta, aber die starrt noch immer auf die Tischplatte.

»Ich mag Niveo, nur wissen wir nichts von ihm. Er taucht hier auf, bleibt eine Saison, dann verschwindet er wieder –

und nimmt Mia mit. Würdest du dich an meiner Stelle nicht aufregen?«

»Okay, Waffenstillstand«, biete ich an.

»Braver Schatz.« Vinc tätschelt meine Hand.

»Noch so ein Macho?«, frage ich und rücke ein Stück von ihm weg.

Adriano schaut erschrocken. Wollte sicher nicht, dass Vinc und ich seinetwegen streiten.

Vinc bleibt gelassen, ihm ist meine Ironie natürlich nicht entgangen.

Jetzt hat's auch Adriano kapiert … und ich rücke wieder zu Vinc.

Der legt den Arm um meine Schulter. »Gehen wir dann mal aufs Zimmer?«, flüstert er mir ins Ohr.

»Gute Idee«, stimme ich zu. Wir trinken den letzten Schluck Prosecco, schnappen uns eine Flasche Wasser und stehen auf.

»Wart mal«, sag ich leise und zieh ihn auf den Stuhl zurück.

»Was …« Dann sieht er selber, warum ich jetzt nicht gehen kann.

Einige Gäste verdrehen neugierig den Hals, als Mia zu unserem Tisch gehumpelt kommt. Na ja, ihr gutes Recht, bin ja selber nicht besonders zurückhaltend, wenn's um die Angelegenheiten anderer Leute geht …

Greta springt auf und läuft ihr entgegen. »Du sollst den Fuß ruhig halten, bis du die Schiene hast, hat Dottore Lorini gesagt«, ruft sie dabei, »und drei Tage liegen, wegen der Gehirnerschütterung!«

»Zwei«, korrigiert Mia, stützt sich aber dankbar auf den angebotenen Arm. Ihre verkrampfte Gesichtsmuskulatur spricht Bände – der Fuß tut ordentlich weh.

Sie lässt sich auf einen Stuhl fallen.

»Kannst du eigentlich *einmal* tun, was man dir sagt?«, fragt Adriano seine Schwester vorwurfsvoll.

Vinc schaut zu mir. Und lächelt still.

Weiß gar nicht, was er meint? Ich lächle sanft zurück.

»Ach, ich bin viel zu nervös. Solange ich nicht weiß, was mit Niveo passiert ist …«

»Rekapitulieren wir das Ganze«, schlag ich vor. »Vielleicht fällt dir doch noch was ein.«

»Meinetwegen«, stimmt Mia zu.

Adriano und Greta warten ab.

Und Vinc ist klar, wer ab jetzt die Regie übernimmt.

»Also, Mia, von vorn. Der Streit mit der Familie, danach seid ihr zu Niveo aufs Zimmer. Warum seid ihr abgehauen? Ich mein, das hätte doch nichts geändert. Und ihr hättet auch nicht ewig da oben bleiben können … Früher oder später hätte man euch sowieso gefunden«, setz ich ein paar Reizpunkte, um Mia in Schwung zu bringen. Vinc' Mundwinkel zucken verdächtig.

»Niveo war stinksauer, das könnt ihr euch vorstellen. Er hat getobt und wollte nicht mehr im Hotel bleiben. Für mich hätte er es getan.« Mia schaut traurig in die Runde.

Pluspunkte für dich, mein lieber Niveo, denk ich und versuche, nicht auf Mias Bauch zu starren, die anderen warten schweigend ab.

Mia schüttelt den Kopf. »Das wäre nicht gut gegangen. Papà und Niveo … Ich dachte, es muss sich erst alles beruhigen, deshalb bin ich mit Niveo in unsere alte Villa. Dort wollten wir entscheiden, wie es weitergehen soll.« Sie hebt die Hände. »Und jetzt ist er weg …«

»Ja, okay, aber du musst ein bisschen genauer erzählen. Zum Beispiel, als ihr losgefahren seid, wie war das? Licht, Koffer, seid ihr Gästen begegnet, hat euch jemand gesehen, solche Dinge eben«, versuch ich, ihr zu erklären, worum es mir geht.

Mia runzelt die Stirn. Ich runzle zurück. Wird, glaub ich, ein hartes Stück Arbeit, meinen Ruf bei ihr ins rechte Licht zu rücken. Ein kurzer Blick zu Vinc, der verzieht keine Miene, also mach ich weiter.

»Weißt du, Mia, ich will, dass wir alle quasi dabei sind an dem Abend. Vielleicht hat einer eine Idee, was sich abgespielt haben könnte. Irgendeinen Ansatz, eine Spur ... Oder auch nichts, diese Möglichkeit gibt's natürlich auch.«

»Ich weiß zwar nicht, wie das helfen soll, Niveo zu finden, aber ... also gut. Zuerst sind wir auf Niveos Zimmer – weil mein Apartment direkt neben der Wohnung meiner Eltern liegt – und haben beratschlagt, ob wir eine Weile zu Niveos Familie gehen sollten. Niveo wollte weg, aber er wollte nicht nach Hause. Vielleicht hat er Angst, dass seine Eltern genauso reagieren.« Mia seufzt.

»Mir ist unsere alte Villa eingefallen, da konnten wir erst mal ein paar Tage bleiben. Ich habe gehofft, dass sich die Stimmung daheim entspannen würde. Obwohl wir nicht damit gerechnet haben ... Dann bin ich in mein Apartment, habe meine Tasche gepackt, bin wieder zu Niveo und wir sind runter zum Auto. Im Treppenabgang war keiner, das Licht war an, es war ja erst so halb zwölf, die Terrasse war noch gut besucht. Adriano hat bedient, Greta war glaub ich an der Bar und sonst ...« Mia überlegt kurz, dann schüttelt sie den Kopf. »Nein, mir ist nichts aufgefallen. Aber ihr könnt euch denken, dass ich dafür keinen Kopf hatte.«

Kann ich mir allerdings sehr gut vorstellen – Stichwort Schwangerschaft. Wenn sie es nur endlich rauslassen würde! Würde ihr sicher guttun. Und mir auch. Ich hasse es, Mitwisserin von so brisanten Tatsachen zu sein und nichts dazu sagen zu dürfen. Nicht, weil ich kein Geheimnis für mich behalten kann, aber es ist einfach wichtig. Für Niveos Verhalten, für Mias Seelenleben und wer weiß, ob nicht noch jemand gelauscht hat. Ich mein, gut, wahrscheinlich ist alles ganz harmlos und ich bin durch Julian Weigels Tod beeinflusst und sehe mysteriöse Verstrickungen, wo nur Liebeswirren und familiäre Streitigkeiten in der Luft hängen. Gewaltige Gewitterwolken zwar, aber dennoch harmlos. Und wenn's doch blitzt?

»Wir sind nach Campione gefahren …«

»Als ihr vom Hotel weggefahren seid, war da ein Auto hinter euch?«

»Immer noch nein.« Mia lacht kurz – immerhin –, wenn's auch auf meine Kosten geht. Ich zwinkere Vinc zu.

»In Campione haben wir den Wagen in den Anlagen der alten Fabrik abgestellt. Zwischen den alten Mauerresten und den Booten. Das war meine Idee, ich dachte, dann haben wir ein paar Tage Ruhe … Ich konnte ja nicht ahnen, dass dieser alte Mann den Parkplatz als Toilette benutzt.«

Wie sie das sagt, löst allgemeine Erheiterung aus.

»Wahrscheinlich wären wir weniger aufgefallen, wenn wir uns ganz normal auf den Parkplatz gestellt hätten.«

»Stimmt, da wäre der Alte höchstens neugierig gewesen, aber er hätte nicht die Polizei informiert«, bekräftigt Greta.

»Und wir wüssten nicht, dass euch jemand gefolgt ist. Weil der Alte ja einen zweiten Wagen beobachtet hat, ohne Licht, zwei Personen, die in dieselbe Richtung gelaufen sind wie ihr«, werfe ich meine Gedanken in die Runde. »Außerdem würde ich dem Wagen in Limone weniger Bedeutung beimessen. Aber zweimal ein Auto ohne Licht, das in dieselbe Richtung fährt wie ihr? Sorry, das ist für mich kein Zufall.«

»Doro hat recht«, unterstützt mich Vinc.

Danke Schatz! Ich drück seine Hand.

»Hmm … Als wir den Weg zur Villa hoch sind, hatten wir manchmal das Gefühl, als wären wir nicht allein. Ich mein, es ist total ruhig nachts und stockdunkel, da hört man jedes Geräusch. Aber immer, wenn wir stehen geblieben sind und gelauscht haben, war da nichts und wir haben es als Unsinn abgetan und auf unsere überreizten Nerven geschoben. Zum Glück hatten wir an Taschenlampen gedacht, trotzdem hat man voll aufpassen müssen, wo man hintritt, weil der Weg zum Teil recht steinig ist, vor allem das letzte Stück. Wie man sieht …« Sie versucht, den lädierten Fuß leicht anzuheben, verzieht dabei das Gesicht vor Schmerz. Ein feiner Schweißfilm bildet sich auf ihrer Stirn.

»Mia, es reicht! Du sollst dich schonen, hat der Doktor gesagt«, schimpft Greta.

»Es geht schon, ich darf nur den Fuß nicht bewegen«, winkt Mia ab.

»Eben, sag ich doch!« Greta schüttelt den Kopf.

Das Ehepaar Schmiedbauer zieht vorbei. Ihr Zimmer liegt im Erdgeschoss, Zugang vom Garten aus, gleich ein paar Meter neben der Küche. Sie nutzen die Gelegenheit, sich bei Mia nach ihrem Befinden zu erkundigen.

»Grazie, ist nicht so schlimm. Morgen ist alles wieder gut.« Mia strahlt, als hätte sie gerade einen Marathon gewonnen und sich nicht eine Gehirnerschütterung und einen Bänderriss oder zumindest eine üble Zerrung zugezogen.

»Nicht so schlimm!«, knurr ich. Man darf den Gästen wohl einen verstauchten Knöchel zumuten, das wird schon nicht gleich ihr Urlaubsgefühl trüben! Okay, eine Poolleiche ist eine andere Dimension, da gibt es nichts dran zu verharmlosen.

»Gute Besserung auf jeden Fall. Wir stören auch nicht länger, buona notte.« Herr Schmiedbauer hakt seine Frau unter und sie entfernen sich Richtung Zimmer.

»Du hättest nicht so grantig zu sein brauchen«, tadelt mich Mia mit zusammengezogenen Brauen. »Die Schmiedbauers sind echt nett. Sie haben schon bei uns Urlaub gemacht, als Adriano und ich noch klein waren. Damals hatten sie selber ihre drei Kinder dabei und manchmal kommt sogar eines davon noch mit. Mittlerweile mit eigenem Nachwuchs. Das ist sozusagen erweiterter Familienkreis.«

»Tut mir leid«, entschuldige ich mich. Hab ja selber gemerkt, dass mein Ton daneben war. »Ich will mich halt auf dein Problem konzentrieren, Mia. Die kriegen morgen früh ein extra schönes Spiegelei serviert, versprochen.«

Mia lächelt. »Das wird nicht klappen, morgen ist Ruhetag.«

»Donnerstag gibt es in der Früh nur gekochte Eier und keinen Sonderschnickschnack«, erklärt Greta.

»Na, dann halt ein Kaltgetränk am Pool. Oder eine Kugel Eis … Das bieg ich schon wieder hin. Die werden mich bald lieben!« Ich lehne mich mit verschränkten Armen und zufriedener Miene zurück.

Vinc schüttelt lachend den Kopf. »Da seht ihr, was ich mitmache mit dieser Frau.«

Mia und Adriano werfen sich einen skeptischen Blick zu. Wahrscheinlich halten mich die beiden nicht nur für merkwürdig, sondern auch noch für eingebildet. Tja … soll ich das jetzt klarstellen? Ich mein, ich hab genug Selbstbewusstsein, um nicht ständig mit Angst davor, was andere über mich denken, durchs Leben zu laufen, aber eingebildet bin ich nicht. »Ich …«

Vinc legt mir die Hand auf den Arm und unterbricht mich. »Doro wickelt sie um den Finger, ihr werdet sehen, und sie hat kein Problem damit, sich für einen Fehler zu entschuldigen. Auch ein Grund, warum ich sie liebe.«

Ich beug mich rüber und drück ihm ein Küsschen auf den Mund. »So ist mein Schatz«, sag ich dann, »dreht meine negativen Seiten so ins Licht, dass sie auf einmal zu einer Tugend werden!« Wir lachen.

»Zurück zum Thema«, fordere ich dann.

Mia nickt. »Ich habe mir den Fuß verstaucht und konnte kaum noch auftreten. Niveo hat mich gestützt und irgendwie haben wir die alte Villa erreicht. Jacopo hat schon geschlafen. Er hat uns eine Salbe und Verbandszeug gegeben und ist dann rauf nach Prabione zu seiner Schwester. Sein Hauptwohnsitz eigentlich. Wir konnten ihn nicht überreden zu bleiben …«

»Wieso nicht? Es war mitten in der Nacht!« Kommt mir komisch vor.

Mia schüttelt vage den Kopf. »Da ist er eigensinnig. Nachdem er meinen Knöchel versorgt hat, wollte er uns nicht stören. Und Fini, sein Esel, findet blind zum Stall im Ort. Ganz in der Früh wollte er wiederkommen.«

Mia schaut nachdenklich vor sich hin. Eine Erinnerung? Ich warte gespannt.

Sie reibt sich heftig die Stirn. »Ich bin mir nicht sicher …« Mia schüttelt ärgerlich den Kopf. »Tut mir leid«, sagt sie zerknirscht, »es ist wie im Nebel. Wir hören was, Niveo geht raus, will nachschauen. Aber es ist noch dunkel draußen oder dämmrig. Wir denken, es ist Jacopo, aber Niveo kommt nicht zurück. Ich höre ihn rufen, eigentlich ist es mehr ein Gebrüll. Natürlich bin ich gleich rausgelaufen, aber es ging nicht sehr schnell, mein Fuß hat so wehgetan … Ich habe mich dann umgeschaut, und da lag Niveo. Links vom Haus, ein Stück entfernt in der Wiese. Ich habe ihn gerufen und wollte zu ihm. Weiter hinten, wo die Olivenbäume stehen, habe ich ein Licht gesehen …«

»Ein Licht?«, frag ich dazwischen.

»Ja, so wie eine kleine Laterne.«

»Taschenlampe?«, insistiere ich.

Mia nickt. »Könnte sein.«

»Okay, erzähl weiter. Was war mit Niveo? Und bist du dir sicher, dass es Niveo war? Es war doch noch dunkel, hast du gesagt.«

»Hmm, sein Gesicht habe ich nicht gesehen, aber es war nicht mehr tiefdunkel, es hat bereits ein wenig gedämmert ... Oder war es der Mond? Doro, ich weiß es einfach nicht. Aber doch, ich bin sehr sicher ... 99,9 Prozent.« Mia holt tief Luft. »Ja, also, ich wollte zu ihm, bin dann aber anscheinend hingefallen und habe mir den Kopf angestoßen. Vielleicht ein Stein ...« Sie sieht auf einmal total verwirrt aus und fährt sich übers Gesicht.

Wir warten schweigend, nicht mal ich sag was. Irgendetwas beunruhigt sie.

Sie räuspert sich. »Da war ein Mann ...«

Mia ist auf einmal ganz aufgeregt. »Als ich zu Niveo laufen wollte, habe ich neben mir ein Geräusch gehört und mich umgedreht ... ich habe bloß einen Schatten gesehen ..., dann ein Schmerz ... Vielleicht bin ich gestolpert ...«

Sie erstarrt. »Hugo!«, schreit sie, so laut, dass alle zusammenzucken und einige Gäste neugierig rüberschauen. »Es war Hugo! Hugo hat so ein Auto. Und er war sauer wegen Niveo. *Er* hat uns verfolgt. Wenn er Niveo etwas angetan hat, dann ...« Ihre Stimme versiegt in einem leisen Wispern.

»Hast du ihn erkannt?«, stell ich die Frage aller Fragen.

»Nein.« Sie zögert. »Oder doch ... Er war es, da bin ich ganz sicher. Als ich der Familie das mit Niveo erzählt habe, hat papà bestimmt gleich Alarm geschlagen und die Scalieris mobilisiert. Und ich habe vor ein paar Tagen mit Hugo gesprochen und eine Andeutung gemacht. Er wollte sowieso auch mit mir reden, hat er gesagt, dazu ist es aber noch nicht gekommen. Aber er war sehr betroffen, das konnte er nicht verbergen. Und jetzt verfolgt er mich und will Niveo verjagen. Oder er hat es schon …« Tränen laufen ihr über die Wangen.

Ein Anflug von schlechtem Gewissen schleicht sich in mein Bewusstsein. *Hab ich ihr diesen Floh ins Ohr gesetzt?*

KAPITEL 7

LA DANZA CONTINUA – DER TANZ GEHT WEITER

Giovedi (Donnerstag) – 30. August

5.30 Uhr, ich drück den Knopf, bevor der Wecker eine Chance hat zu klingeln. Vinc ist definitiv kein Frühaufsteher und ich gönn ihm noch ein bisschen Schlaf. Und mir gönne ich ein paar Momente Vinc, ich dreh mich zu ihm und kuschel mich an seinen Rücken. Atme seinen Geruch. Bin halt ein Nasenmensch. Unter anderem. Vinc grunzt ein wenig. So viel zum Thema Romantik. Mein Lover grunzt mich an. Na, vielen Dank! Ich drück ihm ein Küsschen in den Nacken, nehm mir noch ne Nase voll Vinc, dann steig ich aus dem Bett. Kurzdusche zum Aufwachen, stell mir eine Runde im See vor – daran muss ich arbeiten. Wird nicht leicht werden, Vinc vom Schwimmgenuss in der Früh um fünf zu überzeugen, zumal es Ende August um diese Zeit noch relativ dunkel ist. Wie Mia beschrieben hat, irgendwo zwischen tiefdunkel und dämmrig.

Punkt sechs sitz ich in der Küche. Irmela will um sieben kommen, das reicht, habe ich ihr versichert. Zweifellos hätte sie für Sascha Ritters Tochter ohne zu meckern eine Nachtschicht eingelegt. Tja, schon lustig, was so ein bisschen TV-Präsenz alles ausmacht, aber ich nutze den Promibonus nicht aus, bin ja nicht fies … Zumindest in der Regel!

Während der Kaffeeautomat unter erheblicher Lärmentwicklung langsam aufheizt, knabbere ich an einem Stück Rosinenfocaccia, von Niveo gebacken, nach einem Rezept seiner nonna. Echt lecker, keine Frage. Koch ist er trotzdem nicht. Maximal Hobbykoch in der Pizzeria eines Freundes oder so. Aber definitiv kein gelernter Koch. Da macht er mir nichts vor. Wie er Gemüse schneidet, Pfirsiche schält oder Nudelteig herstellt – egal, in welchem Land du lernst, das geht anders. Hätte er sich mal lieber um seine Küche gekümmert, als Mia um den Finger zu wickeln und für Familienzuwachs zu sorgen. Okay, das ist gemein, Mia wird ihre Gründe haben, warum sie sich für Niveo und nicht für Hugo entschieden hat. Jetzt ist Niveo verschwunden, Mia verdächtigt ihren Exverlobten – und ich befürchte, der Gedankenanstoß dazu kam von mir. Hätte vielleicht ausnahmsweise lieber den Mund halten sollen. Gut, ich kenne diesen Hugo nicht, aber Mord? Andererseits, Liebe oder verschmähte Liebe ist ein starkes Motiv, da brauch ich nur die Zeitung aufschlagen. Logisch, dass Hugo sauer ist, gelinde ausgedrückt, aber deshalb Niveo umbringen? Wäre schon ziemlich krass. Und dann vor dem Hotel rumlungern, wo ihn jeder kennt … Mit seinem auffälligen Wagen … Wäre der so blöd?

Und Mias Wunde … Da wollte ich gestern mit Vinc drüber reden, aber wir waren müde und ausnahmsweise waren mir mal meine eigenen Angelegenheiten wichtiger als Mias Blessuren. Was Vinc erfreut registriert hat.

»Guten Morgen, Schatz.«

Bin so vertieft in meine Gedanken, dass mir vor Schreck das letzte Stück Focaccia aus der Hand fällt.

»Buon giorno, mio Vincenzo! Was machst denn du schon hier? Ich hab gedacht, du ratzt noch wie ein Murmler«, empfange ich überrascht meinen unerwarteten Frühaufsteher und nehm gnädig ein Guten-Morgen-Küsschen entgegen. »Kaffeemaschine müsste bereit sein, hast du gerochen, was?«

»Hmm.« Vinc nickt und schlingt seine Arme um mich. Erst noch ein bisschen schmusen, ich kenn ihn doch … und find das durchaus nicht unangenehm.

»Wegen gestern«, fängt er dann an, lässt mich los, geht zur Kaffeemaschine und fabriziert zwei caffè crema alla tedesco, Espresso ist uns jetzt zu wenig, da sind wir halt ziemlich deutsch.

»Was meinst du?«

»Hast du die Wunde an Mias Kopf gesehen? Ich meine, die Lage der Wunde. Sieht komisch aus, finde ich, eher so, als hätte ihr einer eins übergebraten.«

»Hey! Du wilderst in meinem Revier. Schnüffeleien und schräge Mutmaßungen sind mein Metier. Ich wollte nämlich gestern genau das Gleiche mit dir besprechen, aber dann sind wir irgendwie vom Thema abgekommen.« Ich schlag anzüglich meine Beine übereinander.

»Kann mich nicht erinnern«, sagt Vinc, ohne die Miene zu verziehen. Aber ein winziges Zucken seiner Augen hat ihn verraten. Ist mir nicht weit voraus in puncto Flunkern und Pokerface!

»Danke, das merk ich mir! Aber im Ernst, die Platzwunde ist viel zu weit oben, da hätte sie ja im Kopfstand umfallen müssen. Wüsste nicht, wo sie sich so verletzt haben könnte. Höchstens vielleicht an dem Steingeländer bei den Stufen zum Haus … Nee, geht nicht, sie lag ein Stück davon entfernt, wenn ich sie recht verstanden habe.«

Vinc nickt. »Ich hab's nicht gesehen, aber so, wie ihr das beschrieben habt … Könnte es sein, dass dieser ominöse Hugo Niveo ans Leder wollte und Mia als Kollateralschaden in Kauf genommen hat?«

»So ähnlich stell ich mir das vor. Wenn er es war.«

»Wieso wenn? Mia hat ihn doch erkannt, oder nicht?«

»Ja, schon, aber … Ich kenn den Mann zwar nicht, aber

er müsste schon ziemlich wütend sein, wenn er gleich den Nebenbuhler beseitigt und die Frau, die er angeblich liebt, niedergeschlagen hätte.«

»Find ich jetzt nicht so ungewöhnlich.«

»Aha? Muss ich mir Sorgen machen, wenn's Streit bei uns gibt?«, frag ich süffisant.

»Auf jeden Fall! Bleib nur schön brav.«

»Haha, Scherzkeks. Was hältst du davon, wenn wir heute zur Villa hochgehen? Ich mein, alles genau anschauen, nach Niveo suchen und so. Im Hotel ist Ruhetag, das heißt, kein Essen vorbereiten, Einkäufe kann Greta mit Valdo erledigen. Dann wären wir nach dem Frühstück frei.«

»Wolltest du nicht die Schmiedbauers verwöhnen?«, fragt Vinc mit scheinheiliger Miene. »Ich könnte mich ja mit Adriano da oben umschauen.«

»Ja, genau! Ihr macht einen auf Abenteuer und ich steh in der Küche. Nix da, mein Lieber, Schmiedbauers werden später verwöhnt, ich komm mit. Adriano wär natürlich ne Hilfe, weil der sich da oben gut auskennt. Ich frag ihn gleich mal, wenn er runterkommt.«

Zufrieden schlürfe ich meinen Kaffee. Könnte ein Tag nach meinem Geschmack werden.

Noch vor dem Frühstück machen wir alles klar. Greta ist ein bisschen beleidigt, dass sie wieder die Blödkarte hat, aber das kann ich nicht ändern. Einer muss sich um die Gäste und um Mia kümmern.

»Hoffentlich wartet Mia noch mit ihrer Anzeige wegen Hugo«, sag ich zu Adriano, befürchte aber, dass sie das nicht tut. Sie war ja völlig hysterisch, als sie sich zu erinnern glaubte, dass er der Verfolger war. Na ja, ist ihre Entscheidung.

Irmela kommt in die Küche gestürmt. »Manche Gäste

sind echt das Letzte!«, ruft sie empört. »Ich habe gerade die Marmeladen aufgefüllt und mitgehört, wie sich ein Pärchen darüber mokiert hat, dass wir heute Ruhetag haben. ›Nicht mal ein Rührei kriegen die heute hin‹, haben sie gemosert, schließlich würden sie einen Haufen Geld zahlen. Und dann haben die sich ihre Gläser mit Prosecco gefüllt. Randvoll. ›Ausgleich‹, haben sie sich dabei gehässig zugeflüstert. Also, da könnte ich …«

»Beruhig dich, Irmela, es gibt einfach Widerlinge auf der Welt. Denen kannst du es nie recht machen. Die checken nicht, was es heißt, ein Familienhotel zu führen. Dass hier alle seit April auf Hochtouren fahren. Ohne Pause. Das interessiert die nicht. Da steht nur ein großes ›ICH‹ auf ihrer Stirn.« Altersweisheit trotz meiner 26 Jahre, aber ich bin lang genug bei Paps im Geschäft.

»Trotzdem könnte ich die …« Irmela fehlen vor Empörung die Worte.

»Ja, schieß sie in Gedanken auf den Mond.« Ich leg ihr den Arm um die Schulter. »Paps sagt immer, wenn sich ein Gast ungerechtfertigterweise beschwert – und so ist es ja eigentlich immer, wenn jemand das Kunstwerk von Maestro Ritter kritisiert –, er tue ihm leid, weil er mit sich selber auskommen müsse. Und meistens hat er recht. Seien wir froh, dass uns kein Kotzbrocken aus dem Spiegel entgegenschaut.«

Irmela lacht. »Okay, das merk ich mir. Hoffentlich muss ich das nächste Mal nicht losprusten, wenn ich mir vorstelle, wie diese Gäste in den Spiegel schauen und vor sich selber erschrecken.«

»Ich hab's auch mehr im übertragenen Sinn gemeint.« Wir feixen um die Wette, weil wir das Bild sicher nicht so schnell aus dem Kopf bekommen.

»Zieh dir g'scheite Schuhe an«, empfehle ich Vinc, weil ich weiß, was ich weiß.

»Gescheite Schuhe? Müssen die den Satz des Pythagoras beherrschen, um den richtigen Tritt zu berechnen? $a^2+b^2=c^2$?«

»Nee du, das sind Sinus und Cosinus im rechten Winkel zur Eselslosung. Tangential.«

»Ach so, dann ist ja alles klar!«

Küsschen, dann gehen wir runter.

Adriano wartet schon am Auto. Wir nehmen Vinc' Corsa, Adrianos Wagen steht ja noch in Campione.

Vinc schaut genauso zweigeteilt, wie ich mich gestern gefühlt habe, als wir aus dem Tunnel in diese abgeschnittene Welt eingebogen sind. Wahnsinn, dass das erst gestern war – kommt mir vor, als wär's schon viel länger her. Kein Wunder, bin grade drei Tage hier und hab gefühlt ein Dreimonatspensum erlebt. Wir stellen unseren Corsa neben Adrianos dunkelblauen Luxusschlitten.

»Campione ist der einzige Ortsteil von Tremosine, der direkt am See liegt«, doziere ich. »Alle anderen, ich glaub so 16 oder 17, liegen fast 500 Meter weiter oben, verstreut in den Bergen. Die Rinaldi-Villa ist ungefähr da.« Ich lenk Vinc' Blick die Steilwand hoch. »Sieht man von hier aus nicht, aber leicht links oberhalb von dem Kreuz, da liegt sie.«

»Okay, kennst dich ja gut aus«, spottet Vinc, weil er genau weiß, wie gerne ich neu erworbenes Wissen rausposaune.

»Hab ich gegoogelt«, geb ich zu. »Und Adriano hat ein bisschen was erzählt.«

»Tja, was wären wir ohne Internet.«

»Stimmt, ist schon praktisch.«

»Wenn man nicht jeden Schwachsinn postet.«

»Eh klar.«

»Los jetzt, gehen wir«, drängelt Adriano in unser Geplänkel hinein.

»Si, signore! Avanti!« Ich salutiere.

Adriano schüttelt den Kopf und läuft los, Vinc und ich händchenhaltend hinterher. Dann überholen wir ihn, den Weg und die Stufen hoch bis zu der kleinen Madonna rennen wir fast, ein interner Wettbewerb zwischen Vinc und mir, irgendwie messen wir uns gerne. Macht Spaß, muss aber anerkennen – fast neidlos –, dass Vinc schneller ist als ich und nicht so keucht … Was er mir natürlich sofort unter die Nase reibt.

Ich lehn schnaufend am Geländer über einem Wasserbecken, das direkt unter den Fels fließt, links weg eine Steinrinne, die plätschernd ein Rinnsal in die Tiefe schickt, als uns Adriano, völlig normal atmend, eingeholt hat.

»Den Sturzbach ›San Michele‹ haben die für die Fabrik gebraucht. Wasserkraft. War eine moderne Anlage damals und hat den Leuten Arbeit verschafft. Anfangs konnte man Campione nur mit dem Boot erreichen oder eben hier oben vom Berg aus. Aber das haben die Leute gern in Kauf genommen, es war ihr Weg aus der Armut.«

»Und deshalb wird Vittorio Olcese, der Direktor der Baumwollweberei, heute immer noch verehrt«, ergänze ich.

Adriano nickt. »Gut aufgepasst. Auch wenn der Ort längst verkauft und verspekuliert ist, sozusagen von Bonze zu Bonze weitergereicht wird. Dieses Mal soll ein Russe dahinterstecken, wie man hört.«

»Krass. Und die Madonna hier? Und das Geld da im Wasser? Bringt Glück oder was?«, fragt Vinc.

Weiß ich jetzt auch nicht. Ich schnappe mir einen Infozettel aus dem Plastikständer neben der kleinen Madonna. Frische Blumen. Kümmert sich also jemand um den Platz.

»Das Geld aus dem Wassergraben wird für Kerzen verwendet, die hier entzündet werden«, informiert Adriano, zückt seinen Geldbeutel und schmeißt ein paar Münzen ins Wasser.

»Ich dachte, das ist eher ein Touristengag«, bemerkt Vinc, wirft aber auch ein bisschen Kleingeld rein. »Gilt auch für dich, Schatz«, sagt er.

»Bene. Grazie. Man weiß ja nie …«

»Genau.« Vinc grinst und schaut runter zu den Münzen. »Das Wasser ist glasklar. Und wahrscheinlich eiskalt.«

»Also, baden will ich da drin nicht. Zu kalt und außerdem unheimlich. Das dunkle Loch dahinten, nee danke … Zum Schluss wirst du durch den Sog da runtergespült.« Mich schauert's.

»Du mit deiner blühenden Fantasie«, tut Vinc meinen Einwurf lachend ab. »Kein Mensch will da drin baden!«

Apropos baden … »Stimmt, gehen wir lieber mal runter an den See. Vielleicht noch vor dem Frühstück«, wage ich einen zarten Vorstoß.

Aber der fällt nicht auf fruchtbaren Boden. »Du spinnst ja. Vor dem Frühstück. Da ist es dunkel und eiskalt! Vergiss es«, erstickt Vinc den Vorschlag im Keim.

Ich sag nichts dazu, weil wer zuletzt lacht und so …

»Wer einen Rosenkranz betet, der erhält unendlichen geistigen und materiellen Segen«, zitiere ich weiter aus dem Infozettel.

»Das Geld wären wir schon mal los«, bemerkt Vinc trocken. »Und jetzt? Da durch?« Er meint den Tunnel.

Adriano nickt und geht voraus.

»Schau, da oben.« Vinc' Blick folgt der verlängerten Linie meines Zeigefingers und ist von den riesigen, durch Stahlseile gesicherten Felsplatten gefesselt. Wie jeder, der das hier sieht und weiß, was ein Erdrutsch anrichten kann.

»Wow, gigantisch … Vielleicht sollten wir lieber schnell weitergehen«, schlägt er vor.

Will mich ein bisschen ärgern, mein Süßer. Ignorier ich einfach.

Eine Weile laufen wir schweigend, jeder in seine Gedanken versunken.

»Hier schau, die sind von einem Esel«, ruf ich begeistert und zeig auf die braunen Spuren mitten auf dem Weg.

»Wahnsinnig interessant, mein Schatz! Vielen Dank für den Hinweis.« Das war jetzt staubtrocken.

Ich muss selber lachen. »Das ist Natur. Oder besser Landleben … Ursprünglich halt«, belehre ich meinen Zyniker.

»Landleben gibt es bei uns auch.«

»Find ich genauso klasse. Aber leben tu ich lieber in der Stadt«, geb ich zu und denk an unsere schnuckelige Wohnung in München, mit Blick zum Alten Peter auf der einen Seite und auf den Marienplatz zur anderen. »Ein bisschen Luxus hat noch keinem geschadet.«

»Stimmt.« Vinc nimmt meine Hand. Wir sind uns einig, weiß ich doch.

Adriano ist schon seit dem Wasserwerk auffallend einsilbig, und langsam werde ich auch wieder still. Bin gespannt, ob wir irgendwelche Spuren finden. Schlimmstenfalls Niveos Leiche. Halt, stoppe ich mich, lieber nicht daran denken. Schweigend laufen wir die letzten Meter.

»Das ist die alte Villa.« Ich zeige nach vorn. Wir bleiben alle kurz stehen und schauen auf die Idylle, die spätestens seit gestern Risse bekommen hat.

»Mia hat gesagt, sie hat ein Licht gesehen, da hinten, wo die Bäume sind, wenn ich sie recht verstanden habe.«

Vinc schaut in die angezeigte Richtung.

»Okay, und wo lag Niveo?«, fragt er und rastert die Umgebung sorgfältig ab. Er sieht das ja zum ersten Mal.

»Hier müsste es ungefähr gewesen sein«, meldet sich Adriano zu Wort. »Mia hat gesagt, sie hat ihn zu 99 Prozent erkannt.«

»99,9 Prozent«, berichtige ich.

»Ist doch egal«, winkt Adriano mit einer ungeduldigen Handbewegung ab, »jedenfalls war es noch dunkel. Oder zumindest dämmrig. Auf jeden Fall muss es in der Nähe vom Haus gewesen sein. Mia ist mit ihrem verstauchten Knöchel nicht weit gekommen. Ein wenig links von der Treppe. Es muss auf der Linie zu den Olivenbäumen dort hinten sein. Da hat sie Licht gesehen, und Niveo wollte bestimmt nachsehen, wer oder was da ist.«

»Klingt logisch. Aber wer oder was hat ihn aufgehalten?«, überlege ich laut.

»Genau das ist die Frage.« Adriano reibt sich nachdenklich am Kinn.

»Ich geh mal rüber, wo das Licht gewesen sein soll«, verkündet Vinc und geht los, bückt sich ab und zu, um irgendetwas am Boden genauer zu begutachten.

Wir sind ratlos, keiner von uns hat einen Plan, nach was wir suchen sollen. Der Verfolger wird kaum seine Visitenkarte hinterlassen haben. Andererseits müssen wir irgendwo anfangen.

»Und wenn Niveo Mia niedergeschlagen hat? Vielleicht haben sie gestritten und Mia deckt ihn«, spekuliert Adriano.

»Also, jetzt wird's ungeheuerlich! Mia hat ihn liegen sehen, und wir wissen, dass ihnen zwei Gestalten gefolgt sind. Das hat der Alte aus Campione schließlich nicht geträumt. Nur weil du dir einen anderen Mann für deine Schwester wünschst, muss Niveo kein Verbrecher sein!«

»Reg dich ab, Doro. War ja nur eine Möglichkeit. Du hast selber gesagt, dass man in jede Richtung denken muss«, wehrt sich Adriano.

Okay, stimmt. Ist meine Devise. Adrianos Theorie ist mir aber doch zu abgefahren. Und passt auch gar nicht zu Niveo. Bauchgefühl.

»Gut, denken wir's mal an. Selbst wenn Mia gelogen hätte, dann hätte sie nicht ihren Exverlobten als Täter ins Spiel gebracht. Das wär megafies, und so ist sie glaub ich nicht, und es macht auch keinen Sinn. Weil dann könnte dieser Hugo die These schnell entkräften, besonders, wenn er ein Alibi hat. Mia ist nicht dumm, sie hätte einen unbekannten Täter beschrieben. Einen, den man nie finden kann. Oder meinst du nicht?«

»Doch, eigentlich schon. Wie gesagt, war nur ein Gedanke.«

»Und den haken wir ab, okay?«, empfehle ich.

Adriano nickt, aber ich seh ihm an, dass er noch drüber nachdenkt. Soll er ruhig, mich interessiert aktuell, wo Mia sich gestoßen haben könnte. Zwei Stufen vor dem Haus, die ist sie anscheinend noch runtergekommen, die Balustrade aus Stein, die sich als Geländer der Treppe dann nach links und rechts als Beeteinfassung fortführt. Nur dass da jetzt kein Beet mehr ist. Die Wiese hat sich drüber ausgebreitet. Okay, möglich dass Mia sich dort verletzt hat. Aber dann wäre die Platzwunde seitlich oder am Hinterkopf …

»Hey, kommt mal her«, ruft Vinc drüben bei den Olivenbäumen. »Ich habe was gefunden.«

Wir rennen los. Vinc stemmt triumphierend die Hände in die Hüften und sieht uns entgegen.

»Was hast du?«, frag ich gespannt.

»Da oben.« Er zeigt in die Zweige und erst als wir ganz genau hinschauen, sehen wir es auch.

»Was ist das? Eine Taschenlampe? Was soll das?«, fragt Adriano. »Hat der Typ die in die Zweige gehängt und ist abgehauen?«

Die Lampe baumelt an einem dünnen Ast und wir starren sie an wie einen Elefanten im Café. Ein Glück, dass Vinc sie überhaupt gesehen hat, ist nur so ne kleine LED-Lampe, wahrscheinlich ein Schlüsselanhänger. Was macht die Lampe hier? Ich stell mir die Situation vor. Niveo läuft aus dem Haus, er sieht ein Licht, will nachsehen, wer da ist. Denkt wahrscheinlich, dass es Jacopo ist. Er läuft hin, kommt aber nicht an … Mia hört Geschrei … Bis sie rausgehumpelt ist, liegt Niveo schon auf der Wiese und sie selber wird niedergeschlagen – was ich zumindest mal als Tatsache annehme. Jacopo kommt wenig später mit dem Frühstück, findet Mia, und Niveo ist verschwunden. Tja … Könnte ne Falle gewesen sein. Aber warum lockt jemand Niveo vom Haus weg? Muss ich mit den anderen besprechen. Die holen gerade die Taschenlampe vom Baum und prüfen sie eingehend. Funktioniert nicht, wahrscheinlich ist die Batterie leer. Klar, wenn sie die ganze Nacht an war …

»War der Schalter auf ›On‹?«, frag ich.

»Jepp«, kommt es gepresst von Vinc, der nach dem Ast hangelt, an dem die Taschenlampe hing.

»Der muss mindestens meine Größe gehabt haben, sonst hätte er den Zweig nicht fassen können«, stellt Vinc fest.

Ich präsentiere den beiden meine Theorie vom Lockmittel.

»Möglich, aber warum?« Adriano schaut mich fragend an.

»Eben. Das will ich auch wissen. Vielleicht wollte derjenige Niveo vom Haus weghaben …«, überleg ich.

»Und wenn Mia rausgegangen wäre?« Vinc' Einwand ist natürlich berechtigt, und für mich als emanzipierte Frau ist es sehr erfreulich, dass mein Partner so fortschrittlich denkt!

»Möglich, glaub ich aber nicht. Und ich bin sicher, dass auch der Verfolger oder besser die Verfolger, es waren ja zwei, diese Variante nicht auf dem Plan hatten. Das hätte zu viele männliche Verhaltensmuster gesprengt. Würde mal sagen, die haben nicht mal dran gedacht … Da halt ich mich an Mia: 99,9 Prozent. Auch wenn's meine emanzipierte Seele schmerzt – ich geb's zu: Ich hätte auch dir den Vortritt gelassen oder dich allenfalls begleitet.«

»Da siehst du, was du an mir hast«, witzelt Vinc. Ich drück ihm ein Küsschen auf die Wange.

Adriano beobachtet uns, ich glaub skeptisch, wahrscheinlich hält er uns für kindisch. Auf einmal verändert sich sein Ausdruck. Er lächelt. »Vinc, wir müssen mal ein Männergespräch führen. Ich kann einiges von dir lernen.«

Wie bitte? Das hat Adriano gerade gesagt? Ich glaub es nicht! Juhu! Es gibt Hoffnung für Greta.

»Du könntest auch mit mir reden«, biete ich spöttisch an.

»Doro!«, zischt Vinc und stößt mich in die Seite.

Adrianos Miene bewölkt sich. *Ups!* Das war zu viel. Mist, weil ich nie meinen Mund halten kann!

»Scusa, Adriano, bin halt ein Elefant im Porzellanladen.« Schon wieder ein Elefant … Ein Zeichen von Selbsterkenntnis?

»Angenommen.«

Angenommen? Das sagt der im vollen Ernst. Ein bisschen Selbstreflexion tät dem nicht schaden! Vinc gibt mir einen mahnenden Schubs … Ich beiß mir auf die Zunge.

»Also, gehen wir davon aus, dass Niveo vom Haus weggelockt werden sollte. Mia sagt, es war Hugo. Adriano, wie groß ist Hugo?«, frag ich Mias Bruder.

»Keine Ahnung … Ungefähr so groß wie ich. 1,78.«

»Ich bin 1,80, das könnte hinkommen«, schätzt Vinc.

»Außerdem waren sie vermutlich zu zweit. Der Alte hat zwei Männer gesehen«, erwähne ich zur Erinnerung. »Vielleicht hat Hugo einen Freund zur Verstärkung mitgenommen. Dass Mia dann rausgelaufen kam, hat ihn in Zugzwang gebracht … oder es war der andere, der ihr gegenüber keine Skrupel gehabt hat.« Ich seufze.

»Hört sich alles logisch an, aber mal ehrlich, ohne irgendwelche Beweise? Viel zu dünn. Wir müssen Niveo finden. Reden wir mit Jacopo … Weißt du, wo seine Schwester wohnt?«, frag ich.

Adriano nickt. »Certo. Etwas weiter oben, in Prabione.«

»Dann schlag ich vor, wir schauen uns hier noch gründlich um, vielleicht finden wir was. Blutspuren oder Ähnliches – die müssten dann halt von der Polizei untersucht werden.«

»Hast du kein Minilabor dabei?«

»Haha!« Adriano kann ja richtig witzig sein.

Vinc' Mimik erübrigt sowieso jeden Kommentar.

»Knopf, Haarbüschel, irgendwas halt. Kreativ suchen, alles kann wichtig sein.«

»Si, capisco, capo!«, salutiert Adriano.

»Allora, avanti!«, treib ich meine Assistenten an.

»Jungs«, ich räuspere mich, will nicht fragen, was ich fragen muss, aber nützt nix. »Hat einer ne Idee, wo man auf die Schnelle eine Leiche verstecken könnte?«

Die beiden schlucken. Keiner von uns hat den Gedanken aussprechen wollen. Schlechtes Omen und so.

»Und in dem Fall wär's noch weniger ein Unfall als bei Julian Weigel«, geb ich zu bedenken, »heißt also: Vorsicht, kann gefährlich werden, wenn sich die Täter in die Enge getrieben fühlen.«

Betretenes Schweigen. Die Jungs veräppeln mich nicht wegen meiner blühenden Fantasie.

KAPITEL 8

JACOPO E FINI – JACOPO UND FINI

Giovedi (Donnerstag) – 30. August

Einigermaßen erleichtert brechen wir die Suche ab. Nix gefunden – und »nix« ist besser als eine Leiche.

Was ich eigentlich auch nicht glaube. Nicht glauben will.

»Eine Schlägerei, ja. Klar, da kann was schiefgehen. Mias Wunde ist schließlich keine Fata Morgana ... Aber wo ist dann Niveo? Der hätte doch Mia nicht einfach liegen lassen!«, teile ich Vinc und Adriano meine Gedanken mit.

»Kann ich mir auch nicht vorstellen«, sagt Vinc. »Okay, angenommen, einer der Verfolger hätte mit Niveo gekämpft und Niveo wäre für einen Moment außer Gefecht gesetzt gewesen, dann hätte sich andere an Mia ranschleichen können.«

»Mia hat aber niemanden bei Niveo gesehen.« Ich fahr mir resigniert durch die Haare.

»Das Problem ist, dass wir nur die Aussage von Mia haben, und auf ihre 99,9 Prozent würde ich nicht unbedingt wetten, das sind Spekulationen, keine Beweise. Als Jacopo gekommen ist, war nur noch Mia da. Vielleicht hat Niveo fliehen können«, zieh ich eine neue Variante aus der Trickkiste und finde diese nicht uninteressant.

»Und hat den oder die Typen von Mia weggelockt«, spinnt Vinc meinen Gedanken weiter.

»Dann können wir lange suchen. Die können überall sein«, unkt Adriano.

»Da hast du leider recht«, muss ich einräumen.

»Brechen wir hier ab. Falls sich was Neues ergibt, müssen wir halt noch mal herkommen. Und jetzt statten wir dem alten Eselstreiber einen Besuch ab«, geb ich den nächsten Tagesordnungspunkt vor. »Wo geht's hin?«

»Ist nicht weit. Einfach den Weg hier weiter bis zum Dorf. Jacopos Schwester hat ein Haus am Ortsrand«, erklärt Adriano und läuft los.

»Alter Eselstreiber« – das lass ich Jacopo Olmo, scusa, Signor Jacopo Olmo, lieber nicht hören. Obwohl – dem Alten trau ich genügend Humor zu.

Während Adriano uns den Weg hoch nach Prabione führt, lasse ich – von Kastanienbaum über Olive bis Eselsäpfel – die norditalienische Flora und Fauna auf meine Sinne wirken. Vergesse sogar kurz den Grund unserer Wanderung. Bis Julian Weigel, diesmal in Begleitung von Niveo, an meinem geistigen Auge vorbeischwimmt. Super Reigen. Ich seufze.

»Was ist?«, fragt Vinc, der, ebenso in Gedanken versunken, neben mir herläuft und mich interessiert mustert.

»Ach, nix …«

»Nix hört sich anders an. Komm schon, Schatz, ich kenne den trüben Weltuntergangsblick!«

Jetzt muss ich doch wieder lachen. Trotz allem. »Ist doch wahr! Da trieft die Idylle aus allen Ritzen und dann … Einer fällt in den Pool und ertrinkt, der andere verschwindet, dazu ein ausgewachsenes Familiendrama, und als Krönung bringt der Exverlobte seinen Rivalen um die Ecke, bügelt seiner ehemaligen Freundin eins über … Am Ende ist der noch der Vater von Mias Kind.«

»Tja …« Vinc reibt sich am Kinn.

»Genau, da fehlen einem die Worte! Und, Schatz, kein

Sterbenswörtchen zu Adriano – wegen Mias Schwangerschaft, mein ich.«

»Keine Sorge, das hast du mir schon mindestens zweimal gesagt.«

»Ist ja auch echt wichtig!«

»Wo bleibt ihr denn?« Adrianos ungeduldiger Ton treibt uns an.

»Ja, sorry! Scusa per favore … Du rennst aber auch wie ein Esel, der seinen Stall wittert!«, ruf ich nach vorn.

Adriano entspannt sich ein wenig, will sagen, er lächelt. »Ist mir letztes Jahr gar nicht aufgefallen, was für ein verrücktes Huhn du bist«, sagt er und rennt weiter.

Und mir nicht, was für ein Ignorant du deiner Frau gegenüber sein kannst! Denk ich mir aber nur, ist kein Gesprächsthema für jetzt.

Vinc schaut mich skeptisch von der Seite an. Der Gute ist offensichtlich verwirrt, dass keine Retourkutsche von mir kommt. Findet er wahrscheinlich besorgniserregend.

»Erzähl ich dir später«, beruhige ich ihn.

»Okay.«

Die ersten Häuser tauchen auf.

»Iah«, schallt es aus dem Stall.

»Silenzio, Fini«, tönt Jacopos Stimme dazwischen.

»Signor Olmo«, begrüße ich ihn.

Er bleibt ernst. »Ah, ich habe euch schon erwartet. Und die Signorina ist dabei …«

Wie er das sagt … und dabei so komisch schaut … Hab ich was Falsches gesagt?

»Jacopo, das ist Vinc, mein Freund, und übrigens, zu mir kannst du Doro sagen«, stell ich uns vor, duze den Alten auch gleich – macht die Sache lockerer und der Unterschied fällt sowieso mehr uns Deutschen auf.

Jacopo nickt. »Wie geht es meiner kleinen principessa?«

Rührend. Wie weich sein Gesicht wird, wenn er von Mia spricht.

Adriano informiert den Alten über den Gesundheitszustand seiner Schwester, was ich elegant nutze, um auf unser Anliegen namens Niveo zu kommen.

»Jacopo, Mia braucht unbedingt Ruhe. Und die hat sie nicht, weil sie nicht weiß, wo Niveo ist. Was mit ihm passiert ist.« Ich mach bewusst ne Pause, damit Mias Unglück auf Jacopo wirken kann. Motivation für den Alten, sich besonders gründlich zu erinnern. Ist ja schon ein bisschen stur, der Alte. Wie sein Esel. Fini. Ein Weibchen? Tolles Pärchen. Ich amüsier mich heimlich.

Jacopo vergräbt seine Hände in den Hosentaschen. Sind zu Fäusten geballt, das seh ich. Eine Weile starrt er auf den Boden. »Ich habe nichts gesehen. Außer Mia. Die habe ich ins Haus getragen, die Wunde sauber gemacht und verbunden. Mehr hat sie nicht zugelassen, sie wollte unbedingt, dass ich Niveo suche.«

Wow, das war ja ne Rede!

»Und?«, bohr ich, lass die Frage offen, will seinen Gedankenfluss nicht unterbrechen.

Jacopo streicht mit einer Hand Fini über den Rücken. Kleine Staubwölkchen begleiten die Bewegung.

»Hab ihn nicht gefunden. Wo hätte ich denn suchen sollen? Hat ja keinen Hinweis gegeben, ob rauf oder runter. Bin dann ein Stück runter, da war nichts. Dann bin ich rauf, wollte Fini holen. Dachte, Mia braucht einen Arzt. War ja schon Mittag. Dann wart ihr da.«

Schade, nullkommanull Neuigkeiten. Skeptisch schau ich Jacopo ins faltige Gesicht. Aug in Aug, er ist nicht größer als ich. Da ist noch was. Bauchgefühl. Aber Jacopo hat gesagt, was er sagen will, mehr kommt heute nicht, kein Zweifel. Er schaut als Erster weg.

Etwas unschlüssig stehen wir herum. Adriano will kurz ins Haus, Tante Maria begrüßen, da klingelt sein Handy.

»Si, pronto?«, meldet er sich, lauscht dann mit versteinerter Miene.

Wir warten gespannt.

Er dreht sich um. »Das war Greta. Mia hat Hugo angezeigt. Mario Forti, Vaters Carabinierifreund, du weißt schon, war gerade im Hotel und ist jetzt auf dem Weg zu Hugo Scalieri.«

Adriano schluckt.

Jacopo streichelt weiter Fini. Die wackelt zufrieden mit den Ohren, während der Alte aussieht, als würde er uns gerne loshaben. Personifizierte Abwehr.

Mir entfleucht ein trauriger Lacher. Jetzt steh ich hier im Stall, der Alte blockt ab, obwohl ich gedacht hab, der tut alles für Mia … Wir stehen bei null, die Einzige, die zufrieden mit sich und der Welt ist, ist Fini. Ein Esel. Na toll.

»Bin gleich wieder da«, sagt Adriano und verschwindet im Haus nebenan.

Jacopo schaut ihm hinterher, lässt uns aber nicht aus den Augen.

»Ja, dann«, ich zucke mit den Schultern, »wenn du etwas über Niveo hören solltest … Deine Schwester und du, ihr könnt ja ein bisschen rumfragen, euch umhören, ob die Leute was reden und so. Man kennt euch, da sind sie weniger misstrauisch, als wenn wir hier rumschnüffeln. Okay, du weißt, wo du uns findest. Ist für Mia«, erwähne ich sicherheitshalber ein weiteres Mal, aber das hat er bestimmt nicht vergessen.

Die Luft zwischen uns knistert.

»Warten wir draußen«, schlägt Vinc vor, der keine Ahnung

hat, was zwischen dem Alten und mir vorgeht. Wie soll er auch, kann's ja selber nicht erklären.

»Bauchgefühl?«, fragt er. Ohne Spott – dafür mit Antennen für meine Schwingungen.

»Hmm … glaub schon …«

»Tja, Schatz, vielleicht hast du recht, aber vielleicht hat er nur nicht gerne Touris in seinem Haus.«

»Könnte ich verstehen«, räum ich ein.

»Obwohl seine Schwester Glück hat. Ihr Haus liegt so am Abhang, dass keine Chance für Bauspekulationen im direkten Umfeld besteht. So wie da vorn«, Vinc zeigt auf eine Neubauansiedlung, die im Vergleich zu manch Monsterbausünde zwar human aussieht – trotzdem, mit Pool und Dauermusikberieselung, die uns vorhin im Vorbeigehen beschallt hat …

»Da wohnst du am A… der Welt, und auf einmal ist's vorbei mit Ruhe und Idylle.« Ich schüttel den Kopf. »Ich glaub, es gibt keinen sicheren Platz mehr auf der Welt.«

Vinc lacht. »Du sagst das, als wäre hier der Krieg ausgebrochen.«

»Weiß man's?«, geb ich tiefschürfend von mir. »Ein Nachbar kann dein schlimmster Feind sein.«

»Also, Doro, hör auf, da kriegt man ja Gänsehaut«, fordert Vinc und legt den Arm um meine Schultern.

Wir hören Jacopo im Schuppen rumoren, als Adriano aus der offenen Haustür tritt und zu uns rüberkommt.

»Und? Neuigkeiten?« Ich geb die Hoffnung nicht auf, aber Adriano schüttelt den Kopf. »Maria weiß nur, was ihr Bruder erzählt hat, und das kennt ihr ja.«

Ich nicke. »Schade, aber nen Versuch war's wert … Okay, gehen wir runter nach Campione. Vielleicht finden wir noch den Alten, der die beiden Autos in der Nacht gesehen hat. Mit dem würde ich noch gern reden.«

Die Idee hab ich schon unten auf dem Parkplatz gehabt, aber da hat's mich mehr zur Villa gedrängt.

»Was soll das bringen?«, fragt Adriano skeptisch. »Wir haben doch seine Aussage gehört.«

»Ja, aber nicht von ihm selber«, erklär ich geduldig, »und wir wissen ja jetzt mehr. Nämlich dass dieser Hugo einer der beiden Männer gewesen sein könnte ...«

»Und genau das wird die Polizei den Alten auch fragen. Und die kommen mit Kamera, jede Wette«, interveniert Vinc.

»Vorsicht mit dem Wetten«, rate ich ihm augenzwinkernd. Aber in der Sache trifft's den Punkt, das geb ich gerne zu.

Wir machen uns auf den Rückweg. Warum hat der Alte so seltsam geschaut? Was ist mit Niveo? Ist er womöglich tot? Jacopo weiß was, das spür ich! Will der alte Sturkopf seine kleine Prinzessin schützen?

KAPITEL 9

SEGRETO E MORTE – GEHEIMNIS UND TOD

Giovedi (Donnerstag) – 30. August

Im Gänsemarsch eilen wir den Weg zurück. Die Jungs vorneweg. Mir geht Jacopo nicht aus dem Sinn. Ich mein, warum ist der so verstockt? War doch zuerst ganz relaxt. Und jetzt? Hat er Angst? Nee, glaub ich nicht. Vielleicht hat Vinc recht und er fühlt sich unwohl, weil er in die Sache mit reingezogen wird und eigentlich nur Mia helfen wollte, ansonsten mit dem ganzen Tourikram nichts zu tun haben möchte.

»Aua, Scheibenkleister!« Ich reib mir den Knöchel.

Adriano und Vinc drehen sich alarmiert um.

»Schaut nicht so belämmert. Alles gut. Bin bloß umgeknickt.«

»Das hat Mia auch gesagt.« Klingt nervös, der gute Adriano.

»Hast du Angst um mich oder willst du nur nicht wieder kochen müssen?«

»Sagen wir mal – beides! Wobei – der Gedanke, die Küche schmeißen zu müssen, mit dem einarmigen Valdo im Nacken und dir, fußkrank und mit Argusaugen … Mamma mia!« Er grinst unverschämt, was ihm einen unsanften, nonverbalen Rüffler einbringt.

Probehalber beweg ich den Fuß. Ist okay. Wäre jetzt echt die Megapleite gewesen.

»Lass mal sehen«, befiehlt Vinc und knetet an meinem Knöchel rum.

»Mach ruhig so weiter, dann hab ich wirklich ne Schwellung«, motz ich.

Vinc lacht unbeeindruckt, lässt aber von meinem Fuß ab. »Passt, sie kann wieder in die Küche, wo sie hingehört«, sagt er – und weiß, dass er mit seinem Leben spielt!

Adriano schaut vorsichtig von mir zu Vinc, traut sich nicht zu lachen, weil – es könnte ja ernst gemeint sein. Vinc und ich verziehen keine Miene, lassen ihn ein bisschen zappeln.

»Geht ruhig voraus, ich muss nachdenken«, tu ich grantig.

»Oh, oh, Doro denkt nach … Adriano komm, nichts wie weg, sonst fällt ihr womöglich ein Detail ein, das wir unbedingt noch überprüfen müssen. Jetzt und sofort. Dann können wir wieder umkehren«, stichelt Vinc, und so schnell, wie Adriano hinter ihm herrennt, hält er die Möglichkeit für durchaus vorstellbar.

Soll ich lachen oder mich in die Auffangbecken des San Michele stürzen? Wenn die Situation nicht so verfahren wäre, würde ich uns nen Kabarettpreis verleihen. Aber so … Nix bella Italia, sondern segreto e morte! Ist jetzt doch eher zum Lachen, ich mein, es ist ja nicht so, dass es mir grundsätzlich was ausmacht, im Privatleben anderer zu wühlen – zumal wenn ich um Hilfe gebeten werde. Im Gegenteil, ich entwirre gern verwickelte Situationen. Aber ich mag keine toten Männer im Pool und keine verschwundenen Köche, mit denen wer weiß was passiert ist! Verdammt. Was haben wir übersehen? Ein Detail. Oder etwas zwischen den Zeilen von Jacopo. Nee, das waren kaum Zeilen, eher ein paar dürre Worte. Da war nichts dazwischen … Schluss damit, befehl ich mir. Ein ewiges Gedankenkarussell bringt keine Lösung. Da überleg ich mir lieber was Hammermäßiges fürs Menü morgen. Nur … funktioniert normalerweise, heute kann ich mich nicht aufs Essen konzentrieren. Greta hat sich mein Kommen bestimmt anders vorgestellt. Ich mein, klar, in erster Linie soll ich Valdo vertreten, und Greta wollte zwei Fliegen mit einer Klappe schlagen – fürs Hotel die Köchin, für sich selber eine Freundin. Mit Mia versteht sie sich gut, aber die ist eine Rinaldi und wird im Zweifelsfall zur Familie halten und nicht zu ihr. Außer, die Familie setzt sie weiter unter Druck.

Etwas Pinkfarbenes spitzelt zwischen Grashalmen, Moos und vertrocknetem Laub hindurch. Ich schieb die Blätter zur Seite. Wow, ein Alpenveilchen! Kenn ich nur als Topfpflanze. So kleine, zarte Blüten … Ich muss es berühren. Samtig, kühl. Mann, wie bin ich denn drauf? Werd sentimental wegen nem Alpenveilchen! Gut, dass die beiden Jungs das nicht sehen, auf die spöttischen Kommentare kann ich gerne verzichten. Ts, ts, ts … Leise vor mich hin pfeifend lauf ich weiter. *Danke, Veilchen, hast meine gute Laune gefunden.* Die Gedanken zum Thema Essen vertage ich trotzdem, ich beeile mich, die Jungs einzuholen. Bin jetzt gleich bei den Brücken und Wasserbecken der alten Fabrik, da vorne seh ich den Eingang zum Tunnel. Keine Spur von Vinc und Adriano. *Danke, sehr angenehm, dass ich da alleine durchdarf! Aber nützt ja nix.* Ich quetsch mich an einem kleinen Jungen vorbei, der am Ende der Stufen sitzt. Nach ein paar Metern schau ich mich um. Ist der allein hier?

»Hey, wo sind deine Eltern? Im Tunnel stecken geblieben?«, ruf ich zurück.

Er schüttelt den Kopf. »Die kommen von da.« Er zeigt nach oben.

Kann nicht sein, da bin ich hergekommen, und zwar ohne jemandem zu begegnen. Wär mir definitiv aufgefallen.

»Diese Richtung?«, vergewissere ich mich. Ist jetzt ne blöde Situation, ich mein, ich kann den Knirps ja nicht mutterseelenallein hier sitzen lassen. Der ist höchstens acht oder neun.

»Die kommen gleich, du brauchst nicht auf mich aufpassen«, kommt's obercool von dem Kerlchen.

Ich krieg mich nicht.

»Die sind immer so lahm.« Klingt ein bisschen gelangweilt. Na ja, so wie der an seinem Smartphone rumhämmert, liegt sein Hauptinteresse wohl nicht bei der italienischen Flora und Fauna.

»Okay, du wartest hier. Anrufen kannst du sie nicht, was?«

»Nö, kein Netz.«

Ja klar, hab ich ja selber erlebt. Okay, ich kann nicht ewig hier warten, und die Brücken und Trassen an den Auffangbecken sind alle gesichert … »Also dann geh ich mal weiter«, sag ich unschlüssig.

Der Knirps nickt. »Sie kommen«, sagt er, während er weiter sein Smartphone malträtiert.

Ich lach mich schlapp. Der hat Nerven. Im Gegensatz zu den Eltern, deren hysterisches »Tommiiiii!« jetzt bis zu uns dringt. Sie hetzen die letzten Stufen runter und sind sichtlich froh, ihren Sohn eingeholt zu haben, bevor sie ihn mit Horrorszenarien überhäufen.

Ich lasse das Grüppchen hinter mir und wende mich meiner eigenen Prüfung zu. Tunnel, dunkel, niedrig, allein … Na super. Okay, ein einsames trübes Licht an der Tunneldecke entzerrt das gruselige Szenario. Los jetzt, stell dich nicht an, mahne ich mich, ich mein, Vinc und Adriano warten am Ende auf mich und hinter mir eine Familie. Also bitte, was soll da sein? Außer ein paar fetten Spinnen …

Kein Monster hat mich gefressen, und ich trete unversehrt ans Tageslicht. Lässig ans Geländer gelehnt, erwarten mich meine beiden Begleiter.

»Na, überlebt, mein Schisserchen?« Vinc weiß genau, dass ich ein bisschen Gänsehaut erlebt habe.

»Pfff«, wink ich cool ab und erwähne nicht das klebrige Irgendwas, das sich an meiner Nase verfangen hat und mein Adrenalin in astronomische Höhen geschraubt hat.

Aus dem Dunkel tönt die Fortsetzung der Familiendebatte über das Thema »Gemeinsam Wandern, Verantwortung und Folgeleisten der elterlichen Anweisungen«. Noch bevor die Familie aus dem Tunnel tritt, sind Vinc und Adriano in die Interna eingeweiht, und ohne Absprache verkneifen wir uns jeden Kommentar.

Ein »Hallo« von Tommiiiii, als könne er kein Wässerchen trüben.

»Wir sind von Campione nach Pieve hinaufgewandert und dann über Pregasio zurück«, kommt die verlegene Erklärung der Eltern.

Okay, dann sind sie von der anderen Seite gekommen, erschließt sich mir die Tatsache, dass ich sie nicht überholt habe.

»Knackige Runde«, nickt Adriano anerkennend in Richtung Tommi.

»Jaaa, war schon cool, die Schauderterrassen waren geil, Papa hat sich fast in die Hose gepinkelt, aber dann ist's voll langweilig gewesen. Da bin ich ein bisschen schneller vorausgelaufen. Und jetzt sind meine Eltern sauer.« Tommi schaut durchaus nicht sehr schuldbewusst. Ist ja nichts passiert.

»Wir sind nicht sauer, sondern besorgt. Das ist ein Unterschied, mein lieber Sohn! Schließlich hast du den Weg nicht gekannt und hättest dich verlaufen können«, stellen die Eltern ihren Standpunkt richtig. Dann ziehen sie weiter.

»Und bei euch? Alles klar? Habe ich euch erlaubt, einfach wegzulaufen?«, frag ich streng.

»Genau genommen hast du uns sogar vertrieben«, berichtigt Vinc, und Adriano nickt in bestem Einverständnis.

»Aha, große Verbrüderung«, erkenn ich die Lage. »Und jetzt? Gehen wir weiter?«

»Wenn du wieder weiterkannst …« Vinc stützt mich fürsorglich.

»Quatschkopf!«

Muss kurz durch seine Haare wuscheln, inklusive Knutscheinlage. Adriano schaut verlegen ins Becken. Also bitte, so verklemmt braucht der jetzt nicht zu tun. Hat zwei Kinder und zwei Frauen!

»Was schätzt du, wie viel Geld liegt da drin?«, erlös ich Adriano aus seiner Lage.

Wir starren jetzt alle drei in den glasklaren Gumpen.

»30 E-Uro?«, wagt Adriano die erste Prognose.

Süß, wie er das E-U trennt, das bei uns zu einem schnöden Eu wird. »Eu wie Euter, Eugen, Eunuch«, such ich laut nach Beispielen, was die Jungs zu verständnislosen Blicken animiert, bevor sie von mir über meine Überlegungen ins Bild gesetzt werden.

»Eulen nach Athen tragen«, sagt Vinc.

Hää?

Er grinst. »Wieso darfst nur du Quark erzählen?«

»Ich geb dir gleich Quark«, droh ich mit der Faust grausame Konsequenzen an.

»Jetzt fangt nicht schon wieder an«, mault Adriano, der von unseren Liebesbezeugungen sichtlich irritiert ist.

»Vinc«, sag ich streng, »Schätzung abgeben, zack, zack!«

»Subito, Chefin. Ich sag 50 Euro«, legt Vinc nach.

Vielleicht ein bisschen viel … Ich beug mich übers Geländer und versuch, den Wert der Münzen systematisch zu überschlagen.

»Hey, schätzen, haben wir gesagt!«, interveniert Vinc.

»Von mir aus kannst du gerne ins Becken steigen«, bietet Adriano großzügig an.

Das überhör ich mal. »38 Euro«, werfe ich mit Eunuchen-Eu in die Runde.

»Tja, wer hat recht? Das liegt in den Sternen und wir werden es nie erfahren«, weissagt Vinc philosophisch und geht die ersten Stufen nach unten.

»Wart mal«, bremse ich ihn. Ich beuge mich weit über's Geländer.

»Was ist?«

»Schaut mal, dahinten!« Ich hänge jetzt bedenklich weit über der Stange.

»Da liegt wahrscheinlich noch ein Cent«, veräppelt mich Vinc.

»Doro will es genau wissen«, setzt Adriano noch einen drauf.

»Nee«, quetsch ich mit gepresstem Bauch raus, »da unter der Brücke liegt was … Eine Geldbörse oder …«

Das interessiert die beiden jetzt doch. Sie hängen neben mir und sehen es auch.

»Doro, ich lass dich runter«, übernimmt Vinc die Regie.

Tolle Idee! »Wieso ich?«, motz ich.

»Willst du vielleicht mich halten?«

War mir klar, stimmt ja auch. Und ist echt kein Problem, ich mein, im Notfall kann ich schwimmen … Okay, das dunkle Loch, aus dem der San Michele ins Becken fließt, toppt eindeutig den niederen Tunnel samt Spinnweben. Aber: Bin ich etwa ein Schisser?

»Na, dann los«, tu ich mutig, leg mich bäuchlings auf den Boden und robbe Richtung Rand.

Vinc und Adriano greifen meine Fußknöchel.

»Nee, so geht's nicht. Ja doch, so …« Hab mich in die richtige Position gebracht und schieb mich langsam nach unten.

Der Betonrand drückt schmerzhaft auf meine Oberschenkel. Was muss ich Blödmann mich wieder zu weit aus dem Fenster, besser gesagt übers Geländer lehnen? Ich schnaube. Das Wasser ist hier tiefer, als ich gedacht habe. Aber zum Glück fließt es nicht rein, sondern raus, verschwindet weiter vorn wieder in einem Felskanal, um dann seitlich über eine Rinne nach unten ins ursprüngliche Bachbett zu fallen.

»Ich reich nicht runter«, ruf ich nach oben.

Ich winde mich wieder hoch, zieh meine Schuhe, Jeans und T-Shirt aus und lass mich jetzt mit den Füßen voraus nach unten gleiten.

»Halt mich ja fest«, fordere ich Vinc mit leichter Panik in der Stimme auf.

Vinc umschließt meine Hand schraubstockartig.

»Versprochen, Schatz. Aber wenn ein Krokodil rausschießt …«

»Mann!«, kreische ich und kann grade noch die Tränen aus meiner Stimme raushalten, die mir vor Schreck in die Augen gestiegen sind.

»Sorry, Schatz, ich konnte nicht widerstehen.« Da lacht er auch noch, der Fiesling.

»Wart nur, bis ich wieder oben bin«, warne ich ihn.

Das Wasser ist eiskalt, klar – und das Loch starrt mich bedrohlich an. Die Tunneldecke liegt fast auf der Wasseroberfläche, grad ein Spalt zum Atmen, aber ich müsste in die Knie gehen, um reinzukommen. Oder Schwimmen. Ich konzentriere mich, das Ding zu erwischen … Schaut auch von Näherem aus wie ne Geldbörse. Das Wasser steht mir auf Brusthöhe. Um sie greifen zu können, müsste ich Vinc' Hand loslassen. Oder ich schick einen der Jungs runter – wenn sie schon so heldenhaft lästern. Aber … nee! Die Blöße geb ich mir nicht.

»Lass mich mal kurz los, bitte«, ruf ich.

Ein paar Sekunden später habe ich das Teil und reich es nach oben. Mit Vinc' Hilfe zieh ich mich wieder hoch.

»Puh, saukalt«, jammer ich bibbernd, aber die Neugier siegt und bevor ich mich umziehe, untersuchen wir den Fund. Tatsächlich eine Geldbörse. Schwarz. Schwammig vollgesogenes Leder. Wie lange liegt sie schon im Wasser? Hmm, schwer zu sagen ... Wir schauen rein. Ein bisschen Kleingeld, ein paar Scheine, aber kein Ausweis, kein Führerschein, keine Bankkarte.

»Wahrscheinlich von nem Touri, die haben immer Angst, dass sie beklaut werden. Papiere lassen sie im Safe und ein paar Euro stecken sie in irgendeinen hässlichen Brustbeutel«, lästert Adriano.

Ich muss lachen. »Na ja, ist ja nicht verkehrt. Ich nehm's mir immer vor, vergesse es dann nur«, gestehe ich und durchforste die restlichen Fächer des kalten, schlabbrigen Dings.

»Ist auf jeden Fall ein Männergeldbeutel, die haben keinen Schnickschnack in den Fächern. Ein Ausweis wäre nett oder ein Führerschein«, murmle ich.

Adriano und Vinc schauen mir zu.

»Igitt«, ich schleudere ein schwabbeliges Etwas auf den Boden. Echt eklig, die Konsistenz eines aufgequollenen Gelpflasters. »Kein Schnickschnack, dafür ne Bordapotheke. Aber nix, wovon man den Besitzer rauslesen könnte. Höchstens ...« Triumphierend ziehe ich ein Foto aus dem Fach für Visitenkarten.

Ziemlich aufgeweicht. Aber todsicher zu erkennen. Wir schauen uns an. Nicht triumphierend, eher erschrocken. Es ist das Bild einer jungen Frau, die am Familientisch des »Magdalena« sitzt und in die Kamera lächelt.

Adriano räuspert sich. »Das ist Mia«, stellt er fest, was wir längst gesehen haben. Muss es wohl laut aussprechen, um es glauben zu können. »Wem gehört die Geldbörse?«

»Das ist die Frage«, stelle ich nicht geistreicher fest.

»Niveo oder Hugo«, überlegt Adriano.

Okay, würde ins Bild passen. Ich stelle mir das mögliche Szenario vor. Demnach wären die beiden runtergelaufen und hier an dem Gumpen wieder aufeinandergestoßen. Ist es zu Handgreiflichkeiten gekommen? Mal harmlos ausgedrückt … Oder zu Schlimmerem?

»Ich fasse zusammen: Wenn Niveo hier war, ist er vor Hugo weggelaufen? War er verletzt? Oder war es überhaupt Hugo? Wegen Mia? Avanti, Jungs, schauen wir uns noch mal um!« Ich klatsche in die Hände, dreh mich in Slowmotion um die eigene Achse und rastere dabei die Felsen und das Geländer ab. Wir nehmen praktisch jedes Staubkörnchen unter die Lupe. Neben dem Geländer sind ein paar Flecken an der Wand … Rötlich, nein, eher bräunlich.

»Was meint ihr? Ist das Blut?«

Adriano und Vinc sind genauso unsicher wie ich. Möglich, aber wir wissen es nicht. Ich mach ein Handyfoto. Und kratz ein bisschen was davon in ein Papiertaschentuch. Für alle Fälle.

»Stell dich daneben, Schatz, dann haben wir ein Größenverhältnis«, bitte ich Vinc.

Der tippt sich an die Stirn. »Ja, klar! Und morgen bin ich in der Verbrecherkartei von Italien. Vielen Dank!«

»Ach, komm, als ob ich das Bild der Polizei geben würde!« Vinc stellt sich in Position.

»Und wenn …«, schmeichle ich, während ich Vinc und den Blutfleck fotografiere, »dann haben die endlich mal was fürs Auge in der Kartei!«

»Was bist du nur für ein lüsternes Weib«, nimmt Vinc das Kompliment gelassen entgegen und gibt mir einen Klapps auf den Allerwertesten. »Außerdem solltest du dich langsam anziehen, sonst kriegst du ne Blasenentzündung und ich komm auf dumme Gedanken.«

»Keine falschen Versprechungen«, säusle ich.

Adriano rollt mit den Augen.

Die Luft ist warm, mich friert es mittlerweile nicht mehr. Trotzdem – schließlich will ich auch nicht in Unterwäsche zum Auto laufen.

»Umdrehen«, sag ich zu Adriano, schlüpf aus den nassen Sachen und zieh mir Shorts und T-Shirt an. Dann konzentrieren wir uns wieder auf das, weswegen wir hier sind, nämlich Spuren finden, Hinweise auf Niveos Verbleib, finden aber nichts und machen uns an den Abstieg.

»Auch wenn's nichts bringt, ich finde, einen Versuch ist es wert. Ich würde gern am Marktplatz vorbeischauen, bei der Kneipe, wo der Alte immer sitzt … Bitte.« Ich blinzle Vinc an, der schon nach rechts zum Parkplatz abbiegen wollte.

»Und du musst reden, Adriano.«

Der nickt ergeben.

Er fragt in der Kneipe nach dem Alten. Sie wissen gleich, um wen es geht. Ich stoße Vinc verschwörerisch meinen Ellbogen in die Seite.

Der Alte hockt vor der ehemaligen Pizzeria, mit ein paar anderen Urgesteinen. Sie haben im kleinen Supermarkt nebenan Vino und ein bisschen Käse geholt. Und sitzen dann zusammen, rauchen, philosophieren über den Lauf der Zeit, trinken Wein, bis sie dann irgendwann nach Hause schlurfen. Überbleibsel vergangener Tage.

Adriano spricht mit ihm. Definitiv: Es war eine dunkle Limousine und es waren zwei Männer, die ausgestiegen und Mia und Niveo gefolgt sind. Zumindest sind sie in die gleiche Richtung gelaufen.

»Könnte einer davon Hugo gewesen sein?«, interveniere ich.

Möglich, meint er, aber es sei dunkel und er ja auch beschäftigt gewesen.

Okay, so kann man das auch nennen.

KAPITEL 10

SPECULAZIONE – SPEKULATIONEN

Giovedi (Donnerstag) – 30. August
Abends

Spekulationen ohne Ende. Alle sitzen am Familientisch, Greta bedient die wenigen Gäste auf der Terrasse, die meisten sind heute unterwegs. Ein Grüppchen hat sich vor dem Fernseher, der in der offenen Tür zum Frühstücksraum steht, zusammengerottet und schaut ein Länderspiel. Bei Fußball hört die fernsehfreie Urlaubszeit auf. Und da fiebern nicht nur die Männer lautstark mit. Greta zündet die Kerzen an den Tischen an und stellt kleine Schalen mit Nüssen dazu. Vinc geht ihr zur Hand, was normalerweise ich übernehmen wollte, aber was läuft hier normal? Ich kann jetzt unmöglich weg. Das hab ich Vinc nicht extra sagen müssen, war ihm vollkommen klar, dass ich die Runde auf keinen Fall verlassen werde, es könnte mir ja ein wichtiges Detail entgehen. Hauptthema ist natürlich Mias Anzeige gegen Hugo. Ist ihr doch noch was eingefallen?

»Ist Hugo verhaftet worden?«, nimmt mir Adriano meine Frage aus dem Mund.

Mia schaut ihren Vater vorwurfsvoll an. »Mario Forti, dein Freund, hat gesagt, er will erst einmal mit Hugo reden. Den Sohn von Corrado Scalieri verhaftet man nicht einfach.«

»Und das ist gut so«, donnert Vittorio Rinaldi hörbar aufgebracht.

Oh, oh, die Zeichen stehen auf Sturm. Ich halte vorsichtshalber mein Glas fest, als Vittorio mit der Faust bekräftigend auf den Tisch schlägt. Francesca, seine Frau, zupft am Kragen ihrer Bluse, und Mia hat kampfeslustig die Hände zu Fäusten geballt. Wie zwei Boxer im Ring sitzen sie sich gegenüber. Und interessanterweise scheint eher der alte bullige Mann angezählt als seine zarte Tochter. Die wird nicht nachgeben. Scheint das erste Mal ihrem Vater ernsthaft Paroli zu bieten, und damit kann der nicht umgehen. Er war immer der Chef, hat das Sagen bei großen Entscheidungen. Obwohl … Ich bemüh mich, meine Mimik unter Kontrolle zu halten, als ich an Adrianos unrühmliche Bilanz denke. Erst eine Scheidung. Halleluja! Und dann eine zweite Frau. Hammer! Eine Deutsche. Doppeltes Halleluja! Tut mir fast schon leid, der alte Macho. Oder nee, tut mir ehrlich gesagt überhaupt nicht leid. Ich mein, wo leben wir denn, wenn die Frauen verkuppelt werden wie im tiefsten Mittelalter?

Genau da hakt Mia ein. »Es geht doch gar nicht um Niveo, stimmt's? Du spekulierst auf die Ehe mit Hugo. Warum ist dir das so wichtig?«

»Du mischst dich in Angelegenheiten, die dich nichts angehen«, schnaubt Vittorio wütend.

Mia lacht schallend. Aber nicht herzlich. »Nichts angehen? Es geht mich also nichts an, mit wem ich für mein restliches Leben das Bett teile?«

»Red nicht so daher«, weist Vittorio seine Tochter scharf zurecht.

Also … Ich muss mich am Stuhl festhalten. Das wird ja immer besser!

»Ein bisschen leiser«, mahnt Francesca mit Blick auf die Fußball schauenden Gäste. »Wir sind hier nicht alleine.«

»Die sind beschäftigt«, winkt Vittorio ab, senkt aber doch seine Stimme.

Mia schüttelt den Kopf. »Ach, papà«, seufzt sie resigniert, »keine Ahnung, was du mit Scalieri ausgehandelt hast und warum ich unbedingt Hugo heiraten soll, aber das ist mir egal. Ich liebe Niveo. Basta.« Sagt's, steht auf und humpelt ins Haus.

»Niveo, Niveo ... Hugo liebt Mia, und sie liebt ihn, das war schon immer so, basta! Und der Sizilianer hat ihr den Kopf verdreht. Das vergeht«, sagt Vittorio halsstarrig in die Runde, als müsse er uns überzeugen und nicht seine Tochter. »Wenn es dann nicht zu spät ist.«

Betretenes Schweigen breitet sich aus.

»Ich koch uns Pasta«, sag ich und verdrück mich in die Küche. Vinc wollte sich grade zu uns setzen, folgt jetzt aber lieber mir, will wissen, was abgelaufen ist.

»Weißt du, die sind alle so verbohrt. Ich mein, klar hat Mia recht, dass sie sich nicht zu der Heirat mit diesem Hugo zwingen lässt, aber ich hoffe, sie verrennt sich nicht nur aus Wut in die Vorstellung, dass es Hugo war, der sie und Niveo verfolgt hat«

»Na ja, Doro, was heißt verrennen. Sie hat ihn erkannt, sagt sie. Das ist ein bisschen mehr als verrennen. Und wenn man bedenkt, wie lange die beiden zusammen sind – oder waren –, dann kann ich mir vorstellen, dass er mehr als nur ein bisschen traurig ist. Er hatte Zukunftspläne mit seiner Verlobten. Mit Mia.«

»Plädoyer für den Angeklagten.«

»Eher gegen den Angeklagten, würde ich sagen. Leider. Eifersucht ist ein sehr starkes Motiv.«

»Oder gekränkte Eitelkeit ...«

»Hmm, kann aufs Gleiche rauskommen.«

Das Nudelwasser kocht, ich gebe die gefüllten Täschchen rein. Steinpilzfüllung. Hat Irmela gestern aus den Teigresten unter Anleitung von Valdo fabriziert, nachdem meine Füllung ja in der Gefriere gelandet ist. Hmmh, durchaus Potenzial, würde Paps sagen. Dazu schmelz ich Butter und bräune Salbeiblätter darin.

»Salat?«, fragt Vinc.

»Nee, heute nicht, lieber noch Käse danach und nen Grappa«, schlag ich vor. »Ist schon spät, und ich denke, alle sind froh, wenn Schluss ist für heute.«

»Stimmt, ich auch. Wir können uns eine Flasche von dem Chardonnay mit hochnehmen und auf dem Balkon in aller Ruhe trinken, was meinst du?«

»Schatz, das ist die Idee des Tages!«, sag ich und freu mich auf einmal total auf ein wenig Zweisamkeit.

»Ich bring Mia was zum Essen, bin gleich wieder da. Verteilst du schon mal für die anderen?«

»Zisch ab, aber beeil dich, sonst kannst du die Pasta kalt genießen.« Keine attraktive Vorstellung bei Butter-Salbei-Pasta.

Leise klopf ich an die Tür, dann drück ich die Klinke runter. Mia liegt mit geschlossenen Augen auf dem Sofa.

»Mia?«

Sie schlägt die Augen auf und schaut mich an. Wortlos. Ich versteh schon. Manchmal wären so viele Worte nötig, dass man besser schweigt. Schweigen sagt mehr als tausend Worte … Unheimlich, wie manches Sprichwort immer wieder passt.

Ich stell den Teller auf den Tisch. »Wart nicht zu lang mit dem Essen, schmeckt warm besser«, geb ich Vinc' Tipp weiter.

Mia setzt sich auf. »Grazie, Doro«, sagt sie leise.

»Kann ich sonst noch was für dich tun?«, frag ich vage, schon mit der Hand an der Türklinke, weil ich warme Pasta will, weil ich endlich mit Vinc alleine sein will und weil … Ach, keine Ahnung.

»Doro …«

»Ja?«, frag ich, spür innerlich Ungeduld und ausnahmsweise wenig Interesse für irgendwelche Seelenergüsse. Okay, das ist unfair. Mia ist echt in ner üblen Situation und mein einziges Problem ist, dass die Pasta kalt werden könnte, denk ich und modelliere ein aufmunterndes Lächeln in mein Gesicht. Was prompt meine sonst stets präsente Empathie in den Vordergrund schiebt und meine Gute-Laune-Skala wieder auf Doro-Normalpegel fährt.

Mia beobachtet mich genau. Und hat wahrscheinlich meinen Stimmungsumschwung wie in einem offenen Buch lesen können. Peinlich ... *Egal, muss mich nicht rechtfertigen.*

»Doro«, setzt Mia erneut an, »kannst du mir helfen? Ich muss wissen, was mit Niveo passiert ist. Er wäre niemals einfach abgehauen. Weil ...« Mia schluckt das Weil runter.

Ist aber egal, weil ich weiß, was sie sagen wollte. Dass sie schwanger ist – ja, verflixt und zugenäht, ist das so schwer auszusprechen? Ist doch nicht die Pest oder Krätze ... und jedenfalls nicht ansteckend. Aber gut, wenn sie's nicht über die Lippen bringt ... Ich weiß es ohnehin. Soll ich mich outen? Nee, ich lass es mal besser so, wie es ist, ich weiß, was ich weiß, und kann damit arbeiten.

»Okay, versprochen«, sag ich, »ich bleib am Ball, aber dein Bruder hilft dir doch auch, oder nicht?«

»Si, si, aber wenn es um Hugo geht, ist er auf der Seite meiner Eltern. Du hast doch gehört ... Adriano ... lui è della stessa opinione, er findet auch, dass ich Hugo heiraten soll.«

»Ich weiß, aber ich glaube, Adriano will nur, dass du glücklich bist. Er versteht halt nicht, warum du so plötzlich umschwenkst. Und Niveo ... den kennt ihr ja wirklich erst kurz. Ihr wisst nur das, was er euch erzählt hat. Die Tochter eines Hotelbesitzers ist für einen kleinen, mittellosen Koch« – der sowieso keiner ist, aber das denk ich mir nur – »eine gute Partie, das musst du zugeben.« Ich sage, was ich denke – also fast zumindest –, weil Mia sich den Tatsachen stellen muss. Und dazu gehört die Möglichkeit, dass Niveo ein Erbschleicher ist.

Mia senkt den Blick.

»Tut mir leid, Mia, ich helf dir gerne, aber wenn wir weiterkommen wollen, musst du die Wahrheit aushalten. Das ist meine Bedingung. Ich will mich nicht ständig verbiegen müssen, um dich zu schonen. Ich sag dir, was ich weiß, ich frag dich, was ich wissen muss, und du sagst mir, was du weißt, oder informierst mich, wenn dir noch etwas einfällt. So, und jetzt geh ich essen. Morgen nach dem Frühstück reden wir. Wie's weitergeht. Und über Hugo. Buona notte, Mia.«

»Buona notte … e grazie, Doro.«

Ich nicke und zieh die Tür hinter mir zu. Das gibt Mikrowellen-Pasta, seufze ich resigniert und eile die Treppe runter.

Die anderen haben auf mich gewartet. Vinc zwinkert mir zu und steht auf.

»Setz dich, Schatz, ich hol mit Greta die Pasta.«

Süß … Ich schau ihm nach und find ihn … süß!

Adriano lacht. »Also, ihr zwei macht mich fertig. Ihr seid doch schon eine ganze Weile zusammen … Hört das Geturtel nie auf?«

»Nö, ich hoffe nicht«, sag ich liebenswürdig und denke, dass ihm und Greta ein bisschen Geturtel auch nicht schaden würde.

Die nächsten Minuten essen wir schweigend. Die Ravioli schmecken lecker. Sehr pilzig, kräftig … Ne Prise Muskat fehlt vielleicht noch.

Vinc und Greta räumen die Teller ab, bringen Käse, Vino und Grappa.

Francesca und Vittorio verabschieden sich als Erste, aber vorher gibt's noch ne Ansage an den Sohn.

»Adriano, du sprichst morgen mit deiner Schwester.

Überzeuge sie, dass sie die Anzeige gegen Hugo zurückzieht. Das ist sie uns schuldig. Buona notte.« Abgang Vittorio Rinaldi.

Adriano schüttelt den Kopf, sagt nichts dazu. Das Wort seines Vaters ist Gesetz hier in dieser Familie, das weiß er. *Wie um alles in der Welt hat er das mit Greta hinbekommen? Das frag ich mich ernsthaft.*

»Adriano, vergiss nicht, die Brieftasche morgen zu Forti zu bringen. Und hier hab ich noch das abgekratzte Blut.« Ich schieb ihm das zerknitterte Papiertaschentuch über den Tisch.

»Sonst noch was? Und du glaubst, das interessiert die Polizia?« Genervt schiebt er das verknäulte Teil zu mir zurück. »Steck es in eine Tüte und leg's ins Büro, zu dem Geldbeutel.«

»Wie du willst. Weißt du, ich hab keine Ahnung, was die damit machen, aber immerhin ist da oben an der Villa was passiert. Und Niveo ist verschwunden. Und jetzt die Brieftasche im Wasser und daneben Blutspuren. Ja, okay, *eventuell* ist es Blut. Ist doch klar, dass die Polizei das zumindest überprüft.«

»Warten wir ab. Mehr können wir nicht tun«, schlägt Vinc vor und die anderen nicken.

Ich gähne. Erst elf, Adriano muss noch mindestens eine Stunde die Stellung halten.

»Geht ruhig ins Bett, ich helfe Adriano«, schlägt Greta vor.

Ohne Widerrede nehmen wir das Angebot an und verziehen uns.

Eine Viertelstunde später, im Schlafshirt, mit Vino und Vinc und einem Entspannungszigarettchen, fläze ich in dem weißen Plastikstuhl auf der Terrasse.

»Soll ich dir eine Decke holen?«, fragt Vinc.

»Nee, mir ist nicht kalt. Und dir? Hast ja noch weniger an als ich.«

Vinc schaut an sich runter, als hätte ihn ein anderer barfuß und nur in Boxershorts auf den Balkon verfrachtet.

»Hast recht, ich hol mir ein T-Shirt … Halt mal schnell«, meint er und drückt mir seine Zigarette in die Hand.

»Also echt, verpeilter Typ!«, ruf ich ihm hinterher und leg seine brennende Kippe in den Aschenbecher, egal, mir brennt was anderes auf der Seele.

Vinc kommt zurück, zieht sich das T-Shirt über.

»Hast du den alten Rinaldi gehört? Ich mein, dass er Mias Wechsel von Hugo zu Niveo nicht gut findet, das versteh ich ja, aber die Ideologie dahinter – nee, da fehlen mir die Worte!« Bin immer noch empört.

»Kann ich mir nicht vorstellen.«

»Was?«

»Dass dir die Worte fehlen.«

»Pah, alter Lästerer. Mal im Ernst, das ist doch Kuhhandel. Menschenhandel …«

»Reg dich ab, Schatz, Mia wehrt sich schon.«

Mit Zeigefinger und Daumen schnippe ich eine Ascheflocke vom Tisch und mit ihr meine restliche Empörung. »Hast recht. Ihr Vater hat ganz schön geschwitzt.« Genüsslich lass ich das Bild von Vittorio, dem seine Felle davonschwimmen, vor meinem geistigen Auge vorbeiziehen.

Vinc kommt zurück auf den Balkon und schüttelt den Kopf. »Wie du ausschaust …«

»Wie denn?«

»Wie ne zufriedene Made.«

»Na, vielen Dank für das Kompliment! Käsig, weiß und fett!«

»Fettes Grinsen auf jeden Fall und der Rest … schau mer mal. Gehn wir rein?«

»Gleich. Du, sag mal, gibt's eigentlich noch so was wie Verlobung und irgendwelche Rechte, die daraus entstehen?«

Vinc macht sich fast in die Hose vor Lachen.

»Was meinst du, Doro? Die Geschichte mit der Jungfräulichkeit und so?«

»Eher ›und so‹, du Ignorant. Geld halt, wie immer. Und Ehre, Wortbruch, was weiß ich! Ja, vielleicht auch Jungfräulichkeit. Ist für manche unter Umständen wichtig. Die Italiener sind sehr gläubig«, spinn ich den Faden weiter. »Ist aber in Mias Fall bestimmt nicht der springende Punkt. Und außerdem gilt das maximal noch für Königshäuser, oder? So antiquiert kann man gar nicht mehr sein!«

»Denk ich auch nicht«, stimmt Vinc mir zu. »Aber sonst? Keine Ahnung, ich studiere Wirtschaft, nicht Jura. Und selbst wenn's noch irgendwelche Relikte aus der Vergangenheit gibt, keiner kann Mia zu was zwingen. Dass Ehen arrangiert werden, ist nicht neu, das war und ist so, Schatz. Und nicht nur in fremden Kulturen ... Schau dich doch um, wie oft es nur ums Geld geht, ne bessere Rente, Firmenfusionen, Firmeninteressen, alte Seilschaften, Abhängigkeiten ... blaues Blut. Gibt viele Gründe.«

»Soll das ne Doktorarbeit werden, mein tapferer Frauenrechtler? Oder hast du auf Psychologie umgesattelt?«

Vinc lacht. »War tatsächlich mal ein Thema für eine Stunde. Professor Rosinger hat es geschickt bei Wirtschaftsrechnen eingebaut.«

»Häää?«

»Rosinger schafft jedes Thema, das ihn gerade interessiert, auf den Tagesordnungsplan. Und er ist sehr vielseitig interessiert. Ohne Rücksicht allerdings auf die Prüfungssituation.«

Und ich setz mich jetzt, ohne Rücksicht auf den knarzenden Protest des Stuhls, zu Vinc auf den Schoß, der den berechtigten Einwand geltend macht, dass wir, anstatt einen neuen Stuhl bezahlen zu müssen, lieber unser Bett nutzen sollten – für das wir ja schließlich tagsüber hart arbeiten.

»Dich interessiert die Made, gell?«

»Ich liebe Maden.«

Eng umschlungen gehen wir rein, und falls Niveo sich nicht in seinem eigenen Zimmer versteckt hat, haben wir keine Nachbarn.

Ich kuschel mich an Vinc, aber dem ist nicht nach kuscheln und mir genau genommen auch nicht … Eigentlich wollte ich ja – egal. Vinc lenkt mich ab. Okay, hat noch Zeit …

Später liege ich in seiner Armkuhle und wundere mich, dass er das bequem findet … Aber er mag das und ich auch.

»Du, Vinc, schläfst du schon?« Die Atemzüge sind recht regelmäßig.

»Jetzt nicht mehr.« Vinc dreht sich zu mir. »Lass es raus, Doro, vorher gibst du ohnehin keine Ruhe.«

Ha ha, ja, stimmt. Ich dreh mich zu ihm.

»Weißt du, Niveos Verschwinden, Mias Unfall … Das hat irgendwie alles überlagert. Keiner spricht mehr von Julian Weigel.«

Vinc zieht die Augenbrauen zusammen. »Von wem?«

»Julian Weigel. Der Tote im Pool«, präzisiere ich und lausche dem Gefühl nach, das sich in mir breitmacht.

Ich versuche, Vinc mein Bauchgefühl zu erklären. Ich mein, er war nicht dabei. Aber ich. Und meine Intuition sagt mir immer mehr, dass Julian Weigel nicht einfach nur einen Unfall hatte.

»Die Wunde am Hinterkopf, okay, wenn er blöd ausrutscht, ins Wasser fällt und mit dem Kopf so ungünstig aufschlägt, dass er bewusstlos wird und dann ertrinkt …«, überleg ich laut.

»Das hast du mir erzählt. Klingt doch plausibel. Was stört dich plötzlich daran?«

»Die Kratzer.«

»Aha, und welche Kratzer meinst du?«

»Also, der Mann hatte eine Platzwunde am Hinterkopf. Die hat ziemlich geblutet. Aber ich habe gesehen, als er am Poolrand lag, dass er Kratzer an der Brust hatte. Wie ne Schürfwunde. Hat frisch ausgesehen.«

»Ja, und?« Vinc kann mir nicht folgen.

»Na ja, der Beckenrand ist sehr rau. Damit man nicht so leicht ausrutscht, wenn's nass ist. Wenn er also gestolpert ist oder ausgerutscht oder was auch immer, und er ist ins Wasser gefallen, dann hätte er entweder die Platzwunde am Kopf oder die Schürfwunde an der Brust, aber nicht beides. Stimmt's?«

Vinc überlegt und ich lass ihn in Ruhe. Dann nickt er. »Ich glaube, ich weiß, was du meinst. Entweder – oder.«

»Eben.« Ich nicke zufrieden. Zufrieden, weil Vinc mir zustimmt. Nicht mit den Resultaten meiner Überlegungen. Da habe ich nämlich keine Erklärung. Noch nicht.

»Außer … Du hast gesagt, der Beckenrand ist rau und der Tote lag im Wasser.«

»Genau. Niveo hat ihn gefunden.«

»Und ihn aus dem Wasser gezogen?«, hakt Vinc nach.

Ich nicke. Ich ahne, auf was er raus will.

»Morgen Mittag könnten wir am Pool ausprobieren, wie's gewesen sein könnte«, schlag ich vor.

»Und die Gäste?«

»Mittags pennen die alle«, beruhige ich Vinc. »Und falls doch jemand neugierig ist, dann machen wir eben ne Erste-Hilfe-Übung. Prüfung der Poolgegebenheiten sozusagen, zwecks Verbesserung für die Gäste. Das kommt immer gut an.«

»Wenn du meinst …« Vinc schaut skeptisch.

»Mein ich.« Dann fällt mir was ein. »Weißt du, was echt blöd ist?«

»Nee, was denn?«

Klar, er kann ja nicht wissen, dass ich gerade überlege, was es bringt, wenn wir die Unfallthese durch eine andere Version ersetzen. Zum Beispiel durch die Theorie einer absichtlichen Tötung. Oder Affekttat im Streit. Julian Weigels Leiche ist bereits in Deutschland und wahrscheinlich längst beigesetzt. Die Angehörigen haben keinen Grund, ihren Sohn nicht möglichst schnell zu begraben. Damit man abschließen kann.

Das erläutere ich Vinc.

»Die deutschen Behörden schauen sich die Leiche bestimmt auch an«, mutmaßt er.

Ich bin mir da nicht so sicher. »Wenn die italienischen Kollegen die Leiche freigeben, warum sollen die dann bei uns noch einmal von vorn anfangen? Es ist für die Jahreszeit sehr warm und die werden die Leiche nicht im Kühltransporter überführt haben, oder? Keine Ahnung, jedenfalls stell ich mir ihren Zustand nicht sehr prickelnd vor. Andererseits ist das kein Kriterium«, räume ich ein, »gibt ja sogar ne Leichenschau, wenn jemand daheim stürzt und an den Folgen stirbt.«

»Tja, die liebe Verwandtschaft. Ist nicht immer so lieb.«

Vinc' Gesichtsausdruck wirkt auf einmal so … umwölkt. Denkt wohl dasselbe wie ich. Ist erst ein Jahr her …

»Egal jetzt«, ich schüttle die Erinnerung ab. »Das können wir bestimmt in Erfahrung bringen. Aber zurück zu den Wunden. Niveo hat die Leiche gefunden und aus dem Wasser gezogen. Ich mein, er hat ihn über den Beckenrand gezerrt und dabei sind vielleicht die Kratzer entstanden. Und auch ein paar blaue Flecken. Daran hast du vorhin gedacht, stimmt's? Schade, dass wir Niveo nicht fragen können, das ist blöd, aber dieser Mario Forti von der Polizei hat mit ihm geredet. Zu dem geh ich hin.« Ich bin begeistert von der Idee. Weil sich dann die Theorie von einem Unfall bestätigt – oder nicht. Wie auch immer, ich kann neu ansetzen. Und diesem Forti bei der Gelegenheit nen Tipp in die richtige Richtung geben.

»Doro. Stopp!« Vinc setzt sich auf und verschränkt die Arme vor der Brust. »Du kannst nicht einfach bei der Polizei reinspazieren. In welcher Funktion denn? Noch dazu als Deutsche. Und der Commissario erzählt dir dann sicher alles, keine Frage! Am besten lässt du dir auch das Unfallprotokoll geben. Hahaha …«

»Vinc«, sag ich milde, »denk an die Waffen der Frauen.«

»Wie jetzt? Sex gegen Informationen?«

Ich hau ihm ein Kissen um die Ohren. »Vorsicht! Du weißt, wie empfänglich ich für neue Ideen bin.«

»Untersteh dich«, knurrt Vinc mir ins Ohr.

Ich fordere wieder seine Armkuhle ein. Rambo, mein Kater, macht's ähnlich, wenn er Bedarf an Streicheleinheiten hat.

»Fehlt nur noch, dass du zu schnurren anfängst«, kommt es prompt von Vinc.

Hilfe! Wie wird das, wenn wir alt sind?

KAPITEL 11

FIDANZATA E FIDANZATO – VERLIEBT, VERLOBT, VERHEIRATET

Venerdi (Freitag) – 31. August

Um halb sechs steh ich in der Küche und heize den Kaffeeautomaten an. Dauert ein paar Minuten, bis der so weit ist. Die Bohnen rattern derweil lautstark durch die Mühle, zumindest den Geruch von gemahlenem Kaffee brauche ich sofort. Ich nutze die Zeit und fange mit der Küchenplanung für den Tag an, Vorräte überprüfen und so was. Obwohl Valdo bestimmt alles vorbereitet hat, auf den ist Verlass. Na dann – mal sehen, was für heute angesagt ist.

Der Speiseplan. Ossobuco alla milanese, okay. Fischfilet paniert, na ja … Nicht die große Sterneküche, aber klar, ist auch kein Drei-Sterne-Restaurant, sondern ein Drei-Sterne-Familienhotel. Für Paps wäre das Essen hier nix – mal abgesehen von Francescas Lasagne. Okay, was haben wir noch … Tiramisu. Das streich ich von der Liste und disponiere um. Das kann ich machen, weil auf der Speisekarte fürs Abendmenü nur »Dolce« steht. Und »Dolce del giorno« wird heute Ricotta mit Sahne, Amarettini und Kirschen. Dafür haben wir alles vorrätig. Gemüse für die Suppe, Ossobuco und Kartoffeln sind ausreichend vorhanden. Fleisch und Fisch – aha, Seezunge. Die soll paniert werden. Na gut. Dazu gefüllte Kartoffeln, die Sourcream ist zugleich Remoulade für den Fisch. Spart Zeit und ne separate Beilage. *Paps, das erzähl ich dir lieber nicht!* Die Suppe kann

Irmela mit Valdo übernehmen, die Nachspeise mach ich jetzt gleich, kann dann ordentlich durchziehen. Paps' goldenes Credo. Zeit lassen beim Kochen. Auch wenn das Restaurant voll ist und alle auf einmal und punktgenau das Essen wollen … Deshalb ist die Vorbereitung das A und O, predigt er gebetsmühlenartig für alle, die bei ihm in der Küche arbeiten. Okay, zurück in die Gegenwart. Ich tränke Amarettini mit Amaretto. Die kommen dann in die Ricotta-Sahne-Masse, für die Deko nehmen wir später Amarettinibrösel. Die Kirschen bekommen einen Schuss Grand Manier ab, das heißt dann für die Kinder wieder mal Gelati. Mit nem Klecks süßem Kirschmus. Das hab ich in fünf Minuten fertig. Die lieben Kleinen sind schließlich die Kunden von morgen. Noch so ein Credo von Paps. Ich schmunzle. Ziemlich viel Paps schon in der Früh.

Der erste Kaffee zischt in die Tasse. Irmela hopst in die Küche, strahlt, weil sie die Suppe kochen darf. Mit Valdo. Darüber ist sie ein bisschen enttäuscht, ich versöhne sie mit der Aussicht auf ein Ritter'sches Dessert, bei dem sie mithelfen kann. Das wirkt sofort. Ist schon phänomenal, ihre offensichtliche Bewunderung für die Tochter des Fernsehstars – Vertretung zwar nur, aber ich glaube, sie macht da kaum Abstriche. Tja, ich habe halt das Ritter-Gen – und Irmela das Rittervirus. Haha.

»Weißt du, Irmela, das ist nur ne schlichte Kirschquark-Ricotta-Creme, ein paar Amarettini in Amaretto eingeweicht. Fertig. Wenn du den Fruchtspiegel elegant anrichtest und noch ein bisschen Deko, vielleicht machen wir ein hübsches Schokogitter, dann sieht das richtig mega aus und schmeckt auch so. Paps mag's gern ehrlich. Trotz allem Sterne-Schnickschnack, gute Pasta, frische Zutaten – aber Sterneküche heißt natürlich nicht nur kochen und essen, sondern sie ist auch Kunst. Vergängliche Kunst. Und wer Kohle hat, will halt was Besonderes. Du hängst dir ja auch nicht Egon Müller an die Wand, wenn du Egon Schiele haben kannst, sagt Paps und meint den Teller mit Sascha Ritter original.«

Irmela hängt an meinen Lippen. Lektion eins für heute angekommen, denk ich, und dass so viel Bewunderung auf Dauer anstrengend ist. Ich möchte echt nicht mit Paps tauschen. Nebenbei krame ich in den Ablagen auf der Suche nach einer biegsamen metallenen Tortenplatte oder einer Silikonunterlage. Ich finde zwei orangefarbene, circa 50 mal 60 Zentimeter große, dünne glatte Teile.

»Wozu brauchen wir die?«, fragt Irmela.

»Da drauf machen wir jetzt das Schokogitter fürs Dessert. Kannst du gleich ein bisschen dunkle Schokolade im Wasserbad schmelzen, bitte? Nimm die Metallschüssel. Immer schön rühren und nicht zu heiß werden lassen. Das ist eine eigene Wissenschaft, sag ich dir. Mit Thermometer und so. Für ein Gitter geht's nicht so genau. Hauptsache geschmolzen. Dann nehmen wir einen Löffel, oder wenn du lieber willst, kannst du auch nen Spritzbeutel verwenden und damit das Gitter kreieren. Da kannst du nix falsch machen. Auskühlen lassen wir es im Kühlraum, und heute Abend müssen wir es dann nur noch von der Unterlage brechen und dekorieren.«

»Das sagst du so locker«, meint Irmela leicht skeptisch.

Vinc erscheint auf der Bildfläche. Ich schau verwundert auf die Uhr. So früh?

»Kaffee«, stöhnt er, als wäre er am Sterben.

Irmela springt erschrocken zur Kaffeemaschine.

»Keine Panik, mir geht's gut«, entwarnt Vinc amüsiert.

Also manchmal ist er genauso schlimm wie ich.

Er schnuppert. »Familienehre? Packt dich doch der Ritter'sche Ehrgeiz?«, nimmt er jetzt mich auf's Korn.

Meint wohl den Duft einer ordentlichen Dosis Amaretto im Dessert. Da spare ich genauso wenig wie Paps. Irmela schaut irritiert, hat natürlich keinen Schimmer, worum es geht.

»Die Küche ist echt super«, wechselt Vinc das Thema. »Sauber, groß, ist nicht überall so.«

»Stimmt. Hab schon ganz andere gesehen. Winzig. Da werden die Köche nicht nach Können eingestellt, sondern nach BMI. Body-Mass-Index.«

»Echt? Wieso?«, fragt Irmela.

»Dicke kämen nicht aneinander vorbei. Aber schlimmer als Platzmangel ist's, wenn es unappetitlich zugeht. Und das gibt's auch, das sag ich dir.«

Irmela kichert.

»Vinc, Schatz, hast du heut Nachmittag Zeit?«, wechsle ich das Thema. »Ich habe Mia gestern versprochen, weiter nach Niveo zu suchen. Sonst läuft sie selber los.«

»Wo willst du denn hin?«

»Keine Ahnung. Vielleicht noch mal hoch zur Villa?« Ich hab echt keinen Plan.

»Tja, Adriano hat mich gestern gefragt, ob ich das Rasenmähen übernehmen könnte, und er wollte mir sein Motorrad zeigen. Stimmt was nicht mit dem Vergaser.«

»Ach so, ja dann …«, sag ich ein bisschen enttäuscht. Ich hätte Vinc meine Pläne früher mitteilen sollen.

Er kratzt sich unschlüssig am Kinn. Ich vermute, dass »am Motorrad rumschrauben« deutlich weiter oben auf seiner Wunschliste steht, als mit mir in der Hitze den Berg hochzujagen. Schade, aber okay.

»Nicht so schlimm«, sag ich deshalb, »vorausgesetzt, dass du Adriano dabei nicht brauchst, der muss mich auf jeden Fall begleiten. Unter anderem will ich nämlich zum alten Jacopo und der ist Adriano gegenüber zugänglicher. Und ich versteh ihn auch nicht immer.«

»Wir klären das nachher mit Adriano, okay?«, schlägt Vinc vor und schlürft seinen Kaffee.

»Alles klar. Jetzt zum Frühstück. Spiegelei, Rührei mit und ohne Speck und heute mit frischen Kräutern. Irmela, wir brauchen Petersilie, Thymian, Majoran, Schnittlauch. Schaust du im Garten? Kannst ein paar Blättchen Basilikum mitbringen. Ich zeig dir dann, wie viel von jedem. Das Ei würzen wir mit Salz, Pfeffer, Macispulver – einen Schuss Sahne dazu und mit Kresse dekorieren. Alles klar? Nebenbei machen wir das Schokogitter.«

Irmela nickt, schnappt sich ein kleines Messer und ein Körbchen und zieht los.

Nach dem Frühstück hat Adriano noch zu tun und ich schau kurz hoch zu Mia. Hab ich ihr gestern versprochen. Sie spielt verschlossene Auster.

Egal, hab heute genug Programm. Adriano braucht noch eine halbe Stunde, Vinc hat Zeit, und wir spazieren zum Olivenhain oberhalb des Hotels. Romantisch hier, egal bei welchem Wetter. Findet Vinc auch, weshalb wir nicht weit kommen …

»He, schau mal«, ich pack ihn am Arm. »Das glaub ich jetzt nicht.«

»Was denn?« Ohne mich loszulassen, folgt sein Blick meinem Zeigefinger, den ich hektisch in Richtung Straße strecke.

»Na, das Auto! Es war zwar dunkel, aber ich bin mir sicher, dass es genau so ein Schlitten war, der mich fast über den Haufen gefahren hätte. Eine dunkle Limousine. Na, klingelt's?«

»Beruhig dich, Doro, ich hab's ja kapiert.« Vinc nimmt lachend meine Hand. »Aber solche Autos gibt's hier massenweise.«

»Aber doch nicht ums Hotel rum. Und so … schleichend.«

»Schleichend? Aha. Du willst also sagen, dass das Auto ums Hotel schleicht?«

»So, wie du es jetzt sagst, klingt's natürlich bescheuert«, wehr ich mich. »Los, komm! Schauen wir, wer drinsitzt, und nach der Autonummer und so …«

Ich packe meinen zögernden Schatz fester an der Hand und zerre ihn Richtung Straße. In dem Moment fährt das Auto los. Nicht schleichend, sondern ziemlich spritzig.

»Hey! Halt!«, ruf ich sinnlos hinterher und zieh mein Handy aus der Hosentasche. Hektisch suche ich die Kamerafunktion, doch bis ich sie gefunden habe, ist der Wagen längst zu weit weg. Auf dem Bild ist nichts zu erkennen. »Mist!«, fluche ich ärgerlich.

»Ich halte heute die Augen offen, wenn du weg bist. Beruhigt?«

»Ja«, seufze ich enttäuscht. »Ist echt blöd. Stell dir vor, das wäre Hugos Wagen gewesen, dann wären wir ein ganzes Stück weiter. Oder auch nicht – dann aber auch.«

»Alles klar«, kommentiert Vinc meinen wirren Gedankengang.

»Ja, ich mein halt, auch wenn es nicht Hugos …«

»Hab dich schon verstanden«, unterbricht mich Vinc. »Da vorne ist Adriano, ich bespreche mal die Sache mit seinem Motorrad. Bis gleich.« Küsschen und weg ist er.

»Bis später, und sag Adriano, ich warte auf ihn. Bin in der Küche!«, ruf ich hinterher.

Mit Irmela und Valdo ist alles fürs Abendessen organisiert. Die beiden schaffen das. Irmela hat mich gefragt, ob Paps Lehrlinge ausbildet. Ha! Ich bring nicht nur original italienische Rezepte, sondern gleich eine original italienische

Kochanwärterin mit. Muss Paps fragen, würde gut passen mit Irmela, finde ich.

Okay. Ich zieh mich um und schau, wo Adriano bleibt. Aha! So ähnlich hab ich mir's vorgestellt. Er hockt, ins Gespräch vertieft, mit Vinc vor seiner Maschine.

»Dauert's noch länger?«, frag ich und will das spöttische Zucken meiner rechten Augenbraue gar nicht verhindern.

»Halbe Stunde?« Adriano schaut mich mit hoffnungsvollen Dackelaugen an.

»Passt.« Ich nicke gnädig. »Ich wollte eh noch mit deinem Vater reden.«

»Mit papà? Was willst du von ihm? Soll ich mitkommen?« Ist offenbar alarmiert, der Gute.

»Nein danke, muss ihn nur was fragen«, wink ich lässig ab. Dafür brauch ich wirklich keinen Babysitter.

Ich geh ums Haus herum, zur Rezeption. Von dem Auto weit und breit nichts mehr zu sehen. Wahrscheinlich doch ein Hirngespinst.

Vittorio Rinaldi thront im Büro und erledigt die Buchführung. Handschriftlich. Traut wohl der digitalen Geschichte nicht. Und die Jungen dürfen es dann in den Computer tippen. Ich klopfe an den Türrahmen.

»Signor Rinaldi … ich habe eine Bitte.«

»Si, signorina?«, nicht freundlich, nicht unfreundlich.

»Können Sie mir einen Termin bei ihrem Freund Forti verschaffen? Dem Carabiniere, mein ich.«

»Was wollen Sie von ihm?« Würde sagen, Abwehr auf der ganzen Linie.

»Ich muss ihn ein paar Dinge fragen, Sie wissen ja, polizeiliche Ermittlungen interessieren mich«, versuch ich, der Situation einen humorvollen Touch zu geben.

»Ich will nichts mehr von dem Unfall hören. War schlimm genug, und wir können froh sein, dass die Sache nicht mehr Aufsehen bei den Gästen erregt hat.«

Die Sache. Ich schlucke. Das war ein junger Mann. Und der ist jetzt tot.

»Signor Rinaldi, ich bestehe darauf. Und wenn Sie mir nicht helfen, dann geh ich halt so hin. Das wird aber auf jeden Fall Aufsehen erregen, weil ich mich nicht auskenne und viel rumfragen muss. Und viel erklären muss, wenn man mich zurückfragt.« Ohne schlechtes Gewissen drohe ich dem alten Sturkopf. Nicht freundlich, aber auch nicht unfreundlich.

Adriano muss jetzt auch noch etwas für seinen Vater erledigen. Computerproblem im Büro. Wird ein, zwei Stunden dauern. Hätte ich mich gar nicht so beeilen müssen. Andererseits … Rasenmähen und schrauben könnte Vinc später noch. Wenn ich mit Adriano weg bin.

»Baden oder Bummeln?«, überrumple ich Vinc.

»Äh …«

»›Äh‹ steht nicht zur Auswahl. Baden oder Bummeln sind die beiden Alternativen. Adriano muss kurz weg. Wir fahren spätestens um zwei, haben wir also locker zwei Stunden«, informiere ich Vinc.

»Baden mit Bummeln«, entscheidet Vinc. »Aber wenn Adriano keine Zeit hat, kann ich dich bei deinen Untersuchungen begleiten.«

»Gut gemeint, aber ich will mit dem alten Olmo reden, da brauch ich Adriano zum Dolmetschen. Und weil er Adriano kennt.«

»Ja klar, ist schon besser, du gehst mit Adriano.«

Skeptisch schau ich Vinc in die Augen. Ist er beleidigt? »Also, wenn …«, setz ich an.

»Nein, echt Schatz, kein Problem, ich habe halt gern ein Auge auf dich, wenn du so drauf bist.«

»Wie drauf?«

Vinc lacht. »Wenn du dich in Dinge einmischst, die dich nichts angehen.«

»He, werd nicht unverschämt!« Ich boxe ihn liebevoll in die Seite.

Dann stopfen wir unsere Badesachen in einen kleinen Rucksack und ziehen los. An den meist rostig-ramponierten Gartenzäunen winden sich die Ranken der Passionsfruchtstaude samt ihren leuchtend orangenen Früchten, dazwischen immer wieder die weiß-lilafarbenen Blüten.

»Schau mal. Das sind echte Kunstwerke.«

»Stimmt«, sagt Vinc, zieht mich aber weiter die Via Tamas entlang. »Komm jetzt, wenn du jede Blüte einzeln bewunderst, schaffen wir es nicht mal bis zum Strand.«

Ohne Stopp lass ich meine Hand im Vorbeigehen über einen überhängenden Rosmarinbusch gleiten.

»Hmmh ... Riech mal!« Ich halte Vinc meine Hand unter die Nase.

Er schnuppert. »Super, aber jetzt geh mal zu!«

An der Brücke, die sich über den Torrente San Giovanni spannt, direkt vor dem öffentlichen Park, wacht der heilige Nepomuk in seinem Kapitell. Vinc bleibt stehen.

»Vorschlag. Wir gehen am Bach entlang runter zum See, schwimmen eine Runde, und dann lade ich dich auf ein kühles Getränk ein. An der Promenade. Na, wie klingt das?«

»Sehr ansprechend«, freue ich mich.

»Oder willst du lieber vorne die Rolltreppe nehmen?«, meint Vinc. »Aber ich finde den Weg am Bach entlang schöner, dann sind wir auch direkt am Strand.«

»Schon entschieden«, sag ich und biege vor der Brücke

rechts ab. Hand in Hand schlendern wir den grob betonierten Weg runter zum See.

»Lena – du weißt schon, eins von den Zimmermädchen – hilft heute auch in der Küche. Valdo hat die Oberaufsicht, die bereiten das Ossobuco vor, kochen Kartoffeln und so.«

Vinc schüttelt den Kopf. »Wenn du so weitermachst, steht Rinaldi ohne Personal da und du kannst nen Bus mieten für die Heimfahrt.«

»Keine schlechte Idee. Dann hätte ich Platz für ein paar Kisten Wein.«

»Eigenbedarf oder Restaurant?«, fragt Vinc scheinheilig.

»Vorsicht mit solchen Anschuldigungen, gell!«, setze ich mich ins richtige Licht.

Mir sticht ein Plakat ins Auge. Ciclopedonale. Der Fahrrad-Fußgängerweg über dem Gardasee.

»Guck mal, Vinc, hast du das auch gesehen, als du hergefahren bist?«

»Ja klar, hab mir gedacht, wenn mal Zeit ist, nehmen wir uns Räder vom Hotel und fahren hin. Hab gerade mit Adriano drüber gesprochen. Lohnt sich, meint er.«

Aha. Was ich vor einer Woche nachts als Hängebrücke angesehen habe, ist ein Fahrrad- und Fußweg, der entlang der Gardesana, eng an den Fels geschmiegt und über dem Gardasee hängend, von Limone Richtung Riva verläuft. Hab ich in der ganzen Aufregung völlig vergessen.

»Muss ja ne gigantische Aussicht sein. Dürfen wir auf keinen Fall verpassen.«

»Wir sind ja noch eine Zeit lang hier«, vermutet Vinc.

»Bis Saisonende, zumindest noch bis Ende September, dann wird's ruhig, und sie werden ohne mich klarkommen.«

Seit einer Woche in Limone und heute das erste Mal im See zum Schwimmen. Ich mein, Pool hat sich ja fürs Erste erledigt, die Bilder von Julian Weigel sind noch zu präsent – dass ich allerdings bisher noch nicht im See war, ist völlig untypisch für mich. Vinc schwimmt ein Stück weiter raus. Ich dreh mich auf den Rücken, lass mich treiben. Für den Moment sind alle Probleme im Hintergrund.

Erfrischt bummeln wir wenig später weiter. Vinc wuschelt mir durch die nassen Haare.

»He! Meine Frisur!«, protestiere ich gegen die Verwüstung meiner Zehn-Finger-Naturlockenkrause. Ein paar späte Tropfen ziehen ihre Bahnen den Nacken runter. Die leichte Brise spielt Föhn.

»Limone, das alte Fischerdorf. Könnte gar nicht idyllischer liegen«, schwärme ich. »Sonne, malerischer Ort, buntes Treiben, die Berge im Hintergrund …«

»Fischerdorf, das vom Tourismus überrollt wird.«

»Spielverderber. Kappst einfach meine romantische Ader.«

Vinc lacht nur. Ich dann auch. Hier unten an der Promenade ist vom romantischen Fischerdorf wirklich nicht mehr viel übrig. Alles ist breiter, sauberer, funktioneller geworden. In den Bars blinken die bunten Eyecatcher der Saison. Blitzende Haarreife und leuchtende Eiswürfel. Haha, sehr originell. Aber die Kids lieben so etwas. Und am Abend sieht man nicht nur die damit rumlaufen. Okay, jeder, wie er will, ich muss den Trend ja nicht mitmachen.

»Soll ich eines organisieren? Ein blinkendes Krönchen? Bringt das deine romantische Stimmung zurück?«, fragt Vinc scheinheilig.

»Noch ein Wort, und du musst so mit mir rumlaufen«, drohe ich.

Vinc hebt kapitulierend die Hände. »Hilfe, bitte nicht. Zum Schluss kennt mich noch jemand.«

Was nicht unmöglich ist, Münchner gibt's hier genug.

Ich zieh ihm die Sonnenbrille vom Halsausschnitt. »Hier, zur Tarnung.«

Vinc schiebt sie sich auf die Nase. »Wenn ich dich nicht hätte«, bemerkt er trocken.

»Du sagst es«, stimme ich vergnügt zu.

Vinc legt den Arm um meine Schultern, und wir flanieren entspannt weiter. Er schlägt eine kleine Bar am alten Hafen vor, aber ich trotze ausnahmsweise lieber den Touristenmassen und will am See bleiben.

»Die Bar liegt auch am See«, stellt Vinc klar, »aber gut, sie läuft uns nicht weg.«

Er schwenkt links in einen Laden, dessen Auslagen mit allen Variationen an Trockenfrüchten locken. »Die lachen mich an«, sagt er und nimmt sich eine Tüte mit getrockneten Ananasstücken.

»Magst du?« Er hält mir die Tüte hin und ich pule ein Stück raus.

»Hmmh, pappsüß, aber lecker«, stell ich fest. Klebrig.

»Was machst du da?«

»We ws zfiffen die Seene …«

»Alles klar. Soll ich dir nen Zahnstocher organisieren? Dann musst du nicht deinen Finger bemühen.« Vinc lacht sich kaputt.

»Nicht nötig, schon erledigt«, strahl ich ihn an und wische meinen Finger am T-Shirt trocken. »Ich wäre jetzt bereit für nen Campari Soda. Sollen wir hier?«, schlag ich ein Eiscafé am Ende der Promenade vor.

Zufrieden nippe ich am Campari – mit schnödem Normalo-Eiswürfel und einem Zitronenscheibchen – und denke mir, dass es nichts Schöneres geben kann und solche Momente die Pflicht hätten, länger zu dauern als andere. Der glitzernde See, Malcesine schräg gegenüber am anderen Ufer, gemächlich pendeln die vollgestopften Dampfer und Fähren von einer Seite zur anderen … Ich dreh mich um, wo die Eistheke lockt. »Ich hol mir nachher eine Kugel. Pistazie«, sag ich zu Vinc und rücke meinen Stuhl ein Stück in den Schatten. Die Sonne jetzt im Rücken, schieb ich die Sonnenbrille hoch. Erschrocken lass ich sie sofort wieder auf die Nase gleiten. Das ist doch …

»Vinc, nicht umdrehen. Hinter dir sitzt einer, den kenn ich«, flüstere ich.

»Einer aus München?«, wispert Vinc verschwörerisch zurück.

Verarscht er mich jetzt?

»Im Ernst! Der war bei uns im Hotel. Valdo hat den Verdacht, dass er von der Mafia ist, weil er denselben süditalienischen Dialekt hat wie Niveo.«

»Ja, und? Glaubst du, der schießt jetzt auf uns?«

»Mensch, Vinc, ernsthaft, der Typ ist komisch! Letztes Mal im ›Magdalena‹ hatte er auch einen Begleiter und sie haben die Gäste ausgefragt.«

»Worüber?«

»Weiß ich nicht«, muss ich zugeben. »Aber das find ich noch raus. Übrigens ist er heute mit jemand anderem unterwegs, den hab ich noch nie gesehen.«

Nachdenklich nippe ich am Campari. Der Typ schaut rüber, bin sicher, er hat mich auch erkannt. Nur eine Mimikinterpretation, grüßen tut er nicht. Könnte der …

»Meinst du, das ist ein Komplize von Mias Ex?«

»Der zweite Mann, oben an der Villa?« Vinc versucht mit gekräuselter Stirn, meinen Spekulationen zu folgen.

»Na ja, vielleicht hat Hugo ihn zum Spionieren ins Hotel geschickt.«

»Ich geh mal pinkeln. Wo sitzt dieser Typ genau?«

»Spionagetrip zum Klo?«, spotte ich.

»Ist anscheinend ansteckend«, kontert Vinc lapidar und erhebt sich betont lässig aus seinem Stuhl.

»Schräg links hinter dir, direkt vor der Eisbar. Es ist der Linke, außen am Tisch«, beschreib ich für ihn und bemüh mich, dabei nicht rüberzuschielen.

Vinc zieht ab. Ich vertiefe mich in die Getränkekarte. Hallo! Wieso soll ich so tun, als würde ich den nicht erkennen? Ich mein, wenn der Dreck am Stecken und mich erkannt hat und ich so tu, als ob ich ihn nicht gesehen hätte, er aber genauso meine Mimik interpretiert wie ich seine … Dazu noch Vinc' unauffälliges Mustern im Vorbeigehen … Ich schau hoch, erwische seinen Blick und nicke kurz rüber. Überrascht. So als hätte ich ihn erst jetzt gesehen. Also, einen Oscar würde ich damit nicht gewinnen.

Vinc zuckt mit den Schultern, als ich es ihm erzähle.

»Ja und? Der Typ hat uns gesehen, und er weiß, dass wir ihn ebenfalls gesehen haben. Aber was fangen wir mit dieser Erkenntnis an? Wir können ihn und seinen Kumpel ja schlecht beschatten.«

Interessiert schau ich vom Campariglas hoch. »Wieso nicht? Die Idee ist gar nicht so abwegig.«

Vinc schüttelt den Kopf. »Doro, du spinnst! Was soll das bringen? Und außerdem merken die das sofort und ganz ehrlich – wenn die was zu verbergen haben, könnten sie ungemütlich werden. Und wenn sie sauber sind, könnten sie es trotzdem sehr persönlich nehmen, wenn ihnen ein paar Touris nachschleichen.«

»Also keine gute Idee?«, resümiere ich.

»Keine gute Idee!«, bestätigt Vinc.

Wir zahlen, dann pilgern wir eng umschlungen durch die Gassen.

»Ich fühl mich wie im Urlaub«, stell ich fest und lass die Sommergeräusche auf mich wirken.

»Tja, Schatz, dafür hast du ein Händchen. Nennst es Arbeit und machst Urlaub.«

»Ich hab gesagt, ich *fühl* mich wie im Urlaub. Mal für ein Stündchen. Ansonsten schufte ich wie ein Pferd«, entrüste ich mich über diese schamlose Unterstellung.

»Alles klar! Und nebenbei musst du dich ja auch noch um ein paar Dinge kümmern, die dich eigentlich nichts angehen.« Vinc verzieht keine Miene. »Aber immerhin nimmst du mich mit. Und ich darf dir ein wenig zur Hand gehen.«

»Eben.« Ich drück ihm ein Küsschen auf die Wange.

Vinc greift die Idee auf. Ich reiche ihm den kleinen Finger … und der Kerl nimmt gleich wieder die ganze Hand. Okay – würde ich ihm auch raten!

»Da vorne laufen sie!« Hektisch winde ich mich aus Vinc' Armen und will losstürmen.

Er schnappt sich meine Hand. »Keine Verfolgungsjagd, Schatz!«, bremst er mich. »Ich habe die zwei vorhin schon gesehen. Aber ehrlich, Doro, das bringt nichts.«

Resigniert verschränke ich die Arme vor der Brust und lass die Typen ziehen. »Ich hätte wenigstens ein Foto machen sollen. Dann hätte ich Mia fragen können, ob sie einen der beiden kennt. Auf jeden Fall werde ich Hugo auf den Zahn fühlen.« Ich seufze über die ungenutzte Möglichkeit.

»Ich bin sehr froh, dass du kein Foto gemacht hast. Der Typ hat ganz genau gemerkt, dass du ihn beobachtest. Du bringst uns noch in Teufels Küche mit deinen Aktionen.«

»Oh, so spät, wir sollten einen Zahn zulegen.« Mit einem Blick auf die Uhr beende ich die unergiebige Diskussion. Wir nehmen den Weg durch den öffentlichen Park mit dem

Fischereimuseum, der Trinkwasserstation und dem antiken Verwaltungsgebäude, ohne dass ich allerdings die Schönheit des Parkes würdige, ich nage noch an der verpassten Chance. Vinc hat zwar recht, aber ich hätte trotzdem irgendwie … unauffällig … mit dem Handy ein Bild …

Als wir zurückkommen, sitzt der alte Rinaldi in seinem Bürokabüffchen und winkt mich her. »Morgen nach dem Frühstück können Sie zu Mario Forti kommen«, grummelt er und zählt vermutlich die Tage, bis er mich wieder los ist.

»Grazie mille«, bedanke ich mich, nicke huldvoll und ziehe zufrieden von dannen.

KAPITEL 12

ASINAGGINE – ESELEIEN

Venerdi (Freitag) – 31. August
Nachmittags

»Abenteuer mit anderen Männern, das gefällt mir gar nicht«, raunt Vinc mir ins Ohr, bevor ich zu Adriano in den kleinen roten Flitzer seiner Schwester steige.

»Wenn du den alten Jacopo als Abenteuer bezeichnest …«, lächle ich unschuldig und lass mich in den Sitz fallen. Wäre wohl doch gern mitgefahren, mein armer Schatz. Tja, soll er mal schön am Motorrad schrauben. Ich schau in den Rückspiegel und seh ihn hingebungsvoll vor der Maschine knien – also, so schlimm kann's nicht sein mit der Eifersucht. Und fast hätte ich Mitleid gehabt.

»Du hast ja jede Menge Spaß an der Sache«, bemerkt Adriano ein wenig vorwurfsvoll.

»Wie kommst du darauf?« Hab echt keinen blassen Schimmer, was er meint.

»Du müsstest dich mal sehen«, sagt er, und ich erinnere mich an Vinc' Vergleich mit der zufriedenen Made.

Ach ja, mir fällt ein, dass Adriano noch nicht auf dem neuesten Stand ist.

»Ich habe umdisponiert. Wir fahren mit dem Auto hoch zu Jacopo«, informiere ich ihn.

»Und die Villa?«

»Heute nicht mehr, wird zu knapp. Ab und zu hab ich ja noch Kücheneinsatz.«

»Ja stimmt, da war was«, entgegnet er trocken.

»Ein bisschen mit ihm reden«, erklär ich, »und da bist du gefragt, Adriano. Du musst auf die Zwischentöne achten, weißt du, auf das, was Jacopo womöglich nicht sagt, aber zwischen den Zeilen andeutet.«

»So wie ihr Frauen?«

»Hallo! Nicht frech werden, gell!« Entwickelt langsam Humor, der Gute. Ich mag das. Gerade, weil die Tage so … bedrohlich verlaufen.

»Also, konzentrier dich. Ich krieg rein sprachtechnisch vielleicht nicht alles mit.«

»Certo, capo!«

»Bene.«

»Ich frag morgen früh Mario Forti, ob der nicht einen Taucher in den Gumpen schicken kann.«

»Gumpen?«

»Ja, das Wasserbecken halt, beim Marienbild.«

»Gute Idee, aber nicht sehr wahrscheinlich«, prophezeit Adriano.

Okay, ich bin selber skeptisch.

»Immerhin haben wir die Brieftasche dort gefunden. Mit Mias Bild drin! Das Niveo von ihr geschossen hat. Ist doch ein handfester Beweis, dass Niveo da gewesen ist. Und jetzt ist er verschwunden. Logisch, dass man hier nach seiner Leiche suchen muss, finde ich. Aber meine Meinung ist unter Umständen nicht gefragt«, gebe ich zu und halte es für einen großen Fehler – diesbezüglich und im Allgemeinen.

Diesmal lassen wir Campione links liegen und winden uns die kurvige Bergstraße hoch nach Prabione. Jacopo rechnet nicht mit uns. Ein Vorteil. So ein Gefühl, keine Ahnung, warum. Wird nichts Neues zu berichten haben. Und was er nicht sagen will, wird er nicht sagen. Super! Und was wollen wir dann hier? Bisschen Optimismus, Frau Ritter, motivier ich mich selber. Ist aber auch frustrierend.

Ich hab Mia versprochen, nach Niveo zu suchen. Und der alte Eselstreiber weiß irgendetwas. Ob das mit Niveo zu tun hat – keine Ahnung. Aber er hält was zurück. Da bin ich mir hundertzehnprozentig sicher. Ich lass das Gespräch Revue passieren. An welchem Punkt hat er gezuckt? Was hat ihn beunruhigt?

»Jacopo kommt gleich wieder. Er holt Milch bei Lucia«, informiert Maria und komplimentiert uns an einen wackeligen Holztisch mit noch wackeligeren Stühlen. Über der Tischplatte liegt eine abwaschbare Plastiktischdecke. Motiv Zitronen. Was sonst. Worauf sie eine Karaffe Wasser stellt, Gläser, und einen Tonkrug Rotwein. Felskellerkühl.

»Danke, ich muss Auto fahren«, winkt Adriano ab.

Na super, dann bleibt das Trinken wohl an mir hängen. »Aber nur ein Schlückchen«, versuch ich, den Schaden gering zu halten, »ich muss heute noch für 50 Gäste kochen.«

Das versteht Maria. Sie schaut mich interessiert an. »Du bist die Tochter von dem Fernsehkoch?«

Ich glaub's nicht! Nicht hier. Am Arsch der Welt. Wo man von einem Funkloch ins andere fällt.

»Das hat mir Mia erzählt. Sie hat angerufen und wollte mit meinem Bruder sprechen. Wegen ihrem Freund, der verschwunden ist. Da haben wir ein wenig geplauscht. Über dies und das. Über Valdo und seinen gebrochenen Arm. Und dabei hat sie von dir erzählt. Eine Deutsche kocht bei Vittorio Rinaldi.« Maria lacht herzlich.

Adriano schmunzelt. Ich auch. Ich kann mir vorstellen, dass Vittorio über einen ganzen Schattenberg springen musste – das hat dann nur noch ein Sascha Ritter richten können. Und dessen Ruf ist, wie ich gerade erfahren habe, sogar bis nach Prabione gedrungen.

»Wir wohnen zwar abgeschieden, aber auch bei uns gibt's Internet. Außerdem wird seine Sendung bei uns im TV übertragen.« Jetzt schmunzelt Maria.

Okay, das wusste ich nicht. Erklärt aber einiges. Auch, dass Irmela und Lena so begeistert sind. Muss Paps fragen, warum das alle wissen, nur ich nicht.

Fini i-aht renitent im Stall.

Sie hat es schon vor uns gehört. Schritte knirschen im Kies.

»Maria«, ruft Jacopo, »ich stelle die Milch vors Haus!« Er stockt, als er um die Ecke biegt und uns hier sitzen sieht. Freudige Überraschung sieht anders aus, würde ich sagen.

»Ciao, Jacopo.« Adriano springt auf und nimmt ihm die Milchkanne ab.

»Salve, Adriano.« Jacopo nickt dankend.

»Buon giorno, signor Olmo«, sag ich, obwohl wir ja schon beim Du angekommen sind. Soll ihn an die gute Stimmung erinnern.

Jacopo hat sich wieder gefangen. Der Schreck ist einer Traurigkeit gewichen.

»Buona sera, signorina«, sagt er und setzt sich zu uns. Okay, ist ja schon Nachmittag. Er ist nicht zimperlich mit dem Rotwein. »Es ist doch nichts mit Mia?«, fragt er besorgt.

»Mia geht's ganz gut. Sie muss den Fuß ruhig halten, ansonsten ist alles in Ordnung. Ihr habt ja telefoniert, hat Maria erzählt«, informiert ihn Adriano über unseren Wissensstand.

»Hmm …«, murmelt der Alte.

»Jacopo«, beginne ich zögerlich, »ich denke, du weißt, dass Mia Hugo Scalieri, ihren Exverlobten, verdächtigt. Was meinst du, könnte es sein, dass es Hugo war, der Mia und Niveo bei der alten Villa überfallen hat?«

»Certo.«

Ich schau entgeistert zu Adriano. Certo? Hat der Alte die ganze Zeit gewusst, dass Hugo Scalieri hinter dem Überfall steckt? Adriano sagt nix dazu.

»Warum um Himmelswillen haben Sie nichts gesagt?« Vor lauter Entrüstung falle ich ins Sie zurück.

Jacopo hebt die Augenbrauen. Nimmt seelenruhig einen Schluck Rotwein.

»Was hätte ich sagen sollen? Dass es Hugo war? Du hast gefragt, ob es sein könnte … Certo, naturalmente. Ma scusa, ich war ja nicht dabei …«

Also, mir fehlen die Worte. Dieser schlitzohrige Eselstreiber! War das gerade ein Zucken um seine Mundwinkel? Der verarscht mich doch!

»Sag deiner Schwester, ich werde ihren Niveo finden. Sie kriegt ihn unversehrt zurück«, verspricht Jacopo. Adriano, kippt den Rest seines dritten Glases Vino und erhebt sich. Er nickt uns kurz zu, schlurft dann ohne sichtbare Anzeichen des Alkoholgenusses davon, Richtung Stall. Fini i-aht zur Begrüßung. Wir sitzen bedröppelt da, war nicht sehr ergiebig das Gespräch. Und sein Orakel bezüglich Niveo ist ziemlich gewagt. Macht Mia nur falsche Hoffnungen.

So weit mein missmutiges Resümee gegenüber Adriano, als wir wieder im Auto sitzen.

Der enthält sich wieder mal der Stimme.

»Was?«, frag ich leicht genervt. »Ist doch merkwürdig, seine Versprechung. Oder weiß er was, was wir nicht wissen? Aber warum sollte er uns nicht sagen, wenn er weiß, dass es Niveo gut geht.«

»Eben.«

»Eben«, blaffe ich, »mehr hast du nicht zu sagen?«

Adriano stoppt den Wagen und dreht sich zu mir. »Was willst du hören, Doro? Ich weiß genauso viel oder wenig wie du. Und Jacopo – warten wir es ab. Nur … wir sollten Mia keine Hoffnungen machen.«

Meine Rede. Tief durchatmen. Ich nicke.

Adriano fährt weiter.

»Ganz ehrlich, Doro«, er schaut verbissen geradeaus, »ich hätte nichts dagegen, wenn sich Niveo verdrückt hätte. Für immer.«

Ich schlucke.

»Wenn es nicht so wichtig für Mia wäre«, legt er trostlos nach.

Wichtig. Genau. Du hast keine Ahnung, wie verdammt wichtig, denk ich noch viel trostloser. Warum sagt sie nicht endlich, was Sache ist, die ganze Heimlichtuerei bringt nichts und am Ende liegen die Karten doch auf dem Tisch!

Was soll's, muss sie definitiv selber wissen. Ich lehne mich zurück. Im Auto hat's gefühlte 50 Grad. Mindestens. Obwohl der Wagen im Schatten stand. Man sollte meinen, der Hochsommer ist vorbei. Haha. Draußen hat es reale 28 Grad im Schatten, und alle warten auf Abkühlung und Regen. Alle außer den Touristen. Was zu Ende gedacht heißt, die meisten momentanen Bewohner Limones wollen Sommer, Sonne und bloß keinen Regen. Den hat man früh genug wieder. Daheim. Oder auch nicht, wenn's so weitergeht mit dem Klimawandel.

»Stell bitte die Temperatur auf null Grad«, ächze ich. Ich sehne mich nach einer Abfrischung. Und nach Vinc. Für einen Ausflug runter an den See ist es schon zu spät. Dann doch eine Runde im Pool? Ich seufze.

Adriano hat es gehört und schaut zu mir rüber. »Alles okay?«, fragt er.

Ich nicke. Was soll ich auch sagen? Dass Julian Weigel seit Montag im Pool schwimmt? Es wird Zeit für mich, Julian

Weigels Aura zu akzeptieren und den Pool für mich einzuweihen. Mit Vinc kann ich's mir vorstellen.

Außerdem wär's eine gute Gelegenheit, mit den Gästen, die immer neugierig beobachten, wenn einer vom Hotel baden geht, über die beiden Italiener zu plauschen.

Vinc räumt gerade die restlichen Werkzeuge zusammen, als Adriano den Wagen hinterm Hotel parkt. Ich steige aus dem Kühlschrank aus – das mit den null Grad hat Adriano wohl wörtlich genommen – und ein Schwall heißer Luft strömt mir entgegen.

»Hallo, Vinc«, ruf ich und spring zu ihm rüber. Bevor ich ausweichen kann, nimmt er mein Gesicht in seine ölverschmierten Hände und küsst mich, als wäre ich von einem Wochentrip zurückgekommen. Pool hört sich gut an, meint er, und wir machen uns wenig später mit sauberen Händen und in Badeklamotten auf den Weg zum Schwimmbecken.

Ich stups ihn mit dem Ellenbogen an. »Hey, Schatz, guck mal, voll lollig!«

Vinc' Blick folgt meinem dezenten Fingerzeig. Drei Männer, ich schätze so Mitte 40, stehen mit dem Rücken zu uns gewandt am Poolrand und setzen zum Bauchplatscher an.

»Arschbombe mit Arschfax«, spotte ich.

Vinc langt sich unwillkürlich an die eigene Badehose und überprüft, ob das Etikett raushängt – hab ich bei mir längst unauffällig erledigt.

Ich strecke meinen Thermometerzeh prüfend ins Wasser. Erfrischend. Großzügig lass ich Vinc daran teilhaben, der allerdings wertet die überraschende Abkühlung als arglistigen Anschlag meinerseits und schmeißt mich kurzerhand ins Wasser. Das schreit nach Rache! Prustend komm ich an die Oberfläche. »Danke, jetzt hab ich Wasser im Ohr«, tu ich beleidigt.

»Gern geschehen«, grinst Vinc und gesellt sich mit einer veritablen Arschbombe zu mir.

»Jetzt bin ich auch noch blind«, jammere ich und gebe dann alles, ihn unter Wasser zu drücken.

Keine Chance, er wehrt sich mannhaft, bis er mich schließlich von hinten umklammert und ich vergeblich zappelnd versuche, mich zu befreien.

»Hey, Frida«, ruf ich und wackle mit meinen Zehen zu dem kleinen Mädchen rüber, das am gegenüberliegenden Beckenrand sitzt und uns beobachtet.

»Hallo, Doro«, ruft sie zurück. »Soll ich dir helfen?«

»Danke, das ist lieb, aber ich schaff das. Schau ...«

Ich tauche unter und ziehe Vinc gleichzeitig über meinen Kopf.

Er macht mit und spielt toter Mann.

Ich zeig Frida meine Muckis. »Wasserjudo«, sag ich locker und erwecke Vinc mit einem Kuss zum Leben.

»Noch mal«, fordert Frida begeistert, aber ich winke ab.

»Keine Kraft mehr, ich muss mich erholen, sonst gibt es heute Abend nichts zu essen.«

Frida kichert und gibt Ruhe. Braves Kind.

»Das hätte bei dir früher garantiert nicht funktioniert«, bemerkt Vinc süffisant.

»Ich war ein äußerst folgsames Kind«, widerspreche ich empört.

»Da hast du dich aber radikal geändert«, spottet Vinc weiter und hält sich schützend die Hände vors Gesicht, weil er die Dusche kommen sieht.

Dann dümpeln wir träge im Wasser, zu faul für weitere Eskapaden.

»Ups, was war das?«

Ein kleiner Vogel ist knapp über die Wasseroberfläche gejettet und hat dabei einen Schnabel voll Wasser aufgenommen.

»Wie süß! Vinc, schau doch!«, ruf ich begeistert.

Frida linst interessiert rüber.

»Da! Schon wieder! Frida, schau, der kleine Vogel fliegt ganz dicht übers Wasser und trinkt im Fliegen«, ruf ich Frida zu und zeig mit dem Finger dem Vogel hinterher.

»Ich hab ihn gesehen!« Frida hüpft hoch.

»Nicht so wild, vielleicht kommt er zurück«, schlag ich vor. Und Frida folgt. Natürlich.

»Brauchst gar nicht so zu grinsen«, sag ich zu Vinc und knuffe ihn in die Seite.

»Habe ich was gesagt?«

»Nee, ist gar nicht nötig.«

Der kleine Vogel dreht jetzt seine dritte Runde, mittlerweile folgen mehrere Augenpaare dem Schauspiel.

»Hoffentlich schadet ihm das Chlorwasser nicht«, sorge ich mich.

»Macht er bestimmt nicht zum ersten Mal.« Vinc sieht das entspannt.

»Das ist eine Fledermaus, kein Vogel«, stellt ein Mann auf einer Liege gegenüber fest. Ich glaube, Fridas Papa.

»Echt?«, fragen Vinc und ich unisono, als der Kleine zum vierten Mal andüst.

»Tatsächlich, ein Fledermäuslein. Süß!«, ruf ich entzückt.

»Ein Fledermäuslein? Süß? Wer hat letztens nen Panikanfall bekommen, als so ein Fledermäuslein am Balkon vorbeigeschwirrt ist?«

»Da bin ich nur erschrocken«, wink ich ab.

»Soso …«

Der kleine Vampir tankt noch ein paarmal Wasser.

»Macht sich fit fürs nächtliche Blutbad«, flüstere ich Vinc ins Ohr. Muss Frida nicht hören, nicht dass sie heute Nacht nicht schlafen kann.

Die Show ist vorbei.

»Ich geh raus«, sag ich leise, »die Gelegenheit ist günstig, Leute ausquetschen …«

»Vergiss nicht, dass du in der Küche einiges vorzubereiten hast«, erinnert mich Vinc. »Ich geh aufs Zimmer.«

Er kennt mich. Im Eifer des Gefechts kann ich schon mal die Zeit vergessen.

»Alles klar, ich komm gleich nach.«

In mein Handtuch gewickelt, schlendere ich rüber zu Frida und ihren Eltern. Die Fledermaus hat die Kontaktaufnahme eindeutig erleichtert, genauso wie der fortgeschrittene Nachmittag, wo allmählich die Vorfreude aufs Abendessen steigt.

Fragen diesbezüglich wehre ich als Betriebsgeheimnis ab, wobei ja lediglich am Mittwoch die Speisefolge unbekannt ist. Natürlich riech ich den Braten beziehungsweise die Neugier nach Interna aus dem Ritter'schen Familienleben 100 Kilometer gegen den Wind. Das ignoriere ich elegant, dreh den Spieß einfach um und erkundige mich nach den beiden Italienern, die kürzlich auf der Hotelterrasse einige Gäste angesprochen haben.

Fridas Eltern erinnern sich an Fragen danach, ob es sich um ein Familienhotel handele und hier nur Familienangehörige arbeiteten oder auch Angestellte. Sie hatten vermutet, dass die Männer ein Hotel suchten und einfach die Katze nicht im Sack kaufen wollten. Und wer weiß schließlich besser Bescheid als die Gäste, die hier aktuell wohnen. Keine gefakten Bewertungen im Internet, sondern Vorortrecherche.

Hmm, klingt logisch.

Ähnliches höre ich von mehreren Gästen. So ganz genau erinnert sich keiner, war ja auch nicht wichtig. Wobei wichtig relativ ist, ich glaube immer mehr, dass da etwas nicht stimmt. Zumal die beiden bei mir dann eher abweisend waren und schnell abgezogen sind.

Als Letztes befrage ich zwei Frauen, Freundinnen vermutlich, die hier Urlaub machen. Die beiden sind viel am Laptop zugange und bleiben ansonsten eher für sich. Wollen halt Ruhe, nicht Smalltalk. Ich störe. Sie sagen mir das nicht ins Gesicht, aber ich merke es trotzdem. Genauso, wie die beiden Männer gestört haben, die sie angequatscht haben. Sie hätten sie nicht etwa angebaggert oder wären an einem Date interessiert gewesen, sondern an der Personalsituation des Hotels.

»Wir sind Schwestern und führen gemeinsam eine kleine Firma. In Hannover. Deshalb der Laptop, weil wir eigentlich nicht gleichzeitig Urlaub machen dürften, und deshalb auch unser Ruhebedürfnis«, erklärt die eine. Will wahrscheinlich die Barschheit ihrer Schwester ein wenig ausgleichen. Alles klar, versteh ich. Ich geh auch manchmal auf Tauchstation.

Okay, mit diesen kargen Auskünften muss ich mich wohl zufriedengeben. Muss mich sowieso beeilen.

Auf der anderen Seite des Pools bricht ein kleiner Tumult aus. Die Frage, wer wann wie lange und überhaupt die Liegen reservieren darf, sorgt für hitzige Diskussionen.

»Legen Sie doch auch noch ein Handtuch auf den Parkplatz, wenn Sie wegfahren!«, ruft einer erbost.

Die Vorstellung find ich witzig … Trotzdem schleiche ich mich aus der Gefahrenzone, da halt ich mich lieber raus.

Während ich auf dem Zimmer in meine Kochklamotten steige, erzähl ich Vinc von den Gesprächen am Pool.

»Klingt nach Betriebsprüfern. Finanzbehörde. Vielleicht suchen die nach Schwarzarbeitern.«

»Natürlich, das ist es! Vinc, du bist genial! Shit, so einfach. Deshalb ist Niveo verschwunden. Das ist des Rätsels Lösung. Muss ich gleich Mia sagen.«

»Mal langsam. Das ist nur eine Idee«, bremst Vinc meinen Enthusiasmus.

Ich seh das anders. Die Puzzleteilchen passen auf einmal zusammen, alles andere sind Verschwörungstheorien.

»Und außerdem«, sagt Vinc, »wenn Niveo hier unangemeldet gearbeitet hat, dann wüsste Mia das. Und dann wüsste sie auch, wo er ist.«

Hmm … da ist was dran. Trotzdem … und was heißt hier gearbeitet hat – ich hoffe doch, dass er wiederauftaucht!

»Geh schon mal voraus, ich komm gleich nach«, schlag ich vor.

»Was …« Vinc bricht ab und zuckt mit den Schultern. »Egal, aber beeil dich!«, drängt er und läuft die Stufen hinunter.

Ich erwische Mia auf ihrem Zimmer und unterbreite ihr meine Theorie.

Sie schüttelt traurig den Kopf. »Kann nicht sein, er ist gemeldet.«

»Bist du sicher?«, frag ich enttäuscht. Mögliche Schwarzarbeit wär mir lieber als die Vorstellung, dass Hugo Scalieri – Mias Exverlobter – Niveo – Mias derzeitigen Lover und seines Zeichens Vater ihres künftigen Kindes – um die Ecke bringen wollte. Das mit dem Baby weiß er allerdings nicht, und das macht die Tatsache des Überfalls an der Villa noch unerklärbarer.

»Beschwören kann ich es nicht, Doro. Nach dem Abendessen komm ich runter, da sind alle da, und papà kann sagen, wie er Niveo angemeldet hat.«

»Genau. Ist besser so, bevor wir hier rumspekulieren. Außerdem muss ich in die Küche, sonst werde ich gelyncht«, ermahne ich mich selber und entlocke Mia damit sogar ein minimales Lächeln.

In der Küche läuft alles perfekt. Ich find es sehr entspannend, mal nicht den Ansprüchen von Paps genügen zu müssen, ständig den Druck im Nacken, noch ausgefallener, noch besser, noch extravaganter zu kochen. Immer neue Geschmacksexplosionen zu erfinden. Ich mein, ich mach das gerne, aber nicht nur. Manchmal darf es eine einfache, ehrliche Küche sein. Bewährte, traditionelle Rezepte … oder auch mal Bauchgefühl. »Bauchgefühl«, ein Wort, bei dem – wenn's aus meinem Mund kommt – Paps und Vinc gleichermaßen erschrecken. Wenn auch aus unterschiedlichen Gründen. Für Vinc ist es Ausdruck unvorhersehbarer Doro'scher Ermittlungsarbeit, für Paps heißt es schlucken, wenn ich zwischendurch mit wohligem Bauchgefühl eine Gourmetsünde begehe. Wie letztens, als mir mein Bauchgefühl Spaghetti alla Bolognese verordnet hat. Spaghetti Bolognese! Diese deutsche Todsünde in seinen heiligen Hallen! Paps kam gerade vorbei, als ein riesiges Spaghetti-Bolognese-Nest von der Gabel direkt in meinen Mund wanderte und ich dazu genüsslich die Augen verdrehte.

»Das hast du nicht von mir!«, kommentierte er, um Haltung bemüht, und verließ mit stoischer Miene und steifen Schritten das Schlachtfeld.

Ich geb zu, in solchen Momenten freue ich mich diebisch über seinen Gesichtsausdruck!

Irmela tippt mir auf die Schulter. »Doro, schaust du mal nach dem Ossobuco? Ist das okay so?«

Prüfend werf ich einen Blick ins Rohr, wo die Kalbsbeinscheiben in zwei großen Kasserollen vor sich hin schmoren. Gut, dass Valdo schon weg ist. Nachkontrolle durch eine 26-jährige deutsche Kollegin – das hätte er persönlich genommen, immerhin ist das Fleisch unter seinen bewährten Augen in den Bräter gekommen.

»Schön angebraten, nehm ich an?« Aber ich seh, dass alles passt.

»Wie du es gesagt hast«, bestätigt Irmela.

»Prima. Und Valdo war ja dabei …«

Irmela verdreht die Augen. »Si, certo.«

»Na, na, er ist doch ein Netter«, sag ich.

»Ja, aber sehr genau.«

Aha? Das ist mir neu. Ich dachte eher, dass ich pingelig bin im Vergleich zu Valdo. Deutsches Pingel-Gen gegen italienische Gelassenheit. Ist wohl eher deutsch-italienische Klischeeschublade.

»Also, wenn du es ernst meinst mit der Ausbildung zur Köchin bei meinem Paps, dann kann ich nur sagen, Valdo ist ein Lämmchen und Paps ist der Wolf, was die Ansprüche beim Kochen angeht.«

Irmela schluckt. »Ja, aber das ist was ganz anderes.«

»Wenn du das sagst … Überleg es dir, ich frag ihn gerne. Fürs Erste wär's ja nur ein Schnupperpraktikum.«

»Das mach ich auf jeden Fall. Vielleicht bin ich ja gar nicht gut genug …« Irmela klingt erleichtert. So ein offenes Hintertürchen entspannt sie sichtlich.

»Okay, jetzt aber flotti palotti. Wenn das Essen nicht rechtzeitig fertig ist, hat sich das nämlich eh erledigt, dann fressen uns hier die hungrigen Gäste«, stell ich trocken fest.

»Oder der Chef«, kichert Irmela.

Vermute mal, sie meint den alten Rinaldi, und da könnte sie recht haben.

Wir legen los, und Punkt 19 Uhr stürmen die ersten Gäste in den Speisesaal.

»Rote Bete mit Knoblauch und Petersilie am Salatbüfett kommen super an«, meldet Vinc nach ein paar Minuten. Gut, einen Spion im Außenbereich zu haben, Vinc ahnt, was ich wissen will. Gourmetmäßig, aber auch was Niveo und Julian Weigel angeht und die Spekulationen der Gäste dazu. Alles rund ums Thema eben … Man weiß ja nie.

In der nächsten halben Stunde erscheinen fast alle Gäste und wir servieren den ersten Gang im Akkord. Gemüsesuppe mit Zucchinistreifen und Pinienkernen, Melone mit Parmaschinken und Spaghetti aglio e olio. Wichtig: Alle an einem Tisch bekommen das Essen gleichzeitig. Will mich aber nicht mit fremden Federn schmücken, das war schon immer Prämisse im »Magdalena«, wie ich von Adriano weiß.

Nahtloser Übergang zur zweiten Hauptspeise. Gefüllte Kartoffel mit Sourcream im Gemüsebett mit Pinienkernen haben nur zwei Gäste geordert, ein paar Kinder machen wir glücklich mit außerplanmäßigen Rigatoni pomodori. Die restlichen Gäste haben sich 1:1 für Ossobuco alla milanese und Fischfilet paniert entschieden, Beilage jeweils: Salzkartoffeln und Gemüse.

»Irmela, hol doch die Kirschquark-Ricotta-Creme und die Tabletts mit dem Schokogitter.«

Ich zeige ihr, wie sie mit zwei Kaffeelöffeln je zwei ovale Nocken vom Kirschquark-Ricotta auf die Teller drapieren soll, ein paar Brösel Amarettini drüber, den Fruchtspiegel elegant drum herum.

»Schau, dann biegst du die Silikonplatte ein bisschen und brichst einfach das Gitter in kleinen Stücken runter.«

»Kannst nicht du das machen? Bitte.« Irmela wird rot.

»Ach, komm, ist doch nicht so schlimm«, tröste ich, muss dann aber mit dem Blick auf ihr leicht missglücktes Schokogitter lachen. Irmela lacht mit.

»Haben wir eine Pinzette hier?«

Adriano, der gerade in die Küche kommt, verschluckt sich fast bei der Frage. »Willst du dir die Augenbrauen zupfen?«, fragt er süffisant.

»Zum Dekorieren, du Ignorant«, weise ich ihn kopfschüttelnd zurecht. »Soll uns die Schokolade zwischen den Fingern zerschmelzen?«

Irmela sagt nix, will sich vermutlich nicht outen, dass sie das Gleiche wie Adriano gedacht hat.

Na, Paps, dann viel Spaß!

Um halb zehn ist der Speisesaal leer, Adriano hat die Außengastronomie übernommen – wobei die meisten Gäste unterwegs sind, vermutlich Verdauungsspaziergang runter in den Ort. Vinc und ich räumen die Küche auf, Greta deckt die Tische fürs Frühstück morgen und Mia sitzt mit ihren Eltern bereits am Familientisch. Wenn wir hier drinnen fertig sind, wollen wir gemeinsam essen. Vinc und ich bereiten die Teller vor und als die Runde komplett ist, servieren wir die Gemüsesuppe.

Greta stellt jedem ein Glas Garganega Veronese und Wasser zum Gedeck. Ich teste. Lecker. Zartfruchtig. Mandel, Zitrone ... Angenehmer Geschmack, passt zum Essen. Eine zweite Flasche Vino steht im Flaschenkühler. Sehr vorausschauend!

»Der Wein kommt aus dem Proseccogebiet, San Martino, müsstest du ja kennen«, sagt Greta und prostet mir zu.

Ich zieh die Flasche aus dem Kühler und schau aufs Etikett. »Stimmt! Schau mal, Vinc, da haben die Zingarellis ihr Weingut.«

»Umberto Zingarelli, der Freund von Lorenzo Favelli?«

»Genau der.« Ich nicke. Er hat sich ja hauptsächlich auf die Proseccoproduktion konzentriert, baut dazu die Glera-Traube an, aber er hat auch noch andere klasse Rebsorten.«

Eine Weile essen wir schweigend. Jeder hängt seinen Gedanken nach, kommt zur Ruhe. Ich löffle den kaffeegetränkten Zuckersatz aus der Espressotasse.

»Darf ich?«, frag ich vorsorglich, bevor ich mir eine Zigarette anzünde, obwohl ich weiß, dass es keinen hier am Tisch stört. Vinc schließt sich an. Paps würde uns jetzt einen Vortrag über die Beeinträchtigung von Geschmacksnerven durch Nikotin halten – was für ihn wesentlich relevanter ist als eine geschädigte Lunge.

»Mia, hast du deinen Vater gefragt, du weißt schon, wegen Niveos Arbeitsverhältnis?«, will ich wissen.

Vittorio zieht die Augenbrauen hoch. Okay, offenbar nicht.

»Willst du oder soll ich?«, schieb ich deshalb hinterher.

»No, grazie, Doro, ich mach das. Papà, was Doro meint, ist, ob Niveo hier als Arbeitskraft angemeldet ist oder schwarzarbeitet«, klärt Mia ihren Vater auf.

Oh, oh. Vittorios Stirnfalte hat sich von Ackerfurche zur Erdbebenspalte vertieft. Also doch was auf dem Kerbholz? Oder bloß sauer, dass eine deutsche Göre sich in alles einmischt? Rinaldi verschränkt die Arme und schweigt.

»Papà?«, schiebt Mia nach.

»Natürlich ist er gemeldet«, brummt er grantig.

»Na, siehst du, Doro, habe ich dir doch gesagt«, sagt Mia, und ich weiß nicht, warum sie das freut. Wäre doch überschaubarer gewesen als die Ungewissheit, die sich aus der ordentlichen Betriebsführung ergibt. Damit ist Niveo nicht mehr erpressbar. Zumindest nicht wegen Schwarzarbeit. Und das Motiv seines Verschwindens verdunstet schneller in der Sonne, als wir es uns zurechtlegen konnten.

»Freund der Familie oder Nachbarschaftshilfe. Da braucht man nicht viel ausfüllen«, schiebt der alte Rinaldi nach.

Also doch steuerfrei! Dieses alte Schlitzohr.

Vinc runzelt die Stirn, denkt offensichtlich das Gleiche wie ich.

»Papà!«, ruft Mia empört.

Rinaldi schaut unschuldig. »Jeder trickst ein bisschen.«

»Das mein ich auch gar nicht, aber findest du es nicht sehr … zynisch, ihn als Freund der Familie zu bezeichnen, um Geld zu sparen, ihn aber, wenn es um mich geht, wie einen Verbrecher zu behandeln?« Mia stößt ein bitteres Lachen aus.

Hat sie eindeutig recht. Ich lehne mich mit verschränkten Armen zurück und verfolge interessiert das … na ja, nenn ich es mal das hitzige Gespräch.

»Ist auch für seinen Geldbeutel von Vorteil«, wischt Mias Vater den Einwand vom Tisch. »Wenn du es ganz genau wissen willst, war es sogar sein Vorschlag.«

»Das kannst du leicht behaupten, jetzt, wo Niveo sich nicht wehren kann.«

»Willst du damit sagen, ich lüge?«, donnert Vittorio.

Mia lässt den Kopf hängen, ihr Kontingent an Widerspruchsgeist ist erschöpft.

Meines nicht! Ich beuge mich vor und lege die verschränkten Arme auf den Tisch. Vinc ahnt Böses und stößt mich ans Schienbein, was ich ignoriere. Ich brauche jetzt keine Bremse.

»Signor Rinaldi, mal davon ausgehend, es stimmt, was Sie sagen.«

Der Alte erstickt fast an den Worten, die er zurückhält. Will sich wohl nicht auf ein Streitgespräch einlassen.

»Dann könnte es doch sein, dass Hugo Scalieri davon etwas mitbekommen hat und Niveo damit erpresst. Ihn zwingt, von hier zu verschwinden. Die Finger von Mia zu lassen. Steuerbetrug ist immerhin kein Kavaliersdelikt. Und vielleicht hat Niveo ja Grund, lieber unangemeldet zu arbeiten.«

Vittorio starrt mich sprachlos an. Übrigens nicht nur er, auch den anderen fällt spontan nichts dazu ein.

Vittorio hat sich wieder erholt. »Nette These.« Er lächelt.

Also gut, lächeln wäre zu viel gesagt, aber zumindest ist seine Miene einigermaßen locker und die Erdbebenspalte hat sich zu einer gepflegten Ackerfurche zurückgebildet.

Sein Finger schießt drohend in meine Richtung, bevor er zum Gegenschlag ausholt. »Das ist natürlich völliger Quatsch! Hugo würde – und ich sage ausdrücklich ›würde‹, weil es Unsinn ist – niemals damit zur Polizei gehen, weil er dann auch unsere Familie mit reinziehen würde. Vor allem Mia, seine zukünftige Frau.«

»Papà! Fang nicht wieder damit an. Es gibt keine Hochzeit mit Hugo. Punto e basta!« Mias Augen blitzen.

»Okay, Mia, lass mal. Sprich dich mit Hugo aus und frag ihn nach Niveo«, schlägt Adriano vor. »Du kannst ja so tun, als ob du dir das mit der Hochzeit doch noch überlegt hättest.«

Wow. Das hätte von mir sein können. »Da sag noch einer, Männer sind nicht intrigant«, flüstere ich Vinc ins Ohr.

»Halt dich da raus, Doro. Das ist jetzt echt familienintern. Such lieber nach Niveo, wenn du schon keine Ruhe geben kannst«, empfiehlt er leise.

Mia lehnt trotzig im Stuhl.

»Dein Bruder hat recht, Mia«, unterstütze ich Adriano, »sprich mit Hugo. Versuch rauszukriegen, ob er irgendwie an der Sache da oben bei der Villa beteiligt war, ob du ihm vertrauen kannst. Und hör auf dein Bauchgefühl.« Bei dem Stichwort werf ich einen raschen Seitenblick zu Vinc, der schließt die Augen.

Mia überlegt.

»Also gut«, stimmt sie dann zu, »morgen früh geh ich zu Hugo. Und ihr sucht weiter nach Niveo.«

Adriano schluckt.

War mir klar, dass Mia nicht aufgibt. Die Zeit rennt uns allmählich davon. Ich mein, wenn Niveo tot ist, ist es sowieso egal, aber wenn er irgendwo verletzt liegt …

»Wir gehen mit, okay? Vinc?«, hak ich nach, als nichts kommt.

»Was bleibt mir übrig? Wenn du dir was in den Kopf gesetzt hast … Ab jetzt hab ich ein Auge auf dich«, verspricht er.

Klingt jetzt nicht sooo begeistert, muss ich wohl an der Motivation arbeiten, denk ich, und fange gleich damit an. »Sieh es als Ausflug. Wir checken den Weg vom Parkplatz in Campione bis zum Wasserstollen beim Marienbild. Und weiter zur Villa hoch. Vielleicht haben wir doch was übersehen.«

Mia lächelt mir dankbar zu, Vinc und Adriano finden sich mit ihrem Schicksal ab.

»Um elf darf ich bei Forti antreten, danach können wir los.«

Vinc und Adriano nicken zustimmend.

KAPITEL 13

CONTRATTI – VERTRÄGE

Sabato (Samstag) – 1. September

Es ist gerade mal Viertel vor zehn, als Greta zu mir in die Küche kommt.

»Der Speisesaal ist leer, alle Gäste sind fertig mit dem Frühstück«, teilt meine Freundin mir mit.

»Jetzt schon? Gibt's irgendwo was Besonderes?«

»Mercato in Malcesine. Einige Gäste reisen ab, insgesamt aber kein großer Wechsel heute, das war vorige Woche. Die meisten bleiben zwei Wochen oder zumindest zehn Tage. Dank Internet füllen sich die Lücken schnell, und wer im August nicht ausgebucht ist, kann sowieso gleich aufhören«, informiert mich Greta.

»Ist wie bei uns im Restaurant an den Feiertagen und am Wochenende – obwohl, eigentlich muss man jeden Tag zeitig vorbestellen –, tja, und für manche wird's besonders schwierig, einen Tisch zu bekommen.« Ich grinse. Greta auch, sie weiß, wen ich meine.

Sie checkt die Frühstücksliste. Okay, passt, alle waren da. Wir fangen an mit aufräumen, dann gehen wir raus zum Familienstammtisch.

Noch keiner zu sehen. Adriano und sein Vater machen die Rechnungen fertig und verabschieden die Urlauber mit einigen persönlichen Worten. Das kann dauern, wird wohl ne kleine Runde hier. Ich hol mir ein paar übrig gebliebene Melonenschnitze aus der Küche.

Vinc gesellt sich zu uns.

»Hmmh … unschlagbar. Ich mein, auf dem Viktualienmarkt daheim krieg ich top Ware, aber hier – die Luft, die Sonne, da schmeckt jede Melone noch nen Tick süßer«, nuschel ich genüsslich und nage Reste des orangefarbenen Fruchtfleischs von der Schale. Stört mich nullkommanull, dass mir der Saft links und rechts an den Mundwinkeln über den Hals runterläuft und im Baumwollkragen meines T-Shirts versickert. Saftflecken an der Arbeitskleidung – mein Privileg als Köchin. Okay, zugegeben, der Halsausschnitt ist sogar für eine Köchin eine etwas ungewöhnliche Stelle. »Egal, ich dusch mich eh gleich«, steh ich drüber, als Vinc sich darüber mokiert.

»Wo ist eigentlich Adriano?«, lenke ich ab.

»Der ist bei Mia«, weiß Greta. »Kommt gleich runter, hat er gesagt.«

»Um elf muss ich zu Capitano Forti. Vorschlag, Greta, du holst uns nen Cappuccino, keinen Prosecco, ich muss klar im Kopf sein … Ausnahmsweise mal«, schieb ich mit todernster Miene gleich selber nach, bevor ne fiese Bemerkung von Vinc kommt. »Gib mir zehn Minuten. Duschen, frische Klamotten … Will ja nett aussehen beim Capitano. Fördert die Auskunftsfreudigkeit.« Ich lächle betont unschuldig.

Vinc schüttelt den Kopf.

»Auch einen Cappuccino für dich?«, fragt Greta ihn.

»Lieber nicht, ist zu viel Frauenpower hier in der Früh für ein armes Würstchen wie mich, allein auf weiter Flur. Bin beim Motorrad«, lehnt Vinc ab und verzieht sich.

»Ich dachte, ihr seid fertig?«, ruf ich ihm hinterher.

»Fast, nur noch ein paar Kleinigkeiten. Schönheits-OP sozusagen … Adriano soll nachkommen, per favore.«

»Si, bene. Wir sagen's ihm.«

»Okay, jetzt, avanti, avanti«, verscheucht mich Greta.

»Bin schon weg!« Im Turbogang starte ich los.

Nach 14 Minuten bin zurück. Wir haben also noch eine halbe Stunde, sind ja nur fünf Minuten zu Fuß.

Greta ist ein Schatz. Zwei Cappuccini stehen auf dem Tisch und für jeden ein Stück von meinem selbst gebackenen Apfelkuchen.

»Habe ich vor dem Büfett gerettet«, lacht sie und schaut kein bisschen schuldbewusst aus.

»Ach so, hab mich schon gewundert, die Platte war doch leergefegt. Zigarettchen?«, frag ich und strecke Greta die Packung hin.

»Ausnahmsweise«, stimmt Greta zu und zieht eine heraus.

Eine Weile sitzen wir schweigend da und paffen unsere Freundschaftszigarettchen.

Greta drückt ihres nach ein paar Zügen aus. »Sorry, schmeckt mir eigentlich gar nicht.«

»Endlich mal jemand, der sich entschuldigt, weil er nicht raucht! Find ich sehr angenehm in Zeiten militanter Nichtraucher, gesunder Lungen und schützenswerter Geschmacksnerven.«

»Du Arme«, spendet Greta spöttisch Mitleid.

»Wie habt ihr euch kennengelernt, Adriano und du?«, frag ich irgendwann.

»Total romantisch.« Greta lacht, war anscheinend ein erheiternder Moment. »Auf dem Oktoberfest. Italienisches Wochenende, am späten Nachmittag, im Außenbereich vom Schützenzelt. Ein Freund von Adriano hat seinen Junggesellenabschied unbedingt auf der Wiesn feiern wollen … Muss ich noch mehr sagen?«

»Nee!« Ich lache. »Ich kann mir den besoffenen Haufen gut vorstellen. Und in dem Zustand hast du Adriano das erste Mal gesehen? Und nicht sofort die Flucht ergriffen?«

»Zu Adrianos Verteidigung: Er war der einzig halbwegs Nüchterne und hatte seine liebe Mühe, die Jungs zusammenzuhalten und sie zu ermahnen, dass sie die Mädels in Ruhe lassen sollten. Besagte Mädels waren meine Freundinnen und ich. Wir saßen am Nebentisch und hatten durchaus gewisse Sorge, dass uns einer von denen ins Dekolleté kotzen würde … Na ja, kannst es dir vorstellen. Und ein paar Wochen später stand er dann vor meiner Tür … Ehrlich, ich hätte nie damit gerechnet, ihn wiederzusehen.«

»Und woher hatte er deine Adresse?«

Greta wird rot. »Er war echt hartnäckig. Hat mich nach Italien eingeladen. Und wie gesagt, er war ziemlich nüchtern.«

»Du brauchst dich nicht zu entschuldigen, Greta, ich frag ja nur«, feixe ich.

»Also, die Saison war vorbei, und … Ja, es war romantisch und …«, sie wird noch ein bisschen röter, »und leidenschaftlich, aber … Ach, ich hätt's wissen müssen.« Greta seufzt.

»Was?«

»Dass es eben nicht so romantisch bleibt. Seine Eltern haben mich nicht akzeptiert. Adriano hat das von Anfang an gewusst. Deshalb ist er mit sämtlichen notwendigen Papieren bewaffnet nach München gekommen. Wir haben dort standesamtlich geheiratet, weil er hier nicht den Mut aufgebracht hätte, sich gegen seinen Vater aufzulehnen. Er wollte seine Familie vor vollendete Tatsachen stellen. Die Kinder haben's erstaunlich gelassen hingenommen, Isabella, seine Ex, hat abgelästert, war voll sauer – angeblich wegen der Kinder … Ha! In Wahrheit kann sie nicht verkraften, dass eine andere Frau an Adrianos Seite steht, dass sie ihren Einfluss verliert – obwohl *sie* ihn verlassen hat!«

»Und Adriano hat gedacht, wenn er verheiratet zurückkommt, ist alles paletti? Ist das nicht ein wenig naiv?«, reg ich mich auf. »Der Mann ist erwachsen! Dass sich Kinder die Hand vors Gesicht halten und meinen, dann sieht sie keiner, okay, aber ein geschiedener Mann und Vater? Nee, sorry, das kapier ich nicht.«

»Ganz so blöd ist er nicht.« Greta kratzt sorgfältig die Reste des Milchschaums vom Tassenboden.

Ich warte, doch es kommt nichts mehr. »Sorry, Greta! Ich hab nur gedacht …«

»Du brauchst dich nicht zu rechtfertigen. Du hast gedacht, was alle denken. Aber wie gesagt, Adriano kennt seinen Vater, und tja, so war's leichter. Der Ehevertrag ist wasserdicht, sowohl auf deutscher als auch auf italienischer Seite. ›Sonst bringt mich meine Familie endgültig um‹, hat Adriano prophezeit. Und mir war das auch wichtig. So steh ich nicht als Erbschleicherin da – obwohl Vittorio trotzdem skeptisch ist. Der glaubt nie und nimmer, dass ich nichts von Adrianos Besitz abgreifen würde im Falle einer Scheidung oder schlimmstenfalls, wenn Adriano sterben sollte.«

»Und du verzichtest auf alles? Einfach so? Ganz schön großzügig. Oder …«

»Oder dumm, willst du sagen? Nee, Doro. Ich brauche nichts von den Rinaldis. Erstens habe ich für meine Altersvorsorge eine Lebensversicherung abgeschlossen und zweitens erbe ich mal von meinen Eltern ein Haus. Ich will nur glücklich sein mit Adriano. Deshalb war ich mit der schnellen Heirat einverstanden. Überstürzt, hat seine Familie gesagt. Aber auf was soll ich warten? Alles auf später verschieben? Das klappt mit den wenigsten Plänen und schon gar nicht mit der Liebe. Bis dato hatte ich in puncto Beziehung wenig Glück, oft habe ich das Gefühl gehabt, die Firma meiner Eltern steht mir als Mitgift auf der Stirn. Du siehst, ich weiß, wovon ich rede. Glaub es oder glaub es nicht, es gab Kandidaten, die von mir zu meiner Schwester geswitcht sind, sobald klar war, dass sie die Firma übernehmen wird und nicht ich. Für mich war das nie eine Frage, ich wollte nicht in der Firma mitarbeiten, aber ich wollte das Familienunternehmen erhalten und nicht zerstückeln. Deshalb habe ich eine Klausel im Testament unterschrieben, die besagt, dass ich zwar versorgt bin, aber keinen Einfluss auf Firmenleitung, Verkauf und so weiter habe. Ich habe Adriano geheiratet, weil ich *ihn* liebe und nicht sein Hotel. Er hat zwei Kinder, also sollen die erben und außerdem, wenn ich Adriano nicht geheiratet hätte, hätte ich auch keinen Anteil an einem italienischen Hotel, insofern verzichte ich doch auf nichts.«

»Klingt logisch. Aber bist du glücklich mit der Entscheidung? Und ich meine nicht die finanzielle Situation, ich meine dich und deinen Mann.« Okay, sehr private Frage, aber was soll's. Greta will reden, nicht schönreden, und da ist sie bei mir genau richtig. Ich mag Klartext.

Greta wägt ihre Antwort ab. »Ja, ich bin glücklich und würde es genauso wieder tun«, sagt sie dann, »auch wenn es schwierig ist, ich hoffe, dass wir unseren Weg finden, Adriano und ich. Es ist halt grade alles ein bisschen viel. Die ganze Saison, dann immer die Sticheleien von seiner Ex, jetzt Valdo mit seinem gebrochenen Arm. Ich habe gehofft, mit dir entspannt sich die Lage, aber das war wohl nichts. Ein Gast ertrinkt im Pool, Mia probt den Aufstand, Niveo verschwindet, was kommt noch alles?«

Na, eines wüsst ich noch, *Tante Greta*, denk ich – und hätt's ihr gern gesagt.

Punkt elf steh ich vor der »Comando Stazione Carabinieri Limone Sul Garda«. DIVIETO DI ACCESSO E TRANSITO. Zona Militare. Überwachungskameras und ein geschlossenes Eisentor unterstreichen die militärische Strenge. Dagegen hält ein roter Briefkasten und das

Hausnummernschild, in ortstypischer Keramikoptik samt Limonen. Ich schau mich unschlüssig um. Gibt's hier ne Klingel?

Die Frage erübrigt sich, das Eisentor bewegt sich leise quietschend zur Seite, gleichzeitig geht am Haus die Eingangstür auf. Forti höchstpersönlich holt mich am Tor ab.

»Buon giorno, signorina, come stai?«

»Bene, grazie, capitano.«

Nach diesen italienischen Grußfloskeln wechselt der Polizist nahtlos ins Deutsche über. Hab schon befürchtet, er lässt sich recht bitten. Eigentlich wollte ich Adriano als Dolmetscher mitnehmen, aber der hat abgewunken: »Nicht nötig, Forti hat als junger Mann zwei Jahre in München gearbeitet, Pizzabäcker in der Pizzeria seines Onkels.« Und deshalb steh ich jetzt allein hier, zugegebenermaßen minimal eingeschüchtert.

»Sind Sie hier der Chef?«, frag ich.

Forti lacht. »Nein, ganz sicher nicht«, stellt er ohne weiteren Kommentar richtig. »Kommen Sie, Signorina.«

Wenn die Schilder und Kameras nicht wären, könnte man glatt vergessen, welche Funktion dieser klassische südliche Garten samt riesiger, verschachtelter Villa eigentlich hat.

Forti führt mich in ein winziges Büro, das Inventar wenig repräsentativ, alter Holztisch, zwei wackelige Holzstühle.

»Caffè?«, fragt der Capitano.

»Gerne.«

Dafür ist die Kaffeemaschine vom Feinsten, gibt zischend den Espresso frei, Forti stellt Tassen und Zucker auf den Tisch.

Er schaut mich an. Lässt mich zappeln.

»Allora, was kann ich für Sie tun, Signorina Ritter?«, erlöst er mich.

Okay, Doro, stell dich nicht an! Ich räuspere mich. Wieso soll ich mich von einer Uniform und ein paar Sternen einschüchtern lassen? Ist gar nicht meine Art.

»Ich habe zwei Anliegen«, fang ich an. »Erstens: Julian Weigel.«

Bevor ich zweitens in den Raum werfen kann, unterbricht Forti mich. »Der Tote vom Hotel. Vittorio hat mich vorgewarnt. Ihnen ist schon klar, dass ich diesem Gespräch nur zugestimmt habe, weil Vittorio mich darum gebeten hat? Ja, Julian Weigel ist mein Fall, aber der ist abgeschlossen. Die Eltern des Toten haben die Urne bereits überführt.«

»Urne?«, ruf ich entsetzt. »Er ist verbrannt worden?«

Shit. Im hintersten Winkel hab ich so was befürchtet. Die Jahreszeit, die Überführung – hab den Gedanken nur nicht zugelassen, weil dann ist's eh vorbei mit Beweisen.

»Signorina, es war ein Unfall, kein Verdacht auf Fremdverschulden. Die Behörden arbeiten schnell und effektiv mit den Bestattungsunternehmen zusammen, die sich wiederum um die Abwicklung und um die Angehörigen kümmern. Was im Sinne der Angehörigen ist, wie bei einem normalen Sterbefall. Si, die cremazione hat stattgefunden, die Familie ist zurück in Deutschland. Die Überführung einer Urne ist wesentlich unproblematischer und billiger als die einer Leiche. Alles amtlich, ärztlich ausgestellter Totenschein, ein passaporto mortuario, ein Leichenpass, ist bei Urnenüberführung nicht notwendig. Die Familie hat sich bei dem ganzen Prozedere von einem deutschen Bestattungsunternehmen unterstützen lassen.« Forti nimmt mich streng ins Visier. »Was genau wollten Sie denn mit mir besprechen?«

Ich schlucke meinen Schock runter. »Eigentlich wollte ich Sie bitten, sich die Leiche noch mal genau anzusehen beziehungsweise ein entsprechendes Ersuchen an die Kollegen in Deutschland zu senden … Aber das ist jetzt hinfällig.«

Forti reibt sich das Kinn, schaut mich an. Nicht unfreundlich, ich würde eher sagen, milde herablassend. Wie man ein kleines Kind anschaut, das fragt, ob die Erde rund ist.

»Signorina«, erklärt er geduldig, »natürlich wurde die Leiche vom Gerichtsmediziner begutachtet. Blutuntersuchung auf Drogen und Medikamente und alles, was dazugehört, wenn ein Mensch nicht an einer natürlichen Ursache stirbt. Auch wir hätten gerne den genauen Unfallhergang gewusst. Aber die Verletzungen an der Leiche konnten präzise nachvollzogen werden. Es wurde alles fürs Archiv dokumentiert.«

Ich schlucke meinen Ärger über den gönnerhaften Ton runter. »Dokumentiert?«, frage ich hoffnungsvoll. »Sie meinen Fotos?«

»Esatto. Genau.« Er verschränkt die Arme vor der Brust. »Und die wollen Sie jetzt sehen, habe ich recht?«

Ich nicke und bezirze ihn mit meinem schönsten Dorolächeln.

Forti langt hinter sich. Auf einer verschrammten Holzkommode liegt ein dünner Ordner. Den legt er vor sich auf den Tisch und schlägt ihn auf. Aus einer Klarsichtfolie zieht er ein paar Bilder und reicht sie mir.

»Prego, signorina. Sie werden sehen, alles logisch.«

Ich sag nichts, schau mir ein Bild nach dem anderen genau an. Gute Aufnahmen, von allen Seiten. Ein Gedanke im Hinterkopf quält mich, ich kann ihn aber nicht greifen. Schon seit dem Morgen, an dem wir den Toten geborgen haben. Ein beunruhigendes Gefühl … Als wäre es wichtig. Ich breite die Fotos auf dem Tisch aus. Forti beobachtet mich. Egal, ich lass mich nicht aus der Ruhe bringen. Wenn ich jetzt nichts finde … Ne zweite Chance krieg ich nicht. Schade, hätte ich Adriano doch gut brauchen können. Vier Augen sehen mehr und so. Ich konzentriere mich auf die Bilder. Versuch, die Gedanken an den lebenden Julian Weigel auszublenden, die Verletzungen mit dem vermeintlichen Ablauf zu koordinieren.

Was stört mich?

»Okay, Julian Weigel ist ausgerutscht und ins Wasser gefallen. Dabei kann er sich am Hinterkopf verletzt haben, was die Platzwunde erklärt. Die Kratzer an der Brust, auch okay, können passiert sein, als Niveo den Toten aus dem Pool gezerrt hat. Genauso wie die Hämatome an den Armen und den Handgelenken. Das zumindest kann man ja feststellen, ob die vor oder nach dem Tod entstanden sind«, murmle ich vor mich hin und sortiere die Bilder in der richtigen Reihenfolge. »Dann …« Ich zieh scharf die Luft ein.

»Signorina?« Forti richtet sich alarmiert auf.

»Die Knie! Warum hat er blutige Knie?«, ruf ich aufgeregt und tippe mit dem Zeigefinger auf das betreffende Foto.

Forti dreht das Bild zu sich und runzelt die Stirn. »Der Fahrradunfall?« Schlägt er vage vor.

»Nee. Die Wunde ist frisch. Auch wenn er im Wasser war … Das ist frisches Blut, keine aufgeweichte Kruste!«

»Hmm.« Forti streicht sich unentwegt übers Kinn und betrachtet das Bild eingehend.

»Was war die Todesursache? Ist er ertrunken oder war es der Schlag auf den Hinterkopf?«, bohre ich weiter in die Wunde.

»Keine voreiligen Schlüsse. Ich denke darüber nach. Ich werde die Bilder nochmals analysieren lassen. Zufrieden? Und bis dahin halten Sie die Füße still und beunruhigen nicht die Gäste, verstanden? Basta e finito.«

Schon wieder dieser strenge Ton. Immerhin, meine Theorien lassen ihn offensichtlich nicht ganz kalt. Tourismus ist halt das eine, Mord das andere.

Die Frage ist natürlich, wer sollte den Deutschen ermorden wollen? Er war alleine hier, zumindest gehen wir davon aus. Wär natürlich genauso gut möglich, dass er hier doch jemanden kannte und mit diesem jemand in Streit geriet … muss ja nicht im Hotel gewesen sein. Daraus jedoch gleich ein Mordmotiv zu konstruieren, ist schon sehr gewagt. Und Niveo? Der hat ihn gefunden. Angeblich. Hatten die beiden vorher doch eine Meinungsverschiedenheit, wie Greta beobachtet hatte? Vielleicht kam's deshalb zu einem Gerangel und Julian Weigel ist blöd gefallen? Und Niveo hat Panik bekommen und ist deshalb untergetaucht … Muss ich drüber nachdenken.

Forti schlägt mit der flachen Hand auf den Tisch.

»Allora, Sie hatten noch ein Anliegen?«

Würde mal sagen, das klingt jetzt leicht genervt. Fühlt sich vermutlich auf den Schlips getreten, was ich verstehen kann.

»Äh, ja, zweitens …«, stottere ich ein bisschen, aber Mann, kann ich doch nix dafür, dass die nicht gründlich arbeiten! »Also, unser Koch Niveo ist verschwunden, wie Sie wissen« – meine eben angedachte Theorie über seine Abwesenheit behalte ich vorerst für mich – »und wir haben seine Geldbörse in einem Wasserbecken gefunden. Oberhalb von Campione, bei dem Marienbild. Sind Sie dem nachgegangen? Haben Sie die Blutspuren untersuchen lassen? Ich dachte oder frage mich oder besser, ich frage Sie: Kann man nicht einen Taucher da reinschicken? Für alle Fälle? Falls …«

Weiter komm ich nicht, Forti bekommt einen regelrechten Lachanfall. »Signorina, Sie sind unbezahlbar!«

Der Vorschlag war eigentlich nicht witzig gemeint, aber gut, lachen soll ja manchmal Wunder wirken.

Forti wird wieder sachlich, wischt sich über die Augen und mustert mich. »Es ist wirklich Ihr Ernst«, stellt er fest.

Ich nicke wortlos, bin leicht verstimmt. Arroganter Typ. Na ja, arrogant ist nicht das richtige Wort, ist ja nicht normal, dass eine Touristin, auch wenn sie vor Ort als Köchin einspringt, sich einen Termin bei den Ermittlungsbehörden verschafft und den Beamten auf die Sprünge helfen will. Ich gebe zu, das könnte *er* als arrogant auslegen. Okay, dann sind wir quitt.

»Capitano, spricht was dagegen, dass wir uns noch mal umschauen? Bei den Bewässerungsanlagen der alten Fabrik? Und bei der alten Villa der Rinaldis?«

»Wo immer Sie wollen. Der Fall ist abgeschlossen.« Er ringt kurz mit sich. »Zu Ihrer Beruhigung, Signorina, wir haben einen Beamten hochgeschickt, der hat sich umgesehen. Und wir sind zu dem Schluss gekommen, dass sich dieser Koch vermutlich im Wasser versteckt hat, dabei hat er seine Brieftasche verloren, und vielleicht ist das Blut von ihm. Nasenbluten oder so was. Auf jeden Fall ist er dann geflohen, und alles Weitere sind Familieninterna, die die Polizei nichts angehen. Das müssen die jungen Leute selber klären.« Jetzt ist Forti fertig, mehr wird nicht mehr kommen.

»Schau mer mal …«, sag ich und Forti hat mich verstanden. In Wort und Ton.

»Signorina«, er erhebt sich und streckt mir die Hand entgegen, »es war ein … belebender Besuch. Wenn Sie etwas finden oder wenn Sie denken, mir noch etwas sagen zu müssen, keine Scheu, ich bin offen für fundierte Beweise. Grüßen Sie mir Vittorio.«

Den wirst du schon selber informieren, denk ich, und dabei böse über mich lästern.

»Mach ich, Capitano. Geben Sie mir Bescheid, wenn sich mit den Wunden von Julian Weigel etwas Neues ergibt?«

Forti lacht. Gutmütig? Genervt? Kann ich nicht sagen. Vermutlich von beidem ein wenig.

»Warten wir ab.« Er öffnet die Tür und komplimentiert mich mit einer höflichen Geste Richtung Flur.

Okay. Keine Zugeständnisse. War klar. Genervt oder nicht, die Kniewunde beschäftigt ihn doch.

»Äh, Capitano …« Ich dreh mich zu ihm um.

Er erstarrt mitten im Schritt. Wirft einen schnellen Blick auf seine Armbanduhr. »Signorina …« Er schnauft und schaut mich drohend an. Deutliches Signal, den Mund zu halten und die heiligen Hallen der Carabinieri zu verlassen.

»Nur noch eine Frage, was ist mit Hugo Scalieri? Mia Rinaldi sagt, er ist nicht verhaftet worden? Und das, obwohl er am Tatort oben bei der Villa war? Und Mia niedergeschlagen hat?« Wie eine Maschinengewehrsalve schleudere ich Forti meine Fragen um die Ohren, lass ihm keine Chance zu intervenieren.

»Das sind Polizeiinterna«, sagt er steif.

»Ich wollte ja nur …«

»Bitte schön!« Er hält mir die Tür zum Garten auf, fasst mich am Arm und drängt mich zum Tor.

»Basta, signorina! Das mit den Bildern kläre ich, da haben Sie vielleicht recht. Aber alles andere ist nicht Ihre Sache. Belästigen Sie nicht unbescholtene Bürger, sonst sind eventuell Sie in der Situation, sich erklären zu müssen! Und glauben Sie mir, da nützt Ihnen kein noch so charmanter Augenaufschlag.«

Oh, oh. Der wird ja richtig ungemütlich. Aber trotz seiner Weigerung, etwas zu Hugo Scalieri zu äußern, hat er mir durch seine heftige Reaktion doch mehr verraten, als er wollte. Ich weiß jetzt, dass Hugos Familie hier am Ort was zu sagen hat. Da hat Mia mit ihrer Entlobung von Hugo Scalieri wohl einen Tabubruch begangen und eine Lawine losgetreten. Verschmähte Liebe, Vertrauensbruch, Schande, Geld … Motive satt, würde ich sagen.

Zufrieden laufe ich zum Hotel zurück.

KAPITEL 14

GIURAMENTI – SCHWÜRE

Sabato (Samstag) – 1. September

Ich finde Vinc und Adriano hinterm Hotel, beim Motorrad. Von wegen schrauben, sie stehen ans Haus gelehnt und ratschen. Sorry, Frauen ratschen, Männer führen Gespräche. Ha!

»Alles wartet auf mich, oder was?«, störe ich gut gelaunt.

»Ja, klar. Wir wären so weit«, sagt Vinc. »Und? Wie war's bei Forti?«

»Tja, die Idee, einen Taucher in dieses Wasserbecken zu schicken, hat er abgelehnt. Du, der hat mich ausgelacht!« Höchstens ein Anflug von Empörung rührt sich noch in mir, war einfach zu witzig, wie Forti sich vor Belustigung auf die Schenkel gehauen hat. Ich erzähle den beiden von der Einäscherung und von den Fotos und dass Forti sich alles noch mal genau ansehen wird.

»Hat er zumindest versprochen«, schränke ich ein. »So ganz vertrau ich ihm nicht. Weil, wenn sich der Verdacht erhärten würde, würde das einen ziemlichen Rattenschwanz nach sich ziehen. Allein der Gedanke an die Kommunikation zwischen den deutschen und den italienischen Behörden, da ist Forti bestimmt nicht scharf drauf.«

»Und er würde damit zugeben, dass er und sein Team schlampig gearbeitet haben«, gibt Vinc zu bedenken.

Wir nicken betrübt.

»Ist jetzt nicht zu ändern. Mich ärgert es vor allem, weil ich von Anfang an so ein blödes Gefühl hatte. Aber ich bin nicht draufgekommen, was mich stört. Verdammter Mist!«

»Na, komm, Doro, krieg dich wieder ein. Ist doch nicht dein Job«, will Adriano mich beruhigen, »und ganz ehrlich, meine Familie und ich, wir waren froh, dass es ein Unfall war. Stell dir vor, die hätten den Poolbereich gesperrt und alle Gäste befragt.«

»Schon klar, Adriano, das versteh ich ja, aber es beruhigt mich nicht. Wenn's kein Unfall war, dann war's keiner.«

»Und was war es dann?«, fragt Vinc.

»Mord. Oder halt Totschlag. Ein Streit.« Ich starre düster auf die Bilder, die wie ein Film vor meinem inneren Auge ablaufen. Nur die Schauspieler kann ich nicht erkennen. »Keine Ahnung, warum mir der Tod von Julian Weigel so nahegeht, ich hab ihn ja nicht mal gekannt. Aber er war so … vital. Jung, sportlich. Und dann ertrinkt er im Pool, bei 1,50 Meter Wassertiefe. Und einige Stunden später herrschen wieder Plantschen und Geschrei im Becken. Als wär nix gewesen.«

Adriano schaut betreten zu Boden.

»Komm her, Schatz.« Vinc nimmt mich in die Arme.

Wie immer dauert so eine Depriphase bei mir nicht lange. Was nicht heißt, dass ich es weniger schlimm finde, aber ich kann es nicht einfach auf sich beruhen lassen. Das bin ich Julian Weigel schuldig. Oder mir. Egal, ich muss wissen, was passiert ist, auch wenn ich damit den Rinaldis keinen Gefallen tue und es Julian Weigel egal sein kann, weil er tot ist. Aber seine Eltern, seine Freundin … Ganz ehrlich, wenn Vinc so was passieren würde, ich würde durchdrehen. Ich reibe meine Nase in seiner Halskuhle, dann löse ich mich aus seiner Umarmung.

»Okay, es geht los«, vermutet Vinc trocken und völlig richtig.

»Genau. Ich muss noch ein paar Kleinigkeiten in der Küche regeln. Adriano, weißt du, ob Valdo heute kommt? Und wo ist Irmela?«

»Die ist gerade an mir vorbeigestürmt. Sie ist fertig mit den Zimmern und wollte in die Küche. Hab fast das Gefühl, sie sieht in dir mehr die Chefin als in mir.«

»Keine Eifersucht, bitte, wir müssen froh sein, dass Irmela sich am Herd so gut anstellt. Das verschafft mir Freiraum in Sachen Niveo und so.«

»Weiß nicht, ob ich darüber froh sein soll«, bemerkt Adriano.

»Hallo! Es geht ja nicht nur um den toten Gast, in erster Linie wollen wir Niveo finden. Immerhin hatte der wahrscheinlich eine Auseinandersetzung mit Julian Weigel. Und natürlich für Mia, damit diese Ungewissheit ein Ende hat.« Wieder tut es mir leid, nichts von Mias Schwangerschaft sagen zu dürfen. Das würde alles vereinfachen, und als Vater von Mias Kind wäre das Interesse, Niveo zu finden, für die Rinaldis ungleich wichtiger. Oder ihn nicht zu finden. Wenn ich recht überlege, weiß ich nicht, was für Mias Eltern das geringere Übel wäre – diesen Mann als Schwiegersohn oder eine Tochter mit unehelichem Kind. Verrückt.

»Egal jetzt. Bin gleich wieder zurück. Ich schau in der Küche, ob Irmela und Valdo zurechtkommen, und zieh mich dann schnell um.«

Valdo wurschtelt mit links in der Speisekammer, der Gipsarm hängt in der Schlinge. Irmela putzt Salat und im Topf köchelt die Zucchinicremesuppe.

»Hallo, Irmela. Du, ich hab gesehen, dass wir kein Tomatensugo mehr haben. Kannst du ein bisschen länger bleiben? Und mit Valdo einen großen Topf voll kochen? Und die Kalbsrouladen vorbereiten. Die werden mit Schinken und Artischocken gefüllt. Das müsstest du machen, ich sag dir gleich noch wie. Spätestens um halb sechs müssen sie angebraten werden und dann ne Stunde im Rohr schmoren. Mit etwas Butter und Olivenöl. Und Deckel drauf. Aber zuerst das Tomatensugo, das muss ein paar Stunden köcheln. Davon nimmst du gleich für die Tomatensoße, Valdo hilft dir. Salatbüfett bist du eh schon dabei, das ist gut, und wenn etwas unklar ist, ich hab auf jeden Fall mein Handy dabei. Außerdem hoff ich, dass wir bis dahin zurück sind. Alles so weit klar?«

Irmela nickt. Hab ein bisschen ein schlechtes Gewissen. Das Essen heute ist aufwendig und Irmela ist keine Köchin. Allein das Zutatenschneiden dauert bei ihr viel länger. Muss unbedingt mit Vittorio über eine Gehaltserhöhung für Irmela reden. Nein, besser mit Adriano. Soll der sich mit seinem Vater rumschlagen, ist ja nicht mein Hotel. Im Zuge dieser Erkenntnis hole ich die Artischocken aus dem Kühlraum, putze sie, entferne routiniert die äußeren Blätter und alle harten Stellen, dann halbiere ich sie und leg sie in kaltes Zitronenwasser ein. Irmelas verstohlen bewundernde Blicke bleiben mir natürlich nicht verborgen und ich lass das Messer noch nen Takt schneller durch die Artischocken flitzen. Jetzt nur nicht in den Finger schneiden, das würde den Glorienschein trüben.

»Die lässt du so ne Stunde drin liegen, dann kannst du sie abgießen und gut abtrocknen. Die Rouladen mit einer Scheibe Schinken und einer halben Artischocke einrollen«, geb ich ein paar abschließende Anweisungen, zieh mir das Küchentuch von den Hüften und wisch mir die Hände trocken.

»Keine Sorge, Doro, Valdo und ich, wir rocken das. Und Francesca will uns auch ein wenig unter die Arme greifen.«

»Okay, dann geh ich mal.« Wie haben die nur ohne mich je ein Essen auf den Tisch gebracht, frage ich mich, über meine Hybris grinsend, und mach mich fröhlich pfeifend auf die Suche nach Vinc und Adriano.

»Also, wie machen wir's, Schatz?«

Die beiden sehen mich erwartungsvoll an.

»Okay, ich sag euch, wo's langgeht«, drohe ich tatenhungrig.

Vinc und Adriano zwinkern sich zu.

»Ihr braucht gar nicht so zu zwinkern, Fakt ist, wir müssen noch mal rauf, den Marienstollen durchsuchen.«

»Marienstollen, sehr romantisch – klingt nach Weihnachtszeit und Kerzenschein«, albert Vinc. »Fragt eine Rosine die andere Rosine: Warum hast du einen Helm auf? Sagt die andere: Ich muss heute noch in den Stollen. Ich lach mich schlapp!« Was er dann auch tut.

Adriano schaut aus, als hätte er den Witz nicht kapiert, und ich fühle mich nicht bemüßigt, ihn aufzuklären. »Der hat doch schon sooo nen Bart«, sag ich stattdessen zu Vinc.

Der beruhigt sich gar nicht mehr. »Egal, ist mein Lieblingsweihnachtswitz.« Inzwischen hat er mich mit seinem Lachen angesteckt.

»Ist aber nicht Weihnachten, wenn mich nicht alles täuscht.« Manchmal kann Vinc genauso kindisch sein wie ich. Tja, färbt wahrscheinlich ab.

»Hoffentlich vergeht dir das Lachen nicht, wenn du in dieses kalte, dunkle Loch schwimmst«, komm ich zurück zum Thema. »Mir wär's echt lieber, wenn die Polizei da rein wäre, aber nachdem Forti sich weigert, müssen wir selber handeln. Ich sag mal – unser oberstes Ziel heute ist es, Niveo zu finden. Oder einen Hinweis, wo er sein könnte und was passiert ist, da oben bei dem Marienbild und dem Wasserlauf der alten Fabrik.« Ich vermeide tunlichst das Wort »Stollen«.

»Was heißt das genau?«, will Adriano wissen und sein skeptischer Blick verrät mir, dass er mir einiges zutraut.

»Was wohl«, klärt Vinc ihn auf, »keine Polizeitaucher – nicht so schlimm, dann schickt die liebe Doro eben ihre persönliche Unterwasserflotte rein, stimmt's, Schatz?«

»Das hast du schön gesagt, Herr U-Boot-Kommandant.«

»Spinnt ihr?« Adriano schüttelt den Kopf und gestikuliert wie wild. »Ich schwimme doch nicht da rein! Wer weiß, ob es da nicht Wasserschlangen oder irgendwelche giftigen Molche gibt. Warum sollen wir das machen? Ich mein, wenn Niveo da drin ist, dann ist er tot.«

»Da ist was dran«, stimme ich zu, »aber wir brauchen Gewissheit. Mia braucht Gewissheit. Die dreht sonst durch und macht irgendeinen Blödsinn.«

Adriano schweigt. Seiner Miene nach zu schließen, ist er nicht überzeugt.

»Sind wahrscheinlich Grottenolme«, sag ich, ohne mit einer Wimper zu zucken, »wenn du Schiss hast, mach ich das.«

Vinc ist zusammengezuckt, mischt sich aber nicht ein.

Adriano räuspert sich. »So ein Quatsch, ich habe doch keine Angst! Ich habe nur keine Lust, in dieser Kälte zu schwimmen.«

Ja! Er hat angebissen. Gut, dass er nicht weiß, wie Grottenolme aussehen. Grausige Vorstellung, mit den nackten, aalartigen Viechern den Stollen zu teilen. Vinc' Blick meide ich bewusst, der hat das Manöver längst durchschaut und kämpft eh noch mit seinem Lachanfall.

Aber ehrlich, wenn das Männchen-Weibchen-Spiel funktioniert, bitte schön!

»Kriegen wir Helme?«, fragt Vinc und wischt sich die Tränen ab.

Adriano gibt auf, er hat keine Ahnung, wovon wir reden.

»Ich hole eine Taschenlampe und ein Seil«, sagt er und geht voraus zum Auto.

»Hast du ein Fernglas?«, ruf ich hinterher.

Während der Fahrt sind wir schweigsam.

Die beiden Herren haben sich augenscheinlich meinem Ritter'schen Dickschädel gefügt. Zumindest haben sie vorerst ihre Proteste eingestellt. Vinc sitzt bei mir auf der Rückbank, ich klemm den Gurt unter den Arm, um mich besser an seine Schulter lehnen zu können. Laue Luft strömt durchs geöffnete Autofenster zu uns rein, ich mag das, da kann Adriano noch so viel motzen, wofür man denn eine Klimaanlage im Auto hat und so.

Adriano lenkt den Wagen mit Routine die Küstenstraße entlang, selbst die trübsten Gedanken können mich nicht daran hindern, diese Aussicht zu genießen.

»Hey! Das war knapp.« Vinc bewundert eher Adrianos Fahrkünste als den See zu unserer Linken, und ich hab's auch aus den Augenwinkeln mitbekommen, wie sich Adriano in dem megaengen Tunnelabschnitt an einem entgegenkommenden Reisebus vorbeigequetscht hat. Wahrscheinlich hat Vinc dabei mehr geschwitzt als Adriano!

Meine Gedanken wandern träge weiter. Wenn wir uns beeilen, kann ich vor dem Abendessen noch mal in Ruhe mit Mia reden. Ich glaub einfach nicht, dass Niveo abgehauen ist, er hätte Mia nicht allein gelassen. Sagt mir mein Bauchgefühl. Allerdings, wenn er etwas mit Julian Weigels Tod zu tun hätte … hmm. Irgendwie tendiere ich mehr zu Mias Ex-Verlobtem. Weil ich glaube, dass Hugo Scalieri mit hundertprozentiger Sicherheit außer Liebe noch ein anderes Motiv hat, Mia unbedingt heiraten zu wollen. Oder die Väter haben einen Grund … Ts ts ts, soll hier mal ein

Mann des Geldes wegen verkauft werden? *Nee, ist nicht lustig*. Mia hängt da drin und Hugo kenne ich schließlich gar nicht. Mensch ist Mensch – auch wenn's ein Mann ist. Der Gedanke hat was, aber …

»Soll heute ein Gewitter geben.«

Vage dringt Adrianos Wetterprognose in meine Gedankenwelt. Was mich zurückbringt zu Vinc und Adriano und unserem Plan für heute. Okay, meinem Plan, wenn man's genau nimmt.

»Du schaust so hintersinnig.«

»Weiß nicht, was du meinst.« Ich zaubere ein unschuldiges Lächeln auf meine Lippen. Mann, Mann, Mann! Bin ich ein offenes Buch?

Vinc bohrt nicht nach.

»Was ist los?«, meldet sich Adriano von vorne.

»Ach nichts. Niente«, sagen wir gleichzeitig.

Armer Adriano, er hat es nicht leicht mit uns.

»Wird wahrscheinlich heftig, das Gewitter«, versucht er, etwas zur Konversation beizutragen, was außer einem Gekicher unsererseits das Thema Gewitter nicht weiter vertieft. Adriano verfällt in Schweigen, aber wir sind eh bald da, da vorne kommt der letzte Tunnel, in dem es in dieser großen Rechtsschleife direkt nach Campione abgeht.

Wieder fasziniert mich der Gedanke an einen Ort, der nur über's Wasser oder einen Tunnel zu erreichen ist. Oder zu Fuß über die Berge. War mit Limone früher nicht anders. Im Gegensatz zur Touristenhochburg Limone hat Campione zwar lange Zeit durch die Baumwollfabrik eine enorme Blüte erlebt, liegt aber heute im Sterben. Spielball der Reichen, als wär's nur ein Spekulationsobjekt und nicht Heimat vieler alter Menschen und Anziehungspunkt für Surfer. Auf der anderen Seite die Natur, die dabei ist, sich ihr Eigentum zurückzuholen. Und das wird sie so lange tun, bis sie es geschafft hat, Stein für Stein.

Ich schüttle die Gedanken ab, unser Fokus liegt auf Niveo. Vinc und Adriano überlegen sich wahrscheinlich, ob und wie weit sie den künstlichen Wasserwegen des San Michele unter dem Berg folgen sollen.

Hab ja selber Zweifel. Bringt das überhaupt was? Steht ein unwahrscheinliches Ergebnis im Verhältnis zum Risiko? Der Druck im Magen wird heftiger. Wenn Vinc was passiert, das verzeih ich mir nie!

Adriano hat ein Wanderseil in den Rucksack gepackt und schreitet zielstrebig an unserer Spitze, dahinter Vinc, und ich als Schlusslicht. Das Bachbett des San Michele liegt rechts unterhalb des Weges in dem engen Tal, fast ausgetrocknet, nur ein Rinnsal tröpfelt unten in den See.

»Hast du an das Fernglas gedacht?«

Adriano zerrt den Rucksack vom Rücken, ohne seinen Schritt zu verlangsamen. »Aus der Asservatenkammer, hat mal ein Gast liegen gelassen«, bemerkt er dazu. »Ist aber nur so ein billiges Ding. Ich leg es dir da hin.«

»Egal, besser als nichts«, ruf ich vor und nehm's mir von dem Felsvorsprung.

Stimmt, ist ziemlich ausgeleiert und nicht gerade ein Zeiss oder Eschenbach, aber besser als nix. Und hat ne Achtfachvergrößerung. Na bitte! Ich zoom die Schlucht damit ab. Der San Michele ist mehr zu hören als zu sehen, die Bäume stehen zu dicht für optimale Sicht.

Vinc und Adriano diskutieren die Operation »Stollen«.

»Es reicht, wenn einer reinschwimmt, der andere sichert mit Doro«, bestimmt Vinc. »Wir losen, d'accordo, Adriano?«

Der nickt und Vinc zückt ein Streichholzbriefchen, das

er an der Autobahnraststätte oder sonst wo eingesteckt hat. Die lässt er überall mitgehen. Streichholzfetischist.

Adriano wirft einen kurzen Blick über die Schulter.

»Machen wir dann oben«, sagt er und drosselt dabei seinen gleichmäßig zügigen Schritt keine Spur. »Ist nicht mehr weit. Zehn oder 15 Minuten.«

Mein Keuchen schieb ich heute auf die stickige Luft, die sich schwer ins enge Tal gelegt hat. Gewitterluft. Adriano muss es ja wissen.

»Da ist es«, ruf ich vor zu Vinc.

Er hebt den Daumen. Hat ihn auch gesehen, den mageren Wasserfall. Hier fällt das Wasser aus den abgezweigten, künstlich angelegten Wasserläufen und tiefen Reservoirbecken zurück in den San Michele. Je nach Bedarf wurde es zur Stromgewinnung durch die Turbinen der Fabrik getrieben. Adriano stellt den Rucksack auf den Boden, holt das Seil heraus und hängt es über das Geländer. Vinc präpariert zwei Streichhölzer, gespannt starre ich auf die roten Köpfchen. Adriano zieht das längere. Ich mein, klar will ich nicht, dass Adriano was passiert … aber Vinc noch viel weniger. Shit. War in erster Linie meine Idee.

»Also, Jungs, äh … Wir können es auch abblasen. Ich meine, die Leiche – wenn es eine gibt – kann ja ewig weit da drinnen liegen …«

»Schatz, keine Angst, du wirst mich nicht los!«

»Galgenhumor«, grummel ich säuerlich.

»Quatsch, Doro, im Ernst, wenn da drin eine Leiche liegt, dann bestimmt nicht sehr weit hinten. Weil sie entweder jemand da reingelegt hat, dann wird dieser Jemand keine Taucherausrüstung dabeigehabt haben. Also ist er nicht sehr weit gekommen und hat die Leiche irgendwie beschwert oder festgebunden oder was weiß ich. Und außerdem, das

Wasser fließt in unsere Richtung und ne Leiche schwimmt bestimmt nicht gegen den Strom.«

Vinc ist fertig mit seiner Argumentation, und ich habe den Verdacht, dass die Überlegungen durchaus nicht nur *meiner* Beruhigung dienen sollten.

»Ich stelle mich ins Wasser, direkt an den Eingang, und halte das Seil. Wenn was gefährlich wirkt oder irgendwelche Turbinen da drin sind, dann kommst du sofort zurück, verstanden?«, legt Adriano die Richtlinien fest.

»Keine Sorge, ich lass mich nicht zerschreddern«, verspricht Vinc.

Muss er das jetzt sagen? Hab eh schon ein schlechtes Gewissen. Manchmal könnte ich ihn echt erwürgen.

»Doro, Schatz, schau nicht so verschreckt. War nur ein Scherz.«

»Nicht witzig!«

»Komm, da unten ist nichts. Nur halt unterirdisch und dunkel, die Turbinenanlagen sind alle da vorne, nach dem Tunnel.«

»Schon gut, bringen wir es hinter uns«, drängt jetzt Adriano, der bereits im Wasser steht und auf Vinc wartet. »Ist nämlich ziemlich kalt hier drinnen.«

»Selber schuld! Was musst du auch immer vorpreschen?«, blaff ich mitleidslos. Immerhin hat er gewonnen und mich damit in eine seelische Schieflage gebracht. Ausgleichende Gerechtigkeit, denk ich fies und weiß genau, dass das nur meiner Angst um Vinc geschuldet ist.

Ich schau zu, wie Vinc in T-Shirt, Badehose und alten Turnschuhen neben Adriano im Wasser steht, sich das Seil um die Taille bindet und die Stirnlampe anlegt.

»Sieht ziemlich bescheuert aus, wenn ich das anmerken darf«, ruf ich runter. So viel zum Thema Galgenhumor – denk ich galgenhumoristisch.

»Alles klar, danke Schatz, jetzt weiß ich wenigstens, warum du außer Grottenolmen und Fledermäusen nicht da reinwillst.«

»Ertappt«, geb ich zu und wünsche mir, dass es eine Stunde später wäre.

»Kein Scheiß, ein Helm wär nicht schlecht, da hau ich mir ja den Schädel an.« Seine Stimme verrät mir, dass auch er nichts gegen einen Zeitsprung hätte.

Versteh ich gut, von oben sieht's weniger bedrohlich aus ... Und ich bin letztens ja nur am Eingang gestanden und einmal untergetaucht. Aber Vinc soll da jetzt rein. Armer Schatz. Mein Herz hämmert wie verrückt, als er aus meinem Blickfeld verschwindet, Adriano hält das Seil mehrmals ums Handgelenk gewunden ein wenig krampfhaft fest. Willkommen im Klub.

Meine Gedanken wandern zu Niveo.

Da hast du einen schönen Scherbenhaufen hinterlassen, mein Lieber. Was ist mit dir passiert? Bist du tot? Liegst du da drinnen in dem alten Wasserstollen? Hast du dich dort vor deinen Verfolgern versteckt? Wer war hinter dir her? Hugo Scalieri? Wegen Mia? Weil er sie so liebt? Oder aus gekränkter Eitelkeit? Das wäre natürlich eine sehr heftige Reaktion – selbst für einen heißblütigen Italiener. Aber warum ist die Heirat so wichtig? Falls Hugo überhaupt was mit dem Ganzen zu tun hat, setze ich die These vorerst auf die gedankliche To-Do-Warteliste und konzentriere mich auf das Geschehen im Wasser. Vinc ist seit einer gefühlten Ewigkeit in der dunklen Röhre verschwunden.

»Siehst du was?«, ruf ich zu Adriano runter.

»Da kann man nichts erkennen, Doro, scusa.«

»Kein Licht?«

»Doch das schon, aber erkennen kann ich nichts. Vincent

ist ziemlich weit drinnen. Und das Wasser steht fast an der Decke. Hast du ja selber schon erlebt.«

Weit drinnen ... Ich schlucke und in meinem Bauch schwirrt ein Schwarm Hornissen. Der Grottenolm rächt sich. In meiner Hosentasche drängt sich mir eine Euroeinkaufsmünze zwischen die Finger.

»Toi, toi, toi«, flüstere ich, spucke dreimal auf die Münze und schmeiß sie ins Wasser. Mit einem leisen Platschen schlägt sie auf und sinkt langsam auf den Grund. Keine Ahnung, wie der Schlachtruf für Taucher lautet. Aber egal, es soll Glück bringen. Wenn Vinc heil rauskommt, dann spende ich eine Winterration Kerzen für dich, verspreche ich Maria, die mir unschuldig von ihrem Bildnis entgegenblickt. Dann straffe ich die Schultern. Genug Aberglaube, Versprechungen und so ein Quatsch. Klar, versprochen ist versprochen, auch wenn ich nicht dran glaube – aus der Nummer komm ich nicht mehr raus. Oh Gott, äh, ich mein, Mannomann, das wird ne Brüllernummer für Vinc. Erzähl ich vorerst lieber nicht, beschließe ich. Hat aber zumindest eins gebracht, hat mich abgelenkt.

Ein Blick auf die Uhr zeigt mir, dass die gefühlte Ewigkeit gerade mal zehn Minuten andauert. Adriano, der dieselbe Kluft trägt wie Vinc, schaut ein bisschen käsig aus.

»Ist dir sehr kalt?«

»Machst du Witze? Du warst doch selber schon hier drin.«

Stimmt, ich kann mir lebhaft vorstellen, wie sehr er friert.

»Siehst du was von Vinc?«

»Si, ich glaube, er kommt zurück. Das Licht bewegt sich in meine Richtung.«

Richtung ist gut und bewegen auch. Erleichtert schnauf ich auf.

»Mann, ist das saukalt!«

»Schön, dich zu hören«, ruf ich übers Geländer gebeugt nach unten.

Wie's aussieht, kommt er ohne großes Gepäck aus der Röhre.

»Madonna mia«, bibbert Adriano, als er sich am Geländer hochzieht.

Ja genau – Madonna, das vergess ich nicht, versprochen, schick ich einen stummen Dank zu der lieblich lächelnden Frau auf dem ausgeblichenen Bildnis in der kleinen Grotte.

Adriano zieht ein paar trockene Klamotten aus dem Rucksack und steckt das nasse Zeug, in einen Plastiksack eingewickelt, rein.

»Und?«, frag ich gespannt.

Vinc schüttelt den Kopf hin und her, hat anscheinend Wasser ins Ohr bekommen. »Nix ›und‹. Da war nix. Nicht mal der Olm.« Er grinst schwach und reibt sich die Arme. Die Sonne ist mittlerweile hinter dicken Wolken verschwunden, es hat sich merklich abgekühlt.

»Na dann … war's halt umsonst. Tut mir leid, dass ich euch wegen meiner Paranoia in die Sache mit reingezogen habe.«

Vinc nimmt mich in die Arme. Will er mich trösten oder ist ihm bloß kalt?

»Für dich geh ich doch sonst wohin. Was ist da so ein kleiner Stollen?«, flüstert er mir ins Ohr.

Mein Held!

»Jetzt wissen wir wenigstens Bescheid. Und die Brieftasche und das Blut waren ja kein Traum … Trotzdem, ist besser, dass wir das selber geklärt haben und uns nicht dem Spott einer polizeilichen Tauchsportgruppe stellen müssen«, analysiert Vinc die Lage und Adriano und ich nicken zustimmend.

»Gehen wir noch zur Villa?«

»Nee, Doro, mir reicht's für heute. Und außerdem schaffen wir das zeitlich gar nicht mehr«, lehnt Vinc ab.

Adriano versucht, mit allen zehn Fingern so was wie ne Frisur herzustellen. Hat aber auch keiner gesagt, dass er untertauchen muss.

»Suchen wir lieber hier alles gründlich ab, wie gesagt, du hast die Brieftasche da unten gefunden, vielleicht gibt's noch mehr Spuren«, schlägt er vor und bückt sich. Ist aber nur ein Stück Alupapier von nem Kaugummi oder so was. Hab ich vorhin auch schon aufgehoben …

»Gute Idee«, lobe ich ihn. »So machen wir's. Ich würde sagen, wir suchen das Areal hier ab, das zur Fabrik gehört hat. Die Brücken und so. Dann gehen wir zurück.«

Die beiden nicken.

Wir ziehen los. Erst durch das Wurmloch im Fels, unter dem das Wasser fließt – die funzelige Beleuchtung etwa auf halber Strecke funktioniert zum Glück. Ich zieh den Kopf ein, will nicht riskieren, die staubigen Spinnweben, die von der Decke wabern, ins Haar zu kriegen. Da vorn seh ich Tageslicht. Gott sei Dank! Draußen bleib ich blinzelnd stehen. Ein paar Meter weiter befindet sich ein kleines Turbinenhaus oder was auch immer. Könnte da … Unwahrscheinlich, aber … Mich schaudert's, will nichts ausschließen …

Ein Blick durch das vergitterte Fenster. Ich schlucke. Vor Erleichterung. Nichts, niente. Nur Müll, eine zerknitterte Plastiktüte, zerbrochene Bierflaschen und Schotter. Ich reibe meine Arme. Von einer Sekunde zur anderen tausend kleine Gänsehautkrater. Was ist mit Niveo geschehen? Über uns die festgezurrten Felsplatten, die Stahlseile im Verhältnis zu den massiven Gesteinsplatten überzeugen mich nicht wirklich. Ich versuch's zu ignorieren. Bin angespannt. Wie die Drahtseile da oben. Weil ich keinen toten Niveo finden will. Weil ich kein gutes Gefühl habe …

Wir gehen hoch bis zur Weggabelung Prabione – Pregasio.

»Weiter hinten gibt es eine kleine Staumauer«, informiert Adriano und zeigt nach rechts, Richtung Pregasio. Was uns aktuell nichts bringt. Momentan fließt wenig Wasser und außerdem liegt das nicht auf dem Weg zur Villa.

Enttäuscht, aber auch irgendwie befreit machen wir uns auf den Rückweg. Befreit, weil nichts zu finden besser ist, als Niveos Leiche zu entdecken, und ehrlich – ich habe nicht gern diese losen Felsen über mir.

Der Himmel hat sich jetzt vollständig zugezogen, über den Bergen sammeln sich dicke schwarze Wolken. Außer uns ist keine Menschenseele mehr unterwegs. Die Ruhe vor dem Sturm.

»Dauert mindestens noch eine Stunde«, beruhigt uns Adriano, der unsere besorgten Blicke nach oben richtig interpretiert.

Okay, vertrau ich ihm mal, er kennt das Wetter hier. Und mir bleibt eh nix anderes übrig. Trotzdem lauf ich schneller. Für heute reicht's mir. Die Anspannung, als Vinc da unten in dem Loch abgetaucht ist, sitzt mir in den Knochen, die plötzliche Düsternis der aufziehenden Wolken erdrückt jedes Gefühl von Abenteuer. Die riesigen alten Wasserrohre winden sich wie unheimliche Krakenarme heraus aus dem dunklen Stollen, runter ins Tal zur alten Baumwollspinnerei. Felsbrüche, Kanäle und Staubecken, alles im Zeichen der Fabrik, die so lange Jahre die Bevölkerung der Region ernährt hat. Mensch und Natur in beklemmender Symbiose, das ist es, was mir bei dem Anblick in den Sinn kommt. Nach unten erhasche ich immer wieder einen Blick auf die Ruinen der alten Baumwollfabrik. Nur noch Fassade. Wie eine Filmkulisse. Ausgehöhlt. Ein Halloweenkürbis mit der schimmligen Illusion von Nahrung für alle. Und jetzt Zerfall und Vergessen. Schweigsam laufen wir im Gänsemarsch nach unten, einerseits die Umgebung aufmerksam mit unseren Blicken abtastend, andererseits den schotterigen Weg und die Stufen im Auge. Ich grase die gegenüberliegenden Felswände mit meinem Achtfach-Billig-Fernglas ab – in der Ferne das erste Donnergrollen. Ein schwacher Wind kommt auf. Von wegen noch eine Stunde.

»Wir sollten vielleicht nen Zahn zulegen?«, schlag ich vor.

»Keine Panik, Schatz. Adriano hat gesagt, das dauert noch.« Vinc bleibt stehen. »Komm, geh du in die Mitte, Schisserchen.«

»Und du hast dann alles im Griff? Donner, Blitz …«, kann ich mir nicht verkneifen, statt einfach Danke zu sagen.

»Logisch, kennst mich doch! Superman!« Vinc lässt seinen – zugegeben nicht ganz unbeachtlichen – Bizeps spielen.

»Pff, Angeber …« Lächelnd geh ich weiter. *Süßer Angeber!*

Wir passieren den Tunnel. Die Stufen sind unregelmäßig, alle paar Meter bleib ich stehen und schau mich um. Das Donnergrollen kommt näher. Shit, Gewitter in den Bergen macht mich schon leicht nervös. Wo ist nur Niveo abgeblieben, verdammt? Hat er sich in der Fabrik versteckt? In einer der Ruinen? Oder ist er wieder hoch zur Villa?

Abrupt bleib ich stehen.

»Hey!«, protestiert Vinc, der auf mich aufläuft.

»Sorry, aber schau mal da …«

KAPITEL 15

TRA CIELO E TERRA – ZWISCHEN HIMMEL UND ERDE

Sabato (Samstag) – 1. September

Adriano kommt zurück.

Mit zusammengekniffenen Augen starren die beiden der verlängerten Linie meines Zeigefingers nach. Ist Luftlinie vielleicht 50 Meter entfernt. Oder 100? Im Gestrüpp oberhalb des gerölligen Uferstreifens hängt ein Busch wie eine Hängematte am Felsgestein, bewegt sich sanft im aufkommenden Wind. Schätzungsweise zwei oder drei Meter oberhalb des breiten Bachbetts. Wenn man weiß, wo man hinschauen muss, sieht man's auch ohne Fernglas. Etwas Buntes blitzt kurz durch, wenn sich die Äste im Wind bewegen. Passt nicht in die Natur. Etwa 20 oder 30 Meter unter uns schlängeln sich einzelne Rinnsale des San Michele durchs Geröll wie dürre Hexenfinger, hin und wieder tiefere Wasserbecken ... Würde sagen, alles keine unüberwindbaren Hindernisse, wenn wir nicht auf der anderen Seite der Schlucht stehen würden. Mist. Absteigen ist definitiv keine Option, viel zu steil.

»Und jetzt?« Ich bin ratlos.

Adriano zieht die Stirn in Falten. »Es gibt eine Möglichkeit«, sagt er zögernd.

»Und die wäre?«, dräng ich ungeduldig.

»Kommt mit.«

Entschlossen läuft er los. Vinc und ich folgen eilig.

Direkt nach einer schmalen Brücke biegt er links in einen nicht minder schmalen Hohlweg ab, der auf der einen Seite von der Felswand und auf der anderen von einer Mauer eingefasst ist. Ist mir bis jetzt nie aufgefallen.

Eine Tafel warnt vor plötzlichen Flutwellen, Betreten auf eigene Gefahr.

»Keine Angst, ist im Sommer total ausgetrocknet«, beschwichtigt Adriano. »Ich habe hier als Kind oft gespielt, wenn wir oben in der Villa waren. Vom Ort oben kannte ich ein paar Jungs aus der Schule, mit denen bin ich losgezogen. War echt cool hier.«

»Und wenn's beim Gewitter richtig runterregnet?« Besorgt schau ich nach oben.

Adriano lacht. »Ein kleiner Platzregen macht noch keine Flutwelle.«

Vinc ist mir auch keine Unterstützung, der balanciert bereits hinter Adriano auf dem schmalen Mäuerchen rüber zum Flussbett. Was bleibt mir also übrig … Und ich will's ja auch wissen. Am Ende der Mauer springen wir runter ins steinige Bachbett. Beeindruckende Kulisse. Das Wasser ist nicht sehr tief, fällt über einen Felsen ein paar Meter weiter unten in ein blaugrünes Wasserloch. Ein Karabinerhaken ist an der oberen Kante eingelassen.

»Canyoning«, erklärt Adriano, zeigt dann aber in die andere Richtung. Aus der der San Michele kommt. »Die Stelle war da oben. Wir müssen ein Stück rauf.«

Skeptisch begutachte ich den schmalen Durchgang zwischen den Felsen, man sieht nicht, wie's dahinter weitergeht. Aber gut, wenn Adriano sagt, er kennt sich aus …

»Unsere Schuhe lassen wir hier liegen, wir müssen ein kurzes Stück schwimmen.«

Schwimmen? Okay, ich kann schwimmen, aber muss das jetzt in dieser Klamm sein? Ich schau zu Vinc. Der steht schon barfuß da und wirkt nicht sonderlich beunruhigt. Obwohl er heut schon genug kaltes Wasser abbekommen hat. Also dann … Weit kann's ja nicht sein, die Stelle, die wir suchen, kam kurz nach dem Mariengumpen, und von dort aus waren es nur ein paar Meter bis zu dem kleinen Steg.

Wir waten los. Gleich hinter dem schmalen Durchgang füllt der San Michele dann tatsächlich ein Becken, das wir nur schwimmend passieren können, das heißt, Adriano durchquert es laufend, den Rucksack samt Handy und unseren nicht wasserfesten Utensilien mit hochgestreckten Armen über sich haltend, wobei ihm das Wasser buchstäblich bis zum Hals steht. Wir waten weiter. Die Rinnsale hier sind weder reißend noch tief, theoretisch müssten wir uns jetzt genau unterhalb besagter Stelle befinden. Aber wilde Feigenbüsche und andere niedere Laubgewächse versperren die Sicht nach oben, dazu hohes vertrocknetes Gras, das jede Lücke ausfüllt. Man sieht rein gar nix.

»Es muss hier sein, ich hab mir den quer liegenden Ast im Bachbett gemerkt, und von dem ging die gerade Linie zu dem … was auch immer«, resümiere ich, mit dem Finger die Linie nachzeichnend. Noch immer triefend vor Nässe, mach mich daran, durchs Gestrüpp nach oben zu klettern. Ist barfuß kein Spaß. Steine und spitze Äste stechen mir in die Fußsohle. Ist steiler, als ich gedacht habe. Vincent schiebt charmant von hinten nach.

Ich zieh mich ächzend an einigermaßen zuverlässig wirkenden Zweigen nach oben – und hab plötzlich einen Schuh im Gesicht. Vor Schreck lass ich den Ast los und plumpse wie ein Mehlsack nach unten. Zum Glück fangen Vinc und Adriano den schlimmsten Aufprall ab, sodass ich abgesehen von ein paar Kratzern heil unten ankomme.

Ich glaub, ich schnappe wie ein Fisch auf dem Trockenen nach Luft und krieg erst mal kein Wort heraus.

Vinc und Adriano wechseln einen Blick voller Fragezeichen, ich schlucke – und berichte.

»Da oben ist einer.«

»Wie, da ist einer? Wer? Sag schon«, drängt Vinc, und Adriano nickt heftig dazu.

»Keine Ahnung! Ein Schuh halt, mit Fuß …«

»Ein Schuh mit Fuß? Und der Rest?«

Ich mein, klar, Vinc hat schon recht, wo ein Schuh mit Fuß ist, ist gewöhnlich der restliche Teil des dazugehörigen Menschen nicht weit. »Der hing mir plötzlich mitten im Gesicht, ich bin so erschrocken, dass ich losgelassen habe. Sorry, aber …«, setz ich zur Erklärung an.

»Komm, Schatz, beruhig dich erst mal.« Vinc nimmt mich in die Arme und drückt mich tröstend. Wir zittern beide ein bisschen, nicht nur vor Kälte.

Ein paar Sekunden Regeneration reichen meiner Neugier, um wieder die Oberhand zu gewinnen. Verdammt, was ist heute los mit mir? Bin doch sonst nicht so ein Weichei.

»Ich geh noch mal hoch«, verkünde ich entschlossen.

»Lass mich das machen«, schlägt Vinc vor. Ich protestiere, aber … *Ja, okay, soll er machen.*

Vinc schaut mich unergründlich an. »Solche Dinge sind mir früher nie passiert«, stellt er fest.

Ich widerspreche nicht. Was soll ich dazu sagen? Mir ja auch nicht.

Vinc arbeitet sich inzwischen nach oben, ein paar lose Blätter und kleine Steinchen rieseln auf uns herab.

»Vinc? Siehst du was?«, ruf ich nach oben, als nichts von ihm kommt.

Keine Antwort, das Rascheln im Blätterwerk hat aufgehört. Dann tut sich wieder was und ein paar Sekunden später landet Vinc mit einem Sprung neben uns im Geröll.

»Da oben liegt einer«, sagt er ruhig. »Ein Mann. Italiener, tippe ich. Schätze mal, in unserem Alter. Und der ist tot, da bin ich ziemlich sicher.«

Ich schlinge die Arme um meinen Oberkörper. Jetzt friert es mich richtig, kein Wunder, die Gewitterbrise fegt mittlerweile heftig durchs Tal.

»Sollen wir ihn runterholen?«, fragt Adriano. Er hat den Kopf in den Nacken gelegt und checkt die Lage.

Vinc fährt sich durch die Haare. »Tja, ich weiß nicht … Auf jeden Fall müssen wir die Polizei verständigen.«

»Du hast gesagt, du bist *ziemlich* sicher, dass er tot ist. Heißt das, dass er möglicherweise noch lebt?«, bohr ich nach.

»Ich weiß nicht. Es war halt mein Eindruck. Er hat sich nicht bewegt. Die Augen … waren offen und so trüb … Aber ich habe ihn nicht angefasst«, schränkt Vinc ein.

Adriano hängt bereits am Handy und verlangt Mario Forti.

Fände ich gut, wenn Forti käme. Wäre wenigstens ein vertrautes Gesicht in der Situation.

Adriano erwähnt gerade die Möglichkeit, dass der Mann noch leben könnte.

Plötzlich wird mir heiß vor Schreck. Wie konnte ich nur vergessen, warum wir hier sind!

»Könnte es Niveo sein?«, frage ich und merke, wie meine Stimme krächzt. Klar, Vinc kennt ihn ja nicht! Und ich hab nur den Fuß gesehen.

Adrianos Hand samt Handy sinkt im Zeitlupentempo nach unten.

»Madonna!«, flüstert er und schlägt die andere Hand vor den Mund.

Dann stürmt er los.

»Es ist nicht Niveo!« Er muss raufgeflogen sein, so schnell wie die Entwarnung von oben kommt. »Soll ich versuchen, ihn runterzulassen?«

Vinc und ich wechseln einen kurzen Blick. Die Erleichterung, dass es nicht Niveo ist, steht ihm genauso ins Gesicht geschrieben wie mir vermutlich auch. Macht es aber nicht besser für den Mann da oben, denk ich mit schlechtem Gewissen.

»Besser nicht«, ruf ich zurück. »Das soll die Polizei machen. Dann haben die auch einen genauen Überblick von der Situation. Bist du sicher, dass der tot ist?«

Es raschelt über uns.

»Ich komm nicht gut an ihn ran«, tönt es von oben, »aber so, wie der ausschaut … Das Gesicht ist irgendwie starr, ja, das schaut komisch aus, der Mund leicht offen … Und wie Vinc gesagt hat, die Augen sind auf und da seh ich kein Leben mehr drin. Nein, der lebt nicht mehr. Aber riechen tut er noch nicht. Ein paar Fliegen, sonst nichts.«

Danke für die Infos! Aber bitte, sind natürlich Kriterien.

Wir hören ein paar lästerliche italienische Flüche von oben, dann raschelt es und ein käsiger Adriano steht vor uns. »Der Mann ist tot, das ist sicher. Keine Ahnung, wie lange es dauert, bis die Rettungsmannschaft eintrifft. Forti hat gesagt, er macht sich sofort auf den Weg.«

»Hast du Forti gesagt, dass der Mann nicht mehr lebt? Dann brauchen die sich wegen der Bergung keinen Kopf machen«, überleg ich laut. »Andererseits … Irgendeine Trage brauchen die sowieso, die müssen den Toten ja abtransportieren.«

Adriano schüttelt den Kopf. »Allora, ich kann es nicht mit Sicherheit sagen. Scusa, ich …« Er verwuschelt seine Haare und schenkt uns einen verzweifelten Dackelblick.

»Was jetzt? Doch nicht sicher? Aber eben hast du doch noch gesagt …« Ich winke ab. »Versteh schon«, sag ich mitfühlend und klopf ihm beruhigend auf die Schulter. Der Schock, es könnte Niveo sein, sitzt auch mir in den Knochen.

»Ich muss mir das noch mal ansehen. Vinc, hilfst du mir?«

Vinc schiebt mich kommentarlos an.

Ich schau nach unten. Zwei oder drei Meter. Wenn ich noch ein Stück hochklettere, kann ich von der Seite … Hmm, wird schwierig.

»Ich komm nicht ran«, ruf ich nach unten. Wenn ich die Äste nach unten biege, rollt er vielleicht runter. Und wenn er doch nur verletzt ist, wär das nicht so gut.«

»Schatz, komm wieder zurück. Der Mann ist nicht verletzt, der ist tot. Forti wird bald da sein. Es ist kein akuter Unfall, also selbst wenn der lebt, wird es auf ein paar Minuten nicht ankommen. Und wie du sagst, ohne Schaden kriegen wir ihn nicht nach unten.«

Da ist was dran. Ich sichere meinen Stand und zieh mein Handy aus der Tasche. Ein paar Aufnahmen, sein Gesicht, die Lage …

»Doro, was machst du da oben?«

Vinc klingt so … alarmiert.

»Hab nur ein paar Bilder gemacht«, beruhige ich ihn und mach mich an den Abstieg.

»Bilder? Wozu? Fürs Fotoalbum? Oder willst du es auf Facebook stellen?« Vinc schaut mich entgeistert an, als ich wieder mit beiden Beinen neben ihm auf dem Boden stehe. Fast ein bisschen geschockt.

»Ach, Quatsch. Aber du hast ja mitgekriegt, wie wichtig manchmal Beweise sind.«

»Beweise? Ja, spinnst du jetzt? Das ist Sache der Polizei! Und den Mann in dieser Lage zu fotografieren, das ist echt grenzwertig.«

»Du weißt genau, dass ich damit nichts Unmoralisches vorhabe. Es ist nur für alle Fälle«, verteidige ich mich. Jetzt bin ich ein bisschen beleidigt. »Dann lösch ich es eh wieder.«

Vinc schüttelt den Kopf. »Man kann sich die Moral nicht immer zurechtbiegen. Und du bist nun mal keine Polizei.«

Ich schlucke. Ist selten, dass Vinc so gegen mich ist. Und ich weiß, dass er nicht unrecht hat, das ärgert mich am meisten. *Ja, ich werde das Bild löschen, okay, hätte ich sowieso … Aber nicht jetzt.*

Schweigend stehen wir herum und warten auf Forti. Mittlerweile tröpfelt es. Aber nass sind wir eh schon. Ich schau auf die Uhr. Langsam wird es knapp mit dem Abendessen.

»Ich geb Greta Bescheid«, sagt Adriano. Er hat wohl das Gleiche gedacht. Und die Warterei mit dem Toten über uns macht uns alle fertig.

»Tu das. Aber das Abendessen ist vorbereitet. Valdo und Irmela kriegen den Rest auch alleine hin. Und ich denke, wenn Forti da ist, können wir gehen.«

»Da wird Forti nicht unglücklich sein«, meint Vinc lapidar.

Gut. Kann nicht lange böse sein, mein Schatz. Ich freu mich, lass mir aber nichts anmerken.

Denk ich. Weil in Vinc' Augen blitzt es. Manchmal ist es fast unheimlich, wie gut der Mann mich durchschaut.

Forti und seine Männer streichen sich das Wasser von den Klamotten. Die Örtlichkeiten sind ihnen offensichtlich nicht unbekannt, sie sind entsprechend leger gekleidet, mehr oder weniger kleine Speckbauchrollen – sonst gut verborgen unter den Uniformen – zeichnen sich durch die nassen Shirts ab, ihre Füße zieren Neoprenfüßlinge.

»Sie schon wieder«, seufzt Forti. Seine Begeisterung hält sich in Grenzen, als er mich sieht.

»Sie wollten nichts von einem Taucher wissen«, kann mir einen gewissen Vorwurf in der Stimme nicht verkneifen.

»Der Tote liegt ja auch nicht im Schacht.«

Stimmt.

»Wie haben Sie ihn eigentlich gefunden? Ist ja nicht einsichtig, diese Stelle. Und Sie wollten doch da oben bei dem Tunnel suchen. Was verschweigen Sie mir?« Forti mustert mich streng und runzelt die Stirn.

Kann ich auch.

»Ich verschweige gar nichts. Niente. Wir suchen nach Niveo, unserem Koch. Dessen Geldbörse wir da oben gefunden haben. Im Wasser. Das ist nicht normal, wie Sie zugeben müssen. Dass wir den Toten hier entdeckt haben, war Zufall. Weil wir nach Niveo Ausschau gehalten haben und deshalb das Umfeld besonders gründlich abgerastert haben. Und da ist mir der Busch aufgefallen, der so merkwürdig nach unten hängt. Durch das dichte Blätterwerk war weiter nichts zu sehen. Deshalb hat ihn kein Wanderer entdeckt. Hätten wir auch nicht. Normalerweise. Aber der Wind hat die Büsche bewegt. Ich glaube, sein buntes Hemd hat durchgeblitzt. Und wenn erst mal die Aufmerksamkeit geweckt ist, dann schaut man halt ein zweites Mal hin …«, erkläre ich Forti resolut, wie es war.

»Die Aufmerksamkeit ist bei Ihnen permanent sehr wach.«

Ist das ein Vorwurf? Forti schaut streng, aber seine Augen verraten ihn. *Lacht der über mich?* Vinc' Mundwinkel zucken ebenfalls. Ich verkneif mir einen Kommentar.

Gerade lassen sie die Leiche runter und uns vergeht das Lachen sowieso.

Ich schlucke. »Er lag da wie in einer Hängematte. Wir waren sicher, dass der Mann tot ist, aber er hat trotzdem sehr … frisch ausgesehen, wir wollten Erste Hilfe leisten, aber das ging da oben nicht.«

Der Arzt gibt Forti ein Zeichen.

»Er ist tot, stimmt's?«

Forti nickt. »Signorina, machen Sie sich keine Vorwürfe. Sie haben richtig gehandelt, es hätte ja sein können, dass der Mann noch lebt. Dann hätten Sie womöglich bei der Bergung mehr Schaden angerichtet, als gut gemacht.«

Der Arzt winkt Forti zu sich. Sie flüstern eine Weile.

»Der Mann liegt schon eine Weile hier. Mindestens zwei oder drei Tage. Er muss noch eine Zeit lang gelebt haben, er ist völlig dehydriert«, informiert Forti die umstehenden Kollegen, und damit auch uns.

Er schaut sich um, blickt nach oben, zeigt dahin und dorthin, bespricht sich mit den Kollegen »Der muss von da oben abgestürzt sein, wie es aussieht. Ist eigentlich kein unpassierbarer Weg, schmal, aber da laufen Familien mit Kindern«, sagt er und zeigt auf die Felswand. »Und ist sogar mit Stahlseilen gesichert. Infallibile …«

»Idiotensicher«, flüstert Adriano mir ins Ohr.

Infallibile … Wenn das nicht passt!

»Ein Wanderer, meinen Sie?«, frag ich.

»Vermutlich. Ist zwar keine Wanderkleidung, was der anhat«, Forti wirft einen prüfenden Blick auf die Schuhe mit der dünnen Ledersohle, »aber das haben die meisten hier nicht. Jeans und Turnschuhe, viele Touristen mit kurzer Hose und Sandalen.« Er schüttelt den Kopf.

Dann dreht er sich zu seinen Kollegen, sie diskutieren, wie sie die Leiche am besten ins Tal bringen. Forti telefoniert, ich hör, wie er um diskrete Unterstützung unten an der Brücke bittet.

Dann wendet er sich wieder uns zu. Sein Blick ändert sich, er schaut mich jetzt direkt an.

»Übrigens, Signorina«, sagt er und stockt kurz, »wegen unseres Gesprächs heute Morgen. Die Hämatome und die Kratzer an der Brust – eindeutig post mortem. Sind beim Bergen der Leiche aus dem Pool entstanden. Die Knieverletzung ist kurz vor dem Ableben entstanden, es gab noch Einblutungen ins Gewebe. Das war aber erklärbar, weil er vermutlich den Zimmerschlüssel aus dem Wasser fischen wollte, der lag im Wasser.«

Okay, das habe ich nicht gewusst. Ich muss erst umdenken, der Tote hier, die ganze Situation lenkt mich ab … Ich konzentriere mich, versuche, mir die Fotos vor Augen zu holen, die mir Forti heute Morgen gezeigt hat, und versuche gleichzeitig, mir die Szene am Pool vorzustellen.

»Also ehrlich, Capitano, das kommt mir komisch vor.«

»Warum wundert mich das jetzt nicht?« Forti verschränkt abwartend die Arme vor der Brust.

Ignorant. Ich lass mich nicht aus dem Konzept bringen.

»Weil«, jetzt erklär ich *ihm*, dass die Erde keine Scheibe ist, »erstens war der bestimmt nicht so blöd und hätte versucht, vom Beckenrand aus einen Schlüssel aus 1,50 Meter Tiefe zu angeln, zumal er ja sowieso ins Wasser wollte, und zweitens hätte er selbst auf diesen rauen Fliesen mit seinen Knien eine Pirouette drehen müssen, um solche Abschürfungen davonzutragen.« Triumphierend schau ich Forti an. Soll er mal widerlegen.

Der nagt an seiner Unterlippe. »1:0 für Sie, Signorina. Vorerst. Und wenn Sie uns jetzt unsere Arbeit machen lassen würden, wäre das ausgesprochen freundlich.«

Dann dreht er sich um und gibt ein paar Anweisungen bezüglich des Toten.

Uns bleibt nichts anderes übrig, als das Feld zu räumen. Adriano packt den Rucksack und watet voraus. Am Ausgangspunkt starren wir fassungslos auf unsere Schuhe. Unisono lachen wir los. Neben unseren Exemplaren reihen sich säuberlich in Reih und Glied die Schuhe der Carabinieri. Ein richtiger Lachanfall schüttelt uns und will gar nicht mehr aufhören. Eine wohltuende Entladung nach der großen Anspannung. Aber der traurige Anblick des Verunglückten und die Tatsache, dass wir immer noch keine Spur von Niveo haben, holt uns schnell wieder auf den Boden der Tatsachen zurück.

Wir machen uns auf den Rückweg. Als wir unten am Auto ankommen, sind unsere Sachen immer noch nass. Adriano legt ein paar Tücher auf die Sitze.

»Da stimmt was nicht«, murmle ich vor mich hin, weiß aber nicht, was.

»Wo jetzt? Hier oder mit den Knien von der Poolleiche? Doro, sag jetzt bitte nicht, dass du noch eine Idee hast!« Bis jetzt hat Vinc sich nicht groß eingemischt, hat mich machen lassen, aber nun klingt er besorgt.

»Ich muss nachdenken.«

Innerlich fokussiere ich die Unfallstelle, die wir gerade verlassen haben. Mit geschlossenen Augen versuche ich, die Sekunden Revue passieren zu lassen, nachdem wir den Toten gefunden haben. Und wie er dann später hier unten dagelegen ist. Auf den ersten Blick keine Blessuren. Hat er sich das Genick gebrochen? Wie kann es sein, dass seine Arme nicht total zerkratzt waren? Schwarze Jeans, Poloshirt. Ich starre Vinc an. »Welche Farbe hatte das Hemd des Toten?«

Vinc überlegt. »Kann ich nicht genau sagen … Ich glaube, weiß und grün gestreift. Wieso?«

»Blau, grün, weiß und – fliederfarben!«

»Schon möglich. Ist das wichtig?«

»Nee, eigentlich nicht. Ist mir nur aufgefallen, weil ich am Pool damals, als Julian Weigel ertrunken ist, einen kleinen zartlilafarbenen Knopf gefunden habe. Und Julian Weigel hatte am Vorabend genau so ein Hemd an. Ich habe Forti den Knopf gegeben, aber an Julian Weigels Hemd hat kein Knopf gefehlt. Hat Forti dem alten Rinaldi mitgeteilt. Und der hat's gnädigerweise irgendwann mir gesagt. Und …«, ich fahr mir durch die Haare, vielleicht seh ich schon wieder Gespenster, »… und Forti soll nachsehen, ob so ein Knopf an dem Poloshirt von dem Toten da oben fehlt.« So, jetzt ist es raus.

Vinc ist erst sprachlos. »Du, Schatz, ich hab im Radio gehört, dass in München ein Mann tot auf einer Bank im Viktualienmarkt gefunden worden ist. Vielleicht hängt das irgendwie auch mit den Vorfällen hier zusammen?«, sinniert er dann und zieht die Stirn in nachdenkliche Falten.

»Hahaha! Mir ist klar, dass es eine sehr weit hergeholte Überlegung ist, aber es ist kein Aufwand nachzusehen und …«, verteidige ich meine ausufernde Kombination.

»Reg dich nicht auf, Doro«, unterbricht mich Vinc, »du hast ja recht. Immerhin ist Niveo hier verschwunden. Und Zufall oder nicht, wir sollten keine Möglichkeit voreilig abtun.«

»Lieb von dir, dass du mich unterstützt. Dann wird Forti die Sache ernster nehmen, als wenn ich alleine meine Verschwörungstheorien präsentiere.«

»Ach, ich glaube, Forti hat kein Problem damit«, meint Vinc.

Ja, stimmt, das glaub ich auch. Forti sagt schon, was er will und was nicht.

Der Wind wird stärker, das ist nicht mehr die nachmittägliche Ora. Weiße Gischt säumt die Spitzen der Wellen unten am See, ein paar wagemutige Surfer und Kiter fliegen drüber wie wahllos abgeschossene Pfeile.

»Hier gibt's für uns nichts mehr zu holen, und die Küche

wartet. Aber vorher muss ich noch Forti anrufen. Hoffentlich hat er den Knopf nicht weggeschmissen …«

Bedrückt steigen wir ins Auto. Adriano schaut hoch zu den rasenden Wolken. »Das gibt ein ordentliches Gewitter«, prophezeit er.

KAPITEL 16

NUBI TEMPORALESCHE – GEWITTERWOLKEN

Sabato (Samstag) – 1. September
17 Uhr

Um fünf sind wir zurück im Hotel. Höchste Zeit für meinen Kücheneinsatz.

Während ich in meine Kochklamotten schlüpfe, wähle ich Fortis Handynummer. Wahrscheinlich wird er mich auslachen … Tja, hat mich so was je gestört?

Er geht nicht ran. Blöd. Was mach ich jetzt? Zu den Carabinieri laufen? Quatsch! Dafür ist es definitiv zu spät, außerdem hängt das Gewitter drohend über uns, als würde es jede Sekunde loslegen und wer weiß, wo Forti gerade ist. Mein Anliegen ist ja nicht lebensnotwendig, nur ein Gedanke, den ich gern geklärt haben will.

Adriano sitzt im Büro, als ich ihn mit meinem Anliegen überfalle, er solle Forti anrufen und ihn bitten, die Sache mit dem Knopf zu überprüfen.

»Si, capo, ich sage, du hast mich gezwungen«, sagt Adriano. Er hält schützend seine Arme über den Kopf, weil ich drohend meine Faust hebe.

Dann verzieh ich mich in die Küche.

Kurz darauf streckt Adriano den Kopf herein. »Erledigt. Forti gibt dann Bescheid, wenn das für die Signorina in Ordnung ist, hat er gesagt.«

»Der tut's schon wieder. Lacht mich aus.« Ich nehm's gelassen, denn leicht hat es Forti als Capitano, Mann und Italiener nicht mit mir.

Die Markise ist längst eingefahren, alle sind nah an die Hausmauer gerückt, keiner will aufs Zimmer gehen. Das Gewitter entlädt sich mit voller Kraft. Obwohl der Regen schnurgerade vom Himmel fällt, spritzt es bis zur Hauswand. Einige ziehen sich dann doch aufs Zimmer zurück, andere versammeln sich in der Lobby. Grüppchen bilden sich, die brachiale Gewalt des Gewitters beeindruckt uns alle. Donnerschläge hallen von den Bergen wider und lassen die Getränke im Glas vibrieren, das Wasser gurgelt aus der Ablaufrinne. Weltuntergangsstimmung. Fast beängstigend. Wir frösteln. Nippen schweigend an unseren Weingläsern.

»Hat Forti sich gemeldet? Wegen des Knopfes, du weißt schon«, frag ich Adriano, der mit zwei Ramazotti-auf-Eis-Gläsern an uns vorbeieilt.

»Bringen Sie mir auch einen, bitte?«, ruft ein Gast.

Kettenreaktion. Alle wollen auf einmal einen Ramazotti mit Eis.

»Si, subito«, ruft Adriano in die Runde, und zu Greta, die hinter der Bar steht: »Greta, die Herrschaften möchten Ramazotti auf Eis.«

Greta hat bereits einige Ramazottigläser in Position gestellt. »Wie viele brauchen wir denn?«, fragt sie.

Fast alle heben die Hand. Die Anspannung löst sich, die Gäste pilgern zur Bar und holen sich den Ramazotti selbst ab. Gut gelauntes Stimmgewirr schwirrt durch den Raum.

Adriano kommt zu mir rüber. »Forti hat nicht mehr angerufen«, informiert er mich und eilt zurück zur Bar.

»Der wird ein heißes Fußbad nehmen«, spotte ich.

»Jetzt lass doch mal den armen Mann in Ruhe seinen Job machen. Außerdem hat er Feierabend. Ich könnte mir vorstellen, dass ihn deine ständige Einmischerei nervt«, mahnt

Vinc und meint mit dem armen Mann sicher nicht Adriano, sondern Forti.

»Mein lieber Vincent, ich mische mich nicht ein, ich gebe wertvolle Hinweise! Und was heißt Feierabend, Menschen sterben nicht termingerecht, dann hätte er Finanzbeamter werden sollen. Steuern fangen nicht an zu müffeln – auch wenn sie zum Himmel stinken.« Ich verschränke meine Arme.

Vinc reibt sich das Ohrläppchen. »Also, das ist ja wieder ein typischer Dorospruch.«

»Ja und? Forti wird's schon aushalten. Und solange er nicht auf die Idee kommt, sich zu revanchieren, und mir in meiner Küche dreinredet …«

»Geniale Idee! Vielleicht sollte ich dem armen Mann nen Tipp geben.«

»Untersteh dich! Dann gibt's …«, ich heb drohend die Faust. Bin heut irgendwie rabiat drauf.

»Was dann? Verhaust du mich?« Vinc grinst, als würde er sich darauf freuen, und zieht mich zu sich her. »Ich hab ne bessere Idee, wie ich dich zum Schweigen bringe.«

Dass wir Zuschauer beim Schmusen haben, stört ihn genauso wenig wie mich.

»Madonna mia! Nicht schon wieder«, stöhnt Adriano im Vorbeieilen.

Wir lassen uns auch davon nicht ablenken.

»Adriano!« Gretas Schrei klingt alarmierend.

Und wir sehen, was sie so in Panik versetzt. Die Ablaufrinne läuft über, wie eine intergalaktische Masse schiebt sich das Wasser bereits in den Vorplatz Richtung Lobby des Hotels.

Adriano sieht die Situation gelassener.

»Vincento, hilfst du mir, bitte? Wir haben Sandsäcke in der Abstellkammer.«

Ein paar Gäste haben Adrianos Bitte ebenfalls gehört, und eifrig und unter großem Gelächter wird der Eingangsbereich mit Sandsäcken gesichert. Alle helfen mit. Gerade als wir fertig sind, hört es auf zu regnen.

Adriano gibt Entwarnung. Irgendwie ist jetzt die Luft raus, die Gäste ziehen sich auf ihre Zimmer zurück und wir machen uns an die Aufräumarbeiten.

»Macht ihr hier sauber und räumt die Gläser weg«, schlage ich Adriano und Greta vor, »und Vinc und ich holen was zu essen. Ist noch genug übrig von heute Abend. Eine Portion mit allem?«, frage ich die beiden. Die Idee kommt gut an.

Adrianos Eltern haben sich bereits zurückgezogen und Mia war sowieso den ganzen Abend auf dem Zimmer und will auch jetzt nicht runterkommen, wie eine dezente WhatsApp-Anfrage ergibt. Die Leiche hat ihr auf den Magen geschlagen. Und noch mehr wahrscheinlich das Bewusstsein, dass es Niveo hätte sein können.

Okay. Die gefüllte Kalbsroulade, dazu Salzkartoffelwürfelchen, in Butter geschwenkt, mit ein wenig frisch gehackter Petersilie garniert, ein kleiner Salat und ein Glas Rotwein dazu. Heut gönn ich uns den Negresco. Regional, samtig-würzig, passt super zu dem Essen. Muss ich dem alten Rinaldi ja nicht auf die Nase binden, dass ich eins seiner edleren Tröpfchen entwende.

Während Vinc die Portionen in der Mikrowelle erhitzt, lass ich die Zutaten fürs Frühstückshefegebäck von der Küchenmaschine durchkneten und schwenke nebenbei die Kartöffelchen in der Pfanne. Noch schnell den Teig mit der Hand nachgeknetet und zu einer glatten Kugel geformt zurück in die Schüssel. Perfetto. Mit einem Küchentuch abgedeckt stell ich das Ganze in die Kühlkammer, da kann der Teig in Ruhe bis morgen vor sich hin gehen. Hilft nix, morgen muss ich früh raus. Das Hefegebäck braucht eine halbe Stunde und ich will auch noch nen Kuchen backen. Ich gähne ausgiebig.

»Mund zu, gegessen wird am Tisch«, frotzelt Vinc und geht mit dem voll beladenen Tablett voraus. Wir essen draußen. Es regnet nicht mehr und ist warm genug.

War ein heftiger Tag. Müde und hungrig genießen wir das zarte Kalbfleisch, lassen die Note des Schinkens am Gaumen wirken, abgerundet durch die Artischocke ... Da sieht die Welt gleich anders aus. Zumindest für mich. Paps würde mich jetzt hundertzehnprozentig verstehen. Als ich die letzten Reste vom Teller gekratzt habe, leg ich das Besteck weg und lass mich in den Stuhl zurücksinken.

Greta und Vinc sitzen genauso zufrieden da wie ich. Nur Adriano seufzt. »Wochenlang war's viel zu heiß und trocken. Dann kommt's so heftig. Die nächsten zwei Tage soll's immer wieder regnen, da hocken dann die Gäste mies gelaunt im Hotel rum.«

»Und nerven. Sag's ruhig. Na, komm, sei kein Frosch, nimm's gelassen«, rate ich ihm und gähne erneut.

Adriano lacht. »Bin kein Frosch, bin ein Prinz.«

Hallo, langsam versteht er unseren Humor!

»Allora, du Prinz, du. Du hast die ganze Zeit gejammert, dass alles zu trocken ist und du bald kein Wasser für den Garten mehr bekommen wirst, und jetzt ... Du musst dich schon entscheiden. Regen oder gut gelaunte Gäste, man kann nicht alles haben«, sag ich mitleidslos und nehme eine Nase voll von der feuchten, kühlen Abendluft. Angenehm. Wenn da nicht ...

»Julian Weigel hat Gesellschaft bekommen.« Wollte ich gar nicht sagen, ist mir einfach so rausgerutscht. Meine Stimmung springt auf und ab wie ein Gummiball.

Keiner sagt was dazu.

»Du, Schatz, ich hab ne Idee.« In Vinc' Stimme schwingt Begeisterung.

»Erfahrungsgemäß sinkt die Laune der Gäste schnell mit dem Barometer, hat Adriano gesagt«, unke ich weiter. »Willst du das Barometer manipulieren?«

»Viel besser«, fährt Vinc unbeeindruckt fort. Er ist so aufgekratzt, dass sich meine Wolken verziehen und ich jetzt doch gespannt bin, was für einen genialen Einfall er ausgebrütet hat. »Es sind doch immer alle ganz wild auf Vittorios Limoncello. Wir machen ein Event daraus. Limoncello zum Selbermachen. Für die Gäste.«

»Äh …«

»Mund zu und Applaus, bitte schön«, fordert Vinc und smilt von einem Ohr zum anderen. Soll wohl nicht nur die Gäste, sondern auch mich aufmuntern.

»Event klingt immer gut.« Zumindest Greta ist begeistert.

»Übrigens hat Forti angerufen, er meldet sich morgen«, lenkt mich Adriano ab.

Vielsagend schau ich zu Vinc. »Siehst du, der braucht mich.«

»Schatz, ich bin stolz auf dich.« Vinc grinst diabolisch.

»Solltest du auch, du Ignorant. Also, wenn die Knieverletzung von Julian Weigel neue Erkenntnisse bringt und der Knopf tatsächlich von dem toten Bergsteiger ist, dann gibt's einen Fall …«

»… den es ohne dich nicht gegeben hätte«, beendet Vinc meine Ausführung.

»Stimmt, aber für den Fall kann ich nix.«

»Nein, kannst du nicht … Noch mal zu dem Limoncellokurs …«, greift er seine Idee von vorhin auf.

Ich heb den Daumen. »Find ich super. Echt. Könnte von mir sein.«

»Aha, sie hat's gehört.« Vinc zwinkert Greta zu.

»Was für ein Limoncellokurs?«, mischt sich jetzt Adriano ein.

Greta lacht. »Armer Vinc. Dir hört heute wohl keiner zu.«

»Danke, dass das wenigstens einem auffällt.« Vinc schnieft beleidigt.

»Scusa, Vincento«, entschuldigt sich Adriano erschrocken. Der Arme. So viel zum Thema, er versteht langsam unseren Humor.

Eine Gruppe Gäste kommt spät zurück, die haben auswärts gegessen. Ausgerechnet heute in Pieve. Über die Braschlucht sind sie nicht mehr runtergekommen. Die ist wegen Steinschlags komplett gesperrt, außenrum war es ebenfalls kritisch zu fahren, berichten die Gäste, auch hier Steine und Geröll auf der Straße und oben in der Pizzeria ist das Wasser ins Lokal gelaufen. Na ja, wie bei uns …

Ich schnapp mir mein Weinglas. »Ich geh hoch, Paps anrufen und ein bisschen entspannen. Ist eh schon spät. Buona notte«, verabschiede ich mich von Greta und Adriano.

»Entspannen, aha, aber schnarch nicht so laut.« Vinc mal wieder.

»Ich schnarche nicht, ich atme lebendig«, entgegne ich würdevoll und verlasse die Arena.

»Grüß Sascha von mir«, ruft Vinc hinterher, »ich komm gleich nach.«

»Drohung oder Versprechen?«

»Drohung.«

Bevor ich telefoniere, zieh ich mir mein Schlafshirt an.

Fast Mitternacht, da sitzt Paps wahrscheinlich bei einem Abschlussgläschen Barolo in der Küche, lässt den Abend Revue passieren und muss sich aller Wahrscheinlichkeit nach den Stuhl mit Rambo teilen. Natürlich erst, nachdem er ihm ein feudales Katzenmenü à la Sascha Ritter kredenzt hat – steht nicht auf der Karte, gibt's aber immer.

Ich mach es mir auf dem Bett gemütlich und drücke Paps' Nummer.

»Prinzessin! Schön dich zu hören. Ich habe mir schon langsam Sorgen gemacht!«

Prinzessin – so nennt der alte Jacopo auch Mia …

»Jetzt übertreib mal nicht«, brems ich lachend den emotionalen Überschwang meines Vaters. »Wie läuft's im Restaurant? Irgendwas Neues?«

»Wie immer.« Paps seufzt. »Manchmal wünsche ich mir einfach eine nette kleine Wirtschaft, mit bayerischen Schmankerln, einen Humpen Bier dazu …«

»Ja, genau. Du und eine Scheibe Leberkäs mit Spiegelei. Haha. Das wär dann uovo al tegamino alla Sascha con carne rosso, an salsa di pomodoro, was das gemeine Volk schlichtweg Ketchup nennt. Dazu ein edles Bier, gebraut auf die besondere Art der Brauerei Weißnichtwas, selbstverständlich nach bayerischem Reinheitsgebot!«

»Mein liebes Töchterlein, dein alter Vater sitzt hier erschöpft und seiner Genialität leicht überdrüssig, und du veräppelst ihn, das ist nicht schön … Außerdem haart deine Katze wieder mal meine schwarze Hose voll. Muss sich ja unbedingt neben mich auf den Stuhl quetschen!«

»Rambo braucht eben Liebe und Zuwendung.«

»Das brauche ich auch! Aber wer streichelt mich?«

»Lollo?«, schlag ich vor.

»Die ist in Florida. Modenschau mit Don Serrano.«

»Don Serrano? Kenn ich nur den Schinken.« Ich kann förmlich sehen, wie Paps verzweifelt den Kopf schüttelt. Die ganze Mode- und Fernsehwelt interessiert mich nicht sonderlich. Womit ich beim Thema wäre.

»Warum wissen eigentlich alle, dass deine Kochsendung hier in Italien im Fernsehen läuft, nur ich nicht?«

»Hörst wahrscheinlich nicht aufmerksam zu, wenn ich von meinen Erfolgen spreche, meine liebe Tochter.« Oha! Paps mit spitzem Diva-Ton.

»Kann nicht sein!«, sag ich lachend.

»Alte Lästerzunge«, schimpft Paps, aber sein Stimmbereich liegt nicht mehr bei Diva, sondern im Prinzessin-Paps-Modus. »Im Ernst, Spatz, du hältst mich vielleicht für egozentrisch, aber ich bin froh, dass ich dich habe, da kann ich normal sein …«

»Ja, Paps, hab dich auch lieb! Wie auch immer, selber schuld, dass du so omnipräsent bist, jetzt hast du einen Lehrling. Oder zumindest eine Praktikantin, eine heiße Verehrerin von dir.«

»Heiße Praktikantin klingt gut …«

Ich hör jetzt praktisch seine Mundwinkel an beiden Ohren anstoßen. Dann macht's Klick bei mir. Nee, ich glaub's jetzt nicht, gibt's den Witz immer noch? Das war doch im vorigen Jahrhundert, da war ich fast noch ein Baby! Der arme Clinton, die Geschichte kriegt er nicht mehr los.

Vinc kommt rein. Es ist spät.

»Buona notte, Paps, ich melde mich, und gib Rambo ein Stückchen Filet von mir«, flöte ich etwas abrupt.

»In den geht nichts mehr rein«, lacht Paps. »Buona notte und Grüße an Vinc.«

KAPITEL 17

POI COSI DIFFICILE – HEXENWERK

Domenica (Sonntag) – 2. September

Kurz vor halb sechs steh ich in der Küche. Absolute Ruhe. Diese Minuten lieb ich am meisten. Die La Cimbali Siebträgermaschine heizt langsam hoch, aber so lange will ich nicht warten, auf dem Herd zischt in der Zwischenzeit mein erster Caffè in der kleinen Espressokanne. Perfetto! So muss der Tag beginnen.

Um sechs kommt Irmela und ist immer noch mit Eifer bei der Sache, was für sie spricht, definitiv. Ich forme die Hefeküchlein – der alte Valdo findet, ich spinne, die gibt's fertig, sagt er. Stimmt, aber mit mir nur im Notfall. Die Küchenmaschine rödelt vor sich hin, rührt den Teig für den Apfel-Orangenkuchen, der ist dann für morgen. Entweder Frühstücksbüfett, Nachmittagssnack oder Dolce fürs Abendmenü. Mal sehen. Schmeckt am besten, wenn er einen Tag durchzieht. Intensiviert den Geschmack. »Noch so ein Hirnfurz«, würde Valdo das wahrscheinlich abtun. Ich verdächtige ihn ja fast, mich manchmal ein wenig der Wichtigtuerei zu bezichtigen, aber das würde er nie zu mir sagen. Ich lächle leise. Während ich Hefeteigkugeln forme und Irmela den Kuchenteig in die Form drückt, druckst sie herum und rückt dann mit der Kräuterweinsuppe ihrer Oma heraus. Möchte sie ausprobieren, nur für die Familie, und will meine Meinung hören. Ich hüte mich, meine Belustigung zu zeigen, und frag nach den Zutaten.

»Okay, die machst du morgen Abend gleich für alle Gäste«, sag ich dann.

Irmela wird knallrot. »Ich hätte halt erst mal für euch …«, wendet sie zaghaft ein.

»Quatsch! Die hört sich total lecker an. Ich mein, das ist ein Rezept von deiner Oma. Also bitte! Da brauchst du dich nicht verstecken. Und schreib's gleich für Paps auf. Frische Kräuter, Muskat und Wein, das wird er lieben! Da sammelst du Pluspunkte. Schon wegen des Muskats.« Ich grinse. Na ja, Paps' Vorliebe für Muskat wird sie bald kennenlernen – ebenso unser internes Vater-Tochter-Spiel – und meine Freude, Paps mit der Mär des Muskats als Aphrodisiakum aufzuziehen. Schau mer mal, wie weit wir sie einweihen.

Irmela guckt ein wenig verunsichert. Erfreut über meine Begeisterung? Oder bedeuten die roten Bäckchen Bedauern, dass sie die Suppe überhaupt erwähnt hat?

Ich klopf ihr auf die Schulter. »Du wirst immer ein paar Nörgler dabeihaben, da musst du drüberstehen. Und für Paps ist es hundertprozentig interessant.«

Adriano kommt in die Küche. Bin gerade dabei, die Mischung aus Apfelscheiben, kandierten Orangenschalen, Grand Manier, Zitrone, Butter und Zucker auf dem Teig zu verteilen und schieb den Kuchen dann ins Backrohr. Wir besprechen den Ablauf für heute Abend und das Menü für morgen. Muss nur noch ausgedruckt werden.

»Du kannst nachher noch mal Schokogitter üben«, geb ich Irmela ne Hausaufgabe. »Heute kleine Körbchen.«

»Körbchen?« Irmela sagt das so entsetzt, dass ich lachen muss.

»Ist echt kein Hexenwerk«, beruhige ich sie und erklär ihr, wie's geht.

Ihr »Okay« klingt aber eher nach »Hexenwerk wäre ein treffender Ausdruck«.

Nach dem Frühstück kreiert Greta am Laptop den Flyer für den Limoncellokurs heute Nachmittag.

»Ist ein bisschen kurzfristig«, sagt sie und tippt. »Ich drucke den Flyer gleich aus und hänge ihn an der Eingangstür auf, da müssen alle vorbei … Wann wollt ihr anfangen?«

»Keine Ahnung. 15 Uhr? Was meinst du?«

Greta nickt. »Ich glaube, das passt«, meint sie und tippt schon weiter.

»Dauert ja nicht ewig«, überleg ich, »das meiste ist vorbereitet.«

Eine Gruppe Gäste trudelt vorbei. »Wir gehen runter in den Ort bei dem Wetter«, sagen sie und ziehen die Reißverschlüsse ihrer Regenjacken hoch. »Bisschen shoppen, die Läden haben ja zum Glück sonntags auf.«

»In der Hauptsaison auf jeden Fall und shoppen ist immer eine gute Alternative«, bestätigt Greta freundlich.

»Und wenn Sie möchten, heute um 15 Uhr bieten wir hier bei uns im Hotel einen Kurs ›Limoncello selbst gemacht‹ für alle Gäste an, die Lust dazu haben. Kommen Sie gerne dazu«, mach ich Werbung für unsere Aktion.

Kurzer Blick untereinander. »Tolle Idee. Bis dahin sind wir zurück.«

So geht's noch zweimal, bevor Greta den Flyer am Eingang aufhängt, und jedes Mal erntet sie positive Resonanz. Vinc wird sich freuen, dass seine Idee so gut ankommt.

Um elf trifft Forti ein. Hat sich angekündigt. Will ein wenig mit seinem Freund Vittorio plaudern, forse un caffè e un piccolo bicchiere di vino rosso an der Theke. So gestärkt ist er dann bereit für mich. Allora!

Forti residiert im Büro, über der Lehne des zweiten Stuhls hängt Vittorios Jacke und auf der Sitzfläche stapelt sich ein Aktenhaufen. Okay, bleib ich halt stehen. Ist wahrscheinlich Taktik, denn ich glaube nicht, dass Forti nur zum Plaudern hier ist.

»Buon giorno, signorina«, grüßt er gut gelaunt. Dann schaut er mich forschend an. Als würde mir irgendwas Seltsames aus dem Kopf wachsen. Antennen oder Hörner. Ich beherrsche mich und fühle nicht, ob da was dran ist.

»Es fehlt tatsächlich ein Knopf am Poloshirt des Toten aus der Schlucht«, rückt Forti mit mehr Informationen raus, als er müsste.

»Ah, grazie, capitano«, bedanke ich mich artig.

»Und es ist dieser Knopf, den Sie mir damals gegeben haben.«

Wham! Obwohl ich gerade wegen dieser Möglichkeit bei Forti angefragt habe, bin ich jetzt doch perplex. Was hat der Knopf des Toten von Campione an unserem Pool zu suchen? Zufall? Aber wenn der Tote kein Hotelgast war, was macht dann sein Knopf am Pool vom »Magdalena«? Und wenn er ein Gast gewesen wäre, dann hätte Adriano ihn da oben am Berg doch erkennen müssen. Außerdem wäre er längst vermisst worden. Sicher weiß Forti schon mehr.

»Wer ist der Tote?«, bohr ich deshalb und bin sicher, dass Forti mein Misstrauen spürt.

»Signorina, auch wenn es für Sie hart ist, nicht alle Ermittlungsergebnisse landen zwangsläufig bei Ihnen. In diesem Fall wissen wir jedoch wirklich noch nicht, wer er ist. Er hatte keine Papiere bei sich.«

Könnte auch ein Bekannter von Julian Weigel gewesen sein, sie hatten Streit und dann … Aber so früh am Pool? Oder ein Lieferant … Ich schlage Forti noch diverse andere Möglichkeiten vor, vom Poolreiniger bis zum Mann der Putzfrau, doch Forti winkt ab.

»Gehen Sie mal in Ihre Küche, Signorina. Wir finden die

Identität des Mannes heraus und auch, warum der Knopf hier am Hotelpool lag. Und Sie erfahren es als Erste!«

Haha, wer's glaubt! Leicht säuerlich schau ich Forti hinterher, als er das Hotel verlässt. Braucht gar nicht so überheblich tun, immerhin habe ich den Knopf gefunden. Und ihn darauf hingewiesen.

Ich geh dann tatsächlich in die Küche. Wo ich auch Vinc finde. Natürlich muss er sich meine Unterhaltung mit dem Capitano haarklein berichten lassen.

Er tröstet mich. »Komm, Schatz, lass die Polizei arbeiten. Du bist vielleicht nicht die Erste, die es erfährt, aber schon allein wegen dem alten Rinaldi wird Forti neue Entwicklungen im Fall ins ›Magdalena‹ tragen.«

Hmm, hoffentlich. »Schickt mich in die Küche. Unverschämtheit! Aber meine Hinweise kann er schon gebrauchen«, maul ich noch ein wenig grantig.

»Okay, jetzt beruhig dich mal, Doro, kümmern wir uns lieber um den Limoncellokurs. Schließlich sollen wir für die gute Laune der Gäste sorgen.«

Vinc beugt sich voller Energie vor. »Lass uns mal die Zutaten checken.«

»Schon erledigt«, wink ich ab. »Rezept hab ich hier«, ich tipp mir an die Stirn.

»Aha, Frau Einstein«, zieht Vinc mich auf.

Das ignorier ich mal großzügig. »Also, eingelegte Zitronenschalen steuert Vittorio bei. Adriano hat gesagt, sein Papa hat immer einige Gläser im Vorratsraum, weil er öfter Limoncello produziert und die Schalen ein paar Tage ziehen müssen. Die stellt er uns zur Verfügung. Sind natürlich perfekt weißfrei geschält. 96-prozentiger Alkohol ist vorhanden. Wer will, kann sich selber ein oder zwei ungespritzte Zitronen aus dem Garten holen, schälen üben, im Marmeladenglas in Alkohol einlegen und mit nach Hause nehmen.«

»Und worin füllen wir den Limoncello ab?«, fragt Vinc.

»Ist genügend Leergut da, Mineralwasserflaschen mit Schraubverschluss. Geht ein halber Liter rein. Unkostenbeitrag acht Euro pro Person. Oder sagen wir zehn Euro. Kurs und Material«, mischt sich Adriano ein, der eben zu uns gestoßen ist.

Vinc ist skeptisch. »Ist das nicht zu viel?«

Aber da ist Adriano schmerzfrei. »Was nix kostet, ist nix wert«, verkündet er.

Stimmt. Bin ich ganz bei ihm.

Da fällt mir Forti und sein beknackter Küchenspruch wieder ein. Super, ich darf mir seine dummen Sprüche anhören, und die Prinzessin thront in ihrem Turm!

Ich spring auf. »Leute, ich muss mit Mia reden.«

Heut lass ich mich nicht abwimmeln, das schwör ich mir. Sonst kann sie ihren Scheiß alleine regeln. Mann! Zwei Stufen auf einmal nehmend, spring ich die Treppe hoch. Warum bin ich auf einmal so sauer? Mia ist die Dumme in dem Spiel, nicht ich. Aber dann soll sie den Mund aufmachen und sich nicht in ihrem Elfenbeinturm vergraben! In dieser Stimmung klopf ich vielleicht etwas zu kräftig an Mias Tür.

»Doro?«

Mehr sagt sie nicht, schaut mich nur mit großen Augen an. Toll, dann muss ich wohl …

»Mia, ich hab ein paar Fragen.«

»Können wir später …«

»Nein«, unterbrech ich sie vehement.

Sie zuckt zusammen.

»Mia«, sag ich sanfter. Ist ja Quatsch, jetzt Druck zu machen. »Mia, hör zu, Niveo ist seit vier Tagen verschwunden. Du musst mir jetzt alles sagen, was du weißt.«

»Was meinst du? Ich weiß doch nicht, wo Niveo ist.« Tränen steigen ihr in die Augen.

»Fang bloß nicht an zu heulen«, fordere ich hart, »das hilft jetzt echt nicht weiter.«

Sie schluckt. Egal, Mitleid wäre jetzt genau das Falsche, da würde das Geheule mit Sicherheit losgehen und ich brauch Informationen und Fakten, keine Tränen. »Natürlich weißt du nicht, wo Niveo ist, aber du willst ihn doch finden. Also, was macht dich so sicher, dass Hugo seine Finger im Spiel hat?«

Mia scheint fast erleichtert, dass ich was über Hugo wissen will und nicht über Niveo. »Ich habe Pläne gesehen … Zu Hause bei Hugo. Und Gutachten. Hugo hat gelacht. Mein Vater kriegt alles, was er will, hat er gesagt. Wenn man das nötige Kleingeld hat, dann stimmen auch die Gutachten. Der alte Scalieri braucht das Grundstück von uns und ich soll Hugo heiraten und den Mund halten. Ich hätte nicht gedacht, dass Hugo da mitmacht, aber … Eigentlich war es immer schon klar, dass wir heiraten werden, die perfekte Verbindung, und jetzt passt es …«

»Stopp. Was für ein Grundstück?«, unterbreche ich sie.

»Das oben, vor Prabione, das mit der alten Villa.«

»Und warum ist das so wichtig? Ich mein, was hat das mit Hugo und Niveo zu tun?«

»Na ja, wenn Hugo und ich heiraten, dann halte ich auch dicht. Familie.«

»Dichthalten? Um was geht's da genau? Lass dir nicht jedes Wort aus der Nase ziehen, verdammt noch mal. Und was für Gutachten?« Geduld ist heute echt nicht meine Stärke.

»Doro, das sind Familienangelegenheiten. Da geht es um Geld. Um sehr viel Geld. Und wenn das so ist, gibt es auch immer … sagen wir mal … qualcosa da ridire, dann findet man auch immer…«

»… ein Haar in der Suppe?«, ergänze ich.

Mia nickt. »Wenn du es so nennen willst … Mehr kann ich dazu nicht sagen.« Kleinmädchenblick in meine Richtung.

Nee, liebe Mia, das zieht bei mir gar nicht. Nicht heute.

»Bene«, sag ich und der Stuhl fällt fast um, als ich aufspringe, »dann geh ich und bin ab jetzt in der Küche. Nur in der Küche!«

Aha, das war's also! Der Grund für meine schlechte Laune. Forti mit seiner Überheblichkeit wirkt nach. Gut, ich bin Köchin, aber ich lass mich ungern von so nem Typen an den Herd schicken. Mit dieser Erkenntnis geht's mir schlagartig besser, ich merke, wie sich meine Gesichtsmuskeln entspannen.

Mia ist offensichtlich verwirrt. »Doro, bleib doch!« Sie zwinkert nervös, will wohl verhindern, dass doch noch Tränen fließen.

Keine Frage, dass ich bleibe. Als ob mich jetzt was in der Küche halten könnte! Aber das weiß Mia nicht …

»Dann sag mir, was du weißt! Welches Haar in welcher Suppe?«, will ich wissen und leg meine Stirn in strenge Falten.

»Da oben soll ein neuer Hotelkomplex entstehen. Doro, mehr kann ich dir nicht sagen! Aber glaub mir, Niveo ist in Gefahr. Es geht um richtig viel Geld und Macht. Das ist eine Riesengeschichte, von der ich einiges auch nur vermuten kann. Aber ich weiß, dass sie nicht zulassen werden, dass ein kleiner Koch ihnen im Weg steht.« In ihren Augen sammeln sich Tränen und sie wischt sie schnell weg.

»Und das tut Niveo definitiv, wenn er dich heiratet«, zieh ich das Fazit.

Mia nickt.

»Allora, lassen wir's fürs Erste.« Ich steh auf und geh zur Tür.

»Hilfst du mir?«, wispert Mia leise.

Ich dreh mich um. »Wenn ich kann … Ich versuch's, versprochen!« Und das mein ich ernst.

Mias Mundwinkel können sich nicht entscheiden – weinen oder lachen.

Ich zieh die Tür hinter mir zu.

Okay, das muss ich erst mal alles sacken lassen. Ich geh auf's Zimmer, Vinc wird mit Adriano die Limoncello-Aktion vorbereiten und ich will ein bisschen allein sein. Überlegen, wie's weitergeht.

Ich leg mich aufs Bett und schnapp mir Vinc' Kopfkissen. Brauch irgendwas zum Festhalten.

Das mit dem Alleinsein hat sich schnell erledigt, nach zehn Minuten stürmt Vinc ins Zimmer.

»Was machst du da?«, fragt er, leichte Irritation in der Stimme.

»Ins Kissen beißen.«

»Hä?«

»Mia hat mir erzählt, dass ein Hotelkomplex geplant ist. Oben bei der alten Villa der Rinaldis.«

»Und das schürt deinen Appetit auf Kissen?« Vinc versucht, ernst zu bleiben.

»Ja, verflixt. Es gibt schon genug Hotels hier«, reagier ich verschnupft.

»Sei fair, Schatz, hier gibt es wenig Industrie. Jeder will leben. Du bist doch sonst so sozial.«

Meint er ernst. Und stimmt ja auch.

»Aber man muss auch nicht jeden Quadratzentimeter verschandeln«, brumm ich ungut.

Nach einer Weile raff ich mich auf. »Lass uns ein bisschen laufen. Zum Olivenhain hoch. Ich muss den Kopf freikriegen.«

Schweigend lassen wir uns im leichten Nieselregen treiben, das hohe Gras zwischen den alten Olivenbäumen kitzelt an unseren nackten Waden. Es riecht feucht und die Zikaden schweigen.

»Weißt du, was ich merkwürdig finde?«, sinniere ich in die Stille.

»Das wirst du mir gleich sagen«, murmelt Vinc. Er klingt nicht sonderlich interessiert, vielmehr mustert er ein Stück Karton, das in einem Olivenbaum hängt.

»Gegen Schädlinge«, informier ich ihn knapp.

»Aha! Was für Schädlinge?«

»Keine Ahnung, ist doch egal! Hör mal«, fordere ich seine Aufmerksamkeit für mich und meine Gedanken.

»Schon gut, bin ganz Ohr, lass mich an deinen neuesten Erkenntnissen teilhaben.«

»Keine Erkenntnisse, nur Überlegungen oder Bilder zu den Männern, die sich sehr merkwürdig verhalten.«

»Wer verhält sich merkwürdig? Niveo? Der ist verschwunden. Jacopo? Der ist einfach ein Original. Hugo … Ja, okay, der bleibt übrig.«

»Danke, Schatz. Dass du das so schön zusammengefasst hast, zeigt immerhin Interesse.«

»Aber?« Vinc schaut mich erwartungsvoll an.

»Nicht unbedingt ein ›aber‹, eher ein ›und‹ …«

»Ein ›und‹?«

»Vinc, hör einfach mal zu. Denk an Niveo, an den Toten in der Schlucht, die zwei Typen im Café … Alles junge Männer, dunkelhaarig, italienisch aussehend …«

»Adriano hast du vergessen und Forti. Okay, der ist zu alt … Mann, zum Glück habe ich blaue Augen und helle Haare! Was willst du denn mit der Liste, Doro? Die eine Hälfte tot, die andere Massenmörder? Mit der Theorie rottest du die halbe italienische Männerwelt aus!«

»Sei doch nicht so kontraproduktiv«, fordere ich leicht genervt. Weil ich ja selber nicht weiß, wohin mich diese Überlegungen führen.

»Hmm, was stimmt, ist natürlich, dass Jacopo wirklich ganz anders aussieht. Aber der ist auch alt …«

Vinc' Gelächter unterbricht mich. »Willst du jetzt sagen, dass er dafür früher so ausgesehen hat?«

»Ach, Quatsch! Ich mein ja bloß … Jacopo steht nicht auf der Verdächtigenliste. Und Hugo ist eben ein Sonderfall, optisch, und er hat Motive.«

»Optisch? Doro! Was ist das für wirres Zeug? Red Klartext!«

»Sorry, klar, ich mein eben gerade, weil er nicht ins optische Bild der anderen passt – er ist viel dünner und schlaksiger – glaub ich, dass Mia ihn wirklich erkannt hat, da oben an der Villa. Sie kennt ihn gut und er ist nicht so leicht mit den anderen Männern zu verwechseln.«

»Und für diese Erkenntnis diese verqueren Bilder?« Vinc schnaubt ungläubig, dann schüttelt er den Kopf. »Übrigens, meine Schuhe sind total aufgeweicht«, lenkt er mit Blick auf seine Espandrillos ab.

Füße an Gehirn – meine Turnschuhe auch.

»Okay, drehen wir um«, geb ich auf, weil ich in einer gedanklichen Sackgasse stecke, und ja, auch, weil ich nasse Füße habe.

Was ist das? Ich bleib mit einem Ruck stehen, Vinc auch, der hängt an meiner Hand, mit der ich seine unwillkürlich fester umklammere. Dann lass ich ihn los und spurte Richtung Straße.

»Was ist?«, hör ich ihn hinter mir herrufen.

Ich werf einen kurzen Blick über die Schulter, er steht mit in die Hüften gestemmten Händen da und schaut mir nach. Egal, während ich weiterlaufe, zieh ich mein Handy aus der Hosentasche. *Diesmal entwischt der mir nicht!*

Die schwarze Limousine steht am Straßenrand und der Fahrer schiebt völlig ahnungslos seine Sonnenbrille zurecht. Hallo! Es regnet! Blendet ihn etwa die Reflexion der Regentropfen? Idiot!

Ich tippe die PIN in mein Handy und geh auf Kamera. Den Wagen, das Nummernschild und wenn möglich den Fahrer will ich aufs Foto kriegen ... Muss dazu aber die Deckung der Olivenbäume verlassen und bin nur noch ein paar Meter vom Wagen entfernt. Jetzt schaut der Typ in meine Richtung. Unheimlich. Ich könnte schwören, der schaut mich durch seine verspiegelten Gläser direkt an. Für den Bruchteil einer Sekunde zögere ich, für den Bruchteil einer Sekunde zögert er.

Dann drück ich den Auslöser, er reißt die Autotür auf und springt mir entgegen. Er will mir das Handy entreißen, aber ich lass nicht los.

»Vinc«, kreisch ich hysterisch.

»Strega«, zischt der Mann gefährlich. Und schlägt mir mit voller Wucht ins Gesicht. Ich rudere mit den Armen, um nicht zu fallen, dabei kann er sich mein Handy schnappen. Verdammt!

»Hey, du Schwein!«, kommt jetzt Vinc ins Spiel und rammt dem Kerl seine Faust zwischen die Rippen, bevor der die Chance hat, im Wagen zu verschwinden.

»Hmpf«, gurgelt der Fremde und lässt das Handy fallen.

Ich halt mir die Wange, Vinc sonnt sich einen Moment zu lange in seinem Ruhm als Held und Retter, jedenfalls nutzt der Typ die Gelegenheit, springt in den Wagen, verriegelt die Türen von innen und prescht davon.

»Mist!« Vinc rennt ein paar Meter hinter dem Wagen her. Hat natürlich keine Chance.

Er kommt zurück und bückt sich. »Wenigstens haben wir dein Handy«, tröstet er sich selber.

Dann dreht er sich zu mir. »Doro, Schatz, bist du okay?«

Ich schnauf tief durch. Mir ist zum Heulen. »Wo warst du so lange?«

Na toll, jetzt mach ich ihm auch noch Vorwürfe! Ich umarme ihn. »Sorry, Vinc, das wollt ich gar nicht sagen. Ich bin ja selber schuld …«

Vinc schiebt mich ein bisschen weg. »Ja, Mann, ich war erst noch da oben. Konnte ich ahnen, dass du dich da unten prügelst?«

»Nein, konntest du natürlich nicht.« Ich schniefe ein bisschen.

»Hab mich erst mal gewundert, was jetzt wieder los ist.« Vinc hält mich fest und streicht mir durchs Haar. »Wir sind beide erschrocken«, flüstert er.

»Mein Held«, ich schmieg mich an ihn.

»Na ja, Held …«, tut er ab und drückt mich. Nach einer Weile lässt er mich los.

»Lass mal das Bild sehen«, sag ich.

»Lass erst mal dein Gesicht sehen«, fordert er und streicht mir die Haare hinter die Ohren. »Tut's noch weh?«

Vorsichtig betaste ich meine rechte Gesichtshälfte. »Aua! Ja … äh nee, nicht schlimm. Scheint alles okay zu sein.«

»Der hat dich aber voll erwischt, das hab ich gesehen. Und du bist ganz rot an der Stelle. Sie ist sogar ein bisschen geschwollen.«

Vincents Stimme klingt gleichzeitig wütend und zärtlich. Dazu seine sorgenvoll gerunzelte Stirn … Süß!

»Gehen wir aufs Zimmer«, schlägt er vor. »Da legst du wenigstens einen nassen Waschlappen drauf. Ich besorg ein paar Eiswürfel.«

Gesagt, getan. Ich lass mich ein wenig umsorgen.

Als wir uns auf dem Bett ausgestreckt haben, ich mit nassem, eiswürfelgefülltem Waschlappen auf dem Gesicht, will ich endlich das Foto sehen. Vinc hat mein Handy noch in seiner Hosentasche und gibt es mir.

»Shit.« Ich bin enttäuscht vom Ergebnis meiner Paparazza-Tätigkeit – und das trotz größten Körpereinsatzes! Man erkennt kaum was. Verschwommen. Dunkle Haare, mittelgroß, Sonnenbrille. Könnte jeder zweite Mann zwischen 30 und 40 hier sein. Aber …

»Na bitte! Der passt auch ins Schema«, ruf ich elektrisiert.

»Lass sehen.« Vinc greift sich mein Handy.

»Dunkle Haare, Sonnenbrille und männlich? Was soll das beweisen? Aber wart mal …« Er zoomt hin und her. »Vielleicht kann man die Autonummer entziffern. Hier, guck. Bisschen unscharf, aber lesbar.«

Triumphierend schauen wir uns an. Ich tippe Fortis Nummer. Soll der mal recherchieren.

Forti hört sich meine Story an, ich schick ihm das Bild, er bedankt sich, äußert sich aber nicht weiter dazu.

Vinc zieht mich wieder zu sich her. Mein Adrenalinspiegel ist unverändert hoch, ich zittere immer noch. Der Schlag vorhin hat den Vorfall vom letzten Jahr wieder präsent werden lassen. Im Weinkeller, als dieser Widerling mich vergewaltigen wollte. Sofort brodelt Wut in mir hoch. Ich hab das noch nicht weggesteckt. Aber was mir von dem Vorfall am meisten nachhängt, ist, dass der Typ keine Konsequenzen zu spüren bekommen hat – außer dass Carlos und seine Cousins später noch ein sehr deutliches Wort mit ihm gesprochen haben. Seine Nase soll seitdem nicht mehr ganz gerade sein … Aber *ich* habe nicht reagiert, wär besser gewesen, wenn ich zur Polizei gegangen wäre. Nach einer Minute halt ich es nicht mehr aus. Bin zu aufgewühlt und will lieber wieder runter zu den anderen. Muss mich ablenken.

Greta und Adriano sitzen am Familientisch. Sogar Mia lässt sich sehen.

»Lust auf nen Drink? Prosecco mit Granatapfelsirup?«, frag ich. Von dem Überfall erzähl ich nichts, will vor allem Mia nicht noch mehr beunruhigen.

Mehrere Augenpaare richten sich aufmerksam auf mich. Drink? Das interessiert alle. Für Mia und Greta alkoholfrei, per favore.

»Und du?«, fragt Adriano süffisant, »auch senza alcol? Du schaust aus, als wärst du gegen einen Baum gelaufen.«

Mist, sieht man doch was. Hätte Make-up auflegen sollen, aber das wäre vermutlich noch mehr aufgefallen. Ich schüttle den Kopf. »Kein Kommentar … Nee, ernsthaft, Adriano, ein Schuss Prosecco darf gern rein. Aber so früh am Tag bitte wenig … Granatapfelsirup steht im Kühlschrank, bisschen mehr vom acqua con gas als das letzte Mal. So halb und halb«, geb ich Anweisung. »Nen kleinen Thymianzweig dazu und wenn du hast, drei, vier Johannisbeerkerne oder Granatapfelkerne und ein paar Eiswürfel.«

»Sonst noch was?«, Adriano hebt leicht die Augenbrauen.

»Du Armer, ich komm mit«, biete ich an und er widerspricht nicht.

»Auch wenn mich keiner fragt, für mich auch die Doro-Version, per favore«, bestellt Vinc.

»War mir klar, da brauch ich gar nicht fragen«, werfe ich meinem aktuellen Lieblingsliebhaber freundlich über die Schulter zurück und folge Adriano an die Bar. Schweigend mixen wir die Drinks und tragen sie raus.

»Ich hol mir schnell ne Jacke«, ruf ich und spring nach oben.

»Jetzt hock dich endlich hin und gib Ruhe«, verlangt Vinc, als ich wieder auf der Terrasse erscheine.

Aha. Vehement männliche Ansage.

»Vorsicht, mein Lieber, gefährliches Terrain!«, warne ich und lächle ihn unschuldig an.

Adrianos Blick sagt uns, dass er wieder mal gar nix kapiert. Vinc zwinkert mir zu.

Wir stoßen an.

»Salute«, sag ich.

»Salute«, prosten die anderen solidarisch.

»Wow! Schmeckt … wie … Martini … frisch … erfrischend, fast besser als ein Aperol Spritz. Und nicht so intensiv wie der Aperitif letztens, der hat mich an den Hustensaft von meiner Oma erinnert«, lobt Vinc den Drink.

»Ignorant, Banause! Ich geb dir gleich nen Hustensaft. Nur beste Zutaten, frisch, sogar der Sirup ist selber gemacht. War letztes Mal nur zu viel davon und zu thymianlastig.«

»Ich sag doch, dass der Drink schmeckt«, lacht Vinc. »Aber man kann halt nicht so viel davon trinken.«

»Na gut, hast die Klippe grade mal so umschifft«, stimm ich friedlich zu. »Aber ein Glas reicht, da hast du recht. Hmm, der Thymian ist für meinen Geschmack immer noch eine Spur zu dominant. Ich glaub, ich trink anschließend lieber ein Glas Rotwein. Von dem Bardolino, oben im Regal. Den von gestern Abend, du weißt schon, nicht den Hauswein. Holst du den schon mal?«

»So viel zum Thema, ich trink so früh noch keinen Alkohol.« Vinc lacht und steht auf. Mein versöhnlicher Schatz.

»Und Gläser, und bring doch ein paar Nüsslein zum Knabbern mit. Und ne Flasche Wasser, per favore, mio amore«, schick ich noch lautstark hinter ihm her.

»Du ritterst, mein Schatz«, ist Vinc' gelassene Retourkutsche.

»Rittern?« Das Fragezeichen steht nicht nur Adriano ins Gesicht geschrieben.

»Natürliche Autorität einsetzen, sich nicht infrage stellen lassen – Paps' Devise. Da sind wir uns durchaus ähnlich. Das mit der natürlichen Autorität funktioniert allerdings bei Vinc nicht immer – er nennt es ›rittern‹ und macht dann, was er will«, informier ich die anderen.

Adriano feixt.

»Brauchst dich gar nicht so zu freuen, mein Lieber«, sagt Greta zu ihrem Mann, »das Pärchen, das heute eingecheckt hat, sitzt auf der Terrasse und möchte was bestellen. Und bei der Gelegenheit … Kannst du mir bitte meine rosa Weste von oben bringen?«

Adriano nimmt's locker. »Ich seh schon, nicht nur ich lerne von euch.«

Mit Unschuldsmiene schau ich zu Greta. »Was meint dein Gatte?«

Die hebt die Hände und lacht nur.

Wir flachsen ein bisschen rum und meiden das Thema, das uns alle beschäftigt: Wo ist Niveo?

KAPITEL 18

LIMONCELLO E VULCANI – LIMONCELLO UND VULKANE

Domenico (Sonntag) – 2. September
Am Nachmittag

Adriano, als Sohn des Hotelchefs und waschechter Italiener, wird den Kurs leiten, ich, als Tochter von Sascha Ritter, muss natürlich dabei sein, obwohl's ja Vinc' Baby ist – er trägt's mit Fassung.

Gut gelaunt assistiert er uns. Wir haben draußen ein paar Tische zusammengeschoben, die Markise hält den gelegentlich niedergehenden Regen ab.

»Limone, Limoncello – nomen est omen. Limone ist untrennbar mit dieser wunderbaren Frucht verbunden, jede Hausnummer ziert sie, dennoch ist der Ort ursprünglich nicht nach ihr benannt, sondern der Name leitet sich wahrscheinlich von Limes, der Grenze, ab. Limone war das Ende der Republik Venedig, ist heute Grenze zu …«, beginnt Adriano mit seiner Einführung.

»Schon Goethe war beeindruckt von den Zitronengärten, als er vorbeigerudert ist«, wirft ein Gast sein Wissen in die Runde.

»Stimmt. Er hat die Schönheit des Ortes erkannt, die Besonderheit der Limonaie, der Zitronengärten. Hat sie mit seinen Worten unsterblich gemacht. Damals war Limone noch nicht durch die Gardesana mit den anderen Ortschaften verbunden, man konnte nur mit dem

Boot oder von den Bergen aus hierherkommen«, erzählt Adriano – genau wie Campione, denk ich –, »aber zurück zum Limoncello. Es gibt verschiedene Regionen, die sich als ›Mutter‹ des Limoncello sehen. Zum Beispiel die Amalfiküste am Golf von Neapel mit ihren zugegeben göttlichen Zitronen. Und auch die Sizilianer beanspruchen für sich, den besten Limoncello herzustellen – aber wir wissen es natürlich besser: Allora, wer hat den besten Limoncello?«

»Limone!«, schallt's im Chor und unter Gelächter von den Gästen.

Ich löse Adriano ab. »Dann fangen wir an, würde ich vorschlagen. Freut mich, dass Sie so zahlreich erschienen sind, erstaunlicherweise fast ausschließlich Männer. Ist also doch was dran – Autoputzen, Grillen und die Herstellung alkoholischer Getränke sind anscheinend vorwiegend männliche Domänen.«

»Mein Mann hat sich den Fuß verstaucht, sonst wäre er hier.« Frau Schmiedbauer lacht.

Alle anderen auch.

Inzwischen hat Vinc den Sud der eingelegten Zitronenschalen, die wir dem Bestand von Vittorio entnommen haben, in eine Glasschale abgeseiht.

»Wir nehmen heute den vorbereiteten Ansatz«, ich zeige auf das tiefgelbe Konzentrat, das auch ohne Sonne leuchtet. »Und Schälen üben wir noch. Da ist Adriano Experte. Er ist durch die strenge Schule seines Vaters gegangen«, erklär ich. »Wichtig ist, dass nichts vom Weiß der Schale mit in den Alkohol kommt, sonst wird der Likör bitter. Sie können Wodka oder Korn nehmen, besser ist aber hochprozentiger Alkohol. Gibt's bei uns daheim in der Apotheke. Und dann wird mit Zuckersirup verdünnt. Dazu kochen Sie Zucker und Wasser 1:1 auf. Machen wir nachher zusammen in der Küche.« Ich grinse. Wenn Valdo das mitkriegt – Gäste in seiner Küche! Da bekommt er nen Herzinfarkt.

»Sollte am Ende so um die 25 bis 35 Prozent haben. Schmeckt pur und eisgekühlt in kalten Gläsern und mit Eiswürfeln oder übers Eis drüber beziehungsweise als Limoncello-Spritz mit Prosecco und einem Stäudchen Pfefferminze … Unbegrenzte Möglichkeiten, kann sich jeder etwas nach seinem Geschmack einfallen lassen.«

Alle sind beschäftigt, ich hol eine Schüssel aus der Küche. Im hinteren Teil des Gartens stehen Zitronenbäumchen, die ziemlich viele knallgelbe Früchte tragen. Ich rupfe ein Blatt ab und reibe daran. Wahnsinn! Ein unvergleichlicher Duft. Müssen auch noch ein paar ins Körbchen.

»Hier, erntefrisch. Müssen Sie mal dran riechen«, empfehle ich den Kursteilnehmern. »Oder reiben Sie mal an einem Zitronenblatt, genauso gigantisch.«

Die Aktion macht uns allen Spaß, es wird gekostet und verglichen, und die Stimmung ist dementsprechend gelöst.

Das Abfüllen und die Verabschiedung am Ende überlass ich den beiden Männern, ich verdrück mich mit Greta in die Küche, die Spuren der Eindringlinge beseitigen.

»Morgen früh bringt Isabella die Kinder.« Greta seufzt abgrundtief.

»Keine Sorge, du hast ja mich. Mit Isabellas, Mariellas und Lollos kenn ich mich aus.«

Soll Greta in erster Linie aufmuntern, stimmt aber auch.

»Papas Frauen haben das Isabella-Schema, waren nie Konkurrenz für mich, hab sie immer ganz gut im Griff. Verstehen tu ich Paps allerdings nicht. Na ja, muss ich ja auch nicht. Er steht halt auf solche Frauen … und ich nehm sie als Studienobjekte.« Ich lache.

Greta lacht mit, aber überzeugt ist sie nicht. »Isabella ist nicht blöd«, sagt sie.

»Das behaupte ich auch nicht, aber berechenbar.«

»Verschätz dich mal nicht!«, dämpft Greta meine Überheblichkeit, aber nicht meine Überzeugung.

Durch die offene Küchentür sehen wir einige Gäste mit zufriedenem Gesichtsausdruck vorbeiflanieren, die Flasche Limoncello wie eine Trophäe in der Hand vor sich herschwenkend. Zeit für Siesta und Renovierungsarbeiten des Erscheinungsbilds … Man denkt schließlich schon vorsorglich ans Abendessen.

Vinc und Adriano sitzen mittlerweile draußen an unserem Tisch, sieht fast italienisch aus, mein Süßer, wie er mit Händen und Füßen gestikuliert. Wir legen das Thema Isabella vorläufig auf Eis und gesellen uns dazu.

Als Adriano von seinem Vater ins Büro gerufen wird, flackert Gretas Sorge bezüglich Isabella wieder auf. »Adriano nimmt mich da nicht ernst«, seufzt sie.

»Er kennt sich halt mit den subtilen weiblichen Waffen nicht aus, vor allem, wenn's Frau gegen Frau geht! Vinc, beruhig sie mal, sie glaubt mir nicht, dass ich mit ›Isabellas‹ umgehen kann.«

Vinc streicht sich übers Kinn. »Gut, dass es dir nicht an Selbstbewusstsein mangelt«, das klingt jetzt ein bisschen sarkastisch, »aber stimmt schon, Greta. Doro macht so was relativ locker.« Er lacht. »Isabella sollte dir leidtun.«

»Wenn du das sagst!« Vinc' Bedenken bezüglich Isabellas Wohlbefinden entspannen Greta offensichtlich. Dann seufzt sie erneut.

»Was ist jetzt noch?«, frag ich alarmiert.

Greta schüttelt abwehrend den Kopf. »Nichts, was du

ändern könntest, Doro. Leider. Ich mache mir Sorgen um Mia. Und um Niveo. Ich habe kein gutes Gefühl … Meint ihr, dass er noch lebt?«

Das ist der Punkt. Genau diese Frage versucht jeder, krampfhaft zu meiden. Weil keiner die Antwort kennt. Und sie als große Unbekannte über uns hängt. Ich wechsel einen kurzen Blick mit Vinc, dem fällt dazu auch nichts Beruhigendes ein. Danke! Kommt's wieder mal auf mich an …

»Leute, ich geh in die Küche, Kuchen backen, Abendessen vorbereiten. Dabei kann ich am besten nachdenken.«

»Mach das, Schatz. Ich trink noch meinen Cappuccino und such mir dann ein schattiges Plätzchen im Garten. Wenn du mich brauchst, einfach pfeifen!«

»Sehr praktisch.« Ich nicke gnädig.

Greta lacht und verschwindet kopfschüttelnd.

Ich beug mich zu Vinc. »Sieht man noch was?«, frag ich und dreh meinen Kopf zur Seite.

Vinc lehnt sich vor. »Ein bisschen rot höchstens, sonst nichts. Wenn ich den Typ erwische, dann …«

Vinc ist schon wieder auf 180. Ich setz mich auf seinen Schoß. »Was dann? Ne gebrochene Nase? Wie Carlos mit Mario? Vinc, mein Süßer, das ist nicht deine Art und auch gar nicht nötig. Am Ende hast *du* ne gebrochene Nase, und ich mag sie eigentlich genau so, wie sie ist.« Ich drück ein Küsschen auf die Spitze derselbigen. Vinc ist echt ein sanfter Typ, aber in so nem Fall würde ich meine Hand nicht für ihn ins Feuer legen. »Forti hat die Autonummer. Und das Bild haben wir auch noch.«

»Auf dem man nichts erkennt«, wirft Vinc in die Waagschale.

»Na ja, nichts kann man nicht sagen. Mal abwarten. Zum Glück hast du mein Handy gerettet, also alles gut.«

»Gut ist das nicht. Der Typ hat dich geschlagen! Und außerdem – warum ist der gleich so ausgeflippt? Okay, wenn mich einer ohne zu fragen mit seinem Handy knipst, bin ich auch sauer, aber ich schlag doch nicht gleich zu! Und schon gar keine Frau.« Er schnauft empört.

»Deshalb hab ich ihn ja fotografiert. Weil der nicht das erste Mal vor dem Hotel rumgelungert ist. Vielleicht hat Hugo Scalieri ihn geschickt? Um Mia zu beobachten? Könnte ja sein, dass er was gemerkt hat von Mia und Niveo.«

»Klingt plausibel.« Vinc nickt und reibt sich am Ohrläppchen. »Schatz, du bist schwer«, stellt er dann fest und schiebt mich von seinem Schoß.

»Schwer? Jetzt werd mal nicht frech!« Ich schwenk drohend eine Stoffserviette.

Vinc lacht bloß unverschämt.

Ich schau auf meine Uhr. »Bevor du noch mehr so schmeichelhafte Komplimente vom Stapel lässt, verzieh ich mich auf's Zimmer. Muss Paps anrufen. Beruflich … Er müsste jetzt seinen nachmittäglichen Schönheitsschlaf beendet haben. Dann mach ich den Kuchen.«

Bin gerade an der Zimmertür, als hinter mir jemand die Treppe raufstürmt. Ah, hat er jetzt schon Sehnsucht, mein Schatz? Ich dreh mich um, aber es ist nicht Vinc. Es ist Hugo. Er prescht an mir vorbei, nimmt mich gar nicht wahr, verschwindet im privaten Trakt. Logisch, dass mich das interessiert. Was im Klartext heißt, nix wie hinterher. Und so, wie der an Mias Tür hämmert, handelt es sich nicht um einen Krankenbesuch. Ich bleib mal besser in Deckung.

»Was willst du?«, fragt Mia und bleibt abweisend im Türrahmen stehen.

»Das fragst du allen Ernstes?«, zischt Hugo wütend, schubst Mia zur Seite und stürmt in ihr Appartement.

»Hugo!« Sie schließt die Tür.

He! Was zieht der hier ab? Der Kerl ist ja total aggressiv. Braucht Mia Hilfe? Andererseits, sie kennt ihn und hätte weglaufen können … Halt, ich hör schon wieder das Gras wachsen, ich mein, nicht jeder wütende Mann wird gleich gewalttätig. Andererseits hat Mia erzählt, was für Hugo auf dem Spiel steht, wenn sie sich trennen.

Ich presse mein Ohr an die Tür. Nützt nix, die sind nicht im Flur, sondern im hinteren Zimmer, immerhin kann ich hören, dass sie streiten, auch wenn ich kein Wort verstehe.

»Hab ich mir's doch gedacht!«

Erschrocken fahr ich zusammen. Vor lauter Neugier hab ich nicht mitgekriegt, wie Vinc sich rangepirscht hat und jetzt leise in mein Ohr zischt.

»Ich hab Hugo ins Hotel kommen sehen und als du nicht im Zimmer warst … Mann, Doro, wenn dich jemand sieht! Das ist ja nur noch peinlich!«

»Pst«, wink ich energisch ab.

Mia und Hugo sind jetzt anscheinend im Flur. »Du bist auch nicht besser«, wirft Mia Hugo gerade vor.

»Jetzt schieb nicht mir die Schuld zu. Wir waren beide nicht ehrlich. Aber du bist zu weit gegangen. Madonna mia, du hast mich angezeigt! Das kannst du unmöglich von mir denken!«

Vinc will mich wegziehen. »Doro, wenn sie dich erwischen! Ich geh, das halten meine Nerven nicht aus.«

Drinnen wird's wieder ein unverständliches Auf und Ab. Eine Tür schlägt zu. Na super, jetzt hör ich gar nix mehr. Kurzer Blick auf die Uhr … Hmm, für Paps ist es fast zu spät, egal, ich werd aufs Zimmer gehen, in meine Küchenklamotten steigen, die Gläser für die Longdrinks vorbereiten … Die gibt's heut Abend als Aperitif für alle Gäste – kleine Aufmerksamkeit des Hauses, Schlechtwetterpauschale und Dankeschön fürs Sandsäckeschleppen gestern Abend. In

Gedanken misch ich Limoncello, Holunderblütensirup und einen Spritzer Campari. Prosecco und Wasser Frizzante 1:1 als Longdrink oder nur einen Spritzer Prosecco als Aperitif. Ein Stück Zitrone und ein frisches Minzblatt. Für Kinder, Antialkoholiker und Autofahrer Gingerino plus Orangenlimonade plus Wasser Frizzante plus ein Blatt Minze plus ein Stück Melone … In Mias Appartement wird eine Tür aufgerissen und eilige Schritte nähern sich der Wohnungstür. Äh, okay, ich denk an Vinc' Worte, wenn mich hier jemand erwischt, wär's echt peinlich! In dieser weisen Erkenntnis verlass ich schleunigst meinen Lauschposten. Ein ganz klein wenig atemlos schlag ich die Tür von unserem Zimmer zu und lehn mich dagegen.

»Puh! Das war knapp.«

»Diskretion in einem Satz mit Doro Ritter zu nennen, wäre schlichtweg vermessen«, kommentiert Vinc, der auf dem Bett lümmelt und die Hände im Nacken verschränkt hat.

»Wenn du unwissend sterben willst, bitte schön!«, weise ich seinen Seitenhieb in Schranken. »Apropos sterben …«

»Danke, ich will durchaus nicht sterben. Weder wissend noch unwissend.«

»Quatschkopf! Im Ernst, Hugo war extrem sauer. Dass Mia ihn angezeigt hat, hat ihn megamäßig verletzt. Erst abserviert, dann angezeigt … Und das als Scalieri – ich glaub, da brodelt ein Vulkan!«

KAPITEL 19

MANIE DI GRANDEZZA – GRÖSSENWAHN

Lunedi (Montag) – 3. September

Ich steh zwar in der Küche, aber wach ist was anderes. Wie Odysseus dem Liebesgesang der Sirenen, lausch ich dem Gurgeln der kleinen, achteckigen Supermaschine. »›Caffettiera‹ nennen wir es«, sagt Greta, was mir grade ziemlich egal ist, Hauptsache das Mini-Ding macht nen ausgezeichneten Espresso – und das tut es. Könnte man sich glatt die sauteuren Megamonster sparen. Na ja, ist nicht ganz ernst gemeint, eher ein Nebelgespinst verschlafener Hirnwindungen. Ich gähne ausgiebig und schlürfe die großzügig gezuckerte, heiße Flüssigkeit.

Draußen rumort es. Stimmen. Es schrappt was an der Tür. Bitte nicht! Noch nicht! Lasst mir bitte, bitte noch zehn Minuten Ruhe! Ich bin kein Morgenmuffel, echt nicht. Aber mein erster Kaffee und ich … das sind heilige Minuten. Mein Stoßgebet wird nicht erhört. In großem Bogen schwingt die Tür vom Speisesaal zur Küche auf und Valdo schiebt einen flachen Einkaufswagen vor sich her. »Porca miseria!«, flucht er lautstark. Sein gebrochener Arm macht die Aktion zu einer Herausforderung – vor allem für unsere Türen.

Ich erbarme mich und eile ihm zu Hilfe. Melonen, Salat und Frischware vom Metzger. Mortadella und Salami fürs Frühstück. Eine besänftigende Duftmixtur.

»Fenchelsalami?«, frag ich hoffnungsvoll.

Valdo nickt.

Da kann ich nicht widerstehen. Ich schnapp mir die Tüte, pule eine Scheibe raus und schieb sie in den Mund. Mmmh, ein Traum. Vor allem richtig gelagert und nicht aus dem Kühlschrank. Valdo, dir sei verziehen! Ich reiß mir ein Stück Weißbrot ab, rolle zwei weitere Scheibchen Salami, zwischendurch noch nen Espresso – dann bin ich bereit für die Welt und für Valdo. Neugierig begutachte ich, welche Schätze der Wagen sonst noch bereithält.

»Meine Frau hat Marmeladen mitgeschickt«, erwähnt Valdo nebenbei und tut, als wär's nichts Besonderes. Aber mich täuscht er nicht. Er ist stolz auf seine Frau!

»Lass mal sehen«, sag ich und grapsche nach einem Glas. Für's Essen muss ich kein Interesse heucheln, das liegt in meinen Genen.

»Limone piccante und prugna e pesca«, les ich vom Etikett ab. »Aha, klingt interessant. Werd ich gleich mal kosten.«

Valdo strahlt.

Limone piccante. Probier ich zuerst. Weil Zwetschge-Pfirsich kann ich mir vorstellen, aber Zitrone piccante klingt spannend.

»Prugna-pesca ist mit Prosecco, soll ich ausrichten.«

Ich leg den Finger auf die Lippen. »Nix verraten, Valdo, ich will testen, ob ich die Zutaten rausschmecke. Und sag Vinc nix. Der muss raten … Mal sehen, vielleicht kann ich ne Wette rausleiern.«

Valdo zieht die Stirn kraus, hält sich aber mit einem Kommentar zurück. Ist sich, glaub ich, manchmal nicht ganz sicher über meinen Geisteszustand oder ob das einfach eine Nebenwirkung meiner Genialität ist. Hahaha, ich lach mich schlapp!

Ein Löffelchen Marmelade zergeht mir auf der Zunge. Ich schließe die Augen, verteile die fruchtige Masse im gesamten Mundbereich, lass sie an alle Rezeptoren andocken. Dabei versuche ich die einzelnen Bestandteile zu filtern. Zitrone ist klar, feine, säuerlich-aromatische Fruchtfasern. Ich zerbeiß ein winziges hartes Stückchen, sofort breitet sich ne scharfe Note auf der Zunge aus. Würde sagen, Chili. Und Rosmarin. Der kann sich sowieso nicht verstecken.

»Klasse! Ist was ganz Besonderes«, lob ich die Künste von Valdos Frau. »Da werden sich die Gäste freuen. Richte deiner Frau doch einen ganz herzlichen Dank von mir aus.«

Valdo murmelt was Unverständliches.

»Ich stibitze mir ein Gläschen für zu Hause, wenn's recht ist.«

Dazu sagt er nichts, aber ich seh ein Lächeln über sein Gesicht huschen. Echt süß, wie verlegen ihn das Lob macht.

Okay. Ich stelle alles fürs Frühstück bereit, Cocktailtomaten aus dem Kühlraum, Käse- und Wurstplatte richte ich erst kurz vorher an. Ananas, Äpfel, Kiwi, Pfirsiche, Trauben – für die Müsliecke zu einem frischen Obstsalat geschnippelt und ab in den Kühlraum. Kuchen gibt es heute vom Bäcker, außerdem haben wir frische Croissants mit Vanillecremefüllung, auch vom Bäcker, und die sind richtig lecker, da kann ich nicht motzen. Natürlich, selbst gemacht schmeckt besser und ist auch wirtschaftlicher. Aber gut, muss ja hier nicht das Rad neu erfinden.

Den Rest kann Greta mit Irmela richten, ich verzieh mich kurz nach oben. Vinc lass ich weiterschlafen, Ziel meiner morgendlichen Aktivität ist Mia. Die wecke ich gnadenlos, will mit ihr über Hugos Besuch gestern reden. Und ob sie immer noch glaubt, dass es Hugo war, der sie damals an der Villa niedergeschlagen hat. Ist mir egal, ob ich sie damit nerve, ich soll helfen, da muss man manchmal jemandem auf die Zehen treten.

Mia zögert. »Ich bin mir nicht mehr sicher. Hugo schwört, dass er damit nichts zu tun hat. Er ist wirklich tief verletzt wegen der Anzeige. Deshalb war er gestern da.«

»Ja, das hab ich auch schon geschnallt.« Ich kann mich gerade noch bremsen, Mia muss ja nicht wissen, dass ich gelauscht habe. »Äh … und zu welchem Ergebnis seid ihr gekommen?«

Zum Glück ist Mia viel zu sehr mit sich selbst beschäftigt, um zu bemerken, dass mein Gesicht eine verdächtige Röte angenommen hat. Das spür ich, da brauch ich keinen Spiegel.

»Kein Ergebnis. Er hat mir wütend seinen Frust an den Kopf geworfen und ist dann abgehauen. Ich klär das mit ihm, mach dir keine Sorgen, aber erst muss ich Niveo finden und mit ihm reden.«

Ohne Vorwarnung springt sie auf, rennt zur Toilette. Würgegeräusche. *Aha!* Als sie zurückkommt, hat sie ein feuerrotes Gesicht.

»Ist dir nicht gut?«, frag ich scheinheilig.

Na, komm schon, Baby, dräng ich innerlich. Baby … passendes Vokabular. Ich verberge meine lästerlichen Gedanken hinter einer verständnisvollen Miene.

»Alles in Ordnung, Doro. Ich hoffe, alles wird bald gut … Frag nicht. Wenn Niveo wieder da ist, wird sich alles klären.«

Aber ich frag natürlich doch.

»Nur noch zum besseren Verständnis: Um was geht es mit Hugo wirklich? Um eure geplatzte Verlobung? Eifersucht? Oder ist da noch was anderes? Was genau hat Hugo von dir zu befürchten? Was hast du gesehen?«

Mia ringt sichtlich mit sich. Dann schaut sie mich an. »Ich war bei Hugo, in seinem Büro. Da sind Pläne zu dem Projekt seines Vaters gelegen, Hugo sollte da etwas prüfen. Das wusste ich, aber als er kurz ins Büro seines Kollegen musste ... ja, da habe ich in die Pläne reingeschaut. Mir war einiges nicht im Detail klar gewesen. Es gibt Gutachten, Bergrutschgefahr und so ... Aber, Doro, das musst du für dich behalten!«, beschwört sie mich, eindringlich, fast panisch, und schaut dabei aus, als hätte sie Hochverrat begangen und würde es bereits wieder bereuen.

»Bergrutschgefahr? Du meinst da oben an der alten Villa deiner Familie? Da ist doch kein Berg oberhalb. Was soll da wegrutschen? Und was wollen die mit dem Grundstück dort?«

»Hugos Vater plant mit ein paar Investoren einen exorbitanten Hotelkomplex.«

»Ja und? Ist zwar eine Sauerei, da alles zu verschandeln, aber rein technisch gesehen ist genug Platz da oben, oder? Und wie gesagt, wo soll da was wegrutschen?« Kapier ich echt nicht. Ist ja quasi ne fette, ebene Fläche.

»Du warst doch unten in Campione?«

Ich nicke.

»Und hast die Parkgarage gesehen?«

»Du meinst, das, was davon übrig ist.«

»Esatto. Genau.« Mia flüstert fast und wirft immer wieder einen hektischen Blick zur Tür, als könne Hugo jeden Moment reinkommen und sie bei ihrem Verrat ertappen.

»Und was hat das mit dem geplanten Hotel zu tun?«, frag ich, noch immer im Nebel der Unkenntnis.

»Das Hotel und Campione sollen eine grandiose Einheit werden. Mit Seilbahn von oben nach unten.«

Wahrscheinlich starre ich sie mit offenem Mund an. Bei ihr sind jetzt alle Schleusen geöffnet und ich staune nur noch. »Ja, du ...« Kommt selten vor, aber ich bin erst mal sprachlos.

Mia seufzt. »Ich weiß, das klingt alles total verrückt. Aber jetzt verstehst du vielleicht, warum die Heirat so wichtig für unsere Väter ist. Dass ich die Gutachten gesehen habe, war eine Unachtsamkeit Scalieris. Jetzt zählt er natürlich doppelt auf familiäre Verschwiegenheit. Und mein Vater sieht das Geld. Und die Baugenehmigung für die Erweiterung fürs ›Magdalena‹. Seine Altersversicherung und überhaupt eine Familiensanierung.«

»Ist das der Deal? Und du glaubst, dass der alte Scalieri seinen Sohn auf Niveo angesetzt hat? Und Hugo hat sich deshalb an Niveo vergriffen? Und dich so nebenbei auch niedergeschlagen?«

»Das habe ich gedacht, ja. Aber Hugo schwört, dass das nicht stimmt, und ich … ich … ja, ich glaube ihm.« Mia betrachtet angelegentlich ihre Hände. Dann schaut sie mir eindringlich in die Augen. »Das muss aber unter uns bleiben. Doro, schwör mir, dass du nichts von alledem an irgendjemanden weitergibst. Wissen ist Macht, kann aber auch gefährlich sein, vergiss das nicht! Das mit den gefälschten Gutachten muss Hugo selber mit seinem Vater klären. Wird ein Riesending, aber es soll nicht von mir initiiert sein.«

»Wenn du meinst.« Sie tut mir leid, und ich bohre nicht weiter. Außer Vinc hab ich auch nicht vor, es jemandem zu erzählen. Vorerst. Aber ich werd es auf jeden Fall im Auge behalten. Und vorsichtig sein, weil Mia natürlich recht hat. Wenn sie es schon für möglich hält, dass Niveo oder sie selbst als Bedrohung angesehen werden, gegen die man vorgehen muss, dann werden sie bei mir bestimmt noch viel weniger zimperlich sein. Und letztendlich wäre auch Vinc in Gefahr … Stopp, bremse ich meine überschäumende Fantasie.

»Ich muss zurück in die Küche. Kommst du auch runter?«, frag ich Mia. Ich finde, ein bisschen Ablenkung wäre für uns beide nicht schlecht.

Mia schüttelt den Kopf. »Mein Fuß tut weh«, klagt sie.

Ausrede, denk ich. Weil vorhin, als sie zur Toilette gesprungen ist, hat man nichts gemerkt von wegen humpeln und so.

Irgendwie ist das Frühstück heute besonders hektisch. Obwohl kein großer Gästewechsel ansteht. Nur lauter Sonderwünsche. Jeder will sein Ei anders, mit Speck, ohne Speck, mit Kräutern, auf beiden Seiten gebraten, oder »Können Sie was empfehlen?«. Tja, das ist die Kehrseite der Medaille – mein Ruf, oder besser gesagt der Ruf meines Vaters, eilt mir voraus, und ich soll jetzt sozusagen aus einem Ei eine Genussexplosion zaubern! Aber ehrlich gesagt lässt mich das kalt.

»Ich werde ihnen schon noch erklären, dass der wahre Genuss in der Ursprünglichkeit liegt«, sag ich zu Vinc, der sich mittlerweile unters arbeitende Volk gemischt hat.

»Also roh?«, fragt er.

Dazu grins ich nur.

Adriano kommt rein und motzt. »Die flippen aus wegen der Marmelade! Meinen Marmeladenspender kann ich mir in die Haare schmieren.«

»Hey! Das wertet dein Frühstück extrem auf, glaub mir. Viele Gäste legen wert auf so Kleinigkeiten.«

Bla, bla, bla, denkt er, ich seh's ihm an.

»Wart einfach mal, wie sich die Sache entwickelt und wie viel Valdos Truppe überhaupt ranschafft. Die Klassiker Waldfrucht, Aprikose und Erdbeere kriegst du auf jeden Fall los, und das Monster machst du dann richtig sauber und verkaufst es auf eBay. Neuwertig.«

Adriano guckt säuerlich. Ich weiß, den Spender hat er erst kürzlich angeschafft. Die anderen finden ihn sowieso unhandlich und jetzt komm ich noch mit meinen Extratouren! Und verarsch ihn dazu.

Greta zwinkert mir zu.

»Hab ich gesehen«, müffelt Adriano grantig und verlässt beleidigt die Küche.

»Der kriegt sich schon wieder ein.« Greta lacht und eilt mit Tellern voller Spiegelei, Rührei und Speck für ein paar späte Frühstücksgäste in den Speisesaal.

Keine zwei Minuten später ist sie zurück. Bleich und fassungslos. »Sie sind da«, sagt sie und schluckt.

Wer? Ach, du liebe Zeit, Isabella! Die hab ich ganz vergessen! Arme Greta, es nimmt sie offenbar echt mit. Ich leg tröstend den Arm um ihre Schulter.

»Ohren steif, ich mach das«, scherz ich und bemüh mich, mir die Neugier auf besagte Isabella nicht anmerken zu lassen. Könnte Greta missverstehen. Zugegeben, mich belebt die Aussicht auf die Zähmung der Isabella.

Die Tür fliegt auf und die Kinder stürmen rein. Laura und Davide. Sind ganz schön gewachsen seit dem letzten Jahr. Mich ignorieren sie erst mal.

»Greta!«, schreit Davide.

»Hallo, Greta!«, schreit Laura genauso laut.

Und beide rennen zu ihr und sie schließt sie lachend in die Arme. Sie wird mit Küssen überhäuft. *Hallo!* Wovor hat sie Angst gehabt? Die Kinder lieben sie, das ist nicht zu übersehen!

Greta schaut zu mir und lächelt. »Doro, das sind meine zwei Racker, ohne die ist's hier richtig langweilig. Kennt ihr Doro noch? Sie war letztes Jahr ein paar Tage bei uns.«

»Arbeitest du hier?«, fragt Davide neugierig.

»Na ja, ein bisschen. Bis Valdos Arm wieder in Ordnung ist.«

»Ach so.« Damit ist das Interesse der beiden an meiner Anwesenheit erst mal erschöpft, und sie wirbeln aus der Küche.

»Bringen wir's hinter uns«, seufzt Greta, als wir in der Küche fertig sind, und geht voraus zur Wohnung ihrer Schwiegereltern.

Okay, hübsch ist sie, muss ich zugeben, als ich die dunkelhaarige Schönheit im bequemsten Sessel des Wohnzimmers thronen sehe. Ausgesprochen hübsch. Und sie weiß es. Ich werfe einen Blick zu Greta.

»Siehst du, was ich meine?«, flüstert sie mir ins Ohr und zieht mich rüber zu den anderen.

»Hallo, Isabella. Das ist Doro«, ringt sie sich zu ein paar dürren Worten durch.

Isabella springt auf, umarmt Greta fest und herzlich. Dann mich. »Doro, ich habe schon von dir gehört.«

»Na, dann hoff ich, nur Gutes!«, antworte ich genauso herzlich.

Ja, das können die Isabellas der Welt. Legen eine Offenheit und Aufmerksamkeit für andere an den Tag, die sich natürlich geschmeichelt fühlen und nicht merken, dass sie nur Statisten für den Auftritt des Stars sind. Isabella strahlt, lässt ihre blütenweißen Zähne blitzen, zieht aber für den Bruchteil einer Sekunde die makellose Stirn in Falten. Sie wittert Gefahr. Tja, meine Liebe, du beherrschst deine Kunst perfekt – aber ich auch, und das riechst du …

Ich bin sehr zufrieden. Mein Plan läuft gut an. Zum Totlachen, wie die anderen mittendrin stehen und trotzdem völlig ahnungslos sind.

Greta schaut irritiert zu mir. Oh Gott, sie glaubt doch wohl nicht … Also *sie* könnte schon kapieren … Ich zieh unauffällig mein Ohr leicht in die Höhe. Ihre Mundwinkel zucken. Na, Gott sei Dank, hätte mir grade noch gefehlt, wenn ich ne beleidigte Freundin besänftigen müsste.

»Bleibst du über Nacht hier?«, frag ich Isabella und impliziere damit, wie unerwartet diese Tatsache wäre. Und stelle gleichzeitig meine Position hier klar, was heißt, ich gehöre dazu, und du bist nur Gast.

Sie versteht genau, was ich ihr lächelnd ins Gesicht klatsche, und sie kann einen wütenden Blick zu Greta nicht zurückhalten.

»Natürlich bleibt Isabella ein paar Tage«, beantwortet der alte Rinaldi meine Frage und tätschelt Isabellas Hand.

»Aber nur, wenn du nichts dagegen hast, lieber papà«, schmeichelt sie.

Papà! Mir kommt das Kotzen. Adriano steht bedröppelt da, ihm ist die Situation sichtlich unangenehm. Kann ich sogar verstehen …

»Das ist ja super!«, ruf ich begeistert aus. »Ich brauche dringend Unterstützung in der Küche! Irmela kann die nächsten Tage nicht, sie muss bei ihrer Familie aushelfen.«

Ich darf auf keinen Fall versäumen, Irmela diese Tatsache noch mitzuteilen.

Greta verzieht keine Miene. Will wohl Isabella nicht reizen. Braucht sie auch gar nicht, das hab ich schon geschafft.

»Kein Problem, ich kann den Service im Speisesaal übernehmen. Mit Greta.«

Ja klar, repräsentieren im Speisesaal, das könnte dir so passen, denk ich und lächle. »Du, das ist lieb von dir, Isabella, aber das ist nicht nötig. Greta und Vinc sind ein gut eingespieltes Team … Vinc hat das ja gelernt. Aber wie gesagt, ich brauche in der Küche jemanden, der mir zuarbeitet, das wär echt ne Hilfe.«

»Wie meinst du das?«, fragt sie spitz, ihr ist auf die Schnelle keine spontane Ausrede eingefallen. Und sie will ja nicht das Gesicht verlieren, indem sie Hilfe für die Familie, für den lieben »papà«, ablehnt. Ha! Würde sagen, Punkt eins geht an mich.

»Ja, weißt du, nichts Schwieriges. Salat putzen, Gemüse schneiden, Spülmaschine ein- und ausräumen und so was«, erklär ich freundlich. »Wenn du heut Abend um fünf kommst, das reicht. Bis dahin ist fast alles fertig. Da kannst du dich erst mal einarbeiten.«

Also, ich find mich echt großzügig.

Um den Bogen nicht zu überspannen, verabschiede ich mich schnell, ein Telefonat mit meinem Vater vorschiebend.

»Wird ein kurzes Gastspiel«, flüstere ich Greta im Vorbeigehen zu und verlass den Ort des Triumphes. Schade, dass Vinc nicht dabei war.

»Was Isabella betrifft, da geb ich Greta recht, aber die Kinder … Greta glaubt, dass sie natürliche Antennen dafür haben, dass der nonno, der Opa, die neue Schwiegertochter nicht leiden kann und die beiden sowieso wollen, dass ihre Mama wieder hier einzieht. Und dazu müsste Papas neue Frau erst weg.«

Vinc und ich sitzen auf dem Balkon und unterhalten uns leise. Er versteht, was ich meine, ich habe ihm alles erzählt.

»Aber so wie die beiden Greta begrüßt haben … Nee, du, die mögen sie.«

Und dann schildere ich mit gewisser Freude mein Zusammentreffen mit Isabella.

Vinc lacht sich kaputt. Hab doch gewusst, dass ihm das gefällt!

Jemand klopft an die Tür.

»Hast du Champagner bestellt?«, frag ich.

Es klopft heftiger. »Doro!«, ruft Greta begleitend dazu.

Ich seufze. »Nix Zimmerservice.«

»Champagner gibt's später. Komm, beweg dich, ist eh für dich«, treibt Vinc mich an.

Anzunehmen.

»Greta! Was ist los?«, frag ich, als ich geöffnet habe.

»Ach, die Kinder suchen Mia. Sie wollen ihre Tante begrüßen. Aber ich finde sie nirgends. Weißt du, wo sie ist?«

»Nein, tut mir leid, ich dachte, sie ist in ihrer Wohnung.«

»Eben nicht.«

»Hmm, wie gesagt, keine Ahnung … Vinc, hast du Mia gesehen?«, ruf ich so laut, dass er mich auf dem Balkon hört.

»Nee, sorry«, kommt's von draußen.

»Ja, tut mir auch leid«, sag ich zu Greta, »Ich war heut früh kurz bei ihr, sie wollte nicht zum Frühstück runterkommen, weil ihr der Fuß wehtat.«

Greta winkt ab. »Egal, ist nicht so wichtig, die Kinder können sie später begrüßen, jetzt sollen sie erst mal an den Pool.«

»Schick Isabella gleich mit, sie soll sich noch ein wenig erholen, damit sie fit ist heute Abend in der Küche«, schlag ich lachend vor.

Greta schaut sich erschrocken um. »Pst, nicht so laut.« Sie legt den Finger auf die Lippen. »Danke, Doro«, flüstert sie dann, »für dieses Gesicht von Isabella!«

Wir kichern.

»Okay, ich kümmer mich mal wieder um Laura und Davide.«

»Ruf Mia halt an«, geb ich ihr mit auf den Weg.

Dann verzieh ich mich zu Vinc auf den Balkon und schling ihm die Arme von hinten um den Hals. Ich blase seine Haare am Wirbel leicht auseinander.

Vinc, schüttelt sich, lacht. »Was machst du da?«

»Wollt schauen, ob du schon lichte Stellen hast …«

»Also echt, Doro! Sehr romantisch. Manchmal bist du ein richtiger Büffel«, empört sich Vinc und fuchtelt mit den Händen, um mich wegzuscheuchen.

»Danke, dito.« Ich lache leise. »Komm, sei nicht beleidigt.

Hmm …« Ich vergrabe mein Gesicht in der noch keineswegs lichten Haarpracht meines Traumprinzen. »Du darfst deine Haare verlieren, aber nicht deinen Geruch. Ich vertrete nämlich die These, Liebe geht durch die Nase.«

Vinc lacht. »Jetzt hast du aber grade noch die Kurve gekriegt! Hab mal einen Bericht gesehen, in dem behauptet wurde, Männer empfinden Essensgerüche als erotisch.«

»Wär nicht übel, dann müsste ich mich gar nicht anstrengen, du fändest mich immer besonders erotisch, wenn ich nach Zwiebel, Fett und Fleisch duftend von der Arbeit nach Hause komme.«

»Ist manchmal wirklich zum Anbeißen, aber am liebsten rieche ich dich pur. Ohne Essen und ohne Parfüm.«

»So wie jetzt?«

»Hmm«, Vinc zieht mich auf seinen Schoß, schnüffelt, »ja, genau so … du sollst nicht kichern!«, brummt er und schnüffelt weiter.

»Das kitzelt aber …«

Später lieg ich entspannt in Vinc' Armkuhle. Er krault sanft mein Ohrläppchen.

»Okay, ich schau mal, ob Mia wieder aufgetaucht ist«, raffe ich mich nach einer Weile auf und löse mich nur ungern aus seiner Umarmung.

»Die kommen bestimmt auch ohne dich zurecht«, meint Vinc und dreht sich zu mir. Jetzt knabbert er an meinem Ohr.

»Sei nicht so unersättlich, der Tag hat noch ne lange Nacht.« Ich schieb ihn auf seine Seite des Bettes und zieh mich an. »Mia war heute früh nicht gut drauf«, sinniere ich dabei mehr zu mir selber als zu Vinc. »Ich mein, klar versteh ich, dass ihr die Ungewissheit über Niveo zu schaffen macht.«

»Aber?«

»Na ja, nix aber. Eigentlich. Aber …«

»Sag ich doch.«

»Nee, ernsthaft jetzt, mir ist ein Gedanke gekommen. Eine Möglichkeit … Muss ich selber erst auf die Reihe bringen.«

Vinc rollt sich auf die Seite, stützt sich auf den Ellbogen und harrt wortlos weiterer Ausführungen.

»Und echt, nur mal angenommen, weil – ich glaub das ja nicht, aber möglicherweise …«

»Lass es raus, Doro, sonst zerreißt es dich.«

Ich lass den Seitenhieb kommentarlos an mir abperlen. »Stell dir folgendes Szenario vor … äh, und deck dich bitte zu, das lenkt mich ab …«

Vinc grinst und zieht das Laken hoch.

»Danke. Ja, also, ich hab dir doch erzählt, wie sich die beiden vor meinem Badfenster getroffen haben. Da hat Mia Niveo mitgeteilt, dass sie schwanger ist, er ist aber gar nicht darauf eingegangen. Vielmehr hat ihn selber etwas beschäftigt, was er Mia unbedingt sagen wollte … Also bitte! Ich mein, stell dir vor, ich teil dir mit, dass ich schwanger bin, und du hast nichts Besseres zu erwidern, als dass du dir ein neues Motorrad kaufen willst!«

»Es wird schon ein bisschen mehr als ein Motorrad gewesen sein«, wirft Vinc dazwischen.

»Ja, vermutlich, aber du weißt, was ich meine. Deine Freundin ist schwanger und du hast was Wichtigeres im Kopf … Also, da wär ich durchaus ein klein wenig beleidigt.«

»Aber sie haben ihre Beziehung doch anschließend gemeinsam der Familie offenbart und da stand Niveo voll hinter ihr. Und sie sind zusammen weggegangen.«

Berechtigter Einwurf von Vinc.

»Stimmt. Aber was wollte Niveo ihr sagen? Dass er schon eine Familie hat? Eine Ehefrau, Freundin, Kinder? Überleg mal. Das würde passen. Sie gehen zusammen weg, in der Villa kommt es zum Streit, der Streit eskaliert. Wollte er sie verlassen? Wollte sie das verhindern? Und er hat sich gewehrt? Oder wollte er sie beseitigen, seinen Fehltritt vertuschen? Immerhin hat Mia blaue Flecken am Hals. Oder Niveo ist blöd gefallen … Mia hat die Leiche irgendwo versteckt und macht jetzt auf verzweifelte Geliebte.«

»Na ja, find ich nicht mal so abwegig.« Vinc massiert seine Wange. »Die Geschichte, die sie uns aufgetischt hat, ist jedenfalls auch nicht besser. Aber …«

»Was, aber?«

»Was ist mit dem alten Jacopo? Und der Taschenlampe im Baum? Und die Geldbörse im Gumpen? Und warum hat sie Hugo angeschwärzt?«, überlegt Vinc, kein Spott mehr in der Stimme.

»Du meinst, alles nur Fake? Das mit Hugo war nur Ablenkung, und Jacopo hat Mia geholfen, Spuren zu beseitigen, falsche Spuren gelegt? Der Alte würde alles für seine kleine Prinzessin tun.« Aber Vinc weiß ja noch nicht alles. »Weißt du, Mia hat mir vorhin was erzählt … Zugegeben, ich hab ihre depressive Stimmung ausgenutzt und es ihr aus den Rippen geleiert. Unter dem Siegel der Verschwiegenheit.«

»Natürlich.« Vinc' Stimme trieft vor Sarkasmus, er hat aber kein schlechtes Gewissen, dass ich ihn aus der Verschwiegenheitsklausel rausnehme.

»Ich ärgere mich gar nicht über die Verbauung meiner romantischen Tourivorstellung, jedenfalls nicht hauptsächlich, sondern über ausgewachsene Umweltsünden. Gefährliche Todsünden.«

»Was hast du denn jetzt wieder ausgegraben?« Vinc ist alarmiert.

»Ich hab nix ausgegraben, Mia hat was eingegraben. In meine Gedanken. Stell dir vor, die wollen oben die alte Villa abreißen und einen riesigen Hotelkomplex hinbauen. Tja, dann kam dieser Steinschlag. Campione bleibt akut gefährdet, da können sie noch so viele Netze über die Felsen spannen.«

»Aber das Hotel wär ja da oberhalb der Steinschlaggefahr. Nichtsdestotrotz eine Verschandelung der Landschaft, wie ich finde …«

»Ja, das hab ich auch zu Mia gesagt, aber es geht nicht nur um das Hotel da oben. Die wollen ne Seilbahn nach Campione runterbauen und Campione sozusagen als erweitertes Hotelgelände mit einbeziehen. War bestimmt billig zu haben, nach dem Steinschlag. Da haben die anderen Investoren das Interesse verloren. War schon seit Langem ein Pingpongball für superreiche Fantasten, hat Mia erzählt. Ein eigenes Dorf, eine eigene Insel … und dann gehört mir die Welt. Hat so was von Kinderspielen: Ich bin der König, und ihr seid meine Untertanen. Früher haben die Kinder sich verkleidet oder sind von ihren Eltern ins Marionettentheater ausgeführt worden, heute gibt's diverse Spiele im Internet. Und die Superreichen, die spielen ihr Monopoly im richtigen Leben. Da kauft man sich mal schnell ein ganzes Dorf, baut utopische Hotelanlagen. Aber das wird richtig gefährlich. Der Berg lässt sich auf Dauer nicht überlisten! Und dann gibt's Tote. Und das große Erstaunen.« Ich hol tief Luft.

Vinc hat sich auf die Bettkante gesetzt und reibt sich das Ohrläppchen. Wie er so dasitzt … Ich hock mich neben ihn. Er legt den Arm um meine Schultern, ich meine um ihn rum. Wir kuscheln und schweigen.

»Klingt ziemlich fantastisch. Ein Imperium mit Seilbahn. Utopisch irgendwie«, sagt Vinc nach ner Weile.

Bilder entstehen in meinem Kopf. »Auf Sizilien, in Taormina, gibt's zum Beispiel so ne Seilbahn, die verbindet den oben gelegenen Ortsteil mit dem Ort unten am Meer. Fährt alle paar Minuten und ist billig«, greif ich das Thema weiter auf.

»Hab davon gehört«, sagt Vinc. »Aber die ist für die Allgemeinheit.«

»Ja, und? Es geht um die Sicherheit und nicht darum, für wen sie ist.«

»Ist mir klar, ich mein auch nur, dass da eben andere Interessen dahinterstehen.«

»Und der Ätna ist auch nicht gerade harmlos. Trotzdem werden da Massen von Touristen raufgekarrt. Keine Ahnung, ob das Privatinvestoren sind da oben … Andererseits ist das gerade der Kick, die Ahnung von Gefahr, die die Leute suchen …«

»Ja, schon, aber was willst du eigentlich damit sagen? Was ist los, Doro? Bist du jetzt für oder gegen das Hotel?«

»Wenn die Gutachten stimmen, natürlich dagegen. Ich bin kein Fachmann, aber mir scheint die Situation nicht ungefährlich, und ich frage mich, wie man so was planen kann. Ich mein, irgendwann gibt's eine Katastrophe. Das ist vorprogrammiert. Und was das kostet. Wo soll da der Gewinn sein?« Ich versteh's echt nicht.

»No risk, no fun. Manche können sich halt teure Spielzeuge leisten.« Vinc versteht dieses Männergehabe anscheinend besser.

»Die neuen Kennedys von Campione? Scalieri bekommt Macht und Geld, Vittorio verkauft das Grundstück und stimmt im Gemeinderat für das Projekt? Mia sagt, ihr Vater wäre das Zünglein an der Waage bei der Abstimmung und bekäme dafür die Genehmigung, das ›Magdalena‹ umzubauen, wann und wie er will. Die Rinaldis wären saniert für alle Zeiten.«

»Das versteh ich jetzt nicht.«

»Ist ganz einfach, Mia hat es mir erklärt. Pass auf. Rinaldi stimmt für das Hotelprojekt, für das es anscheinend nicht nur Zuspruch gibt. Aber mit Rinaldis Stimme ist der Antrag durch. Im Gegenzug bekommt Rinaldi erstens einen Batzen Geld für das Grundstück, und zwar einen richtig fetten Batzen, und er würde zweitens von sämtlichen Auflagen bezüglich Um- und Anbauarbeiten an seinem eigenen Hotel befreit. Da darf nämlich nicht jeder bauen, wie und wann er will. Kann sein, dass du zwar die Kohle hast, aber fünf Jahre warten musst. Also so ein Deal wär schon Gold wert für die Familie, weil sie ja gerne erweitern wollen, und das Geld dafür wär dann auch da.«

»Okay, aber wenn das Hotel größer wird, müssten sie noch viel mehr arbeiten«, gibt Vinc zu bedenken.

»Ich glaube nicht, dass sie das als Nachteil sehen. Davon leben die Rinaldis, und ihre Nachkommen sollen das weiterführen.«

»Hoffentlich haben die dann auch Lust dazu«, orakelt Vinc.

»Das liegt noch in ferner Zukunft. Mich interessiert vielmehr, warum gerade Campione solche irrwitzigen Ideen auslöst. Weder schön noch sicher … Größenwahn? Lockt gerade das Risiko?«

Vinc zuckt nur mit den Schultern.

KAPITEL 20

SCOMPARSO – VERSCHOLLEN

Lunedi (Montag) – 3. September

Mia bleibt verschwunden.

In der ganzen Hektik am Morgen ist das keinem aufgefallen, außerdem hat sie ja zu mir gesagt, dass sie auf ihrem Zimmer bleiben will. Aber wo ist sie hin? Ohne jemandem Bescheid zu sagen? Meine Theorien behalt ich für mich, ich glaub eh nicht wirklich, dass Mia etwas mit Niveos Verschwinden zu tun hat. Vinc hält das auch für unwahrscheinlich. Allerdings will ich keine Möglichkeit außer Acht lassen, nur weil ich Mia mag. Und jetzt ist sie abgehauen. Ihr Auto ist weg, das Handy ausgeschaltet. Muss mich mit Greta beratschlagen, die kann Mia besser einschätzen.

Ich finde meine Freundin am Pool, mit den beiden Kids, wir setzen uns an den Beckenrand und lassen die Füße ins Wasser baumeln. Es ist ein bisschen schwierig, Greta klarzumachen, warum ich Mia unbedingt finden will. Mia ist schließlich eine erwachsene Frau. Stimmt. Eine erwachsene Frau, die außer mit der Schwangerschaft möglicherweise auch noch mit dem Tod des Kindsvaters fertigwerden muss. Doch das sind beides Punkte, über die ich mit Greta noch nicht sprechen kann. Lange wird das nicht mehr funktionieren, weil mich Greta jetzt schon misstrauisch mustert. Klar, sie ist nicht blöd.

»Sorry, wenn ich mich einmische …«

Erschrocken dreh ich mich um. Ich hab die beiden Schwestern aus Hannover gar nicht wahrgenommen. Sie sitzen im Schatten, mit den obligatorischen Laptops auf den Knien. Ruth, die eine der beiden, fährt fort: »Ich habe die Tochter des Hauses weggehen sehen. Als wir beim Frühstück saßen. Ungefähr halb neun, oder?« Sie schaut zu ihrer Schwester, die nickt bestätigend. »Sie ist am Speisesaal vorbeigekommen, ich glaube, sie ging Richtung Büro. Mehr weiß ich leider nicht.«

»Danke trotzdem«, sag ich, obwohl mir die Information nicht weiterhilft.

»Wundert mich, dass ich sie nicht gesehen habe«, sagt Greta. »Oder Adriano. Es ist eigentlich ständig jemand im Bereich der Rezeption.«

»Na gut«, ich stemme mich hoch. »Sag mir Bescheid, wenn sie sich meldet, okay?«

Greta nickt. »Du mir auch, ja?«

»Logisch. Also dann, bis später.«

Auf dem Weg zurück halte ich Ausschau nach Isabella. Will sie an ihren Kücheneinsatz erinnern. Vermutlich sind alle in der Lobby, Isabella wird mit den Gästen schäkern und ihre Ex-Schwiegereltern um den kleinen Finger wickeln, und Adriano gleich mit.

Unruhe stiften, wie Greta das nennt.

Auf der Terrasse fängt Vinc mich ab. »Und? Mia gefunden?«

Ich setz mich zu ihm und schüttel den Kopf. »Keine Spur. Ich hab ein bisschen ein schlechtes Gewissen. Wegen heut früh. Vielleicht hab ich sie mit meiner Fragerei in Panik versetzt.«

»Quatsch, Doro! Mia ist kein Kind mehr, und du willst nur helfen. Und das sogar mit ausdrücklicher Aufforderung!« Vinc lacht aufmunternd.

»Stimmt. Trotzdem. Weißt du, was mir auffällt? Ständig sagt jemand, Mia ist doch kein Kind mehr. Warum? Weil sie … so … schutzbedürftig wirkt? Genau, Mia weckt den Beschützerinstinkt in uns allen. Nicht nur beim alten Jacopo.«

»Hmm …« Vinc nickt nachdenklich. »Da ist was dran.«

Ich seufze. »Wie geht's jetzt weiter? Für die Polizei ist der Fall sowieso kein Fall, höchstens einer von Belästigung. Für Forti bezüglich meiner Person.«

Vinc nickt wieder. »Da ist auch was dran.«

»He!«, protestiere ich gegen den unverschämten Unterton und will mich auf ihn stürzen, aber da lenkt mich ein Gedanke ab. »Ich geh zu Hugo«, verkünde ich.

Vinc schnellt aus seinem Stuhl hoch wie eine Sprungfeder. »Aber nicht alleine!«

»Du kannst gern mitkommen«, sag ich gnädig. Seit der Sache mit dem Handyfoto, als der Typ mich geschlagen hat, ist er auffällig häufig in meiner Nähe. »Ich steh auf Bodyguards.«

»Das ist schön, aber nicht witzig. Ich mach mir nämlich echt Sorgen wegen deiner Alleingänge, stell dir vor!«

»Schatz, das weiß ich doch, und ich finde das sehr süß von dir, aber glaubst du nicht, dass du ein bisschen übertreibst?«

»In dem Punkt kein Risiko. Ich komme mit! Was willst du eigentlich von Hugo?«

»Ich will wissen, was genau zwischen den Rinaldis und den Scalieris läuft. Warum die unbedingt wollen, dass Mia und Hugo heiraten. Das ist doch alles mittelalterlich.«

»Doro, glaubst du ernsthaft, dass der dir irgendwas erzählt? Du kennst den Typen ja nicht mal richtig.«

Aber Vinc täuscht sich. Ich hätte es ja selber nicht gedacht, dass Hugo praktisch zum Wasserfall wird. Bildlich gesprochen. Nach telefonischer Anfrage hat er sofort einem Treffen zugestimmt, und jetzt sitzen wir in einer stillen Ecke auf der Terrasse des Scalieri'schen Hotels. Einer der riesigen Komplexe, in denen ich weder wohnen noch kochen will. Klar, du hast Luxus, Animation, sportliche Angebote, Shuttle und eine Anonymität, die viele Gäste durchaus schätzen. Oder sogar ganz bewusst suchen. Hat halt jeder seine eigenen Vorstellungen, und ich muss zugeben, es sieht echt edel aus hier. Gepflegte Kieswege, Palmen und Orangenbäume sorgen für südlichen Flair, der Blick zum See, die Säulenzypressen, die die Skyline von Limone prägen, die bunten Segel der Surfer, die unten auf dem See mit der Flaute hadern und auf die berühmten Gardaseewinde warten … Prospektverdächtig. Trotzdem, mir ist das »Magdalena« lieber.

Ich räuspere mich. »Hugo, ich sag gleich mal Du, okay? Also, Hugo, Mia und du, ihr hattet gestern Streit. Ich hab's gehört und Mia hat es außerdem erzählt.«

»Das leugne ich gar nicht«, nimmt Hugo mir den Wind aus den Segeln. »Ja, ich war bei Mia, und ja, ich war stinksauer. Wärst du an meiner Stelle auch gewesen. Wenn du von deiner Verlobten bezichtigt wirst, sie niedergeschlagen und nebenbei noch deinen Rivalen ermordet zu haben! Und das war nicht nur so dahingesagt, sie ist damit zur Polizei gegangen! Zum Glück habe ich ein Alibi. Ich bin gestern zu Mia gegangen, weil ich den Vorwurf ein für alle Mal aus der Welt schaffen wollte. Und auch, um unsere Beziehung zu klären. Dazu kam es aber nicht, weil Mia mich rausgeworfen hat.«

»Das war alles?«, frag ich ein bisschen enttäuscht.

»Gestern ja«, Hugo schaut von Vinc zu mir, macht es spannend.

»Was heißt das?« Vinc' ungeduldige Frage ist zugleich Aufforderung, sich nicht jedes Wort aus der Nase ziehen zu lassen.

»Ich habe heute Vormittag mit Mia gesprochen.«

»Heute?«, kommt's unisono aus Vinc' und meinem Mund.

»Ja, während der Frühstückszeit. Ich wollte mit ihr reden. Es war mir wichtig, mich mit ihr auszusprechen. Wir kennen uns schon ewig und dass wir heiraten sollen, war zwar in erster Linie der Wunsch unserer Väter, aber es war auch für uns okay. Wir sind mehr oder weniger zusammen aufgewachsen und mögen uns. Tja, wir haben allerdings bald gemerkt, dass es einfach nur für eine Freundschaft reicht, aber nicht für eine Beziehung. ›Okay‹ ist eben zu wenig. Es hat eine Weile gedauert, bis wir uns das eingestanden haben, und wir waren auch nicht sicher, ob wir nicht trotzdem heiraten sollten, weil es sicher schlechtere Voraussetzungen für eine Ehe gibt, aber … das hat jeder nur für sich gedacht, wir haben nicht offen darüber gesprochen. Irgendwie haben wir es immer aufgeschoben, es schien uns nicht so wichtig. Was natürlich idiotisch ist.« Hugo schluckt.

Vinc und ich schweigen, wir wollen sein Redebedürfnis auf keinen Fall stören.

»Aber dann hat Mia sich in Niveo verliebt, und ich habe ebenfalls meine große Liebe gefunden. Auch das haben wir voreinander verschwiegen. Leider. Keiner wollte den anderen verletzen … Wir hätten uns vertrauen müssen, dann wäre Mia nie auf den absurden Gedanken gekommen, dass ich aus Eifersucht ihren Freund umbringen würde.«

Hugo hält inne und schaut von seinen Händen hoch.

»Deshalb bin ich heute früh zum Hotel gekommen, aber Mia ist gerade in ihr Auto gestiegen und weggefahren. Sie hat mich gesehen, war aber sehr in Eile.«

»Und dann?«

»Ich habe gewendet und bin hinter ihr hergefahren. Bis nach Prabione. Ich dachte, sie würde zur alten Familienvilla fahren, wäre schwierig geworden, mit meinem großen Wagen, aber sie hat vorher angehalten. Gleich neben der Hauptstraße, an dem Brunnen beim Ortseingang. Ich habe direkt hinter ihr geparkt, weil Mia sowieso mitgekriegt hat, dass ich sie verfolgt habe. Sie war nervös, hat aber mit mir geredet. Wir haben über alles gesprochen, ich habe ihr dann von meiner neuen Liebe erzählt. Mia kennt sie sogar, sie führt eine kleine Boutique im Ort, aber egal«, Hugo winkt ab, »wir sind beide froh, dass wir endlich reinen Tisch gemacht haben. Zumindest, was unsere Beziehung angeht.«

Er stockt. Ich bin gespannt. Hat Mia ihm von der Schwangerschaft erzählt? Ist es möglich, dass Hugo der Vater ist?

Hugo fährt sich mit beiden Händen übers Gesicht. »Aber da war noch etwas anderes, weswegen sie so nervös war. Sie wollte sich mit dem alten Jacopo treffen, hat sie gesagt und mich gedrängt, zu fahren. Sie wollte allein sein.« Hugo stockt erneut, schaut mich an, als könne ich ihm sagen, warum Mia mit Jacopo reden wollte.

Na super! Woher soll ich das wissen?

Ich erwidere seinen erwartungsvollen Blick und wäge ab. Einerseits glaub ich ihm, und ein kurzer Augenkontakt zu Vinc sagt mir, dass er mit mir einer Meinung ist, aber darf ich die Theorie von Hugos Schuld ganz ad acta legen? Nee, zu brisant. Mia ist nicht da, und was weiß ich, wie gut der Typ lügen kann! Andererseits – ja, genau, so mach ich es. Ich werde von seiner Unschuld ausgehen, ihn aber im Auge behalten. Was mich jetzt etwas tun lässt, was ich nicht vorgehabt habe. Ich steck ihm das mit dem Baby.

Hugo ist tief betroffen.

»Warum hast du ihm das mit der Schwangerschaft verraten?«, fragt Vinc dann auch prompt auf dem Rückweg, weil er den Sinn der Aktion nicht versteht.

»War ne spontane Entscheidung«, geb ich zu. »Ich hab gedacht, dass es seine Motivation steigern könnte, Mia bei der Suche nach Niveo zu unterstützen. Was natürlich nur Sinn macht, wenn die Geschichte von Hugo stimmt.«

»Na ja, möglich«, gibt Vinc zu, »dazu müssten wir aber erst mal Mia finden.«

»Die taucht hoffentlich bald wieder auf«, orakel ich, selbst nicht ganz von meinem Optimismus überzeugt.

»Der alte Jacopo hat gesagt, alles wird gut, weißt du noch?«

Vinc nickt.

»Mia hat sich mit ihm getroffen. Warum? Weiß er etwas von Niveo?«

Gemeinsam hängen wir unseren Gedanken nach.

»Wir könnten Jacopo besuchen«, schlag ich nach einer Weile vor.

»Bauchgefühl?«, erkundigt sich Vinc ganz ohne Ironie.

»Mhm«, nicke ich. »Vorher checken wir die alte Villa. Vielleicht sitzt Mia da längst putzmunter und vergnügt sich mit ihrem Liebsten!«

Vinc schaut eher skeptisch, doch er hütet sich, zu widersprechen.

Bevor wir losfahren, muss ich Irmela bezüglich ihrer verordneten Abwesenheit instruieren und Isabella auf Spur bringen. Dass Irmela noch da ist, dafür soll sie sich selber ne glaubwürdige Erklärung ausdenken, deshalb hab ich sie zumindest im Groben in die Problematik »Isabella« einweihen müssen. Irmela ist im »Ritter-Lager«, hat sie beteuert. Isabella pack ich mir in der Lobby, passt gerade, weil der liebe »papà« auch anwesend ist und Isabella kaum ihre Hilfe verweigern kann, wenn es um Mia geht. Läuft prima! Ich freu mich wie ein Schnitzel. Wie ein böses Schnitzel!

In der Villa ist keiner. Wir fahren zu Jacopo. Der macht Heu, sagt Maria, seine Schwester, und zeigt den Hang hinunter.

Wir finden ihn, die Sense schwingend, auf einem steilen Wiesenstück, das terrassenförmig angelegt und mit kleinen Steinmauern unterteilt ist. Weiter unten Weinreben, oberhalb ein Olivenhain. Bei so viel Schönheit würde ich am liebsten die ganze Misere, in der wir stecken, vergessen, mich mit Vinc ins Gras legen und die Wolken über uns hinwegziehen lassen. Mach ich aber nicht, stattdessen erzählen wir Jacopo alles.

»Jacopo, weißt du, wo Niveo ist? Ist er mit Mia abgehauen? Könnte ich ja verstehen, aber wenn es so ist, muss sie sagen, wo sie sich aufhält und dass es ihr gutgeht. Das ist sie ihrer Familie schuldig. Uns allen. Oder hat Mia etwas mit dem Verschwinden von Niveo zu tun? Ist ihm was passiert? Hat Mia ihn – vielleicht nicht mit Absicht … Wenn es ein Unfall war, dann sollte sie sich stellen«, dräng ich ihn.

Trotz meiner eindringlichen Rede schweigt Jacopo, schwingt verbissen die Sense.

Irgendwann hört er auf. Er stützt sich auf den Holzstiel.

»So ist es nicht«, sagt er müde, »ich weiß nicht, wo Mia ist, bei Gott, ich weiß es nicht.« Dann fährt er leise fort: »Ja, wir wollten uns treffen. Oben, an der Straße. Aber sie ist nicht gekommen.«

»Wann war das?«, frag ich alarmiert.

»Wir wollten uns zwischen neun und halb zehn treffen. Da wärt ihr mit Frühstück beschäftigt und keiner würde sie vermissen, hat sie gesagt.«

»Warum die Geheimniskrämerei? Was wolltet ihr besprechen?«, frage ich, weil ich mir keinen Reim drauf machen kann.

Jacopo schüttelt den Kopf. »Das hat sie mir nicht gesagt.«

»Okay«, ich lass die Situation mit Hugo vor meinem inneren Auge ablaufen. »Hugo hat gesagt, er hätte hinter Mias Auto geparkt …«

Vinc nickt. »Stimmt. Hast du Mias Auto da oben am Treffpunkt gesehen?«, fragt er Jacopo. Nur sicherheitshalber. Unwahrscheinlich, dass Mia zu Fuß weitergegangen ist.

»Keine Mia und auch nicht ihr Auto«, schüttelt Jacopo prompt den Kopf.

Mittag

Mia ist immer noch nicht aufgetaucht.

Die Familie ist im Lobbybereich versammelt. Inklusive Isabella. Ich zeig das Foto herum, von dem Typ, der mir eine verpasst hat. Keiner kennt den Mann.

»Den hab ich ein paarmal vor dem Hotel rumlungern sehen. Zuerst dachte ich, das ist Zufall, aber als er mich dann wegen des Fotos gleich geschlagen hat – ich mein, natürlich war das von mir nicht korrekt, aber dass er deswegen gewalttätig wird, find ich trotzdem übertrieben!«

»Sie sehen Gespenster, Doro. Es ist wirklich unverschämt, dass mittlerweile jeder mit seinem Handy fotografiert, wen und was und wann er gerade will. Also ich hätte Ihnen das Handy auch weggenommen!«

Vittorio. Natürlich. Der ist gegen mich. Weil ich unbequem bin und weil ich Isabellas Laune drastisch verschlechtert habe. Das wiederum ist mir nicht nur egal, sondern macht mich sogar ausgesprochen fröhlich! *Ich böses Schnitzel, ich.*

Vittorio verharmlost die Situation, zieht hässlich über Niveo her und verdächtigt ihn, Mia weggelockt zu haben … Seine Frau wirft ein scharfes »Vittorio!« dazwischen, aber das fegt er mit einem Schwall wüster Beschimpfungen vom Tisch.

Da platzt mir der Kragen. Wütend verteidige ich Mia, fast wär mir das mit der Schwangerschaft rausgerutscht – soll er doch leiden! Aber nein, Mias Mutter sieht eh schon so unglücklich aus … Und Mia muss selber entscheiden, wann sie wem davon erzählt.

Vinc fasst mich besänftigend am Arm, ich schnaufe tief durch, fest entschlossen, jetzt meinen Mund zu halten.

»Meine Tochter war vernünftig, bis dieser windige Mensch aufgetaucht ist. Sie wäre nie ohne ein Wort zu sagen durchgebrannt.«

»Stopp, jetzt langt's! Es ist Ihre Tochter, und wir wissen nicht, was mit ihr passiert ist … Mit ihrem lädierten Fuß kommt sie nicht weit, und sie würde nicht einfach abhauen«, schrei ich zornig, bevor ich platze.

Dann seh ich die Lösung klar vor mir.

»Forti! Forti muss Niveo überprüfen. Wir müssen Klarheit über ihn haben. Vittorio, rufen Sie Forti an. Bitte. Und machen Sie es dringend! Und wenn Sie recht haben mit Niveo, dann leiste ich auf Knien rutschend Abbitte! Aber das wird nicht eintreten.«

Vittorio Rinaldi starrt mich an.

»Papà! Prego!«, drängt Adriano.

Sein Vater schluckt alles runter, was ihm über mich in der Kehle steckt, und tut, was ich gefordert habe.

Vinc sitzt mit verschränkten Armen da. Ich weiß genau, dass ihm die Situation gefällt. Die mit Vittorio und Forti – und mir. Nicht die Gesamtsituation, wo ne Leiche im Pool schwimmt, ein Toter vom Himmel fällt, seine Freundin geschlagen wird, Personen verschwinden, jetzt auch noch Mia, die zuvor ihren Verlobten angezeigt hat, weil sie ihn verdächtigt, ihren Geliebten ermordet und sie selber niedergeschlagen zu haben. Ich schlucke. Eine lange Liste. Und ganz oben stehen die Fragen: Wo ist Mia? Und wo ist Niveo?

KAPITEL 21

UNO SCHELETRO NELL'ARMADIO – EINE LEICHE IM KELLER

Lunedi (Montag) – 3. September

Wir warten alle angespannt auf Fortis Ergebnisse. Er hat versprochen, sofort anzurufen, sobald er etwas über Niveo herausgefunden hat.

Ich nutze die Zeit, um das Abendessen vorzubereiten. Das lenkt mich ab. Kartoffelschnitze als Beilage, und zwar sowohl für das Fisch- als auch für das Fleischgericht. So ein Glück! Da habe ich doch schon eine Beschäftigung für die gute Isabella. Ich reiche ihr großzügig eine Schürze. »Damit deine schicke Bluse nicht schmutzig wird …«

Isabella fängt schweigend zu schälen an. Die Lippen ein schmaler Strich, die Schalen ringeln sich so dick, dass ich befürchte, es bleibt nicht viel von den Kartoffeln übrig. Aber das ist die Sache auf jeden Fall wert. Fast bin ich versucht, ein kleines Video für Greta aufzunehmen. Oje, jetzt hat sie sich ein Stück vom Fingernagel abgesäbelt …

»Pass auf, dass der Nagel nicht im Essen landet«, kann ich mir nicht verkneifen, verzieh mich aber vorsichtshalber an das andere Ende der Küche zur Nudelmaschine, sie hat immerhin ein Messer in der Hand …

Irmela beobachtet schweigend unser verbales Gemetzel, das heißt, ich metzle verbal, Isabella arbeitet ihre Wut an den armen Kartoffeln ab. Irmela verschwindet nach draußen. Ich glaub, sie kämpft mit einem Lachanfall.

»Kannst du mir bei den Spaghetti helfen?«, ruf ich hinterher.

»Keine Zeit, hab einen Termin!«, ruft sie zurück.

Freche Göre, spielt ihre Rolle sehr überzeugend, zolle ich ihrem Schauspieltalent Respekt.

Um fünf kommt Forti höchstpersönlich.

Adriano holt mich in der Küche ab, Irmela ist schon gegangen und ich delegiere noch schnell ein paar Aufgaben an Isabella.

»Ich hätt's ja selber gemacht, aber ich muss leider weg, du siehst ja«, tu ich recht unschuldig.

»Das Dessert, hmm ... Da könntest du den Schokokuchen auf dem Blech in kleine Rauten schneiden und, äh«, ich überleg kurz, »sagen wir mal 40 Teller vorbereiten. Das Blech steht im Kühlraum. Und schneide doch dazu noch die Melone, bitte. Schnitze oder Würfel, da lass ich dir freie Hand. Soll halt schön ausschauen. Die Kräuterweinsuppe ist fertig, hat sich Irmela gekümmert, das ist ihr Ding. Dürfte alles kein Problem für dich sein, warst ja lange genug dabei«, säusle ich zuckersüß. Hast aber vermutlich in der Küche keinen Finger krumm gemacht, denk ich böse.

»Es ist so nett von dir, dass du uns hilfst«, schmeichelt jetzt noch Adriano scheinheilig, »ich hab's gerade zu papà gesagt, was für eine großartige Stütze du bist.«

Gut gebrüllt, Adriano, aber du solltest nicht übertreiben, klatsche ich innerlich über seine Solidarität in die Hände. Ist schon ein Lieber, denk ich, und freu mich für Greta. Isabellas Lächeln wirkt irgendwie gequält ...

Höchst zufrieden trabe ich neben Adriano Richtung Familientisch. Da sind alle versammelt – außer Isabella. Haha!

Forti hat Niveo gecheckt. Es gibt zwei Niveo Marinos, einen auf Sizilien und einen in Kalabrien. Der eine ist 83 und lebt bei seiner Tochter. Der andere ist 52 und handelt mit Gemüse.

»Ich hab's gewusst«, flüstert Vittorio. Seine Frau sagt nichts, aber die Sorge steht ihr ins Gesicht geschrieben.

»Womöglich waren die beiden Männer, die sich vor Kurzem im Hotel umgehört haben, von der Polizei. Vielleicht haben die Niveo gesucht. Weil der was ausgefressen hat.« Vittorio gibt nicht auf.

»Es gibt keinen polizeilichen Eintrag«, informiert Forti.

Vittorio runzelt die Stirn. Hätte ihm wohl gefallen, mich auf den Knien rutschen zu sehen!

»Und die Typen in der Limousine?«, spinn ich den Faden weiter. »Die Mia und Niveo in Campione gefolgt sind? Meint ihr, das waren dieselben? Aber wenn die von der Polizei gewesen wären, dann hätten sie Niveo doch einfach verhaften können.«

»Das stimmt. Von der Polizei waren die nicht. Und der Mann, der dich geschlagen hat, auch nicht. Ich glaube nämlich kaum, dass ein Polizist einer Frau ins Gesicht schlägt, nur weil sie ihn mit dem Handy fotografiert.«

Berechtigter Einwand seitens Vinc. Was Forti heftig nickend bestätigt. Überzeugt mich aber nicht wirklich. Je nachdem, wie brisant der Fall ist, wird mit Sicherheit ein Kollateralschaden in Kauf genommen, auch von der Polizei, da lass ich mir nichts erzählen. Ich weiß nicht, was dahintersteckt, aber das sind mir zu viele Zufälle. Und sosehr mir die Vorstellung widerstrebt, vor dem alten Rinaldi auf den Knien zu liegen – in mir wächst die unangenehme Erkenntnis, dass Niveo eine Leiche im Keller hat. Das Wort »Leiche« im Zusammenhang mit Niveo lässt mich schlucken.

Nachdem Forti ohne zu murren unsere Anfrage bezüglich Niveo erledigt hat, fühle ich mich in der Pflicht. Da ist einerseits Hugo, der Mia hinterhergefahren ist. Die war nervös, weil sie sich mit dem alten Jacopo treffen wollte. Als der eintraf, war Mia verschwunden. Ich erzähle, was wir dann von dem Alten erfahren haben. Das sagt zwar nichts aus, ist aber zumindest ein Hinweis, dass Mia das Hotel freiwillig verlassen hat, nur ist sie halt nicht am Treffpunkt erschienen beziehungsweise war erst da, dann wieder weg. Tja, und ich erwähne auch, wie Jacopo damals Vinc und mich beauftragt hat, Mia auszurichten, sie müsse sich keine Sorgen wegen Niveo machen. Klar, sagt auch nichts aus, außer dass mir mein Bauchgefühl rät, Jacopos Hinweis nicht zu ignorieren. Und in diesem Fall unterstützt Vinc mein Bauchgefühl.

Ich seufze. Das alles hilft nicht weiter bei der Frage, wo Mia ist.

Forti zieht ab und wir sitzen bedröppelt da. In unsere verstummte Runde platzt Isabella. Sie schmeißt Adriano die Schürze vor die Füße.

»Schön eingefädelt von deiner Frau und ihrer tollen Freundin! Aber nicht mit mir!« Schnaubt sie wutentbrannt. Es folgen einige unflätige Bemerkungen auf Italienisch, was Greta sowieso versteht, und auch mir bleiben Ausdrücke wie »blöde Weiber«, »deutsche Tussen« – um nur die liebevollen zu nennen – nicht verborgen.

Ich grinse heimlich. Da hab ich ja voll ins Schwarze getroffen! Und Vittorio kriegt den Mund vor lauter Staunen über den Wortschatz seiner Ex-Schwiegertochter gar nicht mehr zu. Dämmert ihm vielleicht gerade, dass Greta nicht die schlechteste Wahl für Adriano ist?

Der steht jetzt auf, umfasst unsanft Isabellas Oberarm und schiebt sie Richtung Ausgang. »Ich glaube, du packst besser deine Koffer. Du störst mich und meine Familie.«

Isabella schluckt. Dass Adriano sie nicht mehr zur Familie zählt – und das, obwohl sie die Mutter seiner Kinder ist –, das trifft sie ganz offensichtlich. Aber sie ist nicht dumm und weiß, wann sie verloren hat. Zumindest für den Augenblick.

Nach ihrem wenig glamourösen Abgang löst sich unsere Runde auf. Jeder hat was zu tun, Beschäftigung ist besser als tatenlose Warterei.

Ich übernehme die Theke, weil Greta die Koffer von den Kindern auspacken will. Vinc geht aufs Zimmer, sein Handy holen. Ich taste nach meinem. Klar, ohne Verbindung zur weiten Welt sind wir verloren … Werd ich Vinc nachher unter die Nase reiben.

»Bin stolz auf dich«, ruf ich Adriano zu, als der zurückkommt – er ahnt vermutlich, dass meine Bemerkung Folge seines Verhaltens gerade eben ist und auch Folge ausführlicher Mädelsgespräche. Er wird ein bisschen rot.

Ich muss ihn umarmen, er ist einfach zu süß in seiner Verlegenheit. Gerade da kommt Vinc rein und stockt. Eifersüchtig?

Die Umarmerei nervt ihn manchmal, sagt er. Jeder ranzt sich ran, ob man will oder nicht. Ich hab allerdings den Verdacht, dass ihn das besonders im Falle ranranzender, gut aussehender Italiener stört.

Jetzt umarm ich ihn. »Dummerle«, flüster ich ihm ins Ohr und kann mir nicht verkneifen, daran zu knabbern. Er drückt mich ein bisschen fester. Muss selber lachen.

»Sei froh, dass es mir was ausmacht«, flüstert er zurück.

Okay, hat er auch wieder recht.

Ich hör Greta im Speisesaal fröhlich pfeifen. Sie kontrolliert die Gedecke für den Abend, richtet einen zusätzlichen Tisch für spät eingetroffene, neue Gäste und das alles mit äußerst guter Laune, wie mir scheint.

Adriano hat unsere vielsagenden Blicke bemerkt und wird

schon wieder ein bisschen rot. Umarmen soll ihn jetzt Greta. Die kommt nämlich gerade rüber und tut es tatsächlich. Adriano vergisst seine Zurückhaltung und unsere Anwesenheit und küsst Greta wie frisch verliebt. Aber ich muss nicht neidisch sein, Vinc ist offensichtlich ebenfalls frisch verliebt!

Tja, wir sind alle momentan ziemlich abgelenkt. Trotz der ganzen Umstände – Greta tut die Aufmerksamkeit von Adriano gut, Vinc tut Adriano gut und ich tu Greta gut … Und der alte Rinaldi weiß, dass er es sich mit mir nicht verscherzen darf. Läuft doch! Na ja, zumindest privat. Mir wird aber im selben Moment klar, dass meine Glückshormone mit mir durchgegangen sind. Mia ist noch nicht aufgetaucht, und was mit Niveo ist, bleibt weiter ein Geheimnis.

Immerhin, das Kapitel Isabella ist fürs Erste ausgestanden.

Zwar heißt es jetzt, Schäden der verwöhnten und aufgewiegelten Kinder checken und ausbügeln, aber am Pool kommen sie schnell wieder in die Spur. Greta hat ein gutes Händchen, ich bewundere sie für ihre Konsequenz, lässt sich mit neuem Selbstvertrauen weder von den lieben Kleinen noch von ihren Schwiegereltern einschüchtern … und Adriano, oh Wunder, hält zu ihr!

Die Kinder beruhigen sich bald und spielen mit Frida am Pool und im Garten.

Ist sicher nicht alles mein Verdienst, aber nen Anstoß hab ich gegeben. Da bin ich durchaus ein bisschen stolz drauf. Ich gönne es Greta von Herzen und mich bringt es von den miesen Gedanken an den Angriff wegen des Handyfotos ab. Neben der ganzen Aufregung um Mia und Niveo spür ich manchmal die Stelle, an der mich der Typ getroffen hat … Steckt mir noch in den Knochen. Vinc schaut relativ oft nach mir und fragt dauernd, ob's noch wehtut. Hat sogar dies eine gute Seite!

Adriano lehnt an der Theke und grinst.

»Was gibt's da zu lachen?«, fragt Greta, die gerade mit strengem Ton die kleinen Monster von der Eisbar verwiesen und an den Pool geschickt hat.

»Erinnert mich an meine Kindheit. Dein Blick – wie meine Mutter, wenn wir kurz vor dem Abendessen Eis haben wollten.«

»Ich geb dir gleich Mutter!«, empört sich Greta und wirft einen Pappeisbecher nach ihm.

Okay, lass ich die beiden Turteltäubchen mal allein. Will Vinc suchen. Ein Blick auf die Uhr … Ups, gleich halb sieben. Höchste Zeit, in meine Küchenklamotten zu steigen. Um sieben geht's zur Fütterung der Raubtiere. Und da stürmt auch schon Irmela aus der Küche und beschwert sich, weil sie ganz allein gelassen wird mit der Seniorchefin, und das sei kein Spaß.

»Keine Panik, ich bin in zwei Minuten da. Ist ja im Grunde alles fertig«, beruhig ich meine Helferin. Werd ich heute mal nen Turbogang in der Küche einlegen, das kann ich gut. Und nebenbei Irmela beeindrucken. Angeberin, tadel ich mich innerlich und freu mich darauf.

Adrianos Handy läutet.

Seine versteinerte Miene stoppt meinen Spurt nach oben. Greta und ich versuchen, aus seiner Mimik zu lesen, er sagt nichts, hört nur zu und wird immer blasser. Dann legt er auf.

»Jacopo hat Mias Wagen gefunden«, sagt er tonlos und ich seh ihm an, dass er keine Ahnung hat, was das bedeutet.

KAPITEL 22

PADRI E FIGLIE – VÄTER UND TÖCHTER

Lunedi (Montag) – 3. September

Es fällt uns nicht leicht, auf Gäste- und Küchenmodus umzuschalten, unsere Gedanken kreisen um Jacopos Anruf von eben und die Frage, wo Mia abgeblieben ist. Aber wir meistern die Situation professionell, und nach zwei Stunden verlassen die letzten Gäste gesättigt den Speisesaal. Irmelas Kräuterweinsuppe ist super angekommen, bin sicher, Paps wird sie mögen. Hab ich Irmela auch so gesagt und die hat gegrinst wie ein Honigkuchenpferd.

Überraschung des Abends war das Dessert. Für mich jedenfalls. Weil ich nie im Leben damit gerechnet habe. Wie es angerichtet war … Sternewürdig, muss ich Isabella zugestehen – leider. Aber, und jetzt klau ich Paps' Credo: Ehre, wem Ehre gebührt! Die Melonenschnitze kunstvoll aus der Schale gelöst und genauso kunstvoll auf dem Teller drapiert, die Schalen als Dekoelement mit eingebunden, mittendrin die Schokokuchenraute am Fuß eines Vanilleeis-Vulkans, von dem Schokosoße als Lava auf den Teller fließt … Ein fulminanter Abgang, das muss ich ihr lassen.

Vinc streckt den Kopf zur Küchentür rein. »Es geht los. Kommst du?«, fragt er und meint den Familienrat, der gerade draußen beginnt.

»Si, certo! Bin gleich da«, ruf ich, schmeiß das Küchentuch in die Ecke, und Isabella ist Schnee von gestern. War natürlich nur ne rhetorische Frage, weil meine Anwesenheit beim Familienrat sowieso außer Zweifel steht – und diesmal nicht nur für mich. Alle schauen mich erwartungsvoll an. Okay, ich überleg nicht lange und übernehme die Rolle der Moderatorin.

»Schatz, kannst du ein Auge auf die Gäste draußen haben? Falls jemand etwas bestellen will. Aber die meistens sind ja erst mal unterwegs.«

»Okay, kein Problem. Mach du mal ruhig.« Vinc lehnt sich an die Hausecke, von wo aus er die Terrasse im Blick hat.

»Super, danke. Kommen wir zum Punkt. Jacopo hat Mias Auto gefunden. Hat er gesagt, wo?«

Adriano nickt. »Nicht weit von dem Brunnen entfernt, wo er sich mit Mia treffen wollte. In einer Seitenstraße bei den neu gebauten Reihenhäusern. Jacopo sagt, es war Zufall, dass er da langging. Liegt sonst nicht auf seinem Weg, weil er die Ecke mit den Touristen und Ferienhäusern meidet, aber ein Freund hatte ihn gebeten, Käse aus dessen Eigenproduktion bei einem sporadisch auftauchenden Wochenendbewohner abzugeben. Ein Deutscher, der sich immer alles liefern ließe, weil er in seiner Freizeit ungern mit dem Auto fahre.«

Ich schüttel den Kopf. Von Deutschland an den Gardasee ist nicht zu weit, aber zum Lebensmittelladen … Na ja, auch eine Einstellung. Außerdem könnte er mit dem Fahrrad fahren, obwohl, einkaufen mit dem Rad – das macht hier kein Mensch. Sportradeln ja, aber ansonsten bitte ein Mofa oder Roller. Aber egal, ich konzentriere mich auf unser Thema. Mias Auto. »Sie hat wohl gedacht, dass es dort am wenigsten auffällt«, mutmaße ich.

»Aber warum sollte Mia ihr Auto verstecken? Und wo ist sie hin?« Adriano zieht bei seiner Frage die Stirn in Falten, und Vittorio, sein Vater, tut es ihm gleich. Die Mutter sitzt still daneben und knetet ihre Hände. Warum sagt sie nichts? Sie müsste ihre Tochter doch am besten kennen.

Als hätte sie meinen stummen Aufruf gehört, hebt sie jetzt den Kopf und schaut in die Runde. »Mia hatte einen Grund, sich mit Jacopo zu treffen. Einen, den sie keinem von uns anvertrauen konnte oder wollte!« Ihr Mann duckt sich unter ihrem vorwurfsvollen Blick. »Jacopo weiß nicht, was sie von ihm wollte, sagt er. Wenn er lügt, dann mit Bedacht, weil er nie etwas tun oder unterlasse würde, was Mia zum Nachteil gereicht.«

Alle nicken zustimmend. Francesca hat recht, es steht einfach außer Frage, dass Jacopo Mia etwas antun könnte.

Gleichzeitig drängt sich mir die Frage auf, ob nicht doch Hugo seine Finger im Spiel hat. Er hat Mia als Letzter gesehen, er hätte sie ins Auto locken können – sie hat ihm ja wieder vertraut – und anschließend hätte er das Auto verstecken oder unauffällig parken können. Aber was heißt »anschließend«? Nachdem er sie ermordet und verscharrt hat? Doro, jetzt treibt deine Fantasie wieder mal ganz schöne Blüten, stopp ich mich, bevor ich Hugo erneut zum Mörder abstemple. Vinc bringt einem jungen Paar zwei Limoncello-Spritz.

Mir gehen tausend Gedanken durch den Kopf. Hat Mia das Auto dort abgestellt? Muss unbedingt noch mal mit Hugo reden … Allerdings macht das nur Sinn, wenn Hugo nicht gelogen hat, das heißt, wenn er nichts mit Mias Verschwinden zu tun hat.

Ich wende mich an den alten Rinaldi: »Vittorio, Sie müssen Capitano Forti anrufen.«

Was Mias Vater sofort macht. Mit Lautsprecher für uns alle. Springt ganz schön über seinen Schatten, der Gute, denk ich und ahne, dass das aus purer Verzweiflung geschieht.

»Scusa, Vittorio, deine Tochter ist erwachsen«, kommt es gerade von Forti aus dem Lautsprecher.

Ach, denk ich, fällt das mal endlich einem auf.

»Ich spreche mit meinen Leuten, sie sollen Augen und Ohren offen halten, versprochen. Aber eine Fahndung – dazu haben wir zu wenig Anhaltspunkte, und ehrlich gesagt, ihre Anzeige gegen Hugo Scalieri lässt sie in keinem sehr glaubwürdigen Licht dastehen.«

»Was willst du damit andeuten? Dass meine Tochter verrückt ist?«, brüllt Vittorio in den Hörer, dass die wenigen Gäste auf der Terrasse neugierig den Kopf drehen.

»Beruhige dich, Vittorio! Keiner sagt, dass deine Tochter verrückt ist. Vielleicht ein bisschen hysterisch. Wie Frauen halt kurz vor der Hochzeit sind …«

Also das ist ja echt das Letzte! Vinc drückt beruhigend meinen Arm, er weiß, wie mich so ein Geschwätz aufregt.

»Vorsicht, Mario, du redest von meiner Tochter«, würgt Vittorio unterdrückt in den Hörer. Er will vermeiden, dass die Gäste noch mehr von dem Gespräch mitbekommen.

»Ich bin nur ehrlich, Vittorio. Und es ist ja auch nicht meine Meinung, aber die Sache mit Scalieri ist nicht unbemerkt geblieben. Sei froh, dass die Presse keinen Wind davon bekommen hat. Und auch nicht von dem Unfall bei euch im Hotel. Du hast wohl vergessen, wem du das zu verdanken hast«, schnappt Forti hörbar beleidigt.

»Scusa, Mario, das weiß ich doch«, rudert Vittorio zurück. Er ist auf Forti angewiesen und will es sich nicht mit ihm verscherzen.

»Halt mich auf dem Laufenden, Vittorio, und wenn ich etwas erfahre, ruf ich dich an, d'accordo?«

»Grazie tante, Mario.« Vittorio drückt auf die Ausschalttaste.

Na toll! Muss wieder mal erst was passieren …

Nächster Schritt, Jacopo anrufen, muss selber mit ihm reden. Und mit Hugo.

Was ich dann tue. Aber nicht hier am Tisch. Vor allen. Dabei brauch ich meine Ruhe.

»Bin gleich wieder zurück«, will ich mich unauffällig aus der Runde davonstehlen.

Doch Vinc wacht mit Argusaugen über mich und meine Aktivitäten. »Schatz, in dem Zustand bist du unberechenbar!«, lässt er sich nicht abwimmeln.

»Dann komm halt mit«, geb ich nach, weil ich weiß, dass ich eh keine Chance hab.

Hinterm Hotel ist es ruhig, ich lehn mich an unser Auto, Vinc, die Hände in den Hosentaschen, daneben. Zuerst Hugo. Hatte wohl nen Riecher, als ich mir die Nummer letztens von Greta habe geben lassen, und such sie jetzt in meinen Kontakten. Hoffentlich ist er noch wach. Na ja, so spät ist's auch wieder nicht, grade mal 23 Uhr. Ich drück die Mithörtaste für Vinc.

»Pronto?«, meldet sich Hugo Scalieri bereits nach dem zweiten Klingelton – und zieht scharf die Luft ein, als er hört, wer ihn da so spät noch anruft. Hätte wohl gerne genauso schnell, wie er dran war, wieder aufgelegt. Tja, Pech, mein Lieber, denk ich, und hake bei seinem Treffen heute Morgen ein.

»Nein, ich bin zurückgefahren, weil Mia das so wollte. Und ich habe nicht gesehen, mit wem sie sich getroffen hat und ob und wann sie ins Auto gestiegen oder wohin sie gefahren ist. Das musst du mir glauben!«

So, muss ich das? Ich lass mir ungern was vorschreiben.

»Warum sollte ich?« Ich lass nicht locker. »Ist doch merkwürdig, zuerst verfolgst du Mia von Limone rauf bis nach Prabione – sind ja immerhin ein paar Kilometer – und dann lässt du dich so ohne Weiteres nach Hause schicken? Wär es nicht eher logisch, sich nur pro forma zurückzuziehen und in Wahrheit irgendwo heimlich zu lauschen? Oder zu schauen, mit wem sie sich trifft?«

»Sie war mit dem alten Jacopo Olmo verabredet, das hat sie mir gesagt.«

»Gesagt schon, aber stimmt es auch? Hast du das geglaubt? Oder erzählst du uns hier ein Märchen? Hast du sie nicht vielleicht bedrängt? In dein Auto gelockt? Ihr was angetan? Vielleicht war es ja ein Unfall. Und damals an der Villa, warst das nicht doch du?«

Ich knall ihm gnadenlos meine haarsträubende Theorie hin. Ich mein, ich glaub das ja selber nicht, aber ich will ihn aus der Reserve locken. Weil ich nämlich nicht glaube, dass er sofort zurückgefahren ist. Je länger ich drüber nachdenke, desto unwahrscheinlicher kommt mir das sogar vor.

Hugo schluckt schwer, bleibt ansonsten stumm. Hab ich ihn ertappt? Leider kann ich sein Gesicht nicht sehen.

»Ich … äh …«, er räuspert sich, »ich habe Mia nichts getan. Es stimmt, ich bin gefahren, aber nach ein paar Minuten habe ich umgedreht. Ich wollte sehen, ob sie sich wirklich mit dem Alten trifft …«

»Soso, und was hast du sonst noch verschwiegen?«

»Nichts, ich schwöre. Als ich zurückkam, war Mia weg. Ihr Auto war noch da, das weiß ich, weil ich mir dachte, dass es wohl mit dem Alten doch stimmt und die beiden zu seinem Haus gegangen wären.«

»So ein Schmarrn! Dann hätten sie sich ja gleich dort treffen können. Das hätte dir doch komisch vorkommen müssen, dass Mia weg war und das Auto noch dasteht!«, ruf ich ungläubig.

»Das kann man im Nachhinein leicht behaupten«, wehrt sich Hugo und hat damit nicht unrecht. Er hatte zu dem Zeitpunkt nicht davon ausgehen können, dass etwas nicht stimmt, und war wohl eher mit seinem schlechten Gewissen beschäftigt, weil er Mia hinterherspioniert hat.

»Ich bin dann endgültig gefahren. Mir war es peinlich, dass ich ihr gefolgt bin, wir haben uns gerade ausgesprochen und alles zwischen uns bereinigt, das wollte ich nicht kaputtmachen. Wenn ich geahnt hätte, dass ihr was zugestoßen sein könnte …«

»Ist ja gut, jetzt beruhig dich, es ist ja nicht gesagt, dass ihr was passiert ist«, unterbreche ich sein Gejammer und befürchte, dass ich genauso gut ein Pferd vor der Apotheke kotzen sehen könnte. »Wir alle wollen Mia finden und da darf ich nicht zimperlich sein. Also, hilf mit, soweit du kannst, und sei nicht beleidigt. Es geht um Mia, und nur um Mia, klaro?«

»Okay. Ich hab's kapiert. Es ist sehr nett von dir, dass du dich so engagierst«, lenkt Hugo ein.

Ich leg auf. »Sehr nett« … Das trifft meinen Einsatz nicht ganz, aber ich will nicht kleinlich sein. Schließlich kennt Hugo mich kaum.

Vinc nagt nachdenklich an seiner Unterlippe.

»Hast du gut gemacht, Schatz, ehrlich. Der ist jetzt hellwach, und wenn dem noch was einfällt, dann meldet er sich bei dir, da bin ich sicher. Ich glaub ihm übrigens.«

Ich seufze. »Ich auch, das ist ja das Blöde. Er wäre so ein wunderbarer Verdächtiger. Trotzdem streich ich ihn noch nicht von der Liste.«

»Rufst du Jacopo an?«

»Ja«, sag ich und tu es auch gleich. Der Alte geht trotz der späten Stunde ran, aber außer »Ich finde meine kleine Prinzessin«, hat er nichts Neues für uns.

Und Forti sagt, erst mal abwarten. Na toll.

Weit nach Mitternacht gehen wir endlich alle schlafen, wer weiß, was der morgige Tag bringt.

Vinc und ich gönnen uns ein Abschlusszigarettchen auf dem Balkon. Die meisten Balkone sind Richtung See ausgerichtet, unserer liegt seitlich in der Hausecke, geschützt durch den großen Olivenbaum. Unterhalb des Pools verläuft die schmale Straße parallel zur Via de Nicola und der Hauptstraße. Auf der gegenüberliegenden Seeseite funkeln die Lichter von Malcesine und seiner Burg durch die Zweige des Baums, die Autos bewegen sich vorwärts wie eine lose gereihte Ameisenstraße. Eigentlich wär's Idylle pur. Ich seufze. Eigentlich.

»Komm, Schatz, gehen wir rein. Um fünf muss ich aufstehen«, sag ich und gähne.

»Jammer nicht, du bist jung, da steckt man das weg«, zeigt Vinc wenig Mitleid.

»He! Du schnurchelst ja in aller Seelenruhe weiter, wenn ich schon lange in der Küche steh und schwitze!«

Vinc lacht nur und findet, dass es jetzt auf ein halbes Stündchen länger auch nicht ankommt.

Hat er wieder mal recht, mein Schatz.

KAPITEL 23

TORNATO IN VITA – ZURÜCK IM LEBEN

Martedi (Dienstag) – 4. September

Ich steh in der Küche und produziere Marzipan in den Farben Grün, Rot und Weiß.

Dazu reibe ich die Schale von ungespritzten Limetten und zerdrücke Granatapfelkerne – spritzt wie blöd, zum Glück ist mein T-Shirt schwarz –, knete die Farbe ins Marzipan und forme farbige Marzipanwürste. Daraus entstehen, zwischen zwei Lagen Klarsichtfolie ausgerollt, lange Platten, die schneide ich in dünne Streifen, klebe immer einen grünen, einen weißen und einen roten zusammen und schneide dann kleine Flaggen aus. Il tricolore italiano. Lauter kleine bandieras d'Italia, Deko für die Nachspeise heut Abend.

Alles Arbeiten, die ich sozusagen im Halbschlaf tätige, meditativ, die Gedanken im Gestern. Mia ist immer noch nicht aufgetaucht. Das war mein erster Weg heut früh. Ich hab an ihre Zimmertür geklopft, keine Reaktion. Sicherheitshalber soll Greta nachher noch mal nachschauen. Ich werfe einen Blick auf die Uhr. Reicht die Zeit noch für ne Crostata al Limone? Ich hab noch einige ungespritzte Prachtexemplare vom Limoncellokurs übrig … Mal sehen. Ich leg auf jeden Fall die Butter dafür raus, mariniere dann aber erst die Thunfischfilets mit Salz, Pfeffer, Knoblauch, Rosmarin, Olivenöl und Weißwein und ab in den Kühlschrank. Was noch? Ach ja, Kartoffeln für's vegetarische Gericht. Bereite ich vor, dann wird's abends nur noch mit Spinat gefüllt, gerollt und mit Käse überbacken. Ich häng nen kleinen Infozettel für Irmela an die Schüssel, dann wasch ich noch den Spinat und schleuder die Flüssigkeit raus, spart heute Abend Zeit. Okay, jetzt noch die Crostata al Limone. Mürbeteig kneten, rein in die Form und mit Mandelplättchen belegen. Wär ja unverzeihlich, ungespritzte Zitronen im Garten und keine Zitronencrostata! Dichiarazione d'amore, meine Liebeserklärung an Limone. Und Vinc und ich lieben sie sowieso. Ich reibe die Schale von ein paar Zitronen und presse sie aus, Eier, Zucker, Butter, fertig. Ach ja, noch Puderzucker drüber. Dann ab damit in den Herd. Braucht ne halbe Stunde – derweil gönn ich mir Espresso Nummer zwei.

Ich schlürfe den letzten Rest Kaffee aus der Tasse und will sie gerade in Position für eine dritte Portion stellen, als sich hinter mir jemand räuspert. Ich wirble herum.

Und lass vor Schreck fast die Tasse fallen. Passiert nicht oft, aber jetzt bin ich echt platt. Überrascht. Nicht gefasst darauf – dass Niveo vor mir steht. Mias Niveo. Hier, in aller Früh, in meiner Küche!

Oder seiner Küche. In der Küche des »Magdalena« jedenfalls.

Ich glaub's nicht.

Irgendwann find ich meine Sprache wieder und meine Gehirnzellen fangen an, jede Menge Fragen zu produzieren. »Wo warst du? Warum bist du verschwunden? Und wo ist Mia?«

Erst druckst er herum, aber ich lass nicht locker.

»Ich weiß nicht, wo sie ist, aber ich habe Angst.«

»Um Mia? Warum? Was ist los? Was weißt du? Um was geht's hier eigentlich? Verdammt, lass dir nicht jedes Wort aus der Nase ziehen!«

Jetzt schaut er mir in die Augen. »Mein bester Freund

hatte vor Kurzem einen tödlichen Autounfall. Und ich bin schuld, weil ... wir haben bei einem Autorennen mitgemacht. Illegal. Auf der Landstraße. Lorenzo hat einfach die Kurve nicht mehr gekriegt.«

Wie er so mit hängenden Armen dasteht, tut er mir echt leid.

»Wieso warst du schuld?«

»Nicht direkt an dem Unfall, aber ich habe Lorenzo mit in die Gruppe reingezogen. Und seine Familie macht mich verantwortlich. Weil ich immer der Stärkere von uns beiden war. Und Lorenzo nie Nein gesagt hat, wenn ich mal wieder eine meiner Ideen hatte.«

»Tja ...« Was soll ich sagen? Verständlich, dass die Familie einen Sündenbock sucht. Und so, wie Niveo das schildert, ist er zwar nicht direkt schuld, aber doch mitverantwortlich.

»Okay, das ist übel, aber ich komm nicht drauf, was das mit Mia zu tun hat.«

»Lorenzos Eltern und seine Brüder sind der Meinung, dass ich dafür büßen muss.«

»Nee jetzt! Aber nicht so wie im Film, so Aug um Aug und so.«

Niveo nickt trübe. »Genau so!«

»Äh, echt?« Was Intelligenteres fällt mir nicht ein.

»Vendetta. Gibt's wirklich. Für dich wahrscheinlich nur im Fernsehen. Aber mich wollen sie umbringen. Leben für Leben.« Er zuckt mit den Schultern. »Würde ich genauso machen.«

»Und Mia?«, dräng ich wieder.

»Lorenzos Brüder sind hinter mir her. Gesehen habe ich sie nicht, ich wurde von hinten niedergeschlagen, aber ich bin mir sicher, dass sie es waren, die uns oben an der alten Villa überfallen haben. Ich war verletzt, konnte aber abhauen. Jacopo Olmo hat mich später gefunden. Er hat mich versorgt und versteckt. Ich wollte nicht, dass Mia mit reingezogen wird. Aber jetzt befürchte ich, dass die sich Mia geschnappt haben, weil sie mich nicht kriegen konnten. Die denken bestimmt, dass sie mich so aus meinem Versteck locken.«

»Hat ja auch geklappt«, sag ich lapidar.

»Die können mich haben. Ist mir egal. Aber sie sollen Mia in Ruhe lassen. Mia ist schwanger«, presst er hervor, bevor ihm die Stimme versagt.

Ich nicke. »Ich weiß.«

Niveo schaut überrascht hoch. Hebt fragend eine Augenbraue. Von meiner Sitcom auf dem Klo erzähl ich nichts, den Tipp kriegt er später mal. Vielleicht. Aber Niveo hält sich nicht lange mit seiner Überraschung auf, er will endlich seine Geschichte loswerden.

»Ich habe …«

»Wart mal, Niveo, das bringt so nix. Ich hol die anderen«, unterbreche ich ihn.

Okay, Zeit der Wahrheit. Niveo zieht sich folgsam einen Holzhocker aus der Küchennische.

»Du wartest hier.« Mein ausgestreckter Zeigefinger erdolcht ihn fast. »Hau ja nicht wieder ab!«, fordere ich, weil es durchaus im Bereich des Denkbaren liegt, dass er doch kalte Füße kriegt. Ich schmeiß das Küchentuch auf die Ablage und eile zur Tür hinaus.

Ah, so ein Glück! Greta. Sie kommt mir auf der Treppe entgegen, hört zu, fragt nicht viel, macht ne Kehrtwende und trommelt die anderen zusammen. Vinc springt schon aus dem Bett, während ich ihm noch am Handy die Lage schildere, und ich renn zurück zu Niveo.

Bald ist die Küche brechend voll und Niveo erzählt seine Geschichte.

»Ich hätte Mia niemals mit reinziehen dürfen. Genau das wollte ich verhindern. Deshalb das Versteckspiel mit Jacopo Olmo. Mia hatte natürlich keine Ahnung von all dem. Ich wollte es ihr beichten, aber …« Die Emotionen überwältigen ihn, er redet mit Händen und Füßen.

Er erzählt von seiner Familie, dem Unfalltod seines Freundes Lorenzo Bruzzo, seiner Flucht, davon, dass die Brüder des Verunglückten, Luca und Ottavio Bruzzo, ihn hier aufgespürt hatten, und dann, wie Olmo ihn gefunden hat. Tatsächlich hatte er sich unter der Brücke bei dem Marienbild versteckt, wollte abwarten, bis die Verfolger aufgegeben hätten, und anschließend zurück zu Mia gehen.

»Aber ich hab es nicht geschafft, ich weiß nur noch, wie ich mich am Brückengeländer aus dem Wasser gezogen habe, dann wurde alles schwarz. Mia hat mir das Leben gerettet, weil sie den alten Olmo gezwungen hat, nach mir zu suchen. Vorher wollte sie sich nicht helfen lassen.«

Niveo seufzt schwer. Keiner unterbricht ihn oder grätscht in seine Redepause.

»Ich lag bewusstlos auf der Brücke, direkt neben dem Marienbild, als Jacopo mich gefunden hat.«

Gibt viele Kerzen, dieses Jahr, vermute ich, an mein eigenes Versprechen denkend.

»Er hat mich auf seinen Esel gehievt und zu sich nach Hause gebracht. Als ich wieder zu mir gekommen bin, habe ich ihn schwören lassen, niemandem etwas von meinem Aufenthaltsort zu verraten. Auch Mia nicht. Wenn sie nichts weiß, ist sie nicht in Gefahr, hab ich gedacht und Jacopo überzeugt, dass es so das Beste für Mia wäre. Und unser Baby. Aber jetzt …«

In Vittorios Gesicht arbeitet es. Er fällt wohl gerade aus allen Wolken. Baby? Mia schwanger? Seine Tochter? Von dem Erbschleicher? Aber dann besinnt er sich offensichtlich.

Immerhin stammt Niveo aus einer wohlhabenden, angesehenen Familie. Hat er zumindest so durchklingen lassen.

»Deine Familie lebt auf Sizilien, na ja, jede Familie hat einen dunklen Fleck«, sagt Vittorio, die Stirn immer noch in skeptische Falten gelegt, obwohl Niveo ihm jetzt anscheinend auch imponiert. Vittorio Rinaldi ist Italiener und versteht besser als ich, dass Niveos Leben nicht mehr viel wert ist, wenn ihn die Bruzzo-Brüder in die Finger bekommen. Und trotzdem ist er jetzt hier aufgetaucht. Wegen Mia.

Ich halt's nicht aus! Natürlich will ich, dass Mia freikommt, aber es kann doch nicht sein, dass dafür Niveo geopfert wird! Ich dränge darauf, Forti zu involvieren. Wird einhellig abgelehnt, von Niveo, Adriano und Vittorio.

»Tedesci – ihr versteht das nicht.« – Sagt Niveo, nicht Vittorio.

Muss ich Deutsche sein, um das nicht zu verstehen? Wütend schau ich zu Vinc. Der zuckt leicht mit den Schultern.

»Wär besser gewesen, wenn Jacopo dich nicht so früh gefunden hätte, dann wär gleich alles den offiziellen Weg gegangen. Krankenhaus, Polizei und so … Dann wäre auch Mia nichts passiert.« Den Vorwurf kann ich Niveo nicht ersparen.

»Und dann? Die hätten mir nicht geglaubt und ich hätte es ja nicht beweisen können.«

»Und jetzt willst du dich austauschen lassen? Und immer noch keine Polizei? Wenn die dich nicht umbringen sollen, dann musst *du sie* umbringen. Logische Konsequenz, oder? Nur, dass die das nicht zulassen werden.«

Niveo löchert stur den Boden mit seinen Blicken.

Vinc schüttelt nur den Kopf. Bleibt uns wohl nichts anderes übrig, als die Entscheidung zu akzeptieren. Zur Hölle mit diesen Machos und dem ganzen Ehrenkodexscheiß!

Die Küchenuhr klingelt, ich hol den Zitronenkuchen aus dem Backrohr und stell ihn zum Auskühlen auf die Ablage, immer mein Ohr bei Niveo.

Er wirft noch eine weitere Möglichkeit in die Waagschale. »Vielleicht hat es auch gar nichts mit mir zu tun, sondern damit, dass Mia Pläne und Gutachten gesehen hat, die ein gigantisches Projekt zum Stillstand bringen könnten. Bei Hugo Scalieri im Büro. Das ist geheim, aber der alte Scalieri dachte wohl, dass von seiner künftigen Schwiegertochter keine Gefahr ausgehen würde. Und Sie hängen da mit drin«, wirft er jetzt bitter dem alten Rinaldi vor die Füße.

Mias Theorie! Die Familienoberhäupter Rinaldi und Scalieri kochen ein Süppchen zusammen. Sie hat das rausbekommen, und dann der Schock – sie löst die Verlobung! Muss ich noch mal drüber nachdenken.

»Das konnte ein Corrado Scalieri nicht hinnehmen. Mia hatte Angst vor ihm, das hat sie mir gesagt. Und es sind noch andere Geschäftspartner im Spiel, Russen, vermutet Mia. Die könnten gefährlich werden, wenn sie von einer potenziellen Gefahr für ihr Projekt erfahren würden.« Niveo schaut hilfesuchend in die Runde, Vittorio brütet rabenschwarz vor sich hin.

»Das wird immer netter! Jetzt sind die Russen schuld. Das ist ja tiefste Vorurteilsschublade. Oder soll ich's besser Ausflüchte nennen? Sündenbockschiene oder so?« Ich versuch erst gar nicht, den Sarkasmus aus meiner Stimme rauszuhalten.

»Und wieso hat Forti dich nicht gefunden?« Noch ein Punkt, der gegen Niveo spricht. Ich mein, hockt da seelenruhig beim alten Olmo und harrt der Dinge, während wir uns die Hacken nach ihm ablaufen! Und die Polizei ganz Italien nach ihm absucht – na ja, zumindest den nördlichsten Teil – und immerhin die Fühler sogar bis nach Sizilien ausstreckt.

Der Anflug eines Lächelns streift für einen Sekundenbruchteil Niveos Gesicht. »Niveo Marino ist ein Freund meines Großvaters, ich bin ein Accetta. Michele Accetta. Und sie haben nach einem kleinen Pizzabäcker gesucht, nicht nach …«

Vittorios Gesichtsfarbe wird eine deutliche Spur dunkler. »Accetta? Die Accettas? Die Olivenöl-Accettas?«

Niveo alias Michele nickt. Vinc versteht nur Bahnhof, das seh ich ihm an. Alle andern schauen ehrfürchtig.

»Steht bei uns in Deutschland massenhaft in den Regalen«, klär ich Vinc auf und bei ihm fällt der Groschen.

»Natürlich! Hab ich auch schon gekauft.«

KAPITEL 24

SORPRESE – ÜBERRASCHUNGEN

Martedi (Dienstag) – 4. September
Vormittags

Nachdem Niveo alias Michele sich als reicher Erbe einer sizilianischen Olivenöldynastie geoutet hat, löst sich die Runde in der Küche schnell auf. Vittorio Rinaldi hat seinen Schwiegersohn in spe gut gelaunt untergehakt und ihn mit sich gezogen.

Ich bleib mit Vinc in der Küche.

»Hat ihn auf einmal richtig lieb, was?«, sag ich fassungslos über so viel Geldhörigkeit zu Vinc.

Der lehnt am Herd und findet es anscheinend witzig. »Ja, der Alte ist echt unglaublich. Er hat ja schon umgeschwenkt, als Niveo, äh, Michele erwähnt hat, seine Familie sei wohlhabend. Da haben seine Augen plötzlich geleuchtet, aber die Olivenöl-Accettas, ich glaub fast, die haben dann die Scalieris getoppt!«

Wir kichern.

»War richtig süß, wie sich Vittorios Bäckchen rot gefärbt haben.«

»Und wie er sich vertraulich eingehakt hat, wie bei seinem ältesten Freund!«, ergänzt Vinc die Liste.

Während wir über Vittorio lästern, hol ich die Platte mit den Marzipanfähnchen aus dem Kühlraum. Vinc streicht um mich herum, versucht mir ein Stück Zitronencrostata abzuschwatzen, aber ich bleib hart, schmeckt erst in ein paar Stunden richtig gut. Er massiert mir sanft den Nacken. Sehr angenehm … Ich lass die Fahnen Fahnen sein und genieß die Massage.

»He, nicht aufhören!«, protestiere ich, als Vinc seine Arme um mich legt und sein Gesicht in meinem Nacken vergräbt. »Obwohl, ist auch gut«, murmle ich.

»Ts ts ts …« Das kitzelt. Trotzdem … Ich kenn den Ton.

»Was ist los?«, frag ich alarmiert.

»Nagt Isabellas Kreation an dir?«

Ich weiß sofort, was er meint. Die Melonen-Art alla Isabella gestern Abend. Hat Vinc natürlich messerscharf auf meinen geweckten Ehrgeiz kombiniert und kommentiert lästerlich, als er mein fisseliges Kunstprojekt sieht – und ich kann nicht direkt widersprechen. Hat mich inspiriert oder zugegeben, ja, meinetwegen, man könnte auch sagen angestachelt. »Ist ja gut, ich hab's verstanden«, sag ich verschnupft. Muss dann allerdings selber lachen, als ich die erste Fahne an der Fahnenstange, sprich am Holzstäbchen, befestige.

»Rück mal ein Stück, ich helf dir«, bietet Vinc an, aber statt die Fahne an den Mast zu kleben, rückt er mir jetzt von der Seite auf die Pelle.

»Schleich dich, sonst wird das nix mit meinem Sieg über Isabella«, motz ich heiter und schmeiß ihn resolut aus der Küche. Keine Disziplin, mein Schatz, denk ich – und bedauere kurz meine Konsequenz.

Da fällt mir was ein. Ich wollte ja Niveo, äh, Michele das Handyfoto von dem Typen zeigen, der hier immer vorm Hotel rumlungert. Da sind mir die Olivenöl-Accettas dazwischengekommen. Okay, ich mach das hier fertig, dann such ich Niveo-Michele. Mir schwirren Bilder von schwarz befrackten Mafiosi durch den Kopf, Scalieris Schergen … Niveo-Michele hat sie heraufbeschworen. Ich mein, auch wenn's keine Mafiosi sind, bezahlte Schläger sind nicht besser. Ich wäre echt dafür, Forti anzurufen. Mal sehen, vielleicht kann ich Vittorio und Adriano umstimmen. Forti ist die offizielle Institution und hat ganz andere Möglichkeiten. Personenschutz, Fahndung, was weiß ich. Und irgendwie bin ich es ihm schuldig, immerhin hab ich den armen Capitano mit meinen Sonderterminen und Theorien ganz schön genervt. Haben aber auch was gebracht. Der Knopf, die Kniewunde und überhaupt. Und wer hat schließlich den Toten in der Schlucht gefunden? Na eben! Mia ist immer noch verschwunden, von nerven kann also nicht die Rede sein, ist schließlich sein Job. Muss Vittorio überzeugen, dass er kein Risiko für seine Tochter eingehen darf, und das heißt, Forti mit ins Boot zu nehmen.

Trotzdem … Ich seufze. Versuche, mich zu entscheiden, zwischen zwei Möglichkeiten, die mir beide nicht gefallen. Der Niveo-Michele-Vendetta-Schiene und Scalieri-Clan-Hotelplan-Mafia als Täter. Erst mal egal, Hauptsache, Mia ist nichts passiert.

Ich schließe kurz die Augen, fällt mir heute echt schwer, mich aufs Kochen zu konzentrieren. Mias Verschwinden berührt mich irgendwie viel mehr als das von Niveo … Nein, ach, ich weiß auch nicht. Na ja, sie ist schwanger und noch angeschlagen. Ich seufze. Nützt ja nix, die Gäste wollen essen. Okay, Fokus Abendmenü, befehl ich mir und roll das Ganze von hinten auf. Dolce: Monte italiano. Pistazien-, Vanille- und Erdbeereis als monte drapiert, Minzblättchen, Mandelscheibchen und Erdbeeren außenrum. Und obendrauf, sozusagen als Gipfelkreuz, die Marzipanflagge, grün, rot, weiß – il tricolore italiano. Bin zufrieden mit meinem Probeteller. Obwohl, die Spitze des Eisbergs erinnert weniger ans Matterhorn als an den Monte Baldo, ein bisschen eingefallen, aber wir sind ja schließlich am Gardasee, könnte also durchaus gewollt sein. Ritter-Art. Doro-Ritter-Art, Paps würde sich davon distanzieren. Ha! Ich stell den Teller als Muster für Irmela ins Eisfach. Wird eh jede Portion ein Unikat, und Paps ist in München – sonst würde ich allerdings Berge produzieren, bis ich Gefrierbrand an den Fingern hätte und es wirkliche Kunstwerke wären! Erzähl ich Irmela lieber nicht.

Ich pfeif vor mich hin. »Volare la, la, la, la …«, hat vorhin aus dem Radio gedudelt und sich jetzt als Ohrwurm bei mir festgesetzt. *Cantare la, la, la, la …* Entspannt mich, hält meine Gedanken bei der Stange. Okay, was noch? Erbsensuppe köchelt, kurz püriert, nicht zu schaumig, dann ab in den Kühlraum. Die Weißbrotcroutons rösten nebenbei in der Pfanne. *Cantare la, la, la, la …*

Kartoffelraspel und Spinat müssen frisch bereitet werden, eine Prise Salz und Pfeffer an die Kalbfleischscheiben, der Fisch mariniert sich grade selber. Fleisch wird dann später zwei Stunden geschmort, mit Paprikagemüse, Zuccini, frischen Kräutern und Weißwein, Fisch reicht ne halbe Stunde. Okay, das mach ich abends. Ich schneide schon mal die roten Paprikaschoten in schmale Ringe, sollte eigentlich grüner Paprika sein, ich liebe das bittere Aroma, gab's aber leider nicht, egal, ich würze die Thunfischfilets und die Schnitzelchen und hol frischen Thymian und Rosmarin aus dem Garten. *Volare la, la, la, la …*

Tomatensugo für Pasta ist noch genug im Kühlschrank, Carbonara dann frisch. Für die Fleisch- und Fischlosen gibt's heute Kartoffel-Spinat-Rolle mit Käse überbacken, an Tomatensugo. Alles paletti, Irmela weiß Bescheid, kann mich also verdrücken, komm um fünf zurück, das reicht.

Bevor ich Niveo-Michele suche, spring ich hoch ins Zimmer und will mit Vinc ein Zigarettchen rauchen. Muss ihn noch was fragen. Aber er ist nicht da, auf dem Bett liegt nur sein Handy. Na egal, guck ich mal hinterm Haus. Nee, kein Vinc. Schade. Versuch ich eben alleine, Rauchkringel zu produzieren, was wieder mal nicht gelingt. Ich drück die Zigarette aus. So allein ist's öde. Mal überlegen, eine halbe Stunde Siesta wäre nicht schlecht und vielleicht ist Vinc mittlerweile oben. Oder ich lese endlich mal mein Buch weiter. Oder …

Hallo! Ist das nicht …? Der Anblick der langsam vorbeifahrenden Limousine reißt mich wie ein Stromschlag aus meinen Ruheplänen. Doch, hundertprozentig, den Fahrer kenn ich! Hektisch peil ich die Lage. Keine Menschenseele in der Nähe. Super! Wenn ich mal jemanden brauche.

Ich taste nach meinem Handy, erwische gerade noch das Heck des Wagens, als er schon um die Ecke biegt. Mein Blick bleibt an Irmelas Mofa hängen. Steht da, der Helm hängt am Lenker, Schlüssel im Zündschloss … Sehr nachlässig, aber für mich ideal. Ich steck mein Handy zurück in die Hosentasche, Vinc muss warten, wird knapp, wenn ich den Wagen nicht verlieren will.

Ausnahmsweise bin ich froh über den dichten Verkehr, Stop-and-go, ich komm grade mal so hinterher, schlängle mich an ein, zwei Autos vorbei, der Helm baumelt wild am Lenker. Vinc würde mich köpfen. *Dann bräuchte ich keinen Helm mehr*. Haha, Galgenhumor. Oder Angst, kann mein Gefühl grade selber nicht definieren und hab auch keine Zeit dafür, muss mich auf den Verkehr konzentrieren. Der Typ fährt die Gardesana Richtung Süden. Lässt Campione links liegen. Wetten, der biegt rechts ab, nach Tremosine. Ha, gewonnen! Ups, die Kurve ist knackig! Hat was von James Bond. Okay, das ist jetzt ein bisschen übertrieben, und wenn der was mit Mias Verschwinden zu tun hat, ist das ein Problem, trotzdem ist es aufregend. Nein, bedrohlich … Gedanken rasen wie Blitze am Fließband durch mein Gehirn. Der

Wagen biegt ab. Die kleine geteerte Straße wird nach einer Weile zum noch schmaleren Schotterweg mit tiefen Furchen. Muss höllisch aufpassen, dass ich nicht in so ner Spur hängen bleibe. Ist mir mal in München mit dem Fahrrad in ner Straßenbahnschiene passiert. Hat mich sauber gewürfelt. So viel zum Thema Helm. Hatte ich auch in München nicht auf und hab mir damals tausend Eide geschworen bezüglich Sicherheit und Vernunft und scheiß auf die Frisur und so! Haha! Aber das hier ist was anderes, das ist ein Notfall, geb ich mir selber die Absolution, und meine Frisur ist echt das Letzte, was mich jetzt interessiert.

Ich holpere weiter, kein Verkehr mehr zu meiner Tarnung hier. Der darf mich auf keinen Fall entdecken! Der Wagen verschwindet hinter einer Kurve. Egal, ich muss Abstand halten. Mein Herz schlägt wie wild. Ist ziemlich einsam hier. Der Weg wird steiler und kurviger, zum Glück gibt's bis jetzt keine Abzweigungen, die mich in Entscheidungsnot bringen könnten. Immer wieder rutschen meine schweißnassen Hände vom Lenker ab. Die Vorstellung, dass dieser Mensch hinter der nächsten Kurve auf mich lauert … Echt übel! Und weit und breit keiner da. Ich sollte Vinc anrufen, zumindest weiß er dann, wo ich bin. Aber dazu müsste ich stehen bleiben und der Abstand ist eh schon so groß. Blöde Zwickmühle. Ich rumple weiter, mit maximaler Geschwindigkeit, was nicht sehr schnell ist. Aber gut, rasen kann der Typ hier mit seinem Wagen auch nicht. Abrupt bleib ich stehen. Da vorne ist er – beziehungsweise sein Auto. Vor einem alten Hof. Altes Wohnhaus aus grob gehauenen Steinen, einige halb verfallene Holzhütten drum rum. Das Auto ist hier, das heißt, der Fahrer muss auch irgendwo sein. Wohnt der hier, am A… der Welt? Nervös schau ich mich um. Kein Versteck für mein Mofa in Sicht. Die alten Schuppen in gepflegter Unordnung oder planlos verteilt, aber viel zu nah am Haus. Egal, ich kann hier nicht ewig rumstehen, ist zu auffällig. Womöglich ist der Mann gar nicht im Haus, sondern streicht hier irgendwo rum … Sofort hämmert mein Herz wieder auf Hochtouren. Ich leg das Mofa seitlich vom Weg ins Gras, umgedreht, gleich in Abdüsrichtung. Und jetzt? Was macht der überhaupt hier? Glaub nicht, dass der hier wohnt, das Haus ist uralt, wirkt verlassen. Was mach *ich* hier? Hab ich echt gedacht, der führt mich zu Mia? Oder unterhält sich mal nett mit mir? Vinc tät der Schlag treffen, wenn er wüsste, was für ne Aktion ich da wieder gestartet hab. Und ganz ehrlich, das Kribbeln in meinem Bauch ist kein Wohlfühlkribbeln und die Schweißringe auf meinem T-Shirt kommen nicht nur von der Hitze. Der Typ hat mich schon mal geschlagen. Aber hatte ich eine Wahl? Nein! – Das müsste auch Vinc zugeben – beschließ ich für mich und überhaupt, jetzt bin ich schon so weit, zu weit, um aufzugeben. Ich versuche, meine Angst zu ignorieren, und pirsche zum nächstliegenden Schuppen. Da hör ich was. Hastig press ich mich an die sonnenwarmen Holzlatten. Harte Spelter drücken sich durch mein T-Shirt. Egal. Ich zwinge mich, ruhiger zu atmen. Dann linse ich vorsichtig um die Ecke. Da vorne, das Wohnhaus. Mehrere scheiben- und gardinenlose Fenster. Deshalb wirkt es so unbewohnt. Keine Menschenseele zu sehen, allerdings auch keine Spur von dem Objekt meiner Verfolgung. Ich husche schnell rüber zum Haus. Keine Ahnung, wo der ist. Vielleicht beobachtet er mich längst von irgendeinem Fenster aus. Kann ich jetzt nicht ändern, will aber auch nicht einfach wieder gehen. Okay – ich hol tief Luft. Ich werde jetzt nicht einfach abhauen! Der Typ hat Dreck am Stecken. Und das hat was mit unserem Hotel zu tun. Deshalb lungert der immer da rum. Allerdings … Ich könnte zurückfahren und mit Verstärkung wiederkommen oder Vinc anrufen und warten, bis er da ist. Okay, telefonieren ist ein guter Plan, aber nicht hier. Zu riskant. Wenn der Mann im Haus ist, hört der mich womöglich. Ich rastere die Umgebung ab. Direkt an der Stirnseite des Hauses klebt eine Art Unterstand, aus Holz und groben Steinbrocken zusammengeflickt, zum Weg hin offen. Gebückt schleiche ich rüber, quasi so unsichtbar wie möglich, und schlüpfe dann schnell in die düstere Deckung des Unterstands. *Vinc, Schatz, ich pass auf*, schick ich ein mentales Versprechen an Vinc, das wohl vor allem mich selber beruhigen soll. Nur kurz checken, ob ich hier allein bin, dann ruf ich ihn an oder schick wenigstens ne WhatsApp. Puh, keine Menschenseele zu sehen, wirkt absolut verlassen. Staubig, düster, ein paar offene Verschläge, keine geheimen Nischen. »Cantare la, la, la, la«, sing ich verkrampft flüsternd ne Art Beschwörungsmelodie. Außer einer alten Schubkarre, Heugabeln, diversen Brettern und anderem Verhau wie alte Kübel, Gummistiefel und staubige Rupfensäcke gibt's hier nichts Interessantes. Der Ohrwurm hat sich verzogen …

Angestrengt lausche ich nach draußen, ich hör nichts, keine Schritte oder Stimmen. Okay. Dann trete ich den Rückweg an, ohne den Eingang aus den Augen zu lassen, schieb eine zerknitterte Plastikplane, die von der Decke hängt, zur Seite. Aus den Augenwinkeln seh ich eine Spinne aus einer Falte davonhuschen, die Plane raschelt hinter mir zu Boden. Ich achte nicht drauf. Wenn ich hier erwischt werde, hab ich verloren. Da legt sich von hinten eine Hand auf meine Schulter. Ich erstarr zur Salzsäule. Mist, ist doch jemand hier drin. Mein Herz pocht wie verrückt. Als sich weiter nichts tut, nehm ich all meinen Mut zusammen und dreh mich um. Entsetzt mach ich einen Satz zurück. Mann! Von der Decke baumelt eine uralte Stoffpuppe in zerfetzten

Kleidern, so groß wie der Teddybärhauptgewinn auf dem Jahrmarkt. Die war wohl hinter der Plane verborgen gewesen. Hat mir bei meinem Rückzug ihren zerfledderten Fuß auf die Schulter gelegt und pendelt jetzt hin und her wie ein Monster aus Stephen Kings Horrorkabinett. Einmal Ganzkörpergänsehaut, vielen Dank! Echt gruselig. Nix wie raus hier! Ich stolpere, kann mich grade noch an der Mauer abstützen. Im Gras, fast zugewuchert, liegen Leitern für die Olivenernte. Hab ziemlichen Lärm gemacht. Hektisch schau ich mich um. Mann, wo ist der Typ?

Ich geh in die Hocke. Mein Handy drückt an meine Leiste. Vinc! Ich zerre das Telefon aus der Hosentasche und drück Vinc' Nummer. *Geh ran, bitte!*

Au, mein Kopf! Mein Schädel brummt. Ich will mir an die Stirn greifen, aber es geht nicht, krieg die Arme nicht hoch, irgendwie sind meine Hände blockiert. Ich reiß die Augen auf, absolute Schwärze. Eine scharfe Welle schwappt vom Bauch in Richtung Kehle. Ich spür den Schweiß auf meiner Stirn, versuch, was zu sehen, aber da ist nichts. Nullkommanichts! Bin ich blind?

Quatsch! Eher träum ich. Auch Quatsch, ich weiß, dass ich nicht träume! Auch wenn ich mich nicht zwicken kann. Ich versuche, mich aufzusetzen, geht nicht, meine Hände sind auf den Rücken gebunden. Irgendwas ist in meinen Mund gestopft, ein strohiges Gefühl, haarig … Ich würge, kann den Schluckreflex nicht aufhalten, zieh heftig Luft durch die Nase. Nicht genug, das Ding im Mund drückt auf die Luftröhre, ich hab das Gefühl zu ersticken. Eine neue Panikwelle durchflutet mich, diesmal von der Zehenspitze bis zum äußersten Haarnerv. Doro, es gibt keinen äußersten Haarnerv, zwing ich mich zur Ruhe – oder das, was ich in meinem Zustand maximal an Ruhe zustande bringe. Ich atme ein paarmal so tief wie möglich, überlege, was passiert ist. Ein Geräusch in dem Gebäude … Oder war es hinter mir? Ich bin mir nicht sicher. Das Zeug im Mund ist eklig. Ich schaff's nicht, mit der Zunge kräftig genug dagegenzudrücken, krieg was in den falschen Hals. Ich huste und würge. Ringe nach Kontrolle. Langsam werde ich ruhiger, das Gefühl zu ersticken, ist nicht mehr so erdrückend. Ich bohre meine Zunge in einen Spalt von ich weiß nicht was, konzentriere mich jetzt nur noch auf diesen Spalt. Schieb mit der Zunge, das Ding füllt meinen gesamten Mundraum aus. Was … Die Erkenntnis streift mich wie ein Bus mitten ins dröhnende Hämmern meines Kopfes. Man hat mich überrumpelt. Was heißt überrumpelt – k. o. geschlagen trifft's besser. Und geknebelt. Die Hände auf den Rücken gefesselt und mich hier abgelegt wie Müll. Gerade, als ich Vinc anrufen wollte. Vinc – hat er was mitgekriegt? Wo ist mein verdammtes Handy? Und wo bin ich? Ich lausche. Reiß meine Augen auf, verenge sie gleich darauf zu schmalen Schlitzen. Egal, wie ich es anstelle, ich seh nix. Etwas Schweres liegt auf mir. Eine Plane. Oder Decke. Riecht nach … Tier. Pferd oder Esel. Meine Beine sind ebenfalls gefesselt, aber ich schaff es, mich freizustrampeln. Ist total anstrengend, und ich seh trotzdem nichts. Ich versuche, gleichmäßig zu atmen, um die aufsteigende Panik zu verscheuchen. Das Messer in meinem Kopf ignorier ich, spann die Bauchmuskeln an und stemme meinen Oberkörper hoch. Vor Anstrengung wird mir schlecht, Magensäure brennt in meiner Speiseröhre. Und mir ist schwindelig. Mir dämmert, warum ich hier bin. Das muss was mit Mias Verschwinden zu tun haben. Ich hab gehofft, dass er mich zu ihr führt. Aber nicht so. Jetzt hock ich in der Falle. Hab mich auch selten dämlich angestellt! Verdammt! Wütend schieb ich an dem Knebel. Und der bewegt sich definitiv! Mit Zunge, Lippen, Zähnen und

Kieferverrenkungen schaff ich's, den Knebel auszuspucken, und mit einem befreiten tiefen Atemzug zieh ich Luft in meine Lungen. Vor lauter Erleichterung vergess ich meine Angst. Für genau drei oder vier Sekunden. Ein schreckliches Bewusstsein drängt sich mir gnadenlos auf. Ein Mann, der Frauen schlägt, der Frauen fesselt und einsperrt, der ist nicht zimperlich. Und Zeugen will der mit Sicherheit auch nicht. Ich kann's nicht verhindern, ich fang an zu heulen. Nein, ich will das nicht! Und Vinc wird wahnsinnig sein vor Sorge. An Paps möchte ich gar nicht denken …

Ein Hoffnungsfunke. Hat mich Adriano vielleicht wegfahren sehen? Oder Greta? Aber selbst wenn, von denen würde keiner auf die Schnapsidee kommen, hinter mir herzufahren. Vinc schon. Aber der war nicht in meiner Nähe. Vielleicht sucht Irmela ihr Mofa und sie zählen eins und eins zusammen. Oder Vinc hat mitgekriegt, dass ich ihn angerufen hab. Wenn ich überhaupt die Taste gedrückt hab. Sosehr ich mich bemühe, ich kann mich nicht erinnern … Aber selbst wenn, was soll das nützen? Ich muss meine ganze Kraft mobilisieren, um die Panik runterzukochen. Ich versuche, meine Lage zu sondieren. Sicher ist, ich liege hier, beziehungsweise mittlerweile sitze ich. Was meine Situation nicht verbessert. Weil ich nicht weiß, wo. Und warum. Und wieso kann ich meine Arme nicht bewegen? Mein Kopf tut saumäßig weh, das Letzte, an das ich mich erinnere, ist … Genau, dass ich über die Leiter gestolpert bin. Ein Blick um die Hausecke – keiner da. Dann hab ich Vinc' Kontakt auf dem Handy gesucht. Danach ist alles weg. Der Film ist aus – das war's. Nächste Szene – schwarzes Loch. Will meine Arme bewegen, geht nicht. Doch ein Traum? In dem man rennen will und nicht vorwärtskommt?

Ich schließ die Augen, obwohl das nichts verändert. Doch, tut es doch, weil es normal ist, mit geschlossenen Augen nichts sehen zu können! Normal. Das beruhigt mich ein bisschen. Krieg langsam meine hektische Atmung besser in den Griff. *Konzentrier dich, Doro!*, befehl ich mir. Mein Kopf ... So fühlt es sich also an, wenn man ein Messer reingerammt kriegt, denk ich wütend. Die Wut tut gut, überlagert die Angst. Ich hab das Gefühl, die Schwärze ist nicht mehr undurchdringlich. Trotz des Schwindels dreh ich den Kopf und versuche, irgendetwas zu erkennen. Ich zerr an den Handfesseln. Tut sich nix.

»Du schaffst alles, was du willst, Schatz!«, würde Vinc mich jetzt anfeuern. Vinc. Ich muss heftig blinzeln, um erneute Tränen zurückzuhalten, gestatte mir aber die Erkenntnis, dass in dieser Situation Tränen durchaus erlaubt sind. Ich schniefe, dreh und spann meine Hände, balle sie zu Fäusten. Die Fesseln werden lockerer. Ein Profi war das nicht! Ein gutes Zeichen? Oder ist ein durchgeknallter Liebhaber die größere Gefahr? Egal, ich will's nicht rausfinden.

»Wissen ist Macht, ist aber auch gefährlich, vergiss das nicht«, fallen mir Mias Worte ein. Und ich wollte wieder mal zu viel wissen. Ich halte die Luft an. Was ist das? Ich lausche angestrengt. Ein schabendes Geräusch. Ist da jemand? Shit, das auch noch! Ich trau mich kaum zu atmen.

Unterdrücktes Stöhnen.

Mir läuft's eiskalt den Rücken runter. Hat sich angehört wie ein Mann. Oder ein Hund? Ich schlucke. Am besten erst mal ganz ruhig verhalten. Wenn es ein Hund ist, hab ich eh keine Chance, der wird mich in der größten Dunkelheit finden, allein schon durch meinen Angstschweiß, den ich nicht unter Kontrolle habe.

Ich lausche konzentriert. Versuche, etwas zu erkennen. Fast schwarzes Dämmerlicht, aber allmählich zeichnen sich einzelne Konturen ab. Ein schwacher Lichtstrahl drängt sich durch den Spalt an einer Tür. Wo kommt das Geräusch her? Ich selber bin in einer Art Pferdebox, das halbhohe Tor steht offen. Ich muss es zumachen. Dann kann schon mal kein Tier so einfach zu mir. Aber wie? Und ich trau mich auch gar nicht. Ein eingesperrter Hund ist nicht ungefährlich. Oder ein Stier. Okay, jetzt geht meine Fantasie mit mir durch. Das wär ein anderes, kraftvolles Schnauben, ich hör eher ein Schaben, ein Schleifen, unterdrücktes Stöhnen. Menschlich? Lauert da einer? Oder ist der auch gefangen? Weil – warum würde der sonst so rumstöhnen? Was ist das hier? Ein Lager? Ich kauer da, rühr mich nicht, mein linker Fuß ist total taub. Ich treffe eine Entscheidung, räuspere mich.

»Ist da wer?«, flüstere ich heiser.

Stöhnen.

Okay, das war definitiv eine Antwort. »Hallo? Wo sind Sie?«

Stöhnen. Nicht weit weg. Ich zerre an der Handfessel. Ist nicht so locker, wie ich dachte. *Du schaffst alles, was du willst.* An die Alternative denke ich lieber nicht. Ohne Vorwarnung entleert sich mein Magen, ich schaff es gerade noch, meinen Kopf auf die Seite zu drehen, um nicht alles auf die Beine zu bekommen. Ist aber eh nicht mehr viel drin. Meine Kehle brennt und meine Nase auch. Schon wieder steigen mir Tränen in die Augen. *Reiß dich zusammen, Doro!* Heulerei nützt jetzt wirklich nichts. Verbissen dreh und spanne ich meine Handgelenke. Tut zwar saumäßig weh, die Schnur oder was auch immer schmirgelt an meiner Haut, aber das ist mir egal. Ein letzter wütender Ruck und ich kann meine Hand aus der Fessel zerren. *Ja!* Aber ich gönn mir keine Triumphgefühle. Ich bin immer noch in einer äußerst hilflosen Lage. Meine Beine … Erneutes Stöhnen. Hektisch nestle ich am Knoten, finde das lose Ende. Der dicke Strick ist ein Vorteil, weil sich der Knoten gut erfühlen lässt. Ist zwar festgezurrt, aber ich schaff's. Sofort fühl ich mich wesentlich wehrhafter.

Mein linkes Bein fängt an, schmerzhaft zu kribbeln. Stöhnen. Ich lausche, kann mich jetzt besser konzentrieren, obwohl tausend Nadeln mein Bein malträtieren. Das Geräusch kommt von nebenan. Ich oute mich nicht bezüglich meiner neuen Bewegungsfreiheit, will kein Risiko eingehen. Auf allen vieren krabble ich in die Richtung, aus der das Stöhnen kommt. Noch so ne Box wie meine. Ich kann einen Umriss erkennen. Wie ne verbogene Banane. Verdammt, hätte ich nur mein Handy als Lichtquelle. Ist echt ne Überwindung, mich so nah zu der Gestalt am Boden hinzutasten. Könnte ne Falle sein. Andererseits, wieso sollte mir hier jemand eine Falle stellen, wenn ich gefesselt bin?

»Hallo?«, frag ich noch mal zur Orientierung.

»Hmmm …«

Ich bücke mich und taste an der Gestalt, suche das Gesicht, um den Knebel zu entfernen.

Gleiches System wie bei mir. Irgendein Lappen in den Mund gepresst. Ich zieh vorsichtig an, zucke zurück, als ich die Zähne streife. Der wird mich doch hoffentlich nicht beißen!

Der Rest ist schnell erledigt.

Ein Würgen, Husten … »Hilfe …« Der kaum verständliche Hauch einer Stimme. Dennoch …

»Mia!«

»Doro!«, krächzt sie auch gleich, so gut es ihre ausgetrocknete Kehle zulässt.

»Mein Gott, Mia!« Ich bin erschüttert. Wenn ich denke, wie lang sie da schon liegt. Dabei hab ich in der kurzen Zeit ja schon Panik gehabt!

»Mia«, ich streich ihr zart über die Wangen, spür ihre

Tränen. »Ich versuch, deine Fesseln zu lösen«, sag ich und fummle schon dran rum.

»Keine Panik, ich hab's gleich«, beruhige ich sie.

»Doro, mach dir keine Sorgen, mir geht es gut, seit ich deine Stimme erkannt habe. Der kann nicht weit sein. Er wollte zu mir, als er was gehört hat. Das warst du. Kurz darauf hat er dich reingeschleppt, ich wusste nicht, dass du es bist, oder überhaupt, was er da ablädt. Aber es hat ihn erst mal von mir abgelenkt, ich glaube nicht, dass der schon fertig ist mit mir.«

Wir schauen uns an. Ängstlich wie zwei Kaninchen, die den Fuchs wittern.

Doch dann übernimmt das Adrenalin die Regie. »Mia«, flüstere ich, während ich den Strick von ihren Handgelenken ziehe, »wir brauchen eine Waffe.«

Ich spring auf, Mia tut sich schwerer, sie ist noch steif vom langen Liegen. Aber sie jammert nicht.

»Was will der Typ von dir?«, frag ich leise.

»Der sucht seinen Bruder. Und einen anderen Mann. Den ich kennen soll. Und ich soll ihm sagen, wo die beiden sind. Aber ich habe doch keine Ahnung!«

»Okay, aber wieso hat er dich nicht einfach gefragt, sondern hierhergeschleppt und eingesperrt?«

Mia hat keinen blassen Schimmer.

Mir kommt eine Möglichkeit in den Sinn. »Mia, in dem ganzen Schlamassel gibt es eine gute Nachricht. Niveo ist wiederaufgetaucht.«

Zu mehr komm ich nicht, weil Mia einen Freudenschrei ausstößt, sich aber gleich die Hand auf den Mund presst und mich erschrocken anschaut.

Ich nehm sie in die Arme. »Egal, Mia, der Typ weiß sowieso, wo wir sind. Soll er sich halt wundern, dass du trotz des Knebels schreien kannst. Freu dich, dass Niveo wieder da ist. Es geht ihm gut, und er liebt dich, so viel ist klar. Aber er hat ein paar Neuigkeiten auf den Tisch gelegt.«

Ich erzähl im Schnelldurchlauf von Niveos falscher Identität und der Familie, die ihn töten will. Die Familie Bruzzo.

»Niveo vermutet, dass sie die Brüder des verunglückten Sohnes geschickt haben. Ottavio und Luca Bruzzo.

Mia hört wortlos zu, muss die Erkenntnis erst verinnerlichen, dass der Mann, den sie liebt, zwar lebt, aber eigentlich ein ganz anderer ist.

»Niveo alias Michele hat auch von der Schwangerschaft erzählt, du kannst dir vorstellen, dass dein Vater getobt hat – bis er von Niveos wahrer Identität erfahren hat. Der Erbe der Accetta-Olivenöl-Dynastie!«

Mia starrt mich mit großen Augen an. Das ist alles zu viel auf einmal, sie hat noch nicht realisiert, dass sie den kleinen Accetta-Prinzen oder die Accetta-Prinzessin unter dem Herzen trägt, denk ich – und hoffe für Mia und Niveo, dass diese Lüge nicht ihre Liebe zerstört.

»Damit ist Hugo wohl endgültig von meiner Liste gestrichen«, seufze ich.

»Nach allem, was Niveo berichtet hat, glaub ich nicht, dass Hugo und sein Vater was mit dem Überfall an der alten Villa zu tun haben. Und der Typ hier muss einer von den Bruzzo-Brüdern sein. Ottavio oder Luca«, versuche ich, Tatsachen zu sortieren, nen Plan zu überlegen.

»Leider hab ich Niveo das Foto nicht gezeigt, von dem Mann, der mich geschlagen hat, dann wüssten wir es sicher. Aber ich hab da keine Zweifel. Sie waren Niveo auf der Spur und dann war er verschwunden …«

»Hört sich logisch an«, stimmt Mia mir zu, aber ich seh ihr an, dass sie noch immer verwirrt ist. Sie zögert, überlegt. »Er hat mir das Bild von seinem Bruder gezeigt, einem Luca, ein paarmal. Wollte immer wissen, wo der ist und wo dieser Michele ist, ich wusste ja nicht, dass er damit Niveo meint.« Mia spricht immer von Niveo, nicht von Michele, genau wie ich.

»Mia, mach dir keinen Kopf. Wenn der Mann, Ottavio ist das ja dann wohl, nach seinem Bruder Luca sucht, ist er hinter Niveo her und hat dich als Pfand genommen. Aber wieso sucht er auch seinen Bruder? Waren die denn nicht zusammen hinter Niveo her? Als ihr zur Villa hoch seid, sind euch doch zwei Männer gefolgt. Hat der Alte aus Campione auch ausgesagt. Seltsam ... Wie hat er dich überhaupt erwischt?«

Mia hebt ratlos die Schultern, ergänzt, was ich im Groben schon weiß. »Jacopo hat mich angerufen. Ich sollte kommen, aber alleine. Auch nicht die deutsche Köchin, hat er gesagt. Treffpunkt sollte in Prabione sein, am Brunnen, gleich neben der Hauptstraße. Er wollte am Telefon nicht verraten, um was es geht, aber es sei wichtig.«

»Aha, so war das! Mir hat er erzählt, *du* wolltest *ihn* sprechen, aber er wisse nicht, warum, da hat er geflunkert, der alte Eselstreiber ... Psst!« Ich pack sie warnend am Arm und lausche. »Ich hab was gehört«, flüstere ich kaum hörbar.

Mia hockt da wie ein paralysiertes Mäuslein und gibt keinen Mucks von sich. Aber draußen tut sich nichts mehr.

»Pass auf, Mia, wir müssen hier raus. Ich hab den Typen erkannt, er hat mich kürzlich ziemlich heftig ins Gesicht geschlagen. Der hat keine Skrupel und schreckt auch vor Entführung nicht zurück. Das nächste Mal, wenn der kommt, sind wir vielleicht tot.«

Das reißt sie aus ihrer Lethargie.

»Such nach einer Waffe!«, treib ich sie an.

Immerhin finden wir eine Heugabel und einen alten Besen und fühlen uns ein bisschen sicherer. »Wir postieren uns hier neben dem Tor, der Überraschungsmoment muss auf unserer Seite sein. Der erste Angriff muss sitzen.«

Mia nickt.

»Okay, noch mal zu Jacopo«, sag ich dann leise, immer nach draußen lauschend. »Als du nicht am Treffpunkt warst, ist er wieder heimgegangen und hat Niveo gedrängt, die Karten auf den Tisch zu legen. Und als Niveo geahnt hat, dass dir was passiert ist, war er nicht mehr zu halten. Er hat Angst um dich und will auf keinen Fall, dass dir seinetwegen was passiert. Das hat er uns erzählt und er will sich gegen dich austauschen lassen.«

Mias Augen laufen schon wieder über. »Das war alles so durcheinander. Erst ist mir Hugo gefolgt, ich habe ihn schnell abgewimmelt, weil ich dachte, Jacopo taucht bald auf. Aber anscheinend ist mir nicht nur Hugo hinterhergefahren, sondern auch dieser Ottavio. Ich habe nichts davon bemerkt, aber ich konnte das ja nicht ahnen! Und ich war viel zu sehr mit Jacopo und meiner Angst um Niveo beschäftigt. Hugo hat mir alles plausibel erklärt, trotzdem war ich mir nicht sicher, ob sein Vater oder seine Geschäftspartner nicht doch ihre Finger im schmutzigen Spiel haben. Wegen dieses Megageschäfts. Das alles ist mir im Kopf herumgeschwirrt und dann hat dieser Typ in seinem Wagen neben mir angehalten und nach dem Weg gefragt. Und ich dumme Kuh bin zu ihm rüber. Er hat mich einfach ins Auto gezerrt und ist losgefahren. In einem Seitenweg hat er gehalten, mich gefesselt und dann hierherverfrachtet. Ich war so dumm! Aber er hatte eine Waffe …«

»Mia, du kannst nichts dafür! Woher hättest du das wissen sollen? Auf so was kommt doch kein Mensch!« Wir kauern dicht beieinander und ich streich ihr tröstend über die Hand.

»Er hat dann dauernd nach diesem Michele gefragt, den er erledigen wolle. Er hat mir ein paarmal seine Waffe gezeigt. Mir war dieser Michele egal, ich wollte nur wissen, was mit Niveo ist. Wenn ich gewusst hätte …«

»Und er hat seinen Bruder gesucht. Natürlich, er hat euch beobachtet, hat gewusst, dass Niveo-Michele dein Freund ist, und hat gedacht, dass du weißt, wo er ist. Und dass Niveo-Michele wahrscheinlich weiß, wo sein Bruder ist. Dann macht's Sinn, dass er dich als Informationsquelle und Druckmittel gekidnappt hat.«

Mir schwant außerdem noch etwas. Und das macht mir Angst.

»Mia, könnte es sein, dass der Tote aus der Schlucht der Bruder von Ottavio Bruzzo ist? Ich wollte Niveo das Handybild zeigen, bin aber nicht mehr dazugekommen. Ottavio darf das unter keinen Umständen erfahren. Wenn es sein Bruder ist, und der Typ weiß, dass er tot ist, dann ist unser Leben nicht mehr viel wert. Dann braucht er dich nicht mehr als Pfand!«

Das ist kein Spiel mehr. Und war es nie. Oder doch. Ein tödliches. Und ich bin sowieso überflüssig, denk ich. Stecke nur meinen Rüssel in Dinge, die mich nichts angehen. Ich bin höchstens Kollateralschaden. Hab Dinge gesehen, die mich nichts angehen, Trüffelchen ausgegraben, die nicht an die Oberfläche kommen sollten. Die Vendetta gestört. Und damit ich meine Nase eben nicht noch weiter in fremde Angelegenheiten stecken kann, werde ich kurzerhand entsorgt. Sei's von Ottavio Bruzzo oder von Scalieris Schergen. Das behalt ich aber für mich, Mia hat ihr eigenes Angstpaket.

»Am besten gehst du da rüber und wenn er reinkommt – zack.« Ich vollführe eine aussagekräftige Kampfbewegung mit dem Besen, dann stellen wir uns links und rechts neben der Tür in Position. Mit ihrer Heugabel erinnert Mia an eine kampfbereite Amazone. Gut so. Wir brauchen jetzt Energie und Mut. Klingt pathetisch. Darf es ruhig. Weil's stimmt.

Die Warterei nagt an meinen Nerven und Mia wird's nicht besser gehen. Nur ab und zu flüstern wir ein paar

Worte, aber unsere Konzentration liegt auf der Wahrnehmung eines Geräusches, Schritte, ein Motor … Vielleicht fährt er ja wieder. Ich mein, hoffen darf man ja, auch wenn's unwahrscheinlich ist.

Obwohl wir lauschen wie blöd, hören wir das Knirschen der Schritte erst in dem Moment, als das Tor auch schon aufgerissen wird. Der Besenstil rutscht mir fast aus den schweißnassen Händen, als ich zuschlage. Ich hab das Überraschungsmoment auf meiner Seite, aber der Typ reagiert mit höchstens dem Bruchteil einer Sekunde an Verzögerung.

»Cavolo! Non farmi incazzare!«, brüllt er, packt den Besen und dreht ihn mir schneller aus den Händen, als ich irgendeine Strategie entwickeln kann.

Ich winde mich in seiner Umklammerung, trete mit den Absätzen nach ihm, aber er hat mir den Arm so um den Hals gepresst, dass ich kaum noch Luft kriege. Ich seh nix, aber ich glaub, Mia hat ihn mit der Heugabel attackiert. Und dann spür ich die kalte Klinge eines Messers an meiner Kehle. Meine Knie knicken ein. Das war's dann. Die Klinge gleitet nach oben, schneidet mir in die Haut. Ich mach die Augen zu und warte auf den Schnitt.

Stattdessen quetscht mir sein Arm meine Rippen, um mich zu halten, als ich zusammenknicke. Die andere Hand drückt weiter die Klinge an meinen Hals.

»Wirf das lächerliche Ding weg«, zischt er Mia zu.

Die lässt die Heugabel fallen. Wir sind eindeutig nicht in der Situation, in der wir verhandeln könnten. Shit, so hab ich mir das nicht vorgestellt, ich war zu zaghaft! Und Mias Heugabel hat ihn auch nicht wesentlich aufgehalten. Zwei gegen eins – dass das nicht klappt, damit hab ich nicht gerechnet.

Da fällt mir was ein. »Hey! Hast du mein Handy?«, krächze ich.

»Handy« hat er anscheinend verstanden.

»Naturalmente. Will die kleine Signorina telefonieren?«, seine Stimme trieft vor Spott. Genießt den Triumph, uns im Griff zu haben. Ich schlucke. So sollte das nicht laufen.

»Schau mal auf die Bildergalerie«, fordere ich ihn auf. Das Messer schabt bedrohlich an meinem Hals.

»Cosa vuole?«, schnauzt er Mia an.

Die übersetzt.

Der Typ fummelt in seiner Hosentasche. »Codice!«, schnauzt er.

Ich sag ihn ihm. Das Messer sitzt nicht gerade zimperlich an meinem Hals. »Au«, press ich raus. Er vermindert den Druck ein klein wenig.

Er hält mir das Handy hin, und ich wische am Display. Ein Schweißtropfen rinnt mir von der Stirn. Hoffentlich ist das jetzt kein Fehler. Ausgemacht war's anders. Aber mein Bauchgefühl ... Mia macht keinen Mucks.

Da ist es. Auf dem Display erscheint das Bild von dem Toten, das ich oben, als er noch zwischen den Büschen hing, geschossen habe. Ich werd ihm nicht sagen, dass sein Bruder tot ist. Schwer verletzt vielleicht.

»Luca! Dove hai preso la foto?«, schreit er. Überrascht. Dann wird er ruhig, schaut wieder auf das Foto. »Cosa gli è successo?«, keucht er.

Im Gegensatz zu ihm versteh ich, was er sagt. Hab ich also recht gehabt. Die Wahrheit starrt ihn aus toten Augen an. Das Messer sinkt vergessen in seiner Hand nach unten. Geistesgegenwärtig schlägt Mia es ihm aus der Hand, ich reiß mich los, schnapp den Besen und ramm ihm den Stil in den Magen. Mit einem Würgelaut sackt er zusammen. Hätte nicht gedacht, dass ich so brutal sein kann. Aber wenn der wieder zu sich kommt, realisiert, dass sein Bruder tot ist, dass ich ein Bild von seinem toten Bruder auf dem Handy hab ... Ich mein, ich überreiße das ja gerade selber nicht.

Wir fesseln ihm die Hände und Beine mit Mias Schal und den Stricken, mit denen wir selber gefesselt waren. Er war nur einen Moment weggetreten, aber er wehrt sich kaum, liegt gekrümmt und presst seine Arme vor den Bauch. Mia drückt ihm die Heugabel vor die Brust, bereit, bei der kleinsten Gefahr zuzustechen. Ottavio stöhnt mit schmerzverzerrter Miene, tut mir fast leid, dann winselt und jammert er nach seinem Bruder.

»Luca! Ich habe gleich gesagt, das ist Wahnsinn. Aber papà und er waren blind vor Wut. Und jetzt sitz ich in dem Schlamassel. Und Luca ist tot.« Mia hat mir übersetzt, was er sagt. Ich widerspreche nicht.

»Was soll ich mit euch machen?« Das verstehe ich auch ohne Mias Hilfe.

»Du mit uns?«, frag ich böse. Jetzt muss ich echt lachen. Befreit. Nach der ganzen Anspannung.

Ottavio flennt wie ein Baby.

Ich bücke mich nach meinem Handy, Mia bewacht ihn mit der Heugabel, steht da wie der heilige Sankt Michael, der den Drachen bezwingt.

Ich drück Vinc' Nummer. »Frag nicht, Schatz, komm einfach. Ich ruf noch Forti an«, sag ich, erklär ihm, wo wir ungefähr sind, und leg auf. Mehr Vinc kann ich jetzt nicht ertragen, sonst heul ich los. Außerdem will ich kein Risiko eingehen und nur, weil wir uns überlegen fühlen, nen Fehler machen. Siedendheiß fällt mir ein, dass der Mann ja noch ne Waffe hat.

»Sollen wir sie ihm abnehmen?«, flüstere ich Mia ins Ohr.

Die schüttelt den Kopf und drückt die Heugabel ein bisschen fester gegen seine Brust.

»Wir warten, die werden bald da sein«, bestimmt sie resolut.

Okay. Ich bin ganz froh, dass sie mir die Entscheidung abnimmt.

»Und der Tote im Hotel?«, sage ich laut zu dem Gefesselten. »Im ›Magdalena‹. Der junge Mann, der im Pool ertrunken ist? Ich habe einen Knopf gefunden. Der stammt vom Poloshirt deines Bruders. Das hat die Polizei bestätigt.«

Ottavio stiert mich an. Mia übersetzt.

»Ein merkwürdiger Zufall, aber ich glaub nicht an den Weihnachtsmann«, bohr ich weiter.

»È stato un incidente.«

»Ein Versehen? Der Mann ist tot!«

Bei seiner Erklärung bin ich wieder auf Mias Dolmetscherfähigkeiten angewiesen: »Luca hat gesagt, Michele reinigt in der Früh immer den Pool. Und dann war da dieser Typ. Wir konnten doch nicht wissen … Er hat von hinten ausgesehen wie Michele.«

Eine Verwechslung! Eine dumme, banale Verwechslung.

»Und dann in der Nacht sind wir Michele und seiner Freundin gefolgt.« Er wirft Mia einen Blick zu, als wäre sie schuld an dem Ganzen.

Mia schaut genauso böse zurück und hält den Druck mit der Heugabel aufrecht.

Ottavio zieht die Beine noch weiter an und stöhnt. »Wir haben euch verloren und an dieser Weggabelung wussten wir nicht, wohin ihr gegangen seid. Prabione oder Pregasio. Ich bin Richtung Prabione, wo ich euch dann auch gefunden habe, aber Michele ist mir entwischt. Und dann ist Luca nicht mehr aufgetaucht.«

Ottavio wimmert herzerweichend. Aber mein Herz erreicht er damit nicht.

»Wir wollten nur unseren Bruder rächen. Michele hat ihn in diese Gruppe gelockt. Und Lorenzo hat ihm nie widerstehen können. Und dann ist dieser feige Hund einfach abgehauen! Wenn ihn nicht zufällig ein Cousin von uns erkannt hätte … Flavio arbeitet in Riva und hat Michele gesehen.«

Aha, die zwei Individuen bei uns auf der Hotelterrasse. Da haben sie ihren Cousin Flavio mit einem Kumpel geschickt, weil Niveo, oder besser gesagt Michele, sie ja erkannt hätte. In Limone im Café, das war Flavio und ein anderer Italiener, Ottavio war es definitiv nicht und Luca war zu dem Zeitpunkt schon verunglückt. Spielt aber keine Rolle, wer die zwei waren – der Nebel lichtet sich allmählich.

»Und als du Niveo, äh, Michele nicht gefunden hast und deinen Bruder auch nicht, hast du gedacht, dass Mia was wissen könnte? Und sie mal eben kurz entführt? Weißt du, dass sie schwanger ist, du Scheißkerl?«

Mia übersetzt stoisch.

»Porca merda! Was hätte ich tun sollen? Luca hat sonst gesagt, wo's langgeht. Er ist mein Bruder! Und Michele ist abgetaucht, natürlich hab ich gedacht, dass seine Freundin weiß, wo er ist. Ihr ist schließlich nichts passiert, oder?«, wirft er mir trotzig vor die Füße.

Nichts passiert! Mieses Schwein!

»Was hättest du denn mit uns gemacht? Uns losgebunden, ›Ciao und lieben Gruß an die Familie‹, oder was? Oder wären wir unerwünschte Zeugen gewesen? Da hat man dann keine Wahl. Das wär halt eine unausweichliche Konsequenz gewesen. ›Scusi, war nicht bös gemeint‹, so in der Art? Wie der Mord an Julian Weigel. Der hatte das Pech, von hinten auszusehen wie Michele. ›Sorry, war nicht so gemeint.‹«

Wut kocht immer mehr in mir hoch. Es tut dem Typen nicht leid wegen des toten jungen Mannes. Julian Weigel. War ja keine Absicht, sagt er einfach, und die Sache ist für ihn erledigt. Als ginge es um ein zu Bruch gegangenes Weinglas. Aber ich habe Julian Weigel noch sehr lebendig gesehen. Hab ihn tot am Pool liegen sehen. Hab seine Eltern und seine Verlobte gesehen, wie sie ihren toten Sohn und Mann nach Hause geholt haben. Das kann ich nicht vergessen. Der arme Kerl hatte nichts mit dem Ganzen zu tun. Mord ist nie eine Lösung. Vendetta, Brauchtum – ha! Kein Mensch hat das Recht, einen anderen zu töten. Auch wenn ich verstehe, dass Ottavio um seinen kleinen Bruder trauert. Aber es war ein Unfall, bei einem illegalen Autorennen, bei dem jeder wusste, um was es geht. Und dass es gefährlich ist. Niveo würde auch gerne die Zeit zurückdrehen und seinen Freund wiederhaben, aber das geht nicht. Er wird mit seinem Teil der Schuld leben müssen.

Und die Tatsache, dass Ottavio uns wahrscheinlich umgebracht hätte oder zumindest in dem Schuppen hätte verrotten lassen, nur weil er eigentlich völlig überfordert von der ganzen Situation war, na danke!

»Sei froh, dass Mia die Heugabel hat …«

Ottavio schaut mich verschreckt an, als Mia übersetzt, hält aber den Mund.

Ist auch gesünder für dich, denk ich.

KAPITEL 25

RISPOSTE – ANTWORTEN

Martedi (Dienstag) – 4. September

Forti und seine Männer rauschen ganz unspektakulär mit zwei Autos der Carabinieri an, er schüttelt nur den Kopf, als er mich und meinen Besen sieht. Dann lässt er sich in Kurzform informieren, Mia und ich bemühen uns redlich, einen halbwegs verständlichen Bericht abzuliefern, aber wir sind so aufgeregt und wütend, dass ich mir nicht sicher bin, ob Forti alles so genau mitkriegt. Egal. Das eilt nicht.

Als Vinc, Adriano, Niveo-Michele und Jacopo erscheinen, ist Ottavio schon von Fortis Männern weggebracht worden. Und das ist gut so. Wer weiß, ob sonst nicht noch was passiert wäre.

Mia und Niveo-Michele fallen sich in die Arme.

Vinc umarmt mich stumm und drückt mich, als wollte er mich nie mehr loslassen. Ich muss mich arg zusammenreißen, dass ich nicht anfange zu heulen.

»Wir reden später«, flüstert Vinc mir ins Ohr, bevor er mich wieder loslässt.

Ich geh zu Jacopo rüber, der etwas verloren dasteht. Sie haben ihn auf dem Weg hierher abgeholt. Niveo-Michele hat drauf bestanden, weil sie an dem Haus eh fast vorbeikommen. Und weil er ihm geholfen hat, ihn gerettet und gedeckt hat und weil er weiß, wie sehr der Alte an Mia hängt. Und weil Jacopo sich hier auskennt.

Als Mia und Niveo wieder ansprechbar sind, darf Jacopo endlich seine kleine Prinzessin in den Arm nehmen. Währenddessen zeig ich Niveo-Michele das Bild vom Handy. Von dem Typen, der mich geschlagen hat. Ist zwar undeutlich, aber es reicht.

»Das ist Ottavio«, sagt er sofort.

Ich wische in der Bildergalerie meines Handys weiter. Da ist es. Das Foto von dem Toten aus der Schlucht, das ich oben zwischen den Büschen geschossen hab. Mit schlechtem Gewissen zwar, aber aus ermittlungstechnischen Gründen notwendig, wie ich mich selber rechtfertige.

Vinc war da ja nicht meiner Meinung. »Man kann sich die Moral nicht immer zurechtbiegen. Und du bist nun mal keine Polizei«, hat er damals gesagt, verkneift sich jetzt aber einen Kommentar.

»Luca Bruzzo! Der Bruder von Ottavio. Hätte ich mir denken können, dass der nicht alleine kommt«, ruft Niveo-Michele überrascht aus. Dann stockt er, schaut sich das Bild genauer an. »Ist er …?«

Ich nicke. »Ja, er ist tot. Als wir dich gesucht haben, haben wir ihn gefunden. Ist vermutlich abgestürzt. Auf der anderen Seite der Schlucht. Er hatte keine Papiere dabei. Und der Knopf von seinem Hemd lag nicht zufällig am Pool.«

»Waren sie es also doch! Ich war ziemlich sicher, aber gesehen hab ich sie nicht … Und dann hat Mia behauptet, sie hätte Hugo da oben erkannt. Das hat mir Jacopo erzählt. Die Vorstellung, dass das alles gar nichts mit mir zu tun hat, war wie ne Befreiung.«

Vinc zieht die Augenbrauen hoch, aber ich seh ihm an, dass er das Ergebnis meiner fotografischen Unmoral durchaus interessant findet.

»Sie haben dich gesucht, haben rausgefunden, dass du immer ganz in der Früh den Pool reinigst, und dann Julian

Weigel zur passenden Uhrzeit dort angetroffen. Sie haben ihn aber nur von hinten gesehen und mit dir verwechselt.«

Niveo-Michele wird blass. Er greift sich an den Hals, schluckt. Er schaut zu Mia, dann zu uns.

»Drei Menschen sind wegen mir gestorben.«

Vinc und ich tauschen einen schnellen Blick.

»Indirekt schon, aber du hast sie nicht umgebracht. Und das ist ein riesiger Unterschied«, versuch ich ihn zu trösten.

Irgendwann brechen wir auf und fahren zurück ins »Magdalena«. Das Mofa laden wir hinten in den Kofferraum, die Klappe steht offen, das Vorderrad hängt raus. Passt schon, meint Adriano und ich denk mir, dass ich mit dieser gewagten Konstruktion daheim nicht sehr weit käme. Na ja, hier könnten wir notfalls Capitano Forti rufen.

Adriano fährt, Jacopo hat auf dem Beifahrersitz Platz genommen und wir vier quetschen uns auf die Rückbank. Jacopo wird zu Hause abgesetzt. Wir vier bleiben hinten, keiner von uns will vor.

»Wenn ihr lieber wie die Sardinen sitzt«, meint Adriano nur unbeeindruckt und gibt Gas.

Im »Magdalena« herrscht große Aufregung, alle sind glücklich, Mia wieder gesund im Schoße der Familie zu haben.

Einige Gäste haben sich mittlerweile aus den wenigen Informationsbrocken, die sie aufschnappen konnten, ein ungefähres Bild gemacht. Die genauen Zusammenhänge kennen sie nicht, zum Beispiel, dass der Unfall am Pool ein Mord war. Zwar mit dem falschen Opfer, aber ein Mord. Das müssen sie auch nicht erfahren.

»Morgen Abend gibt's ein ganz besonderes Überraschungsmenü«, versprech ich im Überschwang der Glücksgefühle, und Vinc bremst vorsichtshalber meinen Enthusiasmus, bevor ich mich zu weiteren Versprechungen hinreißen lasse, die er dann mit ausbaden muss.

In meinem Kopf entstehen bereits Bilder eines Traummenüs. Ich bin voller Tatendrang. Ist immer so bei mir nach erbrachter Höchstleistung, extremem Stress oder einer wichtigen Prüfung zum Beispiel.

Hmm … Menü. Menü Fortunato vielleicht. Klingt gut! Dazu könnte ich die Fähnchen verwenden, dann gibt's heut was anderes. Ich spring schnell in die Küche. Valdo und Irmela schuften auf Hochtouren. In einer Stunde wollen die Gäste essen.

»Scusa, war viel los heut Nachmittag«, ruf ich die Untertreibung des Jahrhunderts in die Küche und umarme erst Irmela, dann Valdo. Die sind nicht ganz auf dem Laufenden, haben jetzt aber keinen Kopf dafür.

»Nach dem Essen erzähl ich euch alles ganz genau«, versprech ich, während ich die Töpfe checke. Alles prima. Klar, ist ja Valdos Revier. Und Irmela ist echt super.

»Wegen der Nachspeise …«

»Da haben wir umdisponiert«, unterbricht mich Valdo. »Heute kein Schnickschnack, es gibt zwei Kugeln Eis oder Käse oder ein Stück Schokokuchen aus dem Eisschrank mit Vanilleeis und Sahne.«

»Super, gelato italiano mit den Fähnchen gibt's dann morgen! Und die Limonencrostata schneiden wir in kleine Würfel und legen auf jeden Teller ein Häppchen dazu.« Ich muss lachen, weil Valdo mich so skeptisch mustert. Hat wohl Widerspruch erwartet, der Gute.

»Alles klar, Doro, wir schaffen das. Geh ruhig wieder raus zu den anderen.«

Lieb. Irmela, meine Praktikantin, gibt mir frei. »Danke,

das nehm ich gerne an«, sag ich und verschwinde aus der Küche.

Den Spritz hab ich mir jetzt verdient. Mit dem Glas in der Hand und Vinc im Schlepptau verzieh ich mich aufs Zimmer. Wir haben einiges zu bereden und wollen einfach alleine sein.

Vinc verarztet liebevoll meine lädierten Handgelenke, tupft die aufgeschürften Stellen mit einer desinfizierenden Lösung ab, schmiert Salbe drauf. Dazwischen ein bisschen Vincessenz für die Seele. Natürlich das Beste von allem.

»Doro, ich bin fast wahnsinnig geworden.« Vinc schaut mich traurig an. Dann verändert sich sein Blick. »Mir ist klar, dass ich damit leben muss, mit dir und deinem Bauchgefühl und …«

Weiter kommt er nicht, weil ich ihn einfach küssen muss. Mein Vinc! Er soll nie wieder Angst um mich haben müssen. Okay, wenn es sich vermeiden lässt.

Vinc drückt mich ein bisschen weg. »Hör mal zu, Schatz«, er nimmt mein Gesicht in seine Hände, »Doro, ich liebe dich und will dich nicht wegen nem durchgeknallten Idioten verlieren, bloß weil dein Helfersyndrom mit dir durchgeht!«

Ich sag nix.

Er seufzt. »Aber das ist es ja unter anderem, was ich an dir liebe.« Er küsst mich zwischendurch, ich hab ausnahmsweise kein Redebedürfnis, genieße einfach diese Liebeserklärung. »Eigentlich alles an dir.«

Die Außenwelt existiert im Moment nicht für uns. Nach einer Weile vergrabe ich mein Gesicht in seiner Halskuhle, er riecht nach Sommer und Wärme und … Vinc.

»Ich liebe dich auch, Vinc. Und … hätt ich mich bloß nicht eingemischt.«

»Quatsch! Erstens gibt es die Option bei dir gar nicht, wenn du irgendeine Ungerechtigkeit witterst, und zweitens, wer weiß, dann wären die Bruzzos mit dem Mord an Julian Weigel durchgekommen und wahrscheinlich hätten sie auch Michele umgelegt.«

»Umgelegt … Klingt wie aus so nem alten Gangsterfilm. ›Flossen weg von meinem Baby, oder ich leg dich um‹«, mime ich den Macho.

»Na, was meinst du denn? Dass ich diskutiere, wenn einer mit seinen Flossen an dir rumgrapscht?«

»Nee, bei dir gibt's was auf die Nase, mein Held.« Ich drück ihm ein Küsschen auf die seine. Vinc grapscht nach mir. »He! Flossen weg!«

»Ich darf das, Baby.«

Ich krieg nen Lachkrampf.

Später am Familientisch werden die Ereignisse noch mal haarklein berichtet. Greta und Mias Eltern wollen alles ganz genau wissen. Valdo und Irmela sitzen heute auch dabei. Alle sind geschockt, ganz besonders über die Tragik, dass Julian Weigel schlicht verwechselt worden ist. Es hätte auch Adriano oder Niveo treffen können! Klar, Niveo hätte es ja treffen sollen, und wir sind froh, dass es nicht so ist, aber richtige Freude kann nicht aufkommen, weil wir alle die bedrückenden Bilder vor Augen haben. Von Julian Weigel. Und von Luca Bruzzo, trotz allem.

Laura, die Tochter von Adriano, stöckelt in den High Heels ihrer Mutter vorbei, alle lachen. Irgendwie befreit. Ungeachtet der Tragik, aber davon merkt Laura nichts.

»Tja, das sind Nebenwirkungen alla Isabella. Die darf ich jetzt in der nächsten Zeit wieder auskurieren«, raunt Greta mir ins Ohr. Ihr Gesichtsausdruck ist längst nicht mehr so verbissen, wenn Isabellas Name fällt. Seit Adriano endlich offen zu den Gefühlen für sie steht, wandelt Greta ständig mit einem Lächeln durch die Gegend.

»Fast unheimlich«, sag ich zu Vinc.

»Schau nicht so selbstzufrieden.«

Ich lehn mich mit verschränkten Armen zurück und grinse. Wahrscheinlich durchaus selbstzufrieden. Und dennoch ein bisschen traurig.

KAPITEL 26

CASO FORTUNATO – GLÜCKSFALL

Mercoledi (Mittwoch) – 5. September
In der Früh

Oh nein! Bitte nicht! Viertel nach fünf. Ganz ehrlich, heute bin ich absolut noch nicht bereit für die Küche. Okay, nützt nix – aber ich brauch wenigstens ein paar Minuten für Kaffee und mich, bevor Valdo und Irmela antanzen, zur großen Menübesprechung, also beeil ich mich.

»Oh Mann, Doro, manchmal bist du echt anstrengend!«, grummelt Vinc aus den Tiefen seines Kopfkissens.

»Bleib halt noch liegen, ich hab ganz gern ein paar Minuten für mich, weißt du doch.«

»Okay, noch ein paar Minuten«, seufzt Vinc, als würde er ein Opfer bringen. Dabei hat er es sich selbst verordnet, mich nicht mehr aus den Augen zu lassen – tja, zum Zeitpunkt der guten Vorsätze war's halt nicht Viertel nach fünf in der Früh.

Mit einem fröhlichen »Bis später, Schatz« hüpf ich aus dem Zimmer, wohl wissend, dass Vinc zu viel Munterkeit am Morgen als extrem anstrengend empfindet. Ich hüpf aufgekratzt nach unten. Vinc' Kampf mit dem Wachwerden hat auf mich eindeutig belebende Wirkung!

Mit ein paar Handgriffen erledige ich das Wichtigste. Bohnen mahlen, die kleine Espressomaschine mit Wasser und Kaffeepulver befüllen und ab damit auf die Herdplatte. In der Zwischenzeit kann der Siebträger in aller Ruhe hochheizen.

Die Cimbali rödelt, die Caffettiera blubbert und zischt, und Kaffeeduft zieht durch die Küche. Ich hol mir Notizblock und Stift, um schon mal ein paar Gedanken zum »Menü Fortunato« heute Abend zu notieren. »Fortunato« – gefällt mir. Ein Glücksmenü. Wir hatten Glück. Nicht alle, Julian Weigel nicht und Luca Bruzzo auch nicht, aber wenigstens ist Ottavio aus dem Verkehr gezogen. Ich schieb die dunklen Gedanken in den Hintergrund und freu mich auf das Menü. Nach so viel Aufregung und Stress entspannt mich das Kreieren und Kochen eines tollen Essens genauso sehr wie ein langer Spaziergang im Wald. Oder eigentlich noch mehr. Beim Kochen kann ich total abschalten.

Was für die einen Waldbaden, ist für mich, kreative Kulinarik auf den Teller zu zaubern. Mach ich gerne alleine, heute hab ich meine Helfer, Vincent, Valdo und Irmela. Das passt.

Die Liste der Zutaten, die wir zukaufen müssen, hält sich in Grenzen, damit dürfte Valdo kein Problem haben. Ich lehne mich auf meinem Hocker zurück, an die Wand, lasse den letzten Rest Espresso mit viel Zucker im Mund schmelzen und schließe für ein paar Minuten die Augen. Risotto oder doch lieber Nudeln? Okay, die Kinder können auf jeden Fall Nudeln mit Tomatensoße haben, aber für die anderen? Hmm, sollen meine Helfer entscheiden.

Um sechs trudeln alle ein. Irmela frisch und munter, Valdo wortkarg, Vincent gähnend. Ich schau sie mir an. Meine Truppe. Noch nicht ganz auf Spur gebracht, aber das wird. Ich klatsche in die Hände. Irmela lacht, Valdo runzelt die Stirn und Vinc gähnt. Ha!

Ich spring vom Hocker und wedel mit dem Notizblock. »Erst mal für alle einen Kaffee, dann geht's los«, ruf ich und ziehe die anderen in meinen Energiestrudel.

»Anfangen würde ich mit einem Ritter-Spezial-Limoncello-Prosecco. Dazu reichen wir geröstete Weißbrotscheiben mit Oliven- und Sardellenpaste. Danach Jakobsmuscheln im Feldsalatbett. Sind Jakobsmuscheln ein Problem?«, frag ich Valdo.

»Höchstens für den Geldsack vom Chef«, meint Valdo und ich seh ihm an, dass ihm diese Vorstellung eine gewisse Freude bereitet.

»Carpaccio von Ente an Orangensoße? Wie sieht es mit Entenbrust aus?«

»Wie mit der Jakobsmuschel«, grinst Valdo.

»Okay, dann passt's. Anschließend Ziegenfrischkäse mit Feige an Walnuss- und Akazienhonig, im Salatbett mit Wildkräutern. Valdo, wo krieg ich den besten Ziegenfrischkäse her?«

»Den kann Salvatore, mein Nachbar, mitbringen, oben vom Passo Nota. Er fährt immer am Mittwoch hoch. Wenn nicht, dann habe ich noch andere Quellen.« Valdo setzt eine geheimnisvolle Miene auf und ich lass ihm die Freude über seine krakenartigen Beziehungsgeflechte.

»Danach ein Rucolasüppchen mit Garnelen? Oder lieber Maronensuppe?«

Rucola, schreien alle. Okay, okay, ist auch mein Favorit.

»Garnelen haben wir noch im Eisschrank, wir brauchen nur genug Rucola, okay?« Ich überleg kurz. »Habt ihr Weihnachtsausstecher? Und Blätterteig?«

Valdo schüttelt den Kopf.

»Egal, mach ich nen anderen Teig, Brandteig oder so, vielleicht kann Niveo, äh, ich mein Michele später ein bisschen mithelfen. Wegen der Ausstecher frag ich mal Greta … Da find ich schon was.«

»Was willst du damit?«, fragt Irmela neugierig.

»Ich wollte kleine Herzen oder vierblättrige Kleeblätter ausstechen, als Deko und Beilage für die Suppe«, lüfte ich das Geheimnis. »Hauptspeise: gegrillte Rinderhüfte mit Kartoffelgratin und glasierten Rosenkohlröschen. Für Vegetarier: Kartoffelgratin und glasierte Rosenkohlröschen und dazu Bergkäsemedaillons mit Kräuterpanade, einem Löffelchen Preiselbeermarmelade oder leichter Cranberrysoße. Problem: Wer schält die Kartoffeln? Isabella ist nicht mehr da …«

»Übertreib's nicht, Doro«, warnt Vinc, der mich kennt und weiß, dass ich mich in das Thema vertiefen könnte.

»War nur ein Witz am Rande. Irmela, übernimmst du das?«

»Hab ich mir schon gedacht«, nimmt sie die Sklavenarbeit gelassen an.

»Dann sind wir fast am Ende. Dolce wird der Monte Italiano mit Gipfelfähnchen. Wie gehabt, Musterteller steht noch im Eisfach. Vielleicht machen wir noch dreierlei Fruchtspiegel: himbeerrot, limettenschalengrün und pfirsichmusweiß.«

»Die Nachspeise machst aber du«, bittet Irmela, ansonsten segnet meine Truppe das Menü nickend ab.

»Schatz, dein Adrenalinspiegel powert nach, hab ich den Eindruck. Andere würden ihren Schock mit einer Beruhigungsspritze in der Psychiatrie behandeln lassen, und du schüttelst mal schnell ein geniales Menü aus dem Ärmel«, neckt mich Vinc und drückt mir ein stolzes Küsschen auf die Wange.

»Wegen der Orangensoße zum Carpaccio ruf ich nachher Paps an. Ist ein Spezialrezept von ihm.« Irmela wird ein bisschen rot. Sascha Ritter scheint sie mächtig zu beeindrucken, und bald darf sie in seiner Küche lernen! Ich glaub, das ist für sie wie Ostern und Weihnachten an einem Tag.

Paps rückt mit dem i-Tüpfelchen für die Orangensoße zum Entencarpaccio heraus, körniger Senf und Muskat natürlich, und wie soll's anders sein, es folgt noch ein Tipp fürs Dressing für die Jakobsmuscheln. Cointreau und Balsamicoessig. Okay, überzeugt. Noch ein bisschen Smalltalk, Paps erwähnt, dass die Jakobsmuschel für Hoffnung, Durchhaltevermögen, Glauben, Abenteuer – wie das Leben eben – steht. *Wenn du wüsstest!* Von meinen speziellen Erlebnissen erzähl ich nichts.

»Doro, raus mit der Sprache, was ist los?«, fragt er.

Tja, er kennt mich halt seit 26 Jahren!

»Frag nicht, Paps. Ich bin bald wieder daheim, dann darfst du für Vinc, Rambo und mich kochen und wir erzählen dir alles. Wird ein spannender Abend, versprochen.«

Paps lacht. »Kann ich mir vorstellen. In Ordnung, so machen wir's. Und bring unbedingt einige Flaschen Olivenöl mit. Und Ziegenkäse von einer Alm hört sich gut an und … Ach, schau dich einfach um, du weißt selber, was wir brauchen, Spatz.«

»Alles, was nach regionalem Leckerli aussieht, ich weiß.«

»Mach dich nur lustig, aber ich weiß, wer immer als Erste die Finger an dererlei Spezialitäten hat. Also, Olivenöl, so viel wie möglich, natürlich nur das beste, und ein paar Kisten Wein und …«

»Stopp, es reicht, ich bin nicht mit dem Laster unterwegs!«

»Und, Spatz, Hände weg von gefährlichen Situationen! Mir reicht's noch vom letzten Jahr.«

Jetzt muss ich aufpassen, Paps hört das Gras wachsen.

»Paps, ich schwöre, ich halt mich fern von gefährlichen Einsätzen. Brenzlige Situationen gibt's für mich nur in der Küche.« Das kann ich guten Gewissens schwören, weil rückwirkend muss ich nichts versprechen, und die Wahrscheinlichkeit, dass in nächster Zeit was Gefährliches in meinem persönlichen Umfeld passieren wird, ist doch relativ gering.

»Wer will ein Gläschen Prosecco vor der Siesta?«, frag ich, als wir gegen Mittag aus der Küche kommen, und erwartungsgemäß sagt keiner Nein. Jeder füllt sich seinen Teller mit Pasta aglio e olio, greift in die Schale mit dem gehobelten Parmesan und schnappt sich ein Glas. Eine Kleinigkeit wollen wir alle, trotz des Menüs heute Abend – wusste ich doch und hab weitsichtig einen Berg voll Spaghetti mit Olivenöl, Knoblauch, Salz, Pfeffer und nicht zu wenigen Peperoncinischoten produziert. Kreativität geht durch den Magen, sag ich immer. Im Gänsemarsch machen wir uns auf den Weg nach draußen.

Ups, unser Tisch ist besetzt. Forti und Vittorio Rinaldi sitzen da. Planänderung, wir müssen reingehen, wenn wir ein bisschen Privatsphäre wollen.

»Wir sind fertig«, sagt der Capitano, der offenbar unser Zögern bemerkt hat und Anstalten macht, aufzustehen.

»Wir können auch in der Küche …«, setzt Adriano an.

Aber Forti winkt ab. »Nicht nötig.«

»Mario, magst du einen Teller Pasta?«, bietet Vittorio an.

Der tut erst gar nicht so, als würde er sich zieren. »Si, mi andrebbe molto, grazie. Und ein Glas Rotwein, per favore.«

»Alkohol im Dienst?«, frag ich anzüglich.

»Das ist kein Alkohol, das ist ein Nahrungsmittel. Wie bei euch in Bayern das Bier«, relativiert Forti salbungsvoll.

Ich bin schon auf dem Sprung, aber Greta ist schneller. »Ich mach das. Bleib du mal sitzen und iss deine Pasta.«

Was ich mir nicht zweimal sagen lasse.

»Und was treibt Sie ins ›Magdalena‹?«, frag ich stattdessen Forti und dreh mir nebenbei einen Mundvoll der dicken, öligen Spaghetti auf die Gabel. »Doch hoffentlich kein neuer Vorfall!«

»Keine Sorge, Signorina Doro. Obwohl ich mir vorstellen kann, dass Sie das nicht sonderlich in Unruhe versetzen würde.«

Was soll das denn bitte schön heißen? Als ob ich mir das aussuchen würde! Und außerdem, wenn jeder bloß wegschaut … Ich schieb mir energisch die Nudeln in den Mund und schiele zu Vinc rüber.

Der verkneift sich eine Bemerkung, muss auch gar nichts sagen, ich weiß, was in seinem Kopf vorgeht. »Die Gedanken sind frei«, er hebt in aller Unschuld die Hände.

Er weiß auch, was ich denke. Na, super! Erst Paps, dann Vinc. Bin ich so leicht zu durchschauen?

Forti wird schnell wieder ernst. »Die Eltern von Ottavio und Luca Bruzzo sind heute Nacht angereist und waren in der Früh bei mir im Büro. Sie sind sehr erschüttert über den Tod ihres Sohnes. Naturalmente. Erst Lorenzo, dann Luca. Eine traurige Bilanz.«

Keiner sagt was. Was auch? Zwei tote Söhne, der dritte unter Mordverdacht, ein unschuldiges Opfer, das nur zufällig in die Schusslinie der fehlgeleiteten Brüder geraten ist, ganz ehrlich, da ist jeder Kommentar überflüssig.

Forti schaut sich suchend um. »Vittorio, sind deine Tochter und Michele Accetta in der Nähe? Es wäre gut, wenn sie sich zu uns setzen würden, weil es hauptsächlich den jungen Accetta betrifft. Wenn er lieber zu mir ins Büro kommt, ist es mir auch recht«, ruft Forti dem bereits enteilenden Vittorio hinterher.

Greta bringt die Pasta für Forti, Adriano Gläser, Rotwein und Prosecco, und Vittorio hat kurz darauf Mia und Niveo-Michele im Schlepptau.

Mir schwirrt ein toter Julian Weigel im Kopf herum und Vinc, wie er im schwarzen Loch des Wasserstollens verschwindet, der Tote aus der Schlucht in seiner »Hängematte« … Den Geschmack des strohigen Knebels spül ich schnell mit nem Schluck Prosecco runter. Vinc drückt meine Hand, wir schauen uns kurz an. Vor allem die Bilder von Julian Weigels Angehörigen krieg ich nicht aus dem Kopf. Das ist für mich das Schlimmste. Wenn ich mir vorstelle, dass einer Vinc umbringt, aus Versehen. Und dann das Gefühl, wie ich Ottavio mit voller Wucht den Besenstil in den Leib gerammt hab – es tut mir nicht leid, aber es …

»Schatz, was ist mit dir?«, raunt Vinc mir zu.

Ich wisch ne Träne weg, die sich im Augenwinkel verfangen hat. »Geht schon wieder. Ist nur alles ein bisschen viel«, murmle ich unauffällig zu ihm rüber.

Er nickt und streichelt meine Hand.

»Wo sind die Eltern jetzt? Wie geht's weiter?«, frag ich Forti.

»Sie sind auf dem Weg zur Gerichtsmedizin in Brescia. Da liegt Luca Bruzzo, ihr toter Sohn. Ich denke, sie dürfen ihn mitnehmen.«

»Und Ottavio?«

»Der ist vorerst in polizeilichem Gewahrsam. Allerdings wird Dottore Feola das Mandat für die Familie übernehmen. Einer der besten seines Fachs. Der Mord an Julian Weigel war eine Verwechslung, Ottavio hat seinen Eltern und ja auch der Polizei berichtet, dass Luca den Mann in den Pool geworfen und den Kopf unter Wasser gedrückt hat. Er selber habe nur dabeigestanden. Und der Knopf war von Lucas Hemd. Wird vermutlich ein Klacks für den Anwalt – der tote Bruder als Täter, der kann sich nicht mehr wehren. Da müsste schon ein Augenzeuge vom Himmel fallen. Wie auch immer, das liegt nicht mehr in meiner Hand. Aber es bleibt natürlich Körperverletzung und Entführung. Das sind keine Kleinigkeiten.«

Forti schiebt sich die letzte Gabel Pasta zwischen die Zähne, wischt mit der Serviette ein bisschen Öl aus den Mundwinkeln und nimmt einen genüsslichen Schluck Rotwein.

Natürlich hat er recht, und er kann auch nicht ständig mit falschen Urteilen, frei laufenden Tätern und ungerächten Verbrechen hadern, da wäre er innerhalb kürzester Zeit wahnsinnig. Aber ich habe nicht so viel Routine. Mich macht es wütend, wenn ich an die Folgen dieses fatalen Rachefeldzugs denke. Was haben die jetzt davon? Die Familie ist endgültig kaputt.

Forti lehnt sich mit verschränkten Armen im Stuhl zurück. »Etwas Positives darf ich euch aber verraten. Ich glaube, das kann ich vertreten. Die Eltern der Bruzzo-Brüder haben Einsicht gezeigt. Ich muss sagen, Größe und Einsicht. Es ist ihnen bestimmt nicht leichtgefallen, die Vendetta zu beenden. Jetzt, wo es praktisch zu spät ist, sie dadurch noch einen Sohn verloren haben. Wahrscheinlich werden sie innerhalb ihrer Familie auf wenig Verständnis stoßen, aber ich hatte den Eindruck, dass sie es ernst meinen. Und Ottavio ist erleichtert über die Entscheidung der Eltern. Ob er den Deutschen am Pool letztendlich umgebracht hat oder ob es sein Bruder war, das werden wir nicht mit Sicherheit erfahren, aber es passt ins Persönlichkeitsbild der Brüder. Luca war der Macher.«

»Sind wir einfach froh, dass dieser sinnlose Rachefeldzug ein Ende hat«, sagt Greta und alle stimmen zu.

Man plaudert noch ein bisschen, dann allmählich löst sich die Runde auf. Alle sind zufrieden. Fast. Einen Punkt gibt's noch, den muss ich mit Mia klären. Ich mach mich auf den

Weg zu ihrem Zimmer. Sie ist schon mit Michele nach oben gegangen, da der noch ziemlich lädiert ist. Seine Bilanz: Eine gebrochene Rippe, eine mindestens zehn Zentimeter lange Risswunde am Oberschenkel – ist auf der Flucht vor Ottavio an nem Ast hängen geblieben –, und die Nachwirkungen der Gehirnerschütterung spürt er noch immer, samt Platzwunde am Hinterkopf. Er hatte schon ziemlich viel Blut verloren, damals in der Nacht, als Jacopo ihn bei der Mariengrotte gefunden und ihn mit Fini, seiner Eselin, zu sich nach Hause transportiert hat.

Soll Mia mir in der Küche helfen, dann brauch ich Michele gar nicht, der kann sich ausruhen, und ich bin ungestört mit Mia.

Ich verbanne die anderen aus der Küche. Zeit für Siesta oder was auch immer, für mich heißt's heut eh Küchendienst ohne Pause, sind zu viele Kleinigkeiten, da hab ich gern selber ein Auge drauf. Irmela bestell ich für fünf wieder ein, das reicht, Valdo bringt irgendwann die fehlenden Zutaten. Neben schnippeln und schmoren kann ich immer besonders gut denken und kombinieren.

Wir arbeiten einträchtig nebeneinander, das heißt, Mia schaut mir zu, wie ich raue Mengen Zwiebeln schneide, die Entenbrust mariniere und nebenbei diverse Kleinigkeiten erledige.

Und ich rede nicht lange um den heißen Brei herum. »Was passiert jetzt mit diesen Gutachten? Die könnt ihr nicht einfach ignorieren.«

Mia schiebt mit dem Zeigefinger einen winzigen Brösel auf der Arbeitsplatte hin und her, dann wischt sie ihn energisch auf den Boden. »Natürlich nicht. Ich werde mit Hugo reden. Und mit papà. Das wird nicht einfach. Es geht um eine Menge Geld für alle Beteiligten. Aber dadurch, dass Forti was mitgekriegt hat und sich nicht bestechen lässt –

das weiß ich von papà –, wird wohl nichts aus den ganz großen Plänen. Außerdem ist der geheimnisvolle Großinvestor abgesprungen, und mit dem kippt das Campione-Projekt. Bleibt nur das Hotel oben an der Villa. Und papà ist, glaub ich, ganz froh darüber.«

»Nur das Hotel? Und die Seilbahn?«, frag ich, weil ich dem Braten, sprich dem Frieden, nicht traue. »Dass Scalieri so schnell aufgibt, glaub ich nicht.«

»Tut er ja nicht. Papà verkauft ihm das Grundstück, im Gegenzug sorgt Scalieri dafür, dass wir das ›Magdalena‹ erweitern dürfen, und zwar wie und wann wir das wollen. Und das ist Gold wert. Das Grundstück natürlich auch.« Mia lacht. »Mehr wollte papà im Grunde nie und die Verantwortung hat ihm schwer zu schaffen gemacht.«

Schwer zu schaffen gemacht ist gut, denk ich böse, er hat aber trotzdem den Mund gehalten. Was ist denn das für ne Moral?

Ich schlucke eine entsprechende Bemerkung runter. Mia hat als Frau vom Accetta-Ölimperium-Erben sowieso ausgesorgt, und ich gönn es ihr von Herzen. Alle wären glücklich, alle wären reich!

»Und die Seilbahn?«, lass ich nicht locker.

»Scalieri kriegt zwar keine Seilbahn, aber er baut einen Pool mit Seeblick, einen eleganten Wellnessbereich, richtet einen Shuttleservice nach Pieve und an den See ein. Die meisten Gäste, die in so einem Luxustempel residieren, wollen ausspannen, verlangen ein Verwöhnprogramm, Fitness, und das alles möglichst, ohne das Auto benutzen zu müssen – und dazu braucht er die Seilbahn gar nicht.«

»Wär halt so ein besonderes Luxusschmankerl, das sonst keiner hat«, ergänz ich lakonisch Mias Ausführungen.

»Scalieri hat schon viel zu viel Geld in das Projekt gesteckt, als dass er aufhören könnte. Er wird weitermachen, auch ohne den Großinvestor, der sich ganz Campione untertan machen wollte. Zumindest *der* hat kalte Füße bekommen. War ihm wohl doch zu heiß, das mit der Steinschlagzone. Wenn es zu erneuten Unfällen und Bergabgängen käme während der Bauzeit, dann wäre enorm viel Geld verloren.« Mia schnaubt abfällig und macht sich weiter Luft. Und das mittlerweile ziemlich lautstark. »Der wollte ein Jahrhundertprojekt, und das ist ihm Stück für Stück vermiest worden. Soll er woanders hingehen, wir brauchen so was nicht hier bei uns!«

Die ruhige, zurückhaltende Mia! So kenn ich sie gar nicht. Obwohl – wenn's um was geht … Wie sie um Niveo, ich mein Michele, gekämpft hat, dafür, dass wir ihn suchen, und ihrem Vater die Stirn geboten hat … und jetzt entlädt sich wohl die ganze angestaute Wut und Angst und Verzweiflung der letzten Tage. Und sie hat recht, ohne Frage.

»Tja, ein Königreich zu verlieren wär schon ein klassisches Motiv gewesen – hätte echt gut gepasst. Wundert mich nicht, dass du Hugo verdächtigt hast, Niveo – ich mein natürlich Michele – aus dem Weg räumen zu wollen. Ihr habt alle Pläne kräftig durcheinandergewirbelt.«

»Ja, eben. Und dass Michele in so einer Situation steckt, das konnte ich ja nicht ahnen. Ich dachte, Hugo ist eifersüchtig. Gar nicht wegen des Geldes – da hatte ich eher die Vermutung, sein Vater würde ihn drängen –, aber … Ach, egal, jetzt hat sich ja alles geklärt. Ich sage dir, Doro, ich bin so froh, dass Hugo nichts mit diesen ganzen Gewalttaten zu tun hat, weil ich mir überhaupt nicht vorstellen kann, mit einem Mann zusammen gewesen zu sein, der kaltblütig jemanden ermordet!«

»Okay, das versteh ich, Mia, und ich halt mich raus aus der Hotelsache, aber …«

»Ja?«

»Aber was ich weiß, weiß ich eben, und das kann ich nicht einfach vergessen. Also, was ihr mit dem Grundstück macht oder nicht macht, das ist eure Sache, das geht mich nichts an, nur wenn ich mitkriege, dass etwas Gefährliches gebaut wird, ich mein damit gefakte Gutachten und so … Paps hat gute Beziehungen zu Anwälten, Architekten und Presse. Also sorg dafür, dass die Gutachten neu bedacht werden. Bitte!«

Mia stößt die Luft aus. »Meinst du, ich will, dass etwas passiert? Und Michele mit Sicherheit auch nicht. Außerdem hat Forti was mitgekriegt und ist nicht bestechlich, der Großinvestor ist abgesprungen … Papà wird sich mit weniger Geld begnügen müssen und Scalieri wird wohl nicht der Monarch von Campione.«

»Wie wär's mit ›König der Berge‹? Ist doch auch ein schöner Titel«, schlag ich vor.

Mia verzieht säuerlich das Gesicht. Ich versteh schon, hab meine Kompetenzen hart strapaziert und aus Mias Perspektive wohl eindeutig überschritten. War ja ne eindeutige Ansage, wenn nicht sogar ne Drohung. Einmischung in Familienangelegenheiten. Ich seufze. Nützt aber nix, in der Sache kann und will ich nicht raus aus meiner Haut beziehungsweise aus meiner Verantwortung. Plötzlich muss ich lachen.

»Was ist?«, fragt Mia halbherzig.

»Mir ist gerade eingefallen, dass der Titel ja schon von Reinhold Messner besetzt ist. Das Bild von Messner und Scalieri mit Zepter und Krone, selbstbewusst am Gipfel – Messner auf nem Achttausender und Scalieri in weißem Anzug und Lackschuhen über Campione thronend … herrlich! Und über allem schwebt dann noch der russische Oligarch auf seiner göttlichen Wolke.«

Mias Gesichtsausdruck ist nicht genau zu definieren. Ich glaub, sie zweifelt grade an meinem Verstand – zumindest aber hat sie meinen Humor nicht verstanden!

KAPITEL 27

STELLE CADENTI – STERNSCHNUPPEN DER PERSEIDEN, DIE TRÄNEN DES LAURENTIUS

Mercoledi (Mittwoch) – 5. September

Bevor es in der Küche zum grande finale kommt, überrede ich Vinc, mit mir zum Kloster hochzulaufen. Lust hat er keine, aber ich bin momentan in einer Bonussituation – nach der Entführung kann er mir nichts abschlagen, ich kenn ihn doch.

Kopf freikriegen, sag ich nur nebulös, der wahre Grund ist mir dann doch etwas peinlich. Hab nämlich einen 50-Euro-Schein in einen Umschlag gesteckt und den will ich irgendwo im Kloster ablegen. Mit dem Hinweis auf Kerzen für die Madonna oben in der Schlucht bei Campione. Ich glaube, das gilt.

Während Vinc in den Limonaie des Klosters zwischen Bananenstauden und Zitronenbäumen flaniert und ein Foto nach dem anderen von diesen traumhaften Ausblicken auf den See und den Ort schießt, verdrücke ich mich unauffällig zu der Kammer von Daniele Comboni. Ein Bild des heiliggesprochenen Missionars scheint mir ein würdiger Platz für meine versprochene Spende, und in Anbetracht der tiefen Religiosität dieses Ortes vertrau ich darauf, dass es kein Besucher klaut, bevor es ein Mönch auf dem abendlichen Rundgang in seine Obhut nimmt.

Nach eingelöstem Gelübde agiere ich jetzt entspannt und mit Elan in der Küche. Die ersten Gäste trudeln ein. Die meisten sind feierlich gekleidet, als würden sie spüren, dass der heutige Abend was Besonderes ist.

Mein Spezial-Limoncello-Prosecco, dazu Weißbrotscheibchen mit Sardellen- und Olivenpaste – da bleibt bis auf wenige Brösel nichts auf den Tellern zurück. Auch das Risotto mit frischen Gartenkräutern und Trüffelpecorino wird überschwänglich gelobt. Highlights sind dann aber Schafskäse mit Honig und Jakobsmuschel auf Feldsalat mit Spezial-Sascha-Ritter-Dressing. Und auch die Orangensoße. Quod erat expectandum!

Als Irmela, Adriano, Vinc und ich den Monte Italiano auf Tabletts reintragen, habe ich mir erlaubt, mal wieder je zwei Riesensternwerfer in der Mitte zu platzieren – ein bisschen Traumschiff muss sein –, und ich nehme huldvoll die begeisterten Ahs und Ohs der Gäste entgegen. Handys werden gezückt für Erinnerungsbilder und kurze Videos. Würde sagen, mitten ins Schwarze getroffen. Vinc zwinkert mir zu, und wir verteilen die kleinen Monte Baldos, bevor sie schmelzen, die Crostata di Limone am Fuße des Bergs ist zitronige Zugabe und zugleich Liebeserklärung an Limone.

Nach dem großen Menü sind alle happy. Die Gäste verteilen sich wie immer, allerdings verlässt kaum einer den Speisesaal, ohne begeistert das Menü zu loben. Hin und wieder hör ich ein geflüstertes »Sascha Ritter« und fang verstohlene Blicke in meine Richtung auf. Was soll's, es steckt ja wirklich viel von Paps in meinem Können.

Wir versammeln uns am Familientisch, Irmela und Valdo sind längst weg, als Vittorio Rinaldi mit uns allen anstößt. Er räuspert sich, wendet sich feierlich an mich.

Was wird das?

»Liebe Doro, Sie haben unserer Familie sehr geholfen und dafür möchte ich Ihnen danken. Sie haben einen Wunsch frei. Was immer Sie wollen.«

Na, wenn das nicht ein bisschen leichtsinnig ist! Und Mia hat ihm bestimmt noch nichts von meiner, na ja, ich nenn's mal liebevoll »Mahnung« erzählt.

Vinc prüft sorgfältig einen nicht vorhandenen Fleck auf seinem Hemd. Er hat wohl Mitleid mit Vittorio.

»Zwei Wochen Urlaub für Greta und Adriano. Ohne Kinder. Karibik oder was sie halt wollen.«

»Doro!« Greta strahlt.

Rinaldi schaut irritiert. Adriano auch. Eigentlich alle.

Okay, muss ich erklären. »Na ja, Greta ist meine Freundin. Sie hat mich gerufen …« Ich mach eine Pause, alle schauen mich erwartungsvoll an, weil keiner weiß, worauf ich hinauswill. Auch Vinc nicht, oder nur ansatzweise. Das Problem ist, ich weiß es selber nicht genau, ist ne sehr spontane Aktion. Hätte mir vielleicht Bedenkzeit erbitten sollen. Egal, jetzt hab ich angefangen und muss es auch zu Ende bringen. Greta ist in ihrer ganzen Zeit hier zu kurz gekommen. Emotional, mein ich, kann ich aber so natürlich nicht formulieren. Das würde nur Adriano verstehen, vielleicht, seine Eltern sicher nicht. Und deshalb muss ich es anders verpacken, weil ich Gretas Position stärken und nicht durch meine oberschlaue Intervention wieder alles kaputtmachen will.

»Was ich meine, äh, ja … Die beiden rocken das ganze Jahr den Hotelbetrieb. Ja, ich weiß, Sie alle machen das«, nehm ich schnell dem einsetzenden Protest von Vittorio Rinaldi die Spitze, der sich offensichtlich auf den Schlips getreten fühlt, »aber für Adriano und seine Familie ist das hier Zukunft. So wie für Sie damals, als sie das ›Magdalena‹ übernommen haben, erinnern Sie sich?«

Francesca und Vittorio schauen sich mit nostalgischem Glanz in den Augen an. Ein seltener Augenblick zwischen den beiden. Hab ich sie am richtigen Nerv getroffen!

»Mia schwebt sowieso auf Wolke sieben und deshalb würde es mich freuen, wenn Greta und Adriano nach der Saison, bevor es mit den Renovierungsarbeiten losgeht, aber spätestens vor der nächsten Saison, mal zwei Wochen für sich hätten. Ohne Kinder, ohne Hotel, ohne Alltag. Nur Greta und Adriano.«

»Ist ja gut, ich habe es verstanden.« Vittorio versucht, grantig zu schauen, was ihm aber nicht gelingt. Er kann seine Belustigung nicht verbergen.

Ich schlucke, würde mich gern auf diesem Status ausruhen, aber nützt nix. »Ähm, da wär noch was …«

Rinaldi verzieht keine Miene. Er ahnt, dass das, was jetzt kommt, vor allem eine Sache zwischen ihm und mir ist. Und da hat er recht.

Ich wiederhole ihm gegenüber meine Ansage bezüglich des Bauvorhabens, die vorhin schon Mia zu hören bekommen hat. Weil ich beschlossen habe, nicht ihr die Verantwortung zu überlassen, die hat mit Michele, dem Baby und ihrer völlig neuen Situation genug zu tun. Alle Rinaldis profitieren von dem Geldregen, sollen sie auch gemeinsam die Verantwortung tragen und wissen, dass ich durchaus ein Auge auf sie habe.

»Klingt ein bisschen nach Erpressung, findest du nicht?«, flüstert mir Vinc ins Ohr.

»Keine Kompromisse, ich will schließlich in Zukunft ruhig schlafen können«, flüstere ich zurück.

»Darf ich Doro zu dir sagen? Ich bin Vittorio. Und ich mag Menschen mit Rückgrat. Auch wenn es neugierige Gören sind.«

Dazu fällt mir erst mal nix ein. Dann spring ich auf, um

den Tisch herum und drücke Gretas Schwiegerpapa ein fettes Bussi auf die Wange. »Gern, Vittorio, aber nur, wenn's keine Bestechung ist!«

»Muss immer das letzte Wort haben, die Göre«, schmunzelt Vittorio.

Wir stoßen auf das Du an, Francesca und ich natürlich auch.

Witzigerweise ist mein Urlaubswunsch für Greta und Adriano letztendlich viel spektakulärer als meine Forderung bezüglich der Bauvorschriften.

»Hätt ich nicht gedacht, Vittorio akzeptiert so ne klare Ansage besser als vages Drumrumgerede«, sag ich leise zu Vinc. Aber uns hört eh keiner zu. Die Familie hat sich zum Inner Circle formiert, und da gehören Vinc und ich trotz allem nicht dazu.

Während alle meinen ungewöhnlichen Wunsch diskutieren und auch meine klare Ansage zum Thema Gutachten und Sicherheit für die Allgemeinheit, verdrück ich mich still und heimlich mit Vinc.

Wir schlendern eng umschlungen runter in den Ort, die Brücke beim heiligen Nepomuk wird angestrahlt in den italienischen Farben Grün, Weiß, Rot, der Bach plätschert ohne Unterlass zum See. Ein Stück weiter unten spaziert ein Pärchen, genauso eng wie wir. Romantisch. Aber wir wählen heute den Weg von oben her in den Ort, wo Limone noch viel von seinem alten Charme bewahrt hat. Dunkle Gassen, steile Stufen, Stimmengemurmel, das durch einen schmalen Durchgang zu uns hoch dringt, an dessen unterem Ende das warme Licht einer Bar strahlt und der Patrone die letzten Gäste bewirtet. Verlockend leuchtet orangefarbener Spritz, das dunkle Rot in großen Weingläsern … Aber wir entscheiden uns für Ruhe. Unten an der Promenade ist bestimmt noch die Hölle los, hier oben treffen wir nur noch vereinzelt Leute – auf dem Weg ins Hotel, vielleicht noch ein letzter Drink an der Bar. Wir reden nicht viel, und wenn, dann nicht über die letzten Tage. Im Licht einer einsamen Straßenbeleuchtung wirft ein kapitaler Kapernbusch Schatten, er hat zwischen den Ritzen einer alten Steinmauer Halt gesucht, keine Ahnung, wovon der sich ernährt. Jetzt, in der Nacht, sind die faszinierenden weißen Blüten mit den langen lilafarbenen Staubblättern geschlossen und als ich es wieder mal nicht lassen kann, die Pflanze mit den Händen zu erkunden, wehrt sie sich mit respektablen Dornen. Vinc lacht leise. Ganz in der Nähe gluckert es, vermutlich wird ein Getränk eingeschenkt und wir erhaschen einen Blick in eine Nische, in der zwei alte Männer an einem winzigen, wackeligen Tisch hocken und zusammen Wein trinken.

Nach einer Weile landen wir an den Stufen von San Rocco, wenn ich ihn nicht kennen würde, hätte ich den unauffälligen Zugang übersehen. Wir steigen die steilen Steinstufen nach oben, die Geranien in den Blumentöpfen greifen mit bizarren Schattenfingern nach unseren Füßen, über uns wölbt sich der Zweig einer fast verblühten Bougainvillea. Oben wird das Kirchlein angestrahlt, wie auch die Berge im Hintergrund. Limone ist auch nachts eine Schönheit, denk ich mir. Die Tür der Kapelle ist nicht abgesperrt, wir gehen rein. Ein paar funzelige Lichter bestrahlen alte Fresken und eine wunderschöne Deckentäfelung, welche die schlichte kleine Pestkapelle aus dem 16. Jahrhundert zieren. Vinc zündet eine Kerze für seine Oma an, ein Plastikteelicht mit der Aufschrift »San Rocco prega per noi«, und stellt sie zu den anderen.

Wir setzen uns in eine der einfachen Holzbänke und schweigen, für ein paar Augenblicke verzaubert mich das flackernde Licht der kleinen Kerzen.

Draußen lehnen wir dann an der Balustrade, unter uns das Städtchen, traumhaft beleuchtet, die Zitronengärten ebenso, der See in geheimnisvoller Dunkelheit, Wellen, auf der anderen Seite die Lichter von Malcesine … Kein Wunder, dass Goethe davon begeistert war, damals, als er die Zitronengärten vom Ruderboot aus erblickte und beschrieben hat. Ich seufze. So viel Schönheit ist fast nicht zu ertragen in Anbetracht der Ereignisse der letzten Woche.

»Macht mich traurig, wenn ich dran denke, was durch diese blöde Autowette ins Rollen gebracht wurde. Erst Lorenzo Bruzzo, dann Julian Weigel, Luca Bruzzo, drei junge Männer. Fast noch Niveo, sorry, ich mein natürlich Michele. Und Ottavio Bruzzo, der muss mit seinem schlechten Gewissen leben. Und mit ein paar Jährchen Knast für Entführung. Übrigens, Forti hat gesagt, er liegt mit Milzanriss im Krankenhaus. Sein Zustand ist nicht mehr bedenklich, aber irgendwie spür ich jedes Mal den Stoß in seinen Bauch, wenn ich daran denke. Er hat innere Blutungen gehabt und zwei Rippen waren gebrochen.« Ich starre trübsinnig auf den steinernen Sims.

»Ach, Schatz. Ottavio überlebt und du hast dich nur gewehrt«, tröstet mich Vinc.

»Ja, ich weiß, trotzdem …«

»Und es gibt ja auch ein paar positive Momente.«

»Wüsst ich keine.«

»Sei nicht so depri. Vittorio bewundert dein Rückgrat, Mia bekommt ein Kind … und Vittorio liebt seinen künftigen Schwiegersohn.«

Jetzt muss ich doch lachen. »Na ja, lieben …«

»Noch schlimmer. Er vergöttert ihn. Es warst zwar du, die seine Tochter aus den Klauen des Drachen befreit hat, aber ich habe so ein verdächtiges Glitzern in Micheles Augen gesehen, als Vittorio ihm vorgeschlagen hat, bei dem Hotelprojekt mitzumachen …«

»Und du meinst, Michele hat Blut geleckt?«

»Bin mir fast sicher.«

»Nee, das glaub ich nicht, Michele hängt fest an Mias Haken. Und die wird es zu verhindern wissen, dass ihr Ehemann sich auf solche Projekte einlässt. Ich glaube, wenn sie eins gelernt hat bei der ganzen Scharade, dann, sich gegen ihren Vater zu wehren.«

»Tja, das wird dem Alten nicht schmecken. So wie der sich freut, einen würdigen Nachfolger für Hugo Scalieri gefunden zu haben.«

Ich lehn meinen Kopf an Vinc' Schulter. »Weißt du, ich freu mich für Greta. Sie ist glücklich und wird bald ihr eigenes Kind haben.«

Vinc schaut mich fragend an.

»Vorhin, als es um Mia und Michele und das Baby ging, hatten Greta und Adriano einen sehr merkwürdigen Blickwechsel und eine leicht rosige Gesichtsfarbe.«

»Echt? Ist mir gar nicht aufgefallen. Willst du eigentlich Kinder?«

»Äh … Ja, schon … vielleicht. Aber noch nicht jetzt …«, stottere ich überrumpelt.

»Das ist okay. Hauptsache, sie sind von mir!«

»Och, ich denk schon. Adriano hat ja bald schon drei.«

Vinc packt mich und gibt mir einen Kuss. »Trau dich, du lüsternes Weib! Dann schnapp ich mir Isabella.«

Wir lachen und sind glücklich darüber, dass keiner ein Blatt zwischen uns kriegen kann.

EPILOG

Auf den Stufen von San Rocco.

Eine einsame, verspätete Sternschnuppe aus dem Fundus der Perseiden zieht ihre Bahn.

Ich weiß, was ich mir wünsche.

Unten im Ort schlägt eine Kirchenglocke an.

Der dunkle See glitzert im Schein des Mondes.

Ruhe kehrt ein, im nächtlichen Limone. Sogar die Zikaden sind verstummt.

Nur die Gardesana Occidentale oberhalb der Kirche gibt keine Ruhe. Mofas knattern lautstark, Autos brausen unermüdlich vorbei.

ENDE

MENÜ FORTUNATO

Erster Gang

Doro-Speciale-Limoncello-Prosecco-Spritz*

Zweiter Gang

Rucola-Sahne-Suppe mit Ricotta und Muskatblüte, garniert mit Garnelen*

Dritter Gang

Risotto mit Speck und Trüffelpecorino

Vierter Gang

Duett von Salat und Jakobsmuschel*
Und Feige, Ziegenkäse mit Honig

Fünfter Gang

Carpaccio von Ente an Orangensoße*

Sechster Gang

Gegrillte Rinderhüfte, dazu Kartoffelgratin und glasierte Rosenkohlröschen

Oder

Bergkäsemedaillons mit Kräuterpanade, dazu gereicht Kartoffelgratin und glasierte Rosenkohlröschen

Dolce Fortunato – Dichiarazione d'amore (Liebeserklärung)

Crostata di Limone* e Gelato Monte Italiano*

Meine Liebeserklärung an Limone, den Gardasee und Italien – da treff ich den Nerv von vielen, stimmt's?

Rezepte

Doro speciale: Limoncello-Prosecco – Spritz Fortunato*

Zutaten: 2 cl Limoncello, 1-2 cl Holunderblütensirup – beides aus Eigenproduktion, Fertigprodukte sind aber auch fein! 2 cl Campari, ein Stück ungespritzte Zitrone, frische Minzblätter, 0,2l Prosecco, 0,2l spritziges Mineralwasser. Eiswürfel.

Natürlich können die Mengenverhältnisse individuell angepasst werden!

Dazu gereicht: geröstete Weißbrotscheiben mit Olivenpaste und Sardellen.

Granatapfelprosecco

Zutaten: 100 ml Granatapfelsaft, ungesüßt, 100 g Zucker, 1 Handvoll frischer Thymian, 600 ml Prosecco, gut gekühlt. Zum Garnieren: Granatapfelkerne und Thymian.

Zubereitung: Granatapfelsaft mit Zucker aufkochen, bis der Zucker gelöst ist, Thymian waschen, zugeben und circa 15 Minuten ziehen lassen. Absieben (durch ein feines Sieb oder ein Baumwollküchentuch), in eine Flasche abfüllen und im Kühlschrank aufbewahren.

Pro Glas verwendet man 5 cl Sirup und gießt mit 150 ml Prosecco auf. Mit Granatapfelkernen und Thymian garnieren.

Doro: Ich nehme nur 1-2 cl Granatapfelsirup – laut Vinc erinnert der Drink sonst ein bisschen zu sehr an Hustensaft!

Tipp: Alternative für Autofahrer oder Abstinenzler: Longdrink mit Holunderblütensirup, Red Bitter alkoholfrei, alkoholfreiem Sekt oder wenig Weißwein und spritzigem Mineralwasser, Thymianzweig oder frischen Pfefferminzblättern, Johannisbeeren oder Granatapfelkernen, Eiswürfeln … Prickelnd, erfrischend.
Ist eine gute Alternative zu Spritz, Hugo und Co., wenn mal weniger Alkohol gefragt ist.
Vorsicht beim Auslösen der Granatapfelkerne, spritzt und färbt!

Rucola-Sahne-Suppe mit Ricotta und Muskatblüte, garniert mit Garnelen*

Zutaten für 4 Portionen:

Für die Deko: Blätterteig und Ausstecher, z. B. Schmetterling, Glückskleeblatt, Herz usw.
250 g Sahne
8 Garnelen
2 Lauchzwiebeln
60 g Butter / Margarine
40 g Mehl
3/4 Ltr. Brühe
2 Bund Rucola / Rauke (oder auch Bärlauch – Variante für den Frühling!)
Salz, weißer Pfeffer

Zubereitung:
Garnelen aus der Schale lösen, waschen und trocken tupfen.
Deko-Teig vorbereiten.

Lauchzwiebel in dünne Ringe schneiden, in 40 g Butter andünsten. Mit Mehl bestäuben, kurz anschwitzen. Unter Rühren Brühe angießen. Aufkochen, 5 min. köcheln lassen.
Rucola in Streifen schneiden (davon etwas für Deko zur Seite legen).
200 g Sahne und den Rucola zur Suppe geben, pürieren, würzen und abschmecken.
Garnelen 2-3 min. in etwas Fett anbraten, wenden.
Suppe anrichten, Restsahne unterziehen, Garnelen darauf anrichten. Mit restlichem Rucola bestreuen und Deko-Teig-Ausstecher dazu anrichten.

Weinsuppe mit frischen Kräutern alla Irmelas nonna

Zutaten:

5 Scheiben trockenes Weißbrot
3 Eigelb
1 l Fleischbrühe oder Gemüsebrühe
300 ml Weißwein
Muskat, Salz, wenig Pfeffer (frisch aus der Mühle)
Kerbel, Petersilie, Blutampfer, Estragon, Kresse
1 kleine Schalotte
Butter zum Anschwitzen

Zubereitung:

Die Kräuter und die Schalotte fein hacken (etwas zum Garnieren zurückbehalten), in Butter anschwitzen, Brühe zugeben und kurz aufkochen.
Das geriebene Weißbrot zugeben, langsam weiterkochen, bis die Suppe gebunden ist.

Den Wein mit dem Eigelb vermischen und unterziehen. Mit Muskat, Salz und Pfeffer abschmecken und kurz vor dem Servieren die restlichen frischen Kräuter darüberstreuen.

Kalte Orangensoße*

Zum Entencarpaccio – wird nicht gekocht: 3 Orangen, 1 Zwiebel, ½ Bund Zitronenthymian, 7 EL Bittere Orangenmarmelade, 1–2 EL körniger Senf (süß – Tipp Sascha Ritter: körniger Senf und Muskat), ½ EL scharfer Senf, Salz, Pfeffer, 3 EL neutrales Öl, Muskat, ein Schuss Prosecco

Salat und Jakobsmuscheln*

Dressingtipp von Sacha Ritter: Cointreau und Balsamicoessig. Jakobsmuscheln oben einschneiden und im Olivenöl 3–4 min. anbraten. Im Feldsalatbett anrichten.

Übrigens: Die Jakobsmuschel steht für Hoffnung, Durchhaltevermögen, Glauben, Abenteuer – wie das Leben

Ragù classico bolognese (Rezept hinterlegt von der Accademia Italiana della Cucina bei der Handelskammer von Bologna):

Wird mit Tagliatelle, Fettuccine oder auch Rigatoni serviert. Niemals Spaghetti!

Zutaten:

300 g Rinderhackfleisch, grob
150 g Pancetta stagionata (nicht geräuchert)
50 g Karotte
50 g Stangensellerie
50 g Zwiebel
300 g geschälte Tomaten
1/2 Glas Weißwein
1/2 Glas Vollmilch
Ggf. ein Schuss Sahne
etwas Gemüsebrühe
Olivenöl oder Butter
Salz, Pfeffer

Zubereitung:
Zwiebeln, Karotte, Sellerie und Pancetta fein hacken und in Öl oder Butter anschwitzen.
Hackfleisch dazugeben und bei hoher Temperatur anbraten. Wein zufügen und verdunsten lassen. Dann die Tomaten und die Brühe dazugeben und bei kleiner Temperatur circa drei Stunden zugedeckt köcheln lassen. Gegen Ende die Milch zufügen, um die Säure der Tomaten abzuschwächen. Salzen und pfeffern. Je nach Nudelsorte kann etwas Sahne zugegeben werden.
Tipp Doro:
Weniger Speck als im Original, aber bitte die Sauce nicht zu tomatenlastig, d. h. kein Tomatenmark verwenden! Und ja, im Notfall Spaghetti – ist aber nicht im Sinne des Erfinders. Besser Tagliatelle oder andere saugende Nudeln. Und: Es darf etwas Muskat sein.
Sauce lieber etwas länger köcheln lassen.

Doros Sauce bolognese:

Zutaten:

- 400 g Hack (kann auch gemischt sein)
- 80 g Speck/Pancetta
- 80 g Karotte
- 80 g Stangensellerie
- 80 g Zwiebel
- 1 Lorbeerblatt
- 1 Thymianbündel
- ½ Glas Weißwein
- 1 Tasse Gemüsebrühe
- 1 Fleischtomate
- 1 gr. Dose geschälte Tomaten
- Muskat, Salz, Pfeffer
- Olivenöl

Tipp:

In Deutschland sind »Spaghetti Bolognese« ein feststehender Begriff, der Italiener isst dazu niemals Spaghetti. Besser Tagliatelle oder Nudeln, die die Sauce bolognese aufnehmen können.

Lasagne alla nonna

Francesca Rinaldi, Gretas Schwiegermutter, produziert ihre berühmte »Lasagne alla nonna« (ihr Geheimnis, Italienischer Bauchspeck, Gemüsezwiebel, merkt sich Doro natürlich, ist auch was für Daddys kulinarische Neugier).

Francesca kocht dazu ein Ragù classico, sie verwendet auf jeden Fall Rinderhack und bei ihr dürfen ein Zweig

Rosmarin und 1–2 Lorbeerblätter nicht fehlen. Das Ganze lässt sie mindestens 1–2 Stunden köcheln. Béchamelsauce mit Muskat, frische Lasagnenudeln und das fertige Ragù werden abwechselnd in eine Form geschichtet und gut mit Mozzarella belegt.
Tipp: Die fertige Lasagne noch eine halbe Stunde ziehen lassen, dann läuft sie beim Anschneiden nicht aus.

Olivenhuhn

Zutaten:
Freilandhähnchen, Meersalz, Pfeffer aus der Mühle, Paprikapulver, Kräuter in Olivenöl (fertige Mischung oder frisch) – Basilikum, Petersilie, Liebstöckel, Bohnenkraut, Majoran, Estragon, Rosmarin, Olivenöl, 1 weiße Zwiebel, 1 Knoblauchzehe, 2 Karotten, 1 gelber und ein grüner Gemüsepaprika, 500 g Kartoffeln, 100 g schwarze Oliven, 200 ml Gemüsebrühe oder Weißwein.

Zubereitung:
Knoblauch fein schneiden, Zwiebeln vierteln/achteln, Möhren in 2 cm große Stücke schneiden, Gemüsepaprika in grobe Quadrate schneiden. Kartoffeln längs vierteln, neue Kartoffeln gerne mit Schale.
Gewürze und Kräuter mit 3–5 EL Olivenöl anrühren und das Hähnchen damit einpinseln. Im Bräter bei 180 Grad 20–25 Minuten braten.
Gemüse in Olivenöl andünsten, mit Salz und Pfeffer würzen. Oliven dazugeben und alles in den Bräter zum Hähnchen geben. Mit Weißwein und Gemüsebrühe angie-

ben und rund 40–60 Minuten bei 200 Grad schmoren, bis das Gemüse gar ist.

Crostata di limone*

Zutaten (Mengen für runde Kuchenform, 26–28cm):

Teig

200 g Mehl

100 g kalte Butter

100 g Zucker

2 Eigelb

Abrieb von 1 ungespritzten Zitrone

1 Prise Salz

Zitronenguss

5 Eier

Saft und Abrieb von 2 ungespritzten Zitronen

150 g Zucker

100 g zerlassene Butter

Sonstiges

Butter und Mehl für die Form

5 EL Mandelplättchen (ca. 75 g)

2–3 EL Puderzucker zum Bestäuben

Zubereitung:

Zutaten für den Teig zu einem Mürbeteig verkneten und kühl stellen.

Springform fetten und mit Mehl ausklopfen.

Backofen auf 200 Grad (Umluft 180 Grad) vorheizen.

Stufe 2, ca. 30 Minuten.

Zitronenguss:
Eier, Abrieb von 2 Zitronen, Saft einer ½ Zitrone und Zucker verrühren. Zerlassene und wieder erkaltete Butter unterrühren. Saft von 1 ½ Zitronen vorsichtig unterrühren.

Mürbeteig ausrollen, die Springform damit auskleiden (Rand 2–3 cm hochziehen), den Boden mehrmals mit einer Gabel einstechen, mit den Mandelblättchen belegen und diese andrücken.
Den Guss vorsichtig einfüllen. Mit 2 EL Puderzucker bestäuben.
Den Kuchen ca. 30 Minuten backen (bis der Kuchen leicht bräunliche Farbe annimmt).
Abkühlen und mit restlichem Puderzucker bestäuben.
Tipp Doro:
Für ein großes Blech doppelte Menge, hält sich gekühlt locker zwei bis drei Tage.

Ich verwende für die Crostata di limone ausschließlich frische, ungespritzte Zitronen, da diese den frischen, fruchtigen Geschmack in die Crostata einbringen und eindeutig den Geschmack künstlicher Aromen toppen!
Die Zitronencrostata schmeckt am nächsten Tag besonders gut. Will man die Oberfläche richtig kross, einfach noch eine Schicht Puderzucker drüber und mit einem Bunsenbrenner karamellisieren.

Gelato »Monte Italiano«*

Eis: Pistazie, Vanille, Erdbeere.

Marzipandeko in Grün, Weiß, Rot (italienische Flagge – il tricolore italiano oder Bandiera d'Italia) auf Fruchtspiegel: Grün (Limettenschale und Saft, Zucker, Weißwein – aufkochen), Weiß (Pfirsichmus vom weißen Pfirsich in Pfirsichsaft püriert), Rot (Himbeermus ohne Kerne)

QUELLENANGABEN

Bänziger, Erica: Die Olivenküche, Midena Verlag/Weltbild Augsburg 1998

Donhauser, Rose Marie: Koch mit Zitrone, EMF-Verlag 2017

Hoffmann, Heike: Genuss vom Gardasee, Wißner Verlag 2018

Goethe, Johann Wolfgang von: Italienische Reise 1786-1788, Nikol Verlag 2017

Klawitter, Nils: http://www.zeit.de/1999/43/Das_verkaufte_ Dorf, Zeit online, 1999, Zugriffsdatum 28.05.2017

Koch, Hans-Jörg (Hrsg.): Wein: Eine Kulinarische Anthologie, Reclam 2016

DANKSAGUNG

Ein Wort gibt das andere – ein Sprichwort, eine Redensart für einen Dialog, ein Streit entsteht, ein Gerücht brodelt …

Für mich als Autorin bedeutet es außerdem: Ein Wort beflügelt das andere, ein Wort ergibt das nächste, wird zum Satz, zum Kapitel, zur Geschichte, zum Buch.

Und weil ich dabei jede Menge Unterstützung brauche, möchte ich mich ganz herzlich bei allen bedanken, die bei diesem Prozess für mich da sind, ohne die meine Worte vielleicht nie zum Buch werden und nie in den Regalen der Buchläden und der Leser stehen würden!

Danke:

Dem Gmeiner-Verlag, der Doro Ritter ins Krimi-Rennen geschickt hat und weiter ermitteln lässt.

Frau Claudia Senghaas, Gmeiner-Verlag, Lektorin von »Proseccolügen«, die mich stets mit Rat und Tat unterstützt.

Frau Susanne Tachlinski, Gmeiner-Verlag, Lektorin für »Limoncellolügen«, Doro Ritters zweitem Einsatz. Vielen Dank für die ausgesprochen angenehme Zusammenarbeit.

Frau Maike Worczewsky aus der Marketingabteilung, stellvertretend für alle anderen, die immer ein offenes Ohr für mich haben, und dem gesamten Team des Gmeiner-Verlags – ich freue mich, ein Teil dieser Familie zu sein!

Mein besonderer Dank geht auch an:

Die Familie Piantoni vom Hotel Rosemarie in Limone – für wunderschöne Urlaube in familiärer Atmosphäre, danke für Inspiration und Führung durch die Küche.

Meinen Mann für Lob und Kritik, fürs Plotten, Korrekturlesen und Geduld für alles rund ums Autorenleben.

Meinen Sohn Florian – wenn der Technik-Dinosaurier (das bin ich) wieder mal Hilfe braucht.

Meine Schwester Brigitte Diefenthaler, ebenfalls Autorin, für Plotten, Kritik und Bestätigung, Lektorat und dafür, dass sie meine Leidenschaft fürs Schreiben teilt.

Meinen Bruder Wolfgang für Tipps rund um Küche und Kochen.

Meine ganze Familie, die mich immer wieder erdet.

Meine Freunde, dafür, dass sie da sind, für ihre Geduld mit mir und meinem chronischen Zeitmangel.

Meine Freundin Uli für ihr »Ohr« und ihre Hilfe bei grammatikalischen Fragen.

Und noch etwas: Campione ist vielleicht nicht der idyllischste Ort am Gardasee, aber mir hat er neben Limone die Inspiration zu diesem Krimi gegeben. Ich wünsche dem Ort und seinen Bewohnern, dass er sich erholt und einen Weg findet, Einheimische und Touristen gleichermaßen neu zu begeistern. Er ist es wert.